The Kingdom by the Sea

# 英国环岛之旅

〔美〕保罗·索鲁 著　　胡洲贤 译

人民文学出版社
PEOPLE'S LITERATURE PUBLISHING HOUSE

**著作权合同登记号　图字 01-2018-4295**



**图书在版编目(CIP)数据**

英国环岛之旅/(美)保罗·索鲁著;胡洲贤译.
—北京:人民文学出版社,2018
(远行译丛)
ISBN 978-7-02-014685-7

Ⅰ.①英… Ⅱ.①保… ②胡… Ⅲ.①游记-作品集
-美国-现代 Ⅳ.①I712.65

中国版本图书馆 CIP 数据核字(2018)第 246269 号

出 品 人　**黄育海**
责任编辑　**卜艳冰　潘丽萍**
封面设计　**汪佳诗**

出版发行　**人民文学出版社**
社　　址　**北京市朝内大街 166 号**
邮政编码　**100705**
网　　址　**http://www.rw-cn.com**
印　　刷　**山东临沂新华印刷物流集团有限责任公司**
经　　销　**全国新华书店等**
字　　数　**297 千字**
开　　本　**890 毫米×1240 毫米　1/32**
印　　张　**13.375**
插　　页　**5**
版　　次　**2019 年 8 月北京第 1 版**
印　　次　**2019 年 8 月第 1 次印刷**
书　　号　**978-7-02-014685-7**
定　　价　**69.00 元**

如有印装质量问题,请与本社图书销售中心调换。电话:010-65233595

谨将此书献给我在英国的朋友，他们给予我的欢迎，我将骄傲地永怀于心。虽然他们热爱自己的国家，但还是任我评断，而且只要是居心良善地提出，他们就可以接受真相。

——改编自查尔斯·狄更斯《美国纪行》献辞

必须是热情的朝圣者、搞不清楚状况的外国人和其他失去继承权的人，才会欣赏这高尚国家的观点。

——亨利·詹姆斯《英国时光》

这是从旅行中学到的一课——某些最奇怪的种族就住在你家隔壁。

——罗伯特·路易斯·史蒂文森《横越平原》

# 目　录

第一章

# 十一点三十三分去马盖特

那一年，所有人都跑去中国，或者写些关于阿拉伯世界的粗鲁文章，或者赤裸裸地揭露非洲，但我心中另有盘算。在伦敦待了十一年后，英国还是有许多地方我没去过。我从来不曾踏上威尔士乃至东安格利亚一步。人们惯开博格诺里吉斯的玩笑，而我虽然从来没有去过，一样大开其玩笑！还有波洛克在哪里？北爱尔兰真是个噩梦，而苏格兰真的美得让人屏息吗？林肯郡丘陵到底在何方？我所知道的英国都是从书上看来的。英国是这世上被书写得最多的国家，那真是个问题。读一本有关中国的书籍，你会认为对那地方已经非常了解；读过二十本有关英国的书，甚至连《英国人的特性》[①]和《乡间骑踪》[②]都看了，你却清楚自己仍然仅是略识皮毛。

我每年在伦敦住半年，其余的时间外出，渐渐不喜欢这个城市。“厌倦伦敦的人，就是厌倦了生活。”——不，我是厌倦了找停车位，厌倦了人群和涂鸦的墙壁，肮脏的老建筑和丑陋的新房子，我厌倦了伦敦的交通、伦敦的厚脸皮和伦敦的自以为是，还有伦敦晒衣绳上那些灰色内衣裤无力地垂挂在令我哀伤的蓬松云朵下。伦

---

① 美国诗人爱默生的作品。

② 英国记者威廉·科贝特的作品。

敦从不视自己为一个都市，而是一个独立的共和国，有时它好像整个比利时；开车的话，要开一整天才逛得完。我也厌倦了伦敦的书籍，有着诸如《英国：出了什么差错？》《英国在垂死当中吗？》之类的书名，伦敦人说一旦英国出了问题，就是西半球出了差错。如同其他许多伦敦人一样，我其实从来没有在英国生活过，这漂浮的王国是外国。

英国就在身边，但“身边”这个字眼其实是个误导。距离在英国毫无意义——许多地方或难以到达，或痛恨外来者，或仅剩村子的名字，已经不复存在：英国那么多地方已被埋葬。我对某些地方略有所知，完全是因为英国人的口头传统胜过亲身旅行，好比说博格诺是笑话，苏格兰令人屏息，康沃尔令人毛骨悚然，南威尔士很糟糕，而拉伊总是那么可爱，每个人好像都无所不知，都是嘴上谈兵。苏格兰有高地，剑桥郡有沼泽，而诺福克有广阔无垠——用嘴巴招来山峰、灌木丛和水坑。北爱尔兰人一旦讲起英语，在我听来，就像是在语言研习中心学的。我在伦敦就曾把一个威尔士人误认为是荷兰人——因为他奇怪的口音。至于爱尔兰人，我个人在伦敦还没碰到过任何一个会把爱尔兰人当回事的人，除非那个爱尔兰人全副武装。“沼泽脚，”人们通常这样轻蔑地称呼他们，“米克[①]是友善的！”我在伦敦也从来没碰到过一个去过北爱尔兰的人。

我什么都不知道，而且开始觉得自己和大家一样恶劣和懒惰。

有次在关着的门后，我听到一个英国女子愉悦地宣称：“他们真可笑，那些美国佬！”我悄悄离开，想到英国人如是说就忍不住

① 同样是对爱尔兰人的蔑称。

大笑，我心想：他们连天花板都贴墙纸！他们会为半熟蛋戴上编织绒球帽保温！他们的超市不提供购物袋！他们在你踩到他们的脚趾时道歉！他们的政府让他们每年花一百美元领取看电视的执照！他们发有效期为三十年或四十年的驾照——我的就延长到二〇一一年！他们在你买香烟时收你火柴的费用！他们在巴士上抽烟！他们靠左行驶！他们侦察俄国人！他们毫不犹豫地说“黑鬼”和“犹太佬”！他们称自己的房子为“冬青里”和“麻雀观”！他们穿着内衣裤做日光浴！他们不说“不用谢”！他们到现在还有牛奶桶和挤奶工人，以及用马拉车的垃圾清洁工！他们喜欢吃糖果，喝“葡萄适”运动饮料，吃叫“吱吱冒泡”的剩菜！他们住在“狂吠肉鸡”和“血肉内脏”①里！他们有着惊人的名字，像是吃得好先生、钢笔女士、愚蠢少校及胡说小姐②！而他们居然还认为我们可笑？

我在伦敦住得越久，越清楚英国人是多么爱吹牛，又是多么煞风景。你跟一个英国人说你计划要环游英国，他会说：“听起来挺有趣的，就像是绕着一个夜壶追耗子。”他们可以非常轻慢但又自我批判。他们说：“我们很糟糕，这个国家毫无希望，我们从来不为任何事情做准备，什么事情都没有正确地运作。”但这样的自我批判也是一种保持无益的策略，是一种投降。

当一个英国人说“我们”时，他指的可不是他自己，而是在他之上及之下的阶层，那些他认为应该做决定以及应该跟随的人。“我们”意味着其他人。

“不可抱怨”是最普遍的英式说法，英式的耐性混合了迟钝和

---

① 均为英国村镇名的直译。

② 均为英国人名的直译。

绝望，有什么用？可是美国人除了抱怨，什么也不会做！美国人还会自夸。“我做了不起的事”并非英国人的说法，“我非常热情”也非美国人的。美国人爱表现（那是我们天真的一部分），因而经常搞得灰头土脸；英国人很少炫耀，也就很少看起来像笨蛋。英国人尤其喜欢嘲弄别人身上有而他们承认自己没有的特质。有时候他们觉得我们真让人抓狂。在美国，别人会因为你往前冲、挤向前、上升、推进而欣赏你，但在英国这种行为是惹人厌的——是意大利移民的行为，是“中国人的消防演习”，是混乱。赚快钱是插队，而获得成功是粗鲁——“暴发户”指的是从原属阶层脱队的人。问题不在于是否原谅，他们只是永远不会忘记。英国人有着恒久而无情的记忆。

大不列颠地图上没有空白，那是地表上最为人熟知、地图最全面、最广受践踏的地区。再没有比它更容易一游的国家了。是英国人发明了大众运输工具。而我实际上都还没有见识过它，觉得自己既无知又丢脸，但是当我开始考虑环游英国时，整个人变得兴奋起来，因为我知道得那么少。我要好好地书写一番。

用一个国家本身的语言来描述它是一大优势，因为在其他地方，人们总是在诠释和简化。翻译制造出隐晦不明的偏误：人们只能从侧面看这个国家。不过语言是从风景中生长出来的——如同英语出自英国，一个国家只能以它自己的语言做出最精准的描述，这种说法合乎逻辑。所以我还在等什么？

问题在于视角：要如何并从何处取得最佳的视野？还有语气的问题——我终究是个外国人。

关于旅行的书写，英国人发明了自己的对策。他们会去加蓬和巴拉圭之类的地方，嘲弄那里的不舒适、当地人、天气、饮食、娱乐。一定得做个外人，所以他们才从来没有用这种方式写过英国。不过我不解的是，为什么也从来没有人来英国，书写它的不舒适、当地人、娱乐和难解的方言。英国人设计出一种对其他文化的嫉妒嘲弄，而且发明了可笑的外国人这种概念，却从来没有把自己算作旅行作家可嘲弄的对象。他们不鼓励别人仔细观察他们。他们就像在海外大肆掠夺，在家中却隐秘、冷漠的族群。英国人没有让我想起莎士比亚，反而想到了猎头族——那种书写缩头术的旅行文学从来没有运用在自己身上。我迫不及待地想尝试一番。

不过还有旅行路线的问题。在一个蚂蚁足迹纵横交错的地方，一个充满瓶颈路段、私人财产和高耸围墙的王国，我的路线绝对是个问题，因为路线太多了。搭遍所有的火车只是个平凡无奇的特技；巴士到的地方又不够多；自行车排除在外（太危险、太困难），也只是另一个特技。开车太简单，况且我在伦敦住得久，足以知道，英国的路开起来一点都不好玩。我的路线是决定的关键，是旅行最重要的一面。一个人在选择路程时，其实就是在选择主题。但是英国的每一英里都有道路穿过，每一个地区都有铁路经过，每一亩森林都有步道。或许这正是我从来没在英国旅行的原因：我无法决定路线。

后来我找到了自己的方式：缩小到环绕海岸线一周，符合了所有的需求。海岸只有一条，是不会迷路的路线，而且这样我可以看遍整个英国。从许多方面来说，海岸本身就是英国——英国没有一处距离大海超过六十五英里。我对整个海岸线几乎一无所知。一旦决定把海岸线当成我的路线，我就确认了这趟旅行，旅程因而有了正确的形状、逻辑，有开始和结束，还有什么比环游其海岸更能看清楚一个岛的？

这趟旅程最大的优点在于这是个渗入海岸的国家；精粹就在于此，如同失事的船只堆积在海滩。人们自然而然会被吸引到海边去，穿更少的衣服——在海边半裸、暴露是很正常的事。

最好的火车（缓慢而亲和的支线）往返于海岸，这些支线有很多已注定会消失。有人说十年后将无一幸存，而大部分的人也都同意，计划在初夏举行的那场铁路罢工会毁了支线。也有绿巴士——我有时看到它们开在乡间小路上，却从来没搭过。还有步道。

我认为整个大不列颠海岸线有连绵不绝的步道。到目前为止，我所见过的海岸都有这样的步道。通常是十二英寸宽的泥土小路，一个活泼的人走在上面，穿着宽松马裤、脚踏厚底鞋、套件窸窣作响的塑料雨衣，还带着一个装三明治和陆地测量部地图[①]的袋子。我想象这样一个人会成为英国海岸的另一个特色，如同炮台、铁码头、木头防波堤，以及连续的环绕步道。就算没有环绕王国的步道，也一定还有海滩，而我可以沿着海滩走，比如说从菲什加德湾到阿伯里斯特威斯，那里没有连接的火车。我会尽可能走路；如果路线有趣或天气不好，我会坐火车；或者有必要的话，我会搭巴士。要快速游完这个国家很容易，所以我会制定严格的规则让自己慢下来。

“英格兰的形状像是一艘船。”拉尔夫·沃尔多·爱默生在《英

① 英国政府单位所绘制的详细地图。

国人的特性》里说。他错了，虔诚的外国人写的书就是会充斥这类仁慈。英格兰当然像一只背着东西的猪。看啊，它的鼻子在西南方的威尔士，伸出去的脚是康沃尔，臀部是东安格利亚。整个英国就像一个女巫骑着一只猪，而这轮廓（臀部、鼻子和女帽，以及苏格兰西部那张愁容）正是我的路径。

旅行英国不可能具原创性。笛福[①]以陆路环游过整个英国，丹尼尔[②]和艾顿[③]是驾船环游，科贝特[④]选择骑马彻底深入英国南方，H. V. 莫顿[⑤]和 J. B. 普里斯特利[⑥]则在二十世纪三四十年代，上上下下地跑遍全英。到处都是搭火车游英国、搭巴士游英国，以及骑自行车环游英国的书。有些人走路环游英国，也写成了书。最近让人印象最深刻的是一个徒步走过每一英寸海岸线的人。他总共走了七千英里，不过走得很急，十个月就完成了，而且真的把腿都走断了——腿骨上两处严重挫伤，他写的书我也看了。旅行特技的麻烦在于重点全放在了把戏上，像走钢索，表演者的目光始终固定在双脚上。

我想亲自游览和了解英国，并不想要特技、测试体力，或者做公开表演。事实上，完全相反。稍后徒步于海岸步道或搭乘慢车时，我有时会觉得自己像是古老故事中的王子，因为不相信别人告

---

① 丹尼尔·笛福（1660—1731），英国作家，著有《鲁宾逊漂流记》。

② 威廉·丹尼尔（1769—1837），英国版画家，从一八一四年起，总共花了十一年的时间，完成了环游英国海岸的计划。

③ 理查德·艾顿（1786—1823），英国剧作家、杂文作家，受邀加入丹尼尔的环游英国海岸的壮举，完成了巨作《环游大不列颠》。

④ 威廉·科贝特（1763—1835），英国记者、散文作家、政治活动家。

⑤ H. V. 莫顿（1892—1979），英国旅行作家。

⑥ J. B. 普里斯特利（1894—1984），英国散文名家。

诉他的一切，于是穿上旧衣伪装，背上行李，跋涉于泥土路上，跟每个人说话，仔细观察一切，以一探自己王国的真正风貌。

我也想看一看未来。旅行经常是种时间的试验。在第三世界，我觉得自己掉进了过去，而且不管到哪里，我从来都没有接受过无时间性这一观念。大部分国家都有其特定的年份。在土耳其永远是一九五二年，马来西亚是一九三七年，阿富汗是一九一〇年，玻利维亚是一九四九年。在苏联是二十年前，挪威是十年前，法国是五年前。在澳大利亚永远是去年，日本永远是下周。英国和美国则是现在——不过那个现在包含了未来。睁开眼睛在大不列颠旅行一个季节，绝不可能让我漏看它所呈现的面貌。我对遥远的国度和过去的时光有点不耐烦，但也不是非得找进步或创新不可。其中的堕落与倾颓对我而言，比钢铁和玻璃的乌托邦更具未来气息。

然后我的一位英国朋友嚷道："海边属于每一个人。"

我知道他说得再对不过，很想立即出发。

我选择在五朔节出发。那天也是伦敦的劳动节，有工会成员的游行和特拉法尔加广场上的演讲。可是在某些英国村落里，依然会选出五月皇后，用花环为她加冕，并绕着五月柱跳舞；同时会有一位旁观者，通常是万事通尤普里查德少校，他会斜睨着头戴花环的十五岁特蕾西·里韦特说："这当然都是对男性生殖器的崇拜。多年前当我们全身涂着松蓝绕圈时，这些酒宴就变成了狂欢。不过你瞧，五月柱有着极度明显的含意……"

最近五朔节被重新命名，政治中立地更名为春天银行假日。英国南部的人会聚集到海边胜地做一日游。传统上它一直是人们去海边的时间，而从二十世纪五十年代开始，又一转变为年轻帮派拿棍棒和链子在绍森德[①]与马盖特[②]互殴的日子。英国人是习惯的产物，所以我才选择了马盖特。

十一点三十三分，我从滑铁卢东站出发，到了格雷夫森德[③]时放下报纸。宝嘉康蒂[④]（约翰·罗尔夫太太）葬于圣乔治教堂，这座城镇叫格雷夫森德，是因为过了它的东边，死者就必须海葬[⑤]。我们接近梅德韦河，罗切斯特与查塔姆的交界城市。我搭的车厢连三分之一都没坐满，是末班车的缘故，还是因为低矮的灰色天空与不定的阳光？又湿又冷，气象预报是“零星降雨”——几乎可以概括英国整年的预报，没有一天适合去海边。

车厢里有四个较年长的人，其中一个看着的报纸头条标题是“我与药物的对抗”。另外一个在我经过时说：“这是个仁慈的解脱——”另外有三个父母带着小孩的家庭，穿着他们整齐的外出服，一个年轻女人因外头砰的一声而往窗外瞥，脸上的表情好像在说：听起来像车子逆燃——不过最近他们都是这么说危险爆炸的。

---

① 绍森德，英格兰埃塞克斯镇，绍森德码头据说是世界上历史最悠久的游览码头。

② 马盖特，以传统乡村风景闻名的肯特郡海滨小城，是很受伦敦人喜爱的周末度假胜地。此外，马盖特保存良好的古城完整地呈现了十七世纪英国传统的渔村景象。

③ 格雷夫森德，位于英国西南部，伦敦泰晤士河东岸的一个地方性自治区，以伦敦港的大门而知名，为工业和航运中心。

④ 宝嘉康蒂，美国印第安阿尔冈昆族酋长之女，十七世纪初因挺身为英军与族人间的沟通桥梁，后来甚至嫁为英国军人之妻而闻名，迪士尼动画《风中奇缘》即改编自此段历史。

⑤ 格雷夫森德（Gravesend）意为“送葬”。

一个小女孩又喘又笑，手拿一瓶“地热”饮料：“走错路了！”

一位经过走道的英国人做了件对英国人而言非比寻常的事：问了我一个问题。

他说：“走路吗？”

我确实做了一身那样的打扮——背包、万用皮夹克、上了油的登山鞋，加上（因为我们正接近海岸）摊开的地图。我一看就是个外国人，让他的问题变得安全。阶层意识让英国人倾向于警戒与寡言，但这是一班开往马盖特的银行日列车，阶层几乎不成问题。

是的，我说，走路加搭车——视天气而定。

“天气辜负了我们。”他说。天气在英国不是个中立的主题。它充满了拟人化，牵涉挣扎与纷争。它可以任性，也可以坏心眼，然后人们会说：“它整天都努力地要下雨。”或是可以用你的立场来表示辛苦：“太阳一直想露脸。”或者如同那个人所说的，天气可以懒惰或自私，可以辜负你。人们想象英国的天气就像英国人的个性一样：是英国式的沼气，飘浮在空中影响你。

我们谈论天气这个“沼气”。他分享了一种春天来了的英式轻松。我们过了个下大雪的冬天，整个国家都紧缩起来。所以这是一年一度的礼物，却又是无法想象的。要在英国预期美丽的春天时节是不可能的，它总是突如其来，温和、芬芳且充满了色彩——从泥地中神奇地浮现。

然后他问我：“美国人？”

是的，我说，但没有做详尽的解说，只道：“我一直想去马盖特。”

“你应该改去坎特伯雷的。”

本地人总是这么说。他们把你送到那些景点去闲逛——遗迹、教堂、热门的街道，而他们自己则去一个单纯可爱的地方，坐在树下喝啤酒。

“充满了历史，”他接着说，“可爱的小镇，漂亮的大教堂，你可以在锡廷伯恩换车。”

不，我心想，不要锡廷伯恩，不要大教堂，不要古堡，不要教堂，不要博物馆，我要检视当代的特色。

我说：“你要去哪里？”

我猜他叫诺曼·莫尔德，看一个人就可以说出他的名字是我一项小小的天分。前头那些老人是塔奇莫尔一家，喝“地热”的小女孩叫朱迪丝·梅美丽，躲在《快报》后的是罗杰·科克波尔，依此类推。①

莫尔德先生说：“拉姆斯盖特。”那是我所得到的第一个提示（他满足的闪烁神情，他说出那个字眼的主动性，以及说成“拉姆斯吉特”的方式），说明拉姆斯盖特可能比马盖特还优雅。但我同时在想：那就是我不想去坎特伯雷的另一个原因。我要去每个人都会去的地方。

“就像福克兰群岛的事。”莫尔德先生说，不过现在是在对他身边的女士说，也就是他那位正在看报的太太南希·莫尔德。

接下来几周，那成了一般的交谈内容。政治议题会自然出现，有时是种族或宗教；然后就会有人说：就像福克兰群岛的事……

还未开打，福克兰群岛已被阿根廷军队占据，而英国船只也已

① 这些都非本名，是作者开的玩笑。

经包围群岛，并宣布两百英里半径内为其专属海域。尚未开一枪，也还没死一人；新闻很少。大部分的人都认为这只是一场胡闹，两边都在虚张声势，过一段时间，阿根廷人就会让步。两天前的晚上，美国总统还在英国国家广播公司（BBC）的新闻节目上，对一位英国记者笑着说："我不知道在那冰天雪地的岛上有什么好吵的。"

走道那头的莫尔德先生转过身去。我们的谈话告一段落，现在我知道了原因：他在用餐。他拿出一袋三明治和一个热水壶，和太太把报纸"英国护航舰在福克兰外备战"摊在膝盖上，共用午餐。英国人在用餐的时候变得极端私密，非常安静；动作警戒、经济和准确。因为吃东西，他们会突然间进入孤立的状态。

就在这时，车厢尾端的门砰的一声打开，我听到一串马靴的脚步声，夹杂着笑声和叫声。

"要是下次他不鸟我，我他妈的一定会搞他！"

"你他妈的才不会，你这个胆小鬼！"

"去你妈的——我会！"

他们说得很响，几乎要震破我的耳膜了，但走道另一边野餐的英国人、年长的人、每个固守在自己座位上的年轻小家庭什么也没听见。野餐的人继续用他们井然有序的方式吃东西，其他人则突然变得安静、渺小。

"——因为我说我他妈的一定会！"

在查塔姆时，我从车厢窗口瞥见他们的头。我希望他们会去另一个车厢，他们也的确去了。但喧哗、粗暴的他们根本没有办法安安静静地坐着，而在我们通过吉灵厄姆（"……耶斯列人或新以色列屋的教区总部"）的现在，他们竟然走进了这个车厢。他们一共七个人，自称光头族。

他们的头像鸡蛋——看不到一根毛发。但不是秃头；不亮，而是剃成淡灰色的圆顶，附上亮白色拖曳过的蛇行疤痕。让我吃惊的是头的大小。一颗没有头发的头颅看起来很小，就像长着眼睛和耳朵的门把手。一个人要是没了头发，变化可大得很——外表冷硬，整个人看起来就像昆虫，充满危险的气息。头上都有刺青，小小的图案或文字。耳垂上也有刺青，还有耳环。他们穿着整齐划一的空军短皮夹克，里头搭配T恤。连手背上都有刺青，其中最普遍的是英国国旗的图案。他们穿着非常紧又有点短的牛仔裤，裤脚高过那恶劣的马靴顶端。马靴全都擦得亮晶晶的，这些男孩出奇的干净，脸都很白。

“看那个家伙——多愚蠢的混……”

“喂，闭嘴，你这个胆小鬼！”

他们在座位上嬉闹，打来打去，继续叫嚣。莫尔德夫妇正在用塑料马克杯喝茶。

“长期预报说会有好天气。”塔奇莫尔小声地说。

然后我听到从后头传来：“爸爸——”那是个小孩的轻声细语：巴——拔。

“亲爱的，我在看报纸。”

“爸爸，为什么……”

“什么事，亲爱的？”

“爸爸，为什么那些人一直说‘他妈的’？”

“我不知道，亲爱的。好了，请让我看报纸。”

他的声音很紧张，好像屏住了呼吸。我当然也屏住了呼吸。七个光头族已经扰乱了这班慢车的周日静谧，把不安带进车厢。他们只是在胡闹，但他们的胡闹粗暴，而且言语鲁莽。我确信车厢里其他人都在密切注意火车的前进。我们已经经过锡廷伯恩和法弗舍姆，正前往惠特斯特布尔。

“你听，爸爸，他们刚刚又说了一次‘去他妈的’。”

“嘘，亲爱的，乖。”

“那个人也说了‘他妈的’。”

“够了，亲爱的。”男人的声音非常压抑，不想被人听到。但他就坐在我后头，而他女儿就坐在他旁边——顶多只有五六岁。我瞥了她一眼，她也许叫莎伦。

“爸爸……”

巴——拔。

“……他们为什么不把他们赶下火车？”

男人没有作答，反正就算说了，我可能也听不见。光头族还在尖叫，并且在走道上跑来跑去——其中一个在脖子上刺了“Skin”（皮肤）字样的刺青。一个小光头族，十三岁左右的男孩，也剃了光头，刺了刺青，还戴着耳环，一边大叫“你他妈的混蛋，我他妈的杀了你！”，一边踢着另一个年纪更大，块头也更大的光头族，后者只是以大笑来回应这愤怒的小光头。

赫恩贝[①]素以有流氓闻名，但是光头族并没有在赫恩贝下车。当我们驶离赫恩贝时，他们继续诅咒、踢座位、你推我拉。而到了滨海伯青顿（有“D. G. 罗塞蒂[②]之墓，他死于一八八二年，教堂有

---

① 赫恩贝，英格兰东南方肯特郡滨海城镇。

② D. G. 罗塞蒂（1828—1882），英国意大利裔诗人、画家。

纪念之窗”），一个光头族尖叫道：“你敢那样说，我马上就他妈的干掉你！”

他们是种可怕的侵入，同时为车厢带来一种恐怖感。这样的语言！这样的打斗！那天原本湿蒙蒙而又安静，但这些带刺青的小头猴脸男孩却让它变得吓人起来，而整段时间，高尚的英国人都低头对着他们的马克杯，假装什么事情也没发生，而光头族则表现得旁若无人——好像这节车厢里除了他们没有别人。就这层意思来说，他们是非常英国式的光头族。

我们一到马盖特，光头族就往门口挤，争先恐后地下车。然后我们也跟着下车，礼貌地说——不，你先请，我坚持。我们没有人受伤，但我想大部分人都会说这是场骚动，像是和醉鬼或者疯子同车。我们全都感受到了威胁。我原本想描写我们去海岸的行进过程，当我看到科林沼泽上的迷雾时，就会想起《远大前程》的开场章节。可是来不及了。和七名喧闹的光头族如此接近，实在很难想起狄更斯、美好的英格兰、“王权小岛”或五月的花朵。我唯一能想到的是：“我们会在海边与他们打斗……”

光头族的确是来马盖特海边打架的。他们身上有股难缠和心怀不轨的气质。到处都是那些顶着小头的大肩膀，长筒靴噼啪作响。对手是飞车党。飞车党都穿着及膝的军装大衣，头戴赛车手安全帽，全部骑在摩托车上，在步道上来回呼啸。光头族则聚集在步道前小公园内名叫“梦幻乐园”的电子游乐场里，总共好几百人——全都剃光了头。

这里萧瑟寒冷，寒风从铅灰色的英吉利海峡刮过来。我不断提醒自己今天是五月一日。但马盖特也聚集了过节的人群，四处游荡的小孩戴着写有“快点亲我——用力抱我”的帽子。

我去马盖特沙滩散步，然后回头看城镇，发现所有的民宿全部紧紧地挤在岩层上，就好像棚架上供人丢掷的塑料奖品，空窗上的“有空房”招牌，“梦幻乐园”传来的罐头笑声和真人尖叫，一家印度人一群十二个地走在海军阅兵场上，还有光头族，海鸥，头戴安全帽的飞车党，他们脏手的破裂指甲，大量警察，低矮的天空，潮湿的前滩，海峡起伏的黑色浪涛，以及嘈杂的流行歌曲（“踢啊踢到死”）——什么跟什么，我全都联系不起来。

有些人穿着夏装，估计会起鸡皮疙瘩，但是大部分的人都穿得很温暖。我还看到有些人围着围巾，戴着手套。在五月天里戴连指手套！沙滩上大约站了十个人，可是没人游泳，全都凝视着海上一片平滑的浮油。防波堤上潦草地写着“浪费的青春”和“无政府”的字样。东边下起了雨，就下在海面上，一大片高密度的直角灰色垂悬，看起来就像挂在绳上的湿毛巾。今天实在不适合来海边，但没有人露出失望的表情。十分钟后开始下起毛毛雨，也没有人跑去躲雨。

马盖特从来都不热门，一直没有美好过。它会变成一个海水浴场，是因为十八世纪的医生相信海水是健康的——不光是坐在其中或者游泳，还要在里头洗澡，尤其是喝，最好是在早上喝。健康需求把人带到马盖特来，再带往布赖顿。它是英国海边胜地的基础，不光是因为海边的空气是助性剂（这一点可能是真的），还因为海水利于通便：“通常一品脱就足够一个成年人通畅排便三四次了。”

第一台活动更衣车就出现在马盖特。它像是个附有轮子的更衣室，推进海里一部分，让保守的游泳者可以维持形象。一七九一年，皇家海浴附属医院建立于马盖特的西崖，却没有为这地方带来任何进步。一八二四年，一位旅行者写道："经过半个多世纪，马盖特从一个无人问津的渔村，跃升为就算不时髦也常有人去的海水浴场。"一百年后，贝德克尔[①]的《大不列颠》描写马盖特是"英国最受欢迎，却不是最时髦的海水浴场之一"。所以它总是寒酸及伦敦化，就像眼前这样，人们避开伦敦一日，在下着寒雨的海边来来去去，遛他们的狗，郁闷地钓鱼及彼此打量。

我想过要待下来，找一间民宿，这天其余的时光都用来到处闲逛，以及看光头族与飞车党间的进展和帮派争斗。我会吃炸鱼和薯条，买块马盖特石头和一品脱的啤酒。明天，在吃过一顿丰盛的英式早餐后，再把背包甩上肩，沿着海岸步道，出发前往布罗德斯泰斯、拉姆斯盖特和桑威奇。

光头族开始扭打，把飞车党从摩托车上拉下来，警察高举警棍在后头追。我实在没胃口看这些。我有必要待一个晚上来证实我可以轻易预测到的景象吗？强悍丑陋的青少年、漫无目的的人群、难听的音乐、油炸的臭味和暴力的气息令我却步。我决定不留下来。我为什么要在一个可怕的地方忍受一晚，结果只写出受苦的报告？所以我继续走，漫步走下海军阅兵场，经过颓坏的码头，在那寒冷五月天下午的一场雨中爬出马盖特，开始了我环游王国的海岸线之旅。

① 卡尔·贝德克尔（1801—1859），德国书商，第一位以一到四颗星评价旅游地点的旅游指南出版者。

# 第二章
# 搭晚班车去迪尔

当我

……看到饥饿的海洋

占王国海岸的便宜，

并拿来和一些踢破黄色垩土崖壁，让它们像陶土那样粉碎，滚到步道上来的笨蛋相比时，结论就是人比潮汐的危害更甚。马盖特外的崖壁破裂，被凿入首字母、名字和日期；不但有凿痕还有焦痕。这是到此一游、精力过剩的闲逛人群的杰作。他们还用白垩写字：步道上写着“疯狂”——是对一个合唱团体致敬；还有，“庞克”和“我要毁了你”。

我登上几级台阶，通过一道“小门”——一个白垩崖壁的缺口，在顶上沿着小径往克利夫顿维尔走。这里是马盖特安静的郊区，满布潮湿的小屋和脏乱的麻雀，一只老鹰慢慢飞近断崖边，而海鸥在更靠近海的地方喋喋不休。有海鸥和浪涛叹息，加上风摩挲着树篱，所以这里并不安静，但这是一种平静的噪声。

有很多写着“危险断崖”的告示牌，警告路人不要太靠边。白垩坍塌，我可以清楚地看到一大片峭壁倒塌在海边。这让我想起少数我徒步旅行过的英国海岸线上，那些警告破碎断崖和不安全小径的指示牌。我见过多塞特郡海岸滑进英吉利海峡：部分牧草地和草原崩落，围墙纠结着柱子和铁丝一起消失不见。肯特郡的这些白垩崖壁（从远方看又白又坚固）脆弱易碎，这样的海岸让英国看起来像一个由发霉蛋糕组合而成的国家，遇雨就软化粉碎。

雨有一搭没一搭地下着。透过雨幕，我看到两个盲人（一黑一白），由两个明眼妇人牵着走在小径上。那位黑人说："有多宽？"那位白人说："狗需要一点地方玩。"两条狗快步跟在这群人后头，这两个人则用手杖点地，走过我身旁。我听见远处传来音乐声。有个人在一座圆形露天剧场中用风琴演奏《春天我们将再度怀抱紫丁香》。风拍打着他四周的折叠椅，吹得座椅帆布颤动翻飞。大约有五百张椅子，都是空的。那个人继续弹奏，只有在椅子倒在灰色天空下时才暂停。我沿着云影斑驳的海面，继续走在小径上，而在这单调的午后，我竟然听到了一只夜莺在树篱上唱歌。"夜莺唱着私通的错误。"T. S. 艾略特一九二一年曾有轻微的精神崩溃，就待在克利夫顿维尔的阿尔比马尔酒店。

我沿着北福尔兰走，经过金斯盖特美丽的小海湾时，太阳露了脸。峭壁上有座现代城堡，后面更高的地方，还有座像白色磨坊的漂亮灯塔。鸽子停在树上和碉堡般的大房子四周的方形树篱上咕咕叫着。

距离马盖特不过四英里，眼前是有着新漆、花园和高大烟囱的英国。关于这个地区的社会地位有着清楚的暗示：道路散发出私立学校的味道——特定的肥皂和特定的料理，从大房间敞开的窗户里传来年轻的笑声。一小时前是光头族、炸薯条店和马盖特沙滩上的雨，而在我接近布罗德斯泰斯的现在，则是明亮阳光下、微风徐徐吹过的中产阶层海岬。我心想：墨西哥是一片景色（一目了然），整个阿拉伯世界也是，但我开始怀疑每一英里的英国都不一样。

布罗德斯泰斯开满了初绽的花朵。没有光头族，没有纳粹标语，没有在英国公厕随处可见的写着"无政府！"的告示牌。大约三十个飞车党在海边喝苹果酒，半加仑的瓶子来回传递。这些男孩脱下夹克、安全帽和衬衫，坐在阳光下的绿色长椅上。布罗德斯泰斯没有大声的音乐，没有低俗的酒馆；海滨幽静——是有雕饰铁门的维多利亚式门廊。

"查尔斯·狄更斯曾于此居住。"一栋砖房前的招牌如是说。它有着砖造的角楼，是布罗德斯泰斯海岸小径上的风味之地。狄更斯说布罗德斯泰斯"具备美国人称为与'天蓝吻合'的海水浴场的一切"。这座房子被取名为"荒凉山庄"，在礼品部可以买到印着"布罗德斯泰斯荒凉山庄"字样的锅垫、茶巾和钥匙圈。花一点钱就可以上楼参观小说家的书桌和洗脸盆。让我特别感兴趣的是，狄更斯就在这间屋子里写出了大部分的《美国纪事》。他坐在这张书桌前，望着那扇窗外，拿这支笔在那个墨水瓶里蘸一下，写道："若说我以坏心眼、冷淡或敌意看待美国人，那只不过是在做一件非常愚蠢的事，那样说总是很简单的。"

布罗德斯泰斯海边有间占卜店，招牌上写着"欧兰达·克莱尔瓦扬特"。据说她是全欧洲最有智慧的女人。一封贴在她窗上的感谢函说："亲爱的欧兰达，每次我觉得沮丧时（几乎每天如此），我就会把你的信拿出来，看过以后便觉得好多了……"

每天？我走进店里。欧兰达坐在帘幕后面，包着头巾，化着大浓妆，戴着项链。她的表情布满疲惫的疑虑，而且看着我的那种认真神情，让我觉得她一定有什么糟糕的消息要告诉我。

她说："你要看相吗？"

我说好。她松松地执起我的手，仿佛要秤来吃似的。她说我远离家乡——是我的背包和沾满泥的靴子给了她线索吗？她说我在做非常困难的事情，不过如果她指的是环游英国这件事，或许她知道些什么我所不知道的，因为我预见不到任何困难。她说我很敏感又有艺术家气质：或许是位画家？"画不好一只兔子。"我说。她说我虽然成功，却企图掩饰，经常处在陌生人中，其中有些会想占我的便宜，不过我的个性总能征服他们。

这些她全是借着戳刺我的右手掌，用她涂得血红的手指甲描着我因为在科德角湾划小艇得来的纹路看出来的。

"看出任何关于北爱尔兰的事情了吗？"

"那肯定是个遥远之地。其中之一是阿尔斯特。"

"我最后会平安无事吗？"

"噢，当然。你过着健康的生活，比如说你不抽烟。"

"一年前戒了。烟斗。我以前会抽。有时还是会像想念一个已经往生的老朋友一样思念它。"

"你有许多朋友，"欧兰达说，或许是她听错了，"但你习惯与他们保持距离。你独来独往。你非常独立。"

"我是自由职业者，"我说，"最后一个问题。今晚我要睡在哪里？"

她没再看我的手，转而盯着我的鼻子说："不是在家里。"

“哪个城市——你可以给我个暗示吗？”

“我看的是个性，”欧兰达说，“不提供旅游信息。”

这花了我七镑，再多花一镑就够我住提供一宿一餐的民宿了。不过我还是很感激她的鼓励，也很高兴得到保证说我可以一路平安地活下来。

布罗德斯泰斯另一个指示牌写着：“距此七英里的海中有可怕的古德温暗沙（吞噬船只之常地），是许多优秀的航海人认为世上最危险的海域。”古德温的船难和残骸故事说也说不完。“它们吞咽范围之广，就算是最大的船开过，也会在几天内就被吞没，一物不存。”不为大众所知的是，经过一个世纪，在浅一点的海域，沙已经变得非常坚实，坚实得人都可以在上头打板球了。

经过一群坐在凳子上的老人，也经过带着野餐盒和气球的家庭和等在海边喝茶小屋招牌下的远足者，我走出布罗德斯泰斯，穿过一道小门，进入一个纪念乔治六世的狭窄公园。这里的地形较高，悬崖上有鹊鸟、狗主人和放风筝的人。其下是原有的三十级阶梯，通往海边。

公园的另一边即是拉姆斯盖特。

在去马盖特的火车上遇到的那个人（莫尔德先生）跟我说他要去拉姆斯盖特时，感觉像是在吹牛。总之，这些位于肯特郡，距离伦敦才几小时路程的城镇不是被形容成伦敦化，就是没有那么伦敦化——影响越小越好，大家都这么说，因为伦敦对这些地方的影响总是被视为一种污染。海边象征着逃离俗世一切疾病的避难所，其中又以首都的苦闷为最，伦敦就是典范。当贝德克尔形容布罗德斯泰斯是“某个没那么伦敦化的马盖特”时，其实是种赞美。那是一九〇六年，不过时至今日，这样的地方仍用伦敦来评估，因为伦敦象征未来，却又让人讨厌。当一个沿海城镇太大、太吵或交通拥挤（当它太不方便、太丑或有臭味）时，人们便会用无助的方式说“就像伦敦一样”，因为现在他们已经来到海边，无路可走了。

拉姆斯盖特比马盖特大，却和它一样丑，海边有座游泳池，看起来就像是涂成蓝色的罗马遗迹。那是荒废的“海滨泳池”，里头现在尽是坏掉的椅子和破碎的玻璃，一片狼藉。“议会正在讨论进一步的发展。”旁边的告示牌写着。但是一个人看到这种景象，实在无法不想到爆炸。

之前我因赶路太急，腿筋抽痛，于是就问一个戴扁帽的人车站在哪里。他人很好，问了我去向，并提供了三条不同的路线——车站有点远。

他叫莱恩·肖特里。他说：“你要走过去？”

我说是的。

“走过去太远了，”他说，“上车吧——我载你过去。”

肖特里先生爬上他那公共事务部的货车。为了放挖水沟时要车辆改道的塑料圆锥筒，他已经出来一整天了。他说他原本是伦敦人。“我五年前过来这里后，就没再回去过。”年约五十的他用一种逃往南太平洋的口吻说。

“小心那些火车，”肖特里先生说，“在假日里都不太灵光。”

我搭了九英里的火车到达桑威奇，徒步环城。这里几乎不比马萨诸塞州的桑威奇大，可是是个绿野环抱的可爱地方。它不但存活到现在，而且很漂亮，老式风格依旧，因为历经八百年，它已经从一个海岸都市滑进内陆，不再是一个大港口。它就那样封闭起来，现在坐落在离海两英里的丰富的淤泥上。“伊丽莎白女王一五七二年造访此城，住所就位于海滨街上。”我在那里看到一个受到惊吓的人正在遛一条蹒跚行走的狗。

我原本想一路走到迪尔，大约五英里远。一九四六年，德国的战俘修建了从桑威奇到迪尔的道路及自行车专用道，直到被遣送至埃索恩的战俘营。我很想在这条路上徒步旅行，但是膝盖因赶路而疼痛，只得搭上晚班车。

我在壮丽的夕阳下抵达迪尔。这里非常安静，非常空荡，而我喜欢鱼和海草的味道。每个人都回家了——进屋子里或回伦敦去了。海边只剩下绳索和泊岸的捕鱼小船，风沿着石砺海岸吹着。眼前海天一色，我坐下来。太阳像个红宝石，我决定留下来。

一趟三个月的旅程没有必要预约旅社或者宾馆。我想随兴地来去，不被特定的地点和日期限制住。我心想：如果找不到房间，我就到下一个地点去找——结果始终无须如此。我从来没有发现一个旅馆全满，倒是看到许多全空的。我从来没有被拒于门外。有些旅馆老板和民宿主人为他们的空房感到尴尬，有些人说这个季节还太早。“我们到六月会客满，”他们在五月的时候说。但是到了六月他们又说：“现在是很安静，不过等七月学校开始放假，这里就会变成疯人院的。”到了七月又说：“八月我们总是被订得全满。”但日子过去了，房间仍几乎是空的。有些店家说大家已经不在英国境内旅行了——要旅行就会去西班牙。有些人说：“都怪经济萧条，这是个世界性的问题。”有些人说：“我们再也不是个有钱的国家，我们穷了。”但那种态度会让我提高警觉，因为向我多收费的就是那些人。

我找过夜地方的方式是在街上来来回回地走，找一间看起来干净、设施完善又有海景的建筑。我会避开新酒店（太贵），有音乐传出的地方（太吵），或潮湿破烂、屋顶塌陷、通常深埋在后巷里的旅馆（有臭味，而且床很硬）。逛了大约二十分钟后，我在迪尔找到的那间半独立旅馆看起来不错——有可爱的窗户。可是一走进去，我就发现它不好，有培根和啤酒的味道，由又胖又脏的斯尼思太太经营，她就冲着我的脸抽烟。

“最便宜的单人房是十镑，”斯尼思太太说，“有床和整套的早餐。”

“你的招牌上说房价从七镑起。”

“那种没空房了。”她说。

“我就住十镑的。”

“加上税一共十一点五镑，”她说，写下账单，“先付，支票抬头写斯尼思太太。你可以走了。”她继续对着一位瘫坐在吧台凳子上拿着杯淡啤酒的女人说。

“我在喝杜松子酒。”另一位女士说。她叫菲利太太，是个爱尔兰人，虽然是在跟斯尼思太太聊天，却一直友善地看着我，似乎想问我从哪里来，以便接下去说她一辈子都想去那里。

“我只喝烈酒，”斯尼思太太说，“我觉得乐队很好，还有那些吃的。吉罗负责供应饮料。我大口吃熏鲑鱼，还有用牙签固定住的菠萝火腿卷。朗姆酒不会让你宿醉，而且我总是喝大量的水。杜松子酒不会让你哭吗？”

“偶尔会。”菲利太太说。

“我有几十年没参加过婚礼了。”斯尼思太太说。

“现在不像过去有那么多人结婚了，现在的人好像只是同居，直到厌倦彼此。”菲利太太对着我笑，不过继续对斯尼思太太说，“我们的婚礼棒极了，杰里跟我。我酩酊大醉。他们现在都不那样了，都嗑药。”

斯尼思太太没有回应。她瞪着我，用她黄色的嘴唇抿紧香烟。“你住十九号房间。楼梯顶，右手边最后一间。厕所在走廊底。早餐九点整。”

“我要在八点离开。”我说。

“该死的，天刚亮呢。”她说。

“我要走去多佛。”我说。

“多佛很美。”菲利太太继续以她友善的方式说。她长得丰满，语气充满了鼓励。她说：“但过去比现在还要漂亮得多。”

“早餐九点开始。”斯尼思太太捏了捏她肮脏的罩袍以擦干手上的汗水。她眨眨眼，拨散烟雾，冷冷地斜看我一眼，然后说：“要是我开了特例，就得做整个早上的早餐了。是真的料理出来的正式早餐，明白了吧，所以我收费才不便宜。”

她递给我一根棒子——是一根用铁丝绑着钥匙的木头。

“十九号房间。楼梯顶。”

那晚我逛遍了整个迪尔。虽然只有几条街，但逛完让人心情愉悦，在海边还听得见海浪浮起岸边圆滑的石头，再像吞咽般从石头间把水排出。后来在海边一个暗处，我被一个女孩和一个男孩拦住了。“嗨。”我以为他们是要问路。两人都年约十八。女孩说：“给我四十五便士，好吗？”

我想象不出她怎么会要求一个这么确切的数目，那大约是一美元。我说不好。

“又不多，”她说，“微不足道。”

他们俩穿着整齐，都抽着烟。

“他是个同性恋。”女孩说完，两个人都笑了起来。

他们全都坐在黑暗中看电视，映着蓝光的脸上没有表情：斯尼思太太和她先生威尔，菲利太太和杰里，一个长相疯狂的流浪汉耶比，以及斯尼思太太的父亲，从斯凯格内斯过来的查理·文瑟姆。“斯克吉”，他这样说那个地名。他喜欢海岸。虽然在那么暗的房间里很难说，不过文瑟姆先生年约七十五。他的皮肤被电视光染蓝了。从他们的沉默和翘高脚的坐姿，以及压扁的沙发，我觉得他们每晚都是这样过的。门上有个告示写着“电视休闲室——只限房客”。

新闻上场了。我可以听见耶比的呼吸沉重。没有人说话。屏幕上展现出福克兰群岛的地图，两小块碎地。

斯尼思太太说：“你对福克兰群岛事件有什么想法？”

我说努力争取属于你的东西，似乎是件合理的事。

“有人说他们看不出这样做的意义。”杰里·菲利说，“你看得出其中的意义吗？”

我说我一无所知，除了截至目前这场战争尚无伤亡，如果保持下去的话，更容易和阿根廷达成协议。

“他说尚无伤亡。”此话出自耶比之口。

新闻糟透了。一艘载有一千两百名官兵的阿根廷战舰沉没，大部分的人恐怕都已经惨遭溺毙。这艘战舰是“贝尔格拉诺将军”，而这些人是战争的第一批死者。新闻是在我进来之前几分钟才发布的。

有一阵子大家什么都没说，或许是出于对说出坏消息的恐惧。在悲剧发布之后那一刻所说的话，总是会被大家牢牢记住。

但是斯尼思太太变得激动起来，口气既内疚又挑衅。

“他们说他们要吃那些羊！”

“谁要吃羊？”我问道。

“那些阿根廷佬——不然还有谁？”她说，“等他们没东西吃，什么都不剩的时候。吃那些羊，真不公平。他们没有权利那样做。福克兰群岛或许属于阿根廷，可是那些是英国的羊！”

“那些可怜人。”菲利太太用哀伤的口吻说。

杰里说：“掉进海里，没希望的。”

我和文瑟姆坐在沙发上。他把脚缩到身体底下，像个印度托钵僧一样盘腿而坐，以映着蓝光的脸面对蓝色电视上的坏消息。毫无预警，我感觉到被推了一下，手臂被什么用力一戳，手肘上也承受了压力。我飞快地往下看，竟然看到了文瑟姆先生把脚放在我的手臂上。我觉得他这么做真是令人恶心。

“我看不到电视了！”他叫嚣着，对我亮出他发亮的蛀牙，那些蛀牙比脸还蓝。

因为太痛恨他的脚，所以我走出了那个房间。

早餐桌上没有其他人。事实上旅馆根本没有其他客人，所有房间都是空房，看电视的不是家人就是朋友。所以斯尼思太太所谓的

“房客”、没有便宜的客房和必须做一整个早上的早餐都是骗人的。她在厨房里，对着煎锅抽烟和咳嗽。她说，如果我多留一晚，她也许可以帮我找到更便宜的房间。

“下回吧，”我说，“我会再回来。”

永远不会再回来了，我心想。

“随便你，”斯尼思太太说，“多佛很贵，我们这里便宜得多。”

可不是吗。

她把我那盘培根和蛋放到我面前，然后坐到另一张桌子前抽烟，喝她的茶，看她的《太阳报》。头条是《沉船！》，说的是“贝尔格拉诺将军”及一千两百名死者，为未来许多幸灾乐祸的头条开了头。

我出门并恢复了自由，呼吸新鲜的空气——早晨离开很好。我关上门，不再回头。回见，他们说，路上小心。我跨着大步离开，很高兴不用多留一分钟。当我受不了黏糊糊的过咸早餐时，就会站起来，在其他人醒来之前出门，顺便让猫出来。我急急忙忙地赶了一百码路，然后省悟自己已经永远都不必再回去，于是放慢速度散步。这是一种逃离家门的解放式幻想。

没有人等我，没有巴士要赶，没有票要买，也没有约会。下次要是发现旅馆肮脏，我又不喜欢那些人的话，大可以一走了之，我心想，只要上路再找一间更好的。我喜欢认为每回离开时都是在进步。要是运气不好，也没关系，因为前方的路上总是有更好的，海滩、断崖、有名的小镇，或是森林，而有时只是好天气，在我顺时针的海岸环游之旅上。

去我从来没有去过、我光知道名字的、那些书上的形容正好错误地吻合我想象的地方，让我感到快乐。威廉·科贝特在《乡间骑踪》里说："迪尔是一个令人厌恶的地方，充满长相猥琐的人。这里弥漫着憎恨的极度荒芜……一切似乎都在走向灭亡……"判断如此强烈地表达出来，以至于我推测那里应该就是那样。但其实它是个温和的小镇，没有防波堤，也没有太长的海滩，只有几棵树迎着法国吹来的风，是种粗率的高尚。沙滩上的船看起来相当实用（缓慢、笨拙，只为一个目的而打造；上面有号码，却没有名字；生锈的铁具），是渔船。男人仍旧每天从饱受践踏的海岸和上头拥挤的房子出门，以捕鱼的辛苦方式维生。

我在明亮的阳光中从迪尔出发的那天，他们正把渔船绞上来。海边的绞盘总是意味着小规模的认真渔业；比一般地区还多的酒吧也显示从事渔业的人口；木头、绳团和前滩像抹着焦油的顽固垃圾同样代表了渔夫。关于渔夫的另一件事是，他们看起来都不像会游泳的样子。

我往南走了半英里，发现沃尔默的景观完全不同。头条充斥着阿根廷战舰被击沉和所有死者的消息，使得那天的报摊显得特别阴森。我走过从迪尔到沃尔默浅滩（"一般认为是恺撒大帝登陆英国的第一个地方"）旁的大片绿野。沃尔默有伦敦郊区的味道（花园和年长的店家）、病房的气息和穿得稍嫌温暖的人。在某些海滨城镇人们活着，在另一些海滨城镇人们死去。肩并肩的迪尔和沃尔默分别就是这样两种地方。在沃尔默还有进一步的证明，那就是过了一定的年龄后，英国人就不再买新鞋了，只清洁及修补他们旧鞋的裂缝，让鞋子看起来整齐。他们看着鞋子心想：这些鞋子会送我往生。

这里的海滩平坦，是桑威奇浅滩的延续，但越过金斯盖特村，前面是科尼角和博克希尔农场的白崖。走近断崖时，我看到一个告示牌说英国国防部步枪射击场就在崖壁底下，还有“不要碰任何东西——可能会让你丧命”。另一个告示牌则警示行人“确认最高水位以避免被海浪卷走”。大部分海边步道都受制于潮汐，所以步行者可能会发现自己没有办法前进或者后退。这种困境的专有名词称为“进港”：陷在涨潮中动弹不得。“步行者应该留心潮汐表，以避免进港的危险。”

我听到了枪声，并且看到一面表示危险的红旗举起，海浪拍打着接近白垩断崖的底部。于是我沿着上方的草地走。太阳隐去，大雨扫过旷野，朝我席卷而来，将我淋湿。几分钟后露脸的太阳又把我蒸干。我没有走访迪尔堡或沃尔默堡；我不是来逛景点的——至少不是那样的景点。我是来——看雨、太阳以及海岸的绿野，而且我想搭火车。黏土色的水随着撞击的巨响起伏，海鸥像风筝般挂在空中。

一离开迪尔，我就看到一片低矮云层从铁灰色转为蓝色，横越过英吉利海峡上空，仿若一道固执的雾岸。越接近多佛，它的形状越清楚，一会儿像长战舰，一会儿像小型舰队，一会儿又像岛屿。我继续走下去，看到那是一串海岬。那儿是法国，看起来就像是横过科德角湾的布鲁斯特。

小径前四百码外，有个人正下坡朝我走过来，不过我看不出是男是女。几分钟后，我才看到她的围巾和裙子。接下来的几分钟，我们就在偌大天空下长长的斜坡上，大步地朝彼此接近。风景中只见我们两个人——我们后面都没有人。她是个货真价实的步行者：

双手摆动，平底鞋，没有狗，没有地图。天气也好：蓝天在上，太阳在东南方，一片云像个破袋子般挂在西边。我看着这个女人，这个年纪相当大的女人，围着温暖的围巾，穿着厚重的大衣，手里还握着一束花——我看着她走过来，心想：除非她先开口，否则我不跟她打招呼。

她没有看我，与我平行，但没有注意到我。海岸上看不到其他人，只有一艘像是黑色熨斗的渔船。赫塔·普姆弗里（我看得出这位女士叫这个名字）继续迈着大步向前走，膝盖扬起衣摆。此刻她已有部分经过我，却还是面无表情。

“早！”我说。

“喔，”她转过头来看着我，“早！”

因为我先说话，她给了我一个美好的笑容。可是如果我没出声，赫塔和我就会在断崖顶草地（周围一个人也没有）相距五英尺地擦肩而过，同时在出于安全考虑的沉默中不置一词。

多佛断崖的白，白垩的微光，是种可以忍受的漂亮光芒——白在大自然中似乎是纯洁无瑕的。多佛是个狭窄峡谷里的港口小镇，两边都是峭壁，而峭壁上则有城堡和碉堡。从多佛往上看，就会看到城垛和堡垒。我沿着城堡正下方的东部断崖走，下海军阅兵场到步道。这是个高度机械化和忙碌的港口，车子和货车排队等着上渡轮去法国。一股法国风悄悄爬进城里。多佛有点欧洲大陆的味道——街上的气氛、散步者的脸庞、店里的杂货、某些招牌上的语言。我并不知道这有多么非比寻常，因为英国人从不容忍其他国家。他们既无敌意，也不友善。无论如何，在英国，讲话或聊天本身都不像在美国一样是个友好的表示。跟陌生人说话在英国会被视为一种挑战，象征进入具有言语和社交特征的雷区。最好保持沉默，即便是正在穿过一条无人的草地小径。英国人的包容是对于任何可能让他们尴尬的事情几乎都采取视而不见的态度。他们是亲切的，但也是害羞的。历经九百年，他们对于法国人依然没什么强烈意见，这一点让我惊讶不已，因为我只在英国住了十一年，就已经觉得法国人是全欧洲最没有道德原则的人了。不过在多佛，英国人采取了一种不同的姿态。他们会奉承多佛的外国人；这城市有股微微的蒜味，近乎混种的感觉——是种文化小混合。但多佛海岸包容了这份偏离。就像是在采石场的底部，世界性的气息绝不会渗透出去。

从多佛到福克斯通只有七英里，但这条铁路如同所有海岸沿线一样壮丽。不只是断崖的景色和海风，还有工程，那所有深嵌进岩石的铁路和无可避免的隧道，引擎的隆隆声加上海浪的拍打声，铁轨下的海浪，向海那面火车窗户上的盐水斑点。因为峭壁的关系，声音更大；光线也更奇怪——火车一边是土地的影子，另一边则是闪闪发亮的海洋；而且铁轨从不笔直，总是绕着内湾和小海湾。这是人类最棒的机械横贯地表所呈现出来的最美的景色——火车就走在垂直岩石和水平海面的狭窄角度间。

奔驰的火车上方是莎士比亚峭壁，名字出自《李尔王》中的一段（“有个断崖，岩顶高耸弯曲 / 在狭窄的幽深处看来颤栗恐怖”）。我们经过各个徒劳无功的洞口，它们象征着企图修筑一条隧道到法国的努力。那是个古老的计划，世纪之交甚至出现了一口长长的竖井和一条开凿在英吉利海峡底下长七千英尺的隧道。最后一次挖隧道到法国的尝试在二十世纪七十年代宣布放弃。[①] 我想找火车上的人问问关于这条海峡隧道的事，于是换位子坐到一个看起来无害的人对面，他正在看《每日电讯报》上整版的福克兰群岛新闻。我问，英吉利海峡隧道就是从这附近开凿的吗？

他说是——也不算说，只是点了点头。

我说那似乎是个很棒的主意，不明白为什么要放弃。

"没钱。"那个人有点生气地说。他是 R. G. H. 雷格特空军中校（已退休）。"这不是个富有的国家，我们再也没办法做那样的事情了。现在钱都在日本人手中，还有德国人，还有那些阿拉伯人。"

我本来要说今年日本才在津轻海峡下挖了一条长三十六英里、从本州岛通北海道的隧道。可是如果我说"勇气可以让你们繁荣"，他可能会回我一句"日本鬼子！"。英国人因为日本人攫取过多的财富、怀抱无罪的种族主义、爱吃生鱼片、工作勤劳以及在大战期间折磨战俘而痛恨他们。"他们因为我们在新加坡投降而看不起我们。他们认为我们应该做高尚的事情——集体剖腹自杀。"所以我没提日本隧道，也没说在我看来英吉利海峡隧道似乎是这个国家最重要的一项工程建设。英国的未来或许就靠它了。可惜那份努力却告崩塌。

雷格特空军中校说："我们要学会勒紧皮带过日子。"

当然，他的"我们"指的是其他人。

他继续读他的报纸。我再次换了座位，看到我们已经抵达福克

---

① 英吉利海峡隧道计划最早在拿破仑时代便提出，到一九九四年终于开通，历经两百多年，中间曾放弃过二十六次。本书写于一九八二年，故作者有此说。

斯通。我心想：要跟那个人攀谈，我得回到十一年前问陌生人一个严肃的问题似乎无关紧要的时候。可是我要如何闭嘴走完这段旅程呢？在不跟任何人说话的日子里，我会觉得自己轻了三十磅，而要是连续两天不说话，我就有种自己快要消失的恐怖感觉。沉默让我觉得自己是隐形人。

我之前只见过福克斯通一次。那是个寒冷的九月天下午，在前往法国的港口接驳列车上，往窗外探头时看到的。如今在五月的阳光下，那些大厦和如顶级豪华医院的酒店令它看起来挺优雅。整个福克斯通弥漫着一股疾病的气息。在这精致天气里，那出现于窗边的白色脸庞的某种东西，让你没有办法看着一个花床而不想到病房。那里的老人好像不会以正常步伐的速度走路。这是个富丽堂皇的城镇，红砖的建筑有着维多利亚的风貌，在海岸平坦的崖顶上，还有一英里称为丽丝①的草坪。

这里距离法国很近，并有着同样的峭壁，就像是一条大河遥远的对岸似的。我看得到布洛涅上方的康贝坦角和欧德勒塞勒白垩断崖的裂缝，以及灰鼻角、白鼻角。加来就在角落。这不是视觉幻象；但这里没有一点法国风味。天气好的时候，有些人还会一路滑水去法国。

我在福克斯通穿过丽丝往西走时遇到了沃尔特·都德罗。他问我时间，不过我看得出他是想聊天。他用发抖的声音向我讲述，他曾在丽丝担任过园丁，所以现在才会在这里——还是喜欢来看一看。英国的大部分地方都变了，但福克斯通一点也没变。他的妻子

① 原文为Lea，诗歌用语，意为“草地”。

走了，狗也走了。他去年冬天摔了一跤，跌在一片冰上，因而伤了膝盖，很严重，影响他跳舞，害他现在一周只能跳两三晚。

“之前你跳几晚？”

“五六晚，”都德罗先生说，“星期天没人跳，就算有，我也不会像个开业的基督徒一样去。”

我问他是什么样的舞。

“老式和现代集体舞，”他说，“你觉得我几岁？尽管猜。”

老年人总是会问我这个问题——或许是问每一个人？我说大约七十。

“下个生日七十九岁。”

“我不相信。”我说。

他说：“而且我可以碰到我的脚趾。”

他马上试，可是碰不到。

“都怪我该死的膝盖！”都德罗先生说，“通常我都可以毫无困难地碰到我的脚趾，刚刚才知道已经碰不到了！”

我说：“已经相当接近了。”

“我一向都说我是福克斯通身材保持得最好的人。”虽然面带笑容，但他确实如此相信。他说：“你结婚了吗？”

“结了。”我明智地回答。

他退缩了一下，因为惊讶而表情僵硬。如果我已婚，为什么会在工作日独自背个背包，穿着这双鞋沿着海岸走？

“我本来要说，如果你还没结婚，那么去跳舞可以交到不少新朋友。”都德罗先生说。

“总之，我结婚了——所以跳舞可能不适合我。”

都德罗先生摇头说：“你认为沿着海岸线走路有趣，但我告诉你，跳舞更有趣。”

我跟他说我正要徒步去滨海利特尔斯通。

他说：“我一个人去舞厅，出来的时候总会交上六七个新朋友。”

“是什么样的朋友？都德罗先生，男的还是女的？”

“都有，”他说，“这是我的舞，你瞧。”

现在我注意到他一直看着自己的脚。他的脚很小，鞋子很平滑，裤脚卷起，好像要吸引别人的目光。他以自己的脚为荣。

“我一直都在跳舞。你得为跳舞保持身材。今晚这里就有一场，明天在多佛还有一场。我会搭下午的车过去。”

他想让我大声赞叹他的努力，那样他就可以笑着说跳舞让他保持年轻。但我说我实在算不上是一个跳舞的人。

“就算你是个独行侠，也会喜欢。”他说。原来如此，他认为我是个疯狂的独行侠。“我的意思是，那好过做独行侠。”他的眼光从整齐的鞋子移到我褐色的背包上。

我说：“除了踢踏舞，我从来没考虑过跳舞。”

“那你可能会喜欢现代集体舞，”他说，“我喜欢的原因是它没有粗鲁的元素。知道我所谓的粗鲁元素吧？光头族、庞克族，这些粗野的男孩。噢，你在舞池里绝对不会碰到他们。”

我们来到丽丝最后一块草地，在通往海边的阶梯上（桑盖特就在底端），他跟我说再见，但仍继续说个不停。

# 第三章
# 黑斯廷斯支线

桑盖特很漂亮，挤在绿色的景崖与狭窄的海岸之间，呈现出爱尔兰的风貌。古董店和农舍充斥其中，并散发出打蜡的家具和热腾腾的面包的味道。但它横跨在主要的海岸道路上，意味着这里虽是个小镇，步行者想穿过街道还是困难的。

我沿着海边走。在海湾远远的那端，朝西南方，在一个像是海岸边生锈大镰刀的刀尖上，是登吉沼泽的鼻子——突出点。邓杰内斯新的风景特色从我走路的地方显而易见，因为那是一座核电站，有着这种建筑的丑陋和独特的尺寸。倒不是因为它大而让人讨厌——光看大小本身并不恐怖。吓人的是核电站那种不自然的外形，它们美化不了。对于从平静的海湾眺望过来的人而言，它们的恐怖在于爆炸式的不成形、随意膨胀的角度，以及所有的辐射电力线，就像一颗电击波状的球体。十五英里外的邓杰内斯核电站长相怪异——周围除了平坦的海面和登吉沼泽边缘长长一段低于海平面的绿色洼地以外，别无他物。

英国一共有十八座核电站，统统在海岸上，或许和他们把射击场、火箭试验区、雷区和炸药厂建在同样的海岸理由相同。如果出了什么差错，浪和海会消解爆炸的威力。而警戒这样危险的地带，防止敌人侵入也更容易。但是当其中一座核电站爆炸或熔化时（若凑巧是这一座），地图就会扭曲，海岸线会缺一块，英国就不会再像一个巫婆骑在一只猪上，而可能像是一个侏儒骑在一块猪肉上。

海边不见一个人影，没有人游泳，没有人走路，没有船，可是有某种我之前在马盖特、布罗德斯泰斯、拉姆斯盖特、沃尔默见过的事物，那就是在每条接近海边的路上有一排排停靠的车子，坐在里头的通常都是很老的人。有叫拉思伯恩的老人坐在他的莫里斯玩具车里，有威瑟斯莱克家名叫唐纳德和莫琳的夫妇，坐在他们绿色"跑天下"的后座，以及别的人。他们全部坐在自己的车里往外看海，就在每一条海边的路上。我经过时，他们几乎连看都不看我——或许会瞥一眼我鼓胀的背包，不过仅止于此。

如果停车的地方接近一片海滩或一处断崖，或者任何一处可以清楚看到海的岸边，老人就会聚集在那儿，并肩停靠，他们的小车在风中微微摇晃。我到处都看得到他们吃着三明治，用塑料杯喝茶，看报纸，一副沉迷其中的模样。他们总是面海而坐，大部分都是上了年纪的夫妻，但好像都没在聊天。男的经常在睡觉，而有时候女的在后座，而男的在前座（"总得有些地方放我的三明治"）。他们不是赏鸟或看船的人，事实上，他们好像没在看特别的东西。他们的表情有点悲伤和空洞，好像期待看到水平线外或海面下的东西。

这里阴暗得足以成为英国的度假地，不过我揣想是否还有其他意义。在我看来，这里有可能出现极度恐怖的情形，一种空无的经历。唯有在海岸边，要是你将自己调整到正确的角度，真的可以什么都看不到。每次经过这些坐在车里的老人（一动不动），我总是会想到他们是在用自己的方式等待戈多。

我在大风及其吹起的飞沙中走向海斯，看到一个骑着自行车的警察。我问他沿海岸而下的火车是否还在营运。他说是，并指引我横越城镇。“一英里，”他说，“真的是很长的一英里路。”

下普尔西弗路过艾伯特街到盐木林（或类似那样的名字），我问一位在那里洗衣服的女士：怎么到车站？这样也算旅行，似乎挺好玩的，有必备的背包、望远镜和刀子——还有塑料斗篷！不是在这里，不过有时候即便是在乡间小路上，周遭明明有男人在修剪树篱，有身穿制服的女孩和吹着口哨的邮差，感觉仍像是在甘托克[①]般遥远的异国，却又不如那里那么安全，因为锡金[②]可不知道谋杀为何物。这是旅行，意义或许是新的，但地方仍是旧的；因为这是我第一次努力观看，还做笔记；也因为我在那些地方没有其他事情可做。

罗姆尼、海斯和迪姆彻奇铁路是英国最窄、最小的铁路之一，从海斯到邓杰内斯的铁轨仅十五英寸宽。车站的指示牌显示：“下一班列车下午五点十分。”现在刚过五点，可是车站锁着。

茶棚附近的马吉利亚·盖尔特说：“站长是个笨蛋，有时完全不开门，有时半夜还在那里。”

但我等了几分钟，火车就开进站了，发出汽笛声——蒸汽火车，看起来像玩具，不过是打造坚固的那种。一个人打开车站，招手叫我去售票口。我站在那里等，我是唯一的旅客。

---

① 甘托克，印度东北部锡金邦首府，海拔一千七百米，城名意即“山顶”。

② 锡金，印度最小的邦，位于喜马拉雅山脉东麓。西与东分别与独立的山区王国尼泊尔和不丹接壤，北和东北与中国西藏相邻。

售票窗口上贴着一个小小的告示牌：

沿线好玩的地方——
迪姆彻奇：宾果，小礼品店
新罗姆尼：火车主站
巨石：沙滩
罗姆尼沙滩：假日营区
莱德：炸鱼与薯条店
　　　公厕
邓杰内斯：灯塔

窗盖拉起来，我从一个双手油腻的人手中买了张到新罗姆尼的单程车票——他同时也是工程师。对于我买的不是来回车票，他似乎有点惊讶，因为这条铁路通常是兜风游乐的人在用，完全靠游客在支撑营运。那天傍晚的另外两位乘客就是在回新罗姆尼的路上，只是来海斯玩玩，所以他们没有下车。

在懒洋洋行驶的开阔车厢中，我架高脚坐着，所有的东西被春天傍晚清凉、空洞的光线一碰，好像都慢了下来。我往外看到了羊和马，微风轻拂过麦田，小房子紧挨着大地。迪姆彻奇有着黄色的农地，是五月英国的美景之一，最明亮的农作物：整片农地上满是正在采花蜜的蝴蝶。再过去，路的右手边，灰蒙蒙天气的迷雾中，则是罗姆尼沼泽。那是水已排尽的沼泽，一大片平坦、肥沃的牧草地。亨利·詹姆斯就住在西南方的拉伊，他书写此地的迷人在于“为缓慢的骑行者展现最棒的景色”，他描述道：“寂寞的小农场，红与灰；鼠灰色小教堂；好像专为长影子和夏日午后打造的小村子。布鲁克兰、旧罗姆尼、艾维彻奇、迪姆彻奇——它们绝对有最漂亮的名字。”

在不再是港口的新罗姆尼，暮色让天空仿若一个斜斜的天盖，所以我有时间往东走到海边和那儿的村子滨海利特尔斯通。那里只有几间平房，一棵停满乌鸦的枯树，两排高高的老房子，波浪冲击着鹅卵石海滩，宛如装在瓶中的弹子一样叮咚作响。无风——不寻常，旅馆的经理告诉我。“风从不停息。”风的缺席似乎延长了白昼，而利特尔斯通则像湖畔一样平静。

前台的陶吉斯太太带我去房间，她犹豫了一下，然后坐到我的床上说：“这开关你会想关掉的。”修长的手指按在墙上的一个套环上。“内线，”她解释道，“开着的话，我们可以听见这里的一切。”

“只会听到我在跟自己讲话。”我说。

“或许你会带个年轻小妞进来。”陶吉斯太太说。

“可能吗？”我说。

“那你就不会希望任何人听到了。”她说着微笑起来。她坐在我的枕头上。

我的脸上顶着阳光，用酸痛的脚走了一整天的路，赞叹那简单的语言、陌生的海岸。但其实利特尔斯通距离伦敦不远。在这里（在天黑后的英国任何地方）让人有些迷失。

陶吉斯太太迅速起身，好像刚刚想起了什么事似的，往门边走去。“如果你有任何需要，就……”然后她笑而不语。

“我一定会的。”——说说而已，因为旅行已经把我变回了美国人。

旅社没满——十几个人，全都是精力旺盛、讲个不停的中年人，说了些什么，然后哄堂大笑。他们带着一盒盒样本在海岸来回奔走，生意糟透了。你随便提一个城镇（比如多佛），他们总会说："多佛很糟糕。"他们有种旅行推销员粗暴、玩笑的态度，以迟钝的漫不经心对待女侍，让那些可怜的女孩紧张，欺负她们，只因为对自己的太太和女儿没办法如此。

从梅德斯通来的发动机零件和汽车配件商菲汉先生说，整个肯特郡都是他的地盘——他的范围，讨厌的地方。他说话直爽，有点自大和推销员的轻浮；要求看甜点推车，而当漂亮的女侍停下来时，他却看着她紧绷着制服的腿说："那个巧克力蛋糕挑起了我的幻想……"

女侍端起蛋糕盘。

"……到我这年纪，大概也只能这样了。"

菲汉先生最多五十几岁，其他三个与他同桌、年纪相仿的人以一种哀伤的附和方式笑起来，承认他们的无能，并对他们的老二没办法正确运作略生挖苦之意。偷听中年英国男人说话，经常会听见他们在吹嘘自己缺乏性冲动。

后来，我和所有推销员坐在那里看电视，福克兰群岛的消息。有人作了猜测。"在M20号公路上时，我从收音机里听到……我一名手下说……阿什福德一个从我这里拿货的小子听说……"但是没有人肯定——没有人敢。"……关于英国的伤亡……"

电视上正在播报"谢菲尔德"沉没的消息。这让房间陷入了沉默：这是英国的第一批伤亡，一艘全新的船。很多人丧生，船还在燃烧。

只要英国还没在福克兰群岛战争中折损一兵一卒，那就还是一场精明的战役，聪明的步法和冒险。那让人敬佩：反应迅速，没有流血，没有死亡。但眼前是可怕且必须问责的；必须得到个答案。这让英国陷入好像没人真正想要的挣扎之中。

一个推销员说："这会打消我们的士气。"

房间里有个中国人。他开始说话——其他人都盯着他，当他开口时，他们的目光都变得锐利起来，好像期待他会用中文说话似的。但他说的是英语。

他说："那对我们是致命的一击。"

每个人都嘟哝着：是啊，对我们是致命的一击，然后呢？但我什么也没说，因为我已经觉得自己像个敌方的情报员，认同阿根廷作家 J. L. 博尔赫斯对福克兰群岛战争的看法："就像两个秃子在争一把梳子。"

在阳光中从利特尔斯通往南走，比在雾中和雨中行走更令人沮丧，因为明亮的阳光会暴露每一间可悲的平房和每一座布满灰尘的花园，而展现出除了鹅卵石之外一无所有的景色。一点点坏天气可以让一切显得稍微神秘及有趣，而阳光只会让它变糟。这片平房延伸至邓杰内斯，并拐过转角，我能用望远镜看到。当时我并不知道这片平房会绵延几百英里的海岸线，从英格兰南边直达兰兹角[①]。

我出发前往邓杰内斯，那是横过泥泞地表的一段漫长的平坦路程。我抄了近路，但很快就希望自己循原路走。干枯的沼泽尽是沙

① 兰兹角，英格兰康沃尔郡最西端的半岛，其顶端是英格兰的最西点。

子、石头，一棵树也没有，而且走起来很辛苦。十九世纪初期，当地人穿他们称作“砂石鞋”的鞋子走过这片鹅卵石地面。它有着“方便的长度与宽度，加上中间一个让脚插入的托座，就像北方国家使用的雪鞋”。就这样，人们拖着脚走过邓杰内斯。

我经由一片平房走向巨石，再从同一段路到滨海利德。这些地方无聊得令我想搭巴士离开，但是当我告诉一个人我想找巴士时，他说：“那你得走运才行。”然后就走开了。

“希望天气可以为你好下去，斯坦。”他对一个正用扫把打扫花园的人说。花园里铺着不规则的路砖，摆有地精、鸟浴盆，栽着修剪残酷的长方形玫瑰花丛——所有的平房都丑得一样，所有的花园都丑得不一样。

我继续走下去。我可以从前窗看到屋里的人在擦铜马饰或调味料瓶，或编织一个盖住卫生纸卷筒的长裙娃娃。我还看到一户人家的窗边，一名妇人轻咬着舌尖在烫椅套。在滨海利德，没有人凝视着窗外那丑陋的核电站低语“上帝保佑我们”，而是井然有序地做着日常的家务。我一边走，一边想着这些事。在一个可能发生核泄漏的地方熨烫椅套似乎是相当恰当的，这里毕竟是英国。

邓杰内斯附近有些地方活像已经发生过大灾难。登吉沼泽有着爆炸过的破败模样：弹坑、采石场和砾石坑；没有树，只有灌木和杂草；更多的铁刺网和一英里接一英里的灰色鹅卵石。在一个阳光普照的日子里，肯特郡的这整个角落就这样呈现在我面前。而在这人与自然都致力于展现恐怖的地方，却有着最美丽的鸟儿——一身长羽毛的田凫（又称绿鸻），还有苍鹭和七种鸭子。大部分鸟儿都选择在砾石坑中休憩或游泳，但这个地方如此无趣，小径如此单调，就算是十三只天鹅飞过的景象也没让我高兴起来。

我在那天发现：一个地方越丑，我走得越慢。我笨拙地走过沼泽，穿过有遮荫的利德，然后到利德营（我的地图上标示着“危险”）附近——我听得到炮弹爆炸的声音。“利德强力炸药”是一种由苦味酸所制的强力炸药，也是此地地名的由来。我在沿途某处进入萨塞克斯郡，但景色毫无改善。军营（他们干吗让军队盘踞海岸？）让我无法在海边行走，也让我无法进入海滩。开在这些路上的车好像也比在其他地方快得多；不过开车的人想赶快穿过这片荒芜之地是很自然的事。因为我是步行，所以只能任由它一点一滴地强加在我身上。

最后我终于抵达坎伯那一片灰白色的倾斜海滩，延伸七八英里到拉伊——远方那座小丘。坎伯沙滩空空荡荡，海滩荒芜，海面上也没有船。现在是工作日，即便如此，你也应该能看到一辆车、一位爱狗人士，或是一个野餐的人、一个慢跑者。但在这片阳光海滩上一个人也没有。那是另一个版本的英国奇观——邓杰内斯，还有这里，它的反面。

接着，景色又难看起来，挤成一团的平房、停车场和名为“银色沙滩”“庞廷”的假日营区。这里没有人，那些建筑物只让坎伯的这部分看起来一片荒废。海滩无可否认的可爱，也没被破坏，但在西端是斑驳、塌陷的茅屋，生锈的拖车以及杂草，甚至还有一堆扭曲的金属和昨日遗留的塑料袋——这残破的景象让人联想到第三世界，那里的人没有普及知识，任由废物堆积，让垃圾成为另一种文明的证据。我猛然省悟，随着时间流逝，有些除了贫穷之外毫无共同点的国家，也会开始相似起来，因为在伟大的文明经常大相径庭而每个文明都很独特的同时，每个人的垃圾却都是一样的。

这段路好像永无尽头，充满了弯路。我已经走了十六英里，还有四英里要走。但从这里开始，路就好走了。我穿过满是牛的牧草地，并沿着拉伊港走入建在一座美丽山丘上的城镇。拉伊是英格兰这一角落奇妙的城镇，但它的奇妙是那样的博物馆风，以至于我发现自己走在鹅卵石街道上时，竟然将双手背到了身后，用我僧侣式的压抑来欣赏及面对这座城镇，就像是一个身在充满“请勿碰触”标示的艺廊里的人。拉伊不是个休息之处。它有种瓷器店的气氛，催促你去品评漂亮的房子、被悉心照料的花园和自我意识过剩的招牌画，然后继续走下去。不过英国也不是只有这种奇特的地方看起来既漂亮又不友善。大部分村落和城镇都带着一种拒绝的恼怒神情（色调好似回避的凝视），在英国，我所到之处似乎都在对我低语：走！回家去！

我搭火车去黑斯廷斯。黑斯廷斯在十一英里外，那是从阿什福德分出的支线，搭的人不多。火车开出拉伊，朝温奇尔西和布雷德河谷前进，越过草地和到处可见的白杨树，缓缓穿过绿意盎然的五月乡野。

“不错的火车。”我跟走道另一边的人说。

“他们却想废掉它。”他说。

英国铁路局试图关闭这条线已有十九年之久。支线的情况通常如此，它们有用但不赚钱（但另一方面，也不会比路灯或高速公路更不赚钱）。唯一不受关闭威胁的，是往返核电站运送核废料的路线。至于其他的，大可以从一条线路的美丽和搭车时的兴奋判断出它很快就要关闭了。其实除了一两条铁路，英国没有一条铁路赚钱，所以时候到了，全部都会消失，而支线首当其冲。有一天，当世上不再有燃料可供私人汽车使用，就已来不及让火车回来去任何地方。届时所有伟大的铁路都会被熔化，变成铁刺网围墙。

我们谈的就是这些，走道对面名叫杰弗里·克劳奇的人和我这个穿过萨塞克斯东部绿色角落去黑斯廷斯的人。这是条可爱的铁路，所有的站都小小的，绿意盎然。温奇尔西有羊，山丘上有黑风车。这个月是樱花月，这周花又正巧盛开——多尔姆开得满满的，花瓣掉落在背着书包下课回家的孩童身上。在斯里奥克斯及更远的奥尔有粉红色的野花，牧草地上还有更多放牧的羊，橡树上的常春藤茂密得像是在妆点它们似的。这条铁路沿线还有许多地方两边的溪谷都开满了百合。

"噢，对，他们确实想废掉它。"克劳奇先生说。他是个在哈姆斯特里特工作的工人。我一九七一年初到英国时，这些工人平均周薪是十三镑。克劳奇先生现在赚的薪资四倍于那时，可是他已经老了，既没有房子，也没有车子。

到了黑斯廷斯，他说："我很高兴到时我已经看不到了。"

某个特定阶层的英国人经常说这种话，对于必定来临的死亡心生满足，因为死亡是一种回避的方式，避免承受他们想象中未来严苛的侮辱，好像在说："如果你无聊到祈求长寿，那就活该受苦！"

黑斯廷斯有个人跟我说："我为什么会住到这里来？很简单，因为这里是英国最便宜的三个地方之一。"他还告诉了我另外两个地方，但因为我热切地想了解黑斯廷斯，以至于忘了把另外两个地方记下来。这人是画家约翰·布拉比，他为电影《财星高照》画画，而他自己的生平多少类似格里·吉姆森，也就是这部电影的原著（乔伊斯·卡里[①]小说）中的画家英雄。

布拉比先生在一个放满画作的房间讲话，有些画还是湿的。"我在伦敦或其他任何地方绝对买不起这么大的房子，如果不是在黑斯廷斯，那我只能有间鸽子笼。"

他的房子名叫"圆顶与风之塔"，名副其实。它高大，摇摇欲坠，风一吹就吱嘎作响，每一面墙上都靠着画作。布拉比先生短小精悍，有着健忘之人特有的倾听表情。他说他作画迅速，其间提及他有名的放荡过去——放荡几乎害死了他。他是所谓的厨房水槽画家，带点客厅风味。现在他过着安静的日子。他说他相信西方世界注定灭亡，但他是在从圆顶的窗户往外望着屋顶，以及黑斯廷斯的海这片美丽的风景时这么说的。

"我们的社会基础正从个人主义和自由的概念转变为，"布拉比先生说，"个人不再存在的概念——迷失在集体主义状态中。"

我说我不认为那是一种集体主义状态，反倒像是野生世界，大部分的人都仅够餬口，有钱人则活得像王子——过得比以往任何有钱人都好，除了他们的身家性命持续受着来自饥饿、不甘于现状的穷人的危险之外。所有的科技都在为富人服务，但他们会需要这些来保护自己，并确保他们继续繁荣下去。穷人会活得像狗，危险而又可怜，而富人可能会以狩猎他们来取乐。

我这番愿景并没有让正在为我画肖像的布拉比先生产生动摇。"完全没有商业的考虑，"他在说我的肖像画，"这是要在我们的社

① 乔伊斯·卡里（1888—1957），出生于爱尔兰的英国作家。

会完全改变之后留给子孙看的。”他并没有反对我对未来的描述。他搔一搔头，继续说那可怕的警察国度。每个人都穿着鼓胀的蓝色制服——奥威尔的噩梦，那与其说是个合理的预测，还不如说是个警示。总而言之，几乎快到一九八四年了，而J.布拉比先在他快乐的破房子里，在黑斯廷斯这南方海岸的廉价乐园里尽情地挥洒创作!

我觉得他对未来的恐惧根本就是对现况的仇恨，不过除此之外，他还算是个快乐的人，而且有一大堆计划（“猜猜看是什么——长的那个。是坎特伯雷的朝圣者。乔叟，你知道。”）他说他从来没有旅行过，可是他的太太非常热衷——出于某些理由，一直想去新奥尔良。此刻他太太帕姆正凝神倾听我们的对话。她穿着红色皮裤，为我做了份培根三明治。布拉比说他是通过《寂寞的心》专栏认识她的，分类广告上说：寂寞绅士，五十四岁，结实但不胖，专业画家，南岸，希望认识……就这样，他们相识，情投意合，然后结了婚。

黑斯廷斯住满了画家。“因为便宜，房子大，而且光线一流。”米克·鲁尼告诉我。他画餐厅内部——侍者、喝茶的人、分量惊人的餐点。他从印度餐厅画起，它们全都叫“泰姬玛哈”或“孟加拉国烧烤”，黑皮肤的店家和橘黄色的料理。餐厅里挤满了人，装潢颜色明亮。但我光顾了有个枯瘦如柴的老先生坐在油腻的窗后吃煎蛋的“咖啡馆”，因为看起来像马盖特。鲁尼是个罕见的画家，他的工作让人有可能加以赞美，无须说些厚颜无耻的谎言，比如有动感，有一种紧张的雄辩之势，有一种有漏洞的客观性，以及（噢，直说吧！）有一种沉思之美。

作家是痛苦的朋友，他们也很少彼此为友。有其他作家在旁，会让他们觉得不安全。作某种特定歌曲的作曲家也一样——那是痛苦且难以忍受的。然而有些艺术不只会让艺术家去社交，还需要社交来功成名就，画画正是其中之一。我觉得画家拥有温暖单纯的友谊，而且说不定天生就比以其他艺术为业的人慷慨。或许是因为画画是可携式、有弹性的工作。画家会在户外，或者挤满人的室内作画；独自画他们赤裸的情人；他们边画边吃；他们边画边听广播。那是一种抚慰人的工作方式。

在我看来，黑斯廷斯陡峭街道上的画家就是这样打发时间的。米克画印度餐厅场景，布拉比画对世界末日的预期，格斯·卡明斯画绿色头颅，他太太安吉专画斜倚在镜前的情侣，其他的则画奥尔德敦的渔夫和费尔莱特附近的海怪。他们都是好朋友和愉悦的伙伴，带着许多孩子和猫节俭地住在颓倾的大房子里。他们有足够的才华和些许的成功，但这里毕竟是英国，没有一个人（尤其是好的画家）真正得到回报或惩罚。在英国，无论职业是什么，你都过着自己的生活。

画家照亮了黑斯廷斯，对我来说似乎充满了活力、勤勉和趣味，就是那种会想介绍给敏感的朋友或者有艺术倾向的亲戚的地方。这些加上有益健康的空气，从崖端一直延续到波维海瑟！

一晚，我和鲁尼在一间馆子里吃两只鸽子，并且称赞这座小城，在提到一个我认为特别和蔼的人时，鲁尼一脸困惑。

“你说得也许对。”鲁尼说，暗示我完全错了。

“萨拉·米尔弗顿——你介绍给我认识的那位女士，她好像是个成功实现了自我的人……”

“别这么说。”鲁尼说，“她先生一周前才过世。癌症，而且已经狂躁八年了。”

“有多狂躁？”

“都发狂了——就那么狂躁。他幻听了八年，很多种声音。萨拉的日子很不好过。”

我说：“讲笑话的那个人如何——欧洛克？”

他说：“你没注意到那些笑话都没人笑吗？”

这倒是真的，此刻我也想到欧洛克对于讲笑话似乎有着极端的狂热。但吃那餐时大家都醉了，肯定了我对黑斯廷斯的印象，即它是个充满乐观浪漫和心灵亲密的艺术家领域。

“你注意到他的绷带了吗？”

没有，我没有看到欧洛克的绷带。

“在他的手臂上——整条手臂，十七针。”鲁尼说。他像面对一个孩子似的看着我，同情我的天真，对于必须告诉我的事情露出绝望的笑容，为这个话题的浮现感到遗憾。“欧洛克今天早上试着用剃刀自杀。”

但我还是喜欢黑斯廷斯。如果不是只看了一点英国海岸线的话，我真的会留久一些。前头还有那么多风景等着我去看，有时我真有股奔逃的冲动——干脆搭一班特快车去威尔士，或者飞去苏格兰，忘掉阿尔斯特。但我已经发誓要慢慢地环游整个海岸一周，所以在一个下着雨的早上，鲁尼陪我沿着步道往西走。

如果黑斯廷斯富裕一些，所有这些维多利亚建筑都会被拆掉。这座小城因为太穷而不至于低俗，并且拥有足够的友善画家，让它避免变得俗气。而我认为画家喜欢在海边（与光线有关）的想法是对的吗？鲁尼认为有可能。画家和渔夫好像结合在了一起。在黑斯廷斯的鱼市场，鲁尼说，你可以找到在英国其他地方找不到的鱼——乌贼、章鱼、墨鱼等。比目鱼是这国家里最棒的。渔夫们坐在黑木板打造的斯堪的纳维亚式高大渔网工具屋里，面对一盆盆的鱼和捕鱼网，不怎么交谈。鲁尼说，他们是不可理解的人，有他们自己的习俗。举个例子来说，如果他们一大早看到教士或修女，那天就不会出海捕鱼。

“你可以想象要是他们看到了教皇会如何！”他说。

事实上，再过一个月，教皇即将拜访英国，是首度的教皇访问。

在战士广场维多利亚女王雕像旁，也就是黑斯廷斯进入滨海圣伦纳兹的地方，鲁尼说：“我最远就到这里了，从这里到兰兹角全是老年病人！”

圣伦纳兹沉闷灰暗，都是阴森森的房子，及腰高的窗台上摆满了叶片蒙灰的植物。天空开始下起大雨，虽然倾盆大雨的朦胧稍稍美化了圣伦纳兹，但我还是没作停留，而是搭海边火车过两站去滨海贝克斯希尔。在抵达贝克斯希尔之后，我才发现圣伦纳兹的寒酸。

“就像英国所有大型海水浴场，这里根本就是个小型的滨海伦敦。”亨利·詹姆斯对黑斯廷斯和圣伦纳兹的描写拿来形容眼前的滨海贝克斯希尔更为适切，“以它们长而温暖的海岸，以及众多便宜的小休息站和公共厕所，（它们）提供了英国中产阶层文明的缩影，以及渐渐崩坏，因而会为美国人所看轻的利益。”

英国中产阶层文明的缩影是一条主街，两边是出售合理实用的杂货的商店——简单的食物和褐色衣服；餐厅不太多，却有一大堆茶馆；忙碌的巴士路线；半独立的房子，有树篱和石灰泥抹墙外观；每隔二十码有一条长椅；草地保龄球场；严正的海滩——看不到游乐场，酒馆只有几家；以及大批蹒跚走动的年长保守党。

然后是德拉沃尔馆[①]，在各个楼层和走廊上，都看得见年纪很大的人坐在椅子上，膝盖上覆着毛毯，眺望海面，如同搭邮轮旅行，在两餐之间略事休息的人。他们喝着茶，瓷杯在发抖的碟子上叮咚作响，眼睛眨也不眨地看着福克兰群岛的新闻：他们都经历过两次世界大战，说不定当希特勒站在法国海岸高点透过望远镜得意洋洋地看着他们时，他们就已经在这里了。

如果说滨海贝克斯希尔是英国中产阶层的缩影，那么德拉沃尔馆（像一艘停泊在海边的邮轮）就是滨海贝克斯希尔的缩影。它的休息室里有种疾病和擦剂的味道，回响着轻快的风琴乐声，喝茶的人一脸苦恼；但仍不失为一个温暖的好地方，让我可以舒服地坐下来（我租了一把海滩椅），写我从来黑斯廷斯前就置之不理的日记。我像其他人一样买了一杯茶，外带一块巧克力饼干；望着海写日记，觉得自己已经八十岁了，但非常安全和干爽。对我来说很明显，一个英国人一旦到了滨海贝克斯希尔，就没有意愿继续走下去了。这里是所谓的悬崖边。那也就是为什么这座小城会弥漫着乏味的舒适、温暖的房间、大窗子和忙碌的教堂。没有人提高声音说话，在这里无此必要。尽是单调的嗡嗡声，一种没有变化、嘶嘶低语的嗡嗡声。人们过来这里，承认他们老了，相互照应地度过余

① 德拉沃尔馆，建于一九三四年至一九三五年，是现代“国际风格”建筑中最具创意的建筑师之一埃里希·门德尔松的作品。

生。在英国海岸，像贝克斯希尔这种老人医疗小区，几乎就是个老人互相合作以抗争老化的乌托邦。

一点也不像亨利·詹姆斯所担心的，美国人可能会轻视如贝克斯希尔这类的海水浴场，我觉得自己非常认真地看待它。我在旅馆边到处逛，发现这里几乎每天都有娱乐活动——歌舞表演、乐队演奏、芭蕾舞或者展览。那天有个古董市集，当晚则是东萨塞克斯健身会，隔天有塞克斯歌剧和芭蕾团体周末。我刚刚还错过了沃布尔顿及巴克特乐团在德拉沃尔台地（每个海滩椅座位三十便士）上的演奏。

我和一个退休的失聪情报员艾伯特·克拉普斯通聊了起来，他是从坦布里奇韦尔斯搬来度过余生的。他腿上放着一份《每日电讯报》，上面满是福克兰群岛的动静。我们聊起这事，然后他说“你是美国佬”，挺直身板。

“你们加入了，一如既往的迟到。”他说，指的是美国刚刚宣布支持英国对阿根廷采取军事行动，“就像第一次世界大战，还有第二次，都在最后一刻才冒出来，典型作风！”

他倾身向前，弄皱了报纸。

“你回去告诉你们的总统，说我们不需要他该死的帮助。”克拉普斯通先生说。

“好，”我说，因为戴助听器的人在争论中总占有战略优势——而且争这个做什么？“下回碰到他时我会跟他说，我想他大概在科登海滩那里游泳。”

“那是什么？”克拉普斯通先生扭曲着脸问我。

往西几英里就是科登海滩，但是雨已经停了，步行把我带进了郊区道路，而不是沿着海边走。房子都是独栋大别墅，拥有像堡垒围墙的水蜡树篱和密集栽种的花床，算是另一个滨海瑟比顿，也就是把最实在的伦敦郊区移植到最实在的南部海岸边来，算是两个世界的精华——至少对于住在别墅里的克拉普斯通先生之流而言。极目所及没有年轻人，我看到的每一个人都上了年纪，而且大部分都牵着一条皮带，被一条狗拉着走，就连狗看起来都上了年纪。

我走向佩文西（佩文西湾是一〇六六年威廉[①]带领他的军队登陆的地点），判定任何人一到科登海滩或贝克斯希尔，就会发现他们对上了典型的英国——不只是海岸、海边假期、退休的英国，而且是幽秘、种玫瑰、爱狗、擦窗子、上教堂、遵守法律、性情乖戾、使用图书馆、喝茶、大惊小怪和没有弹性的英国。

天空又开始下起雨，然后停下来，再转为蒙蒙细雨。我发现在雨中走路挺累人的，所以不时地会坐到纪念长椅上（“纪念喜欢此地景色的 B. D. H. 沃利斯伍德”）。每回我坐下来，就会有件怪事发生：鸟儿友善地聚集过来，在我脚边吵着希望我能喂它们。然后来了更多，很快就有十五或二十只鸟对着我啾啾叫。是此地英国人气质的另一项证明——一如许多老年人会做的那样，他们惯于喂鸟，所以鸟不怕人。

雨把我赶回到火车上。我搭火车通过叫做佩文西平原的平坦牧草沼泽，经过诺曼湾那些看起来像临时搭建的农舍。这是假日海岸的一部分，住家丑陋，让人看了不快，只有地名令人难忘，像是沃尔特林和克伦布斯。火车在青草地摇晃而过，绕了个大圈，然后在

① 指威廉一世（1027—1087），诺曼王朝的第一位君主，又称为征服者威廉。

一个像台球桌一样又平又绿的长草地转弯，抵达伊斯特本。这里并无海岸铁路，因为原来的路线是从刘易斯到黑斯廷斯，而那时伊斯特本几乎还没出现。伊斯特本支线是最近才加入的，连伊斯特本本身也才出现几十年，直到本世纪初才变成一个城镇。

伊斯特本用一种精心的方式计划及划分区域，以优雅的设计刻意不让远足者到达。它意欲走高端路线，而且成功达到目的，因为它距离伦敦刚巧远了那么一点，不至于吸引小气的游客前来。没有港口——所以省了活力充沛的水手和商业味道。路铺开了，旅社插进来，公园、高尔夫球环道、露天音乐台、码头和海滩（不准商店进驻），这一切在伊斯特本建城时便已确立，而且此法管用，它从未伦敦化过。这座城镇的大小可堪掌握，呈现出有文明的骄傲感和适度的富丽堂皇。福克斯通的优雅是它具备的老人医疗规矩，但伊斯特本是个繁荣的地方，有足够的平凡来平衡它的美丽。

我就待在伊斯特本外的一个村子里，距离比奇角不远。登山者经常练习攀爬比奇角险峻的山壁，它也是自杀者最爱的地点——过去两年已经有三十个人在此自杀。我停留地的西边就有个村子，狂热的左派分子在那里住下来变成地主和乡绅。他们是工会人员或政客，在经营图利为主的事业后，受封为骑士或受命为管理者，变得富裕起来。他们都住在庄园房子或大农庄里，而惊人的是，其中有些仍信奉着有违于他们生活方式的观点，那是一种秘密、伪善的古怪结合，这样的混合会让一个英国人脑袋里持有两种相反的观感。他们证实变成男爵、伯爵或嘉德勋章骑士的最佳方式，就是花半辈子高唱《红旗》及引发莫大骚动然后接受收编。从烟雾弥漫的房间里一群牢骚满腹的同谋者中很容易争得上议院的一席之地。英国贵族似乎总是从溜须拍马者、凶手、男友、政治海盗和怀抱高度野心的人中招募新兵。所以东萨塞克斯海岸这蓝色山谷会被叫作琼斯和布朗的酒鬼领主所盘踞，也就不是那么奇怪的事了。

我徒步往布赖顿走，从柏令海崖出发。浪高，我没法沿着海岸走。我对此并不感到遗憾，因为这样也免除了我“进港”或掉落悬崖、砸碎脑袋的可能性——那是脆弱易崩的悬崖。我在明亮的阳光下横越七姊妹到锡福德，这七座峭壁上的草坪蓬松青翠。与这海岸高处平行的草地上则有放牧的羊群。它们抬起头来看我时，铃铛总叮当响个不停。悬崖上有海鸥嘎嘎叫，不过它们也会吠叫、尖叫、唉叫、唠叨、啜泣和惨叫；偶尔在休憩时，还会哀鸣。我还听到它们会像猫一样喵喵叫。它们是饥饿的笨鸟，在英国海岸常见的有一种头部乌黑的鸟，看起来像刽子手。

七姊妹有兔子，它们在第七个妹妹那里筑洞，还吃光了她大部分的青草，就这样松垮了整个悬崖，任由雨水和侵蚀进驻。那些小动物在悬崖各处跳来跳去，正逐步摧毁海岸最美丽的悬崖之一——它就快要被那些兔子给弄垮了。

我来到库克米尔河，碰到了一个问题，南下的路需要绕道——没有办法越过那广阔的湿河口。于是我沿着库克米尔河的东岸走，经过第二次世界大战的碉堡和炮台，以及苍鹭和天鹅，然后过横越锡福德岬和锡福德当地的桥。锡福德不错，曾经广设预校，但如今大部分的学校都关闭了。锡福德也被视为穷乡僻壤，位于绿意乌斯河的纽黑文令它相形失色。一九四一年，弗吉尼亚·吴尔夫就在上游数英里处自溺身亡。

我继续走，穿过纽黑文往崖上走到皮斯黑文，直到开始下雨。

皮斯黑文塞满了平房，盖在狭小的地皮上，空间仅够容纳一座花园、地精装饰和一个铺着不规则地砖的四方形庭院。我在那里搭上一辆巴士。它在高高的悬崖路上摇摇晃晃，经过标示为本初子午线的开放空间，经过飞满一整片天空、呱呱乱叫的海鸥走下特尔斯科姆悬崖。布赖顿和霍夫的所有污水皆排进英吉利海峡，然后进入罗廷丁。

到了“一八八二年每天只有一班巴士从布赖顿开过来，需时四十分钟”的罗廷丁，吉卜林在他的自传《我的二三事》中写道：“当一个陌生人初来乍到，当地的年轻人还会对他们吐舌头。”他说，罗廷丁是一个有着绿野和孤立房子、几近空荡的海岸。不过罗廷丁在吉卜林有生之年又产生了变化，于是在死前的一九六三年，他又写道：“如今从罗廷丁到纽黑文到处都充斥着发展中的郊区，真是恐怖透顶。”现在更糟了，所以我留在巴士上，没有下车，直到抵达布赖顿。

## 第四章

# 下午六点十一分去博格诺里吉斯

人们总是想象布赖顿居民永远生活在胡闹之中，整天在路上和海军阅兵场闲逛，夜晚尽从事些乱七八糟的性活动，认为到那里会有个淫秽的夜晚。布赖顿过分恶名昭彰。所以你到布赖顿，原本预期享乐，但布赖顿有张老妓女的脸和非常短暂的吸引力。

这里距离伦敦一个小时，是伦敦的度假胜地之一。搭渡船到迪耶普需要两小时，所以也是法国的度假胜地之一。愁眉苦脸的外国人赋予它一种粗俗的大都市气息，但没有人知道该拿它怎么办。希腊人和印度人开了餐馆和便宜的商店，然后站在店前，几乎不相信生意会这么坏；英国人比较精明，他们开设赌场和酒馆。布赖顿比英国任何一个滨海城市都拥有更多的酒吧，因为除了喝酒之外，没有什么好做的。认真的渔夫往下到纽黑文，泳者则往上一点至霍夫，就像许多恶名昭彰的地方，布赖顿充满了失望和坏脾气的游客。

《布赖顿硬糖》包含了布赖顿的一般印象：帮派分子、狂欢、谋杀和死罪——这些在皇宫码头全部看得到。但是格雷厄姆·格林后来在小说的序言中说，他对设定于墨西哥和中南半岛的细节一丝不苟，而布赖顿的背景“可能有部分属于想象的地理区域”。他说他在书写过去——在一九三七年已经如此，那个布赖顿已经消失，所以“我必须为了虚构出这属于我的布赖顿而说自己有罪”。

尽管如此，小说还是很好地描述了布赖顿的失望和远足者的行进：“他们搭乘拥挤的火车，一路从维多利亚站过来，还得排队等买午餐，半夜时半睡半醒地从火车晃到拥挤的马路和打烊的酒吧，以及疲倦的回家路上。”以无比的劳力和无比的耐心，他们从欢乐的漫漫长日中解放出来：这阳光、这音乐、迷你车的咔嗒声、潜进水族馆步道底下嬉笑骨骸间的幽灵火车、布赖顿的石头碎片、纸做的水手帽。

多多少少就是那样。我来过布赖顿太多次，没有意愿停留，心想直接到我没去过的博格诺要好得多，但我在布赖顿有个人要找——乔纳森·拉班，他的“戈斯菲尔德少女”就停泊在肯普敦和天体海滩过去的布赖顿小码头（“这个告示牌后就不用再穿泳衣了”）。乔纳森说过他正在做环游英国海岸之旅，并计划据此写一本书，这让我产生了兴趣。所有的旅行都是不一样的，即便是两个一起旅行的人，对于他们的旅行也会有极为不同的看法。乔纳森正在进行他的逆时针海岸之旅，把船停在他喜欢的港口。

他对他的船好像很满意，墙上挂着装框的照片和雕刻品，舷窗下打开的是金莱克的《日升之处》。在船上看到打字机和电视机实在奇怪，可是那种船就是这样，非常舒服，又弥漫着文学性，满是书架和珍品。

“这一定是你的航海日志。”我往下瞥了一眼说。只是份速写的记录（“……微雨，风向东南东……”）——没什么文学性，没有对话，没有惊叹号。

他说：“我一直计划要做笔记，可是好像从没动手，你呢？”

“我到处逛。”我说。骗人，其实除了做笔记之外，我根本什么也没做，一住进旅馆或是民宿，就开始乱写，还经常错过晚餐。我讨厌这么做，那是个负担。但如果我在阿富汗，就会详细地写日记，所以在英国旅行为什么要不一样？

我说：“我讨厌布赖顿。我想那其中有种智慧——英国人，甚至外国人，简单地说一句‘我讨厌布赖顿’。这里有什么可让人喜欢的？一团糟。”

“是啊，是一团糟，”乔纳森说，“正是我喜欢的事物之一。”

“我从没见过那么多表情多疑的人。”我说。

他说：“充满流浪汉。”他又笑了起来，然后说了布赖顿最让人意想不到之处。他走在路上时会看到穿成枢机主教沃尔西[①]和罗宾汉模样的人，还有音乐家，或者唱着歌、十分快乐的人。

我说我只看到无业游民和远足者，以及试着……从漫漫长日中获得一丝快乐的人。

我们决定在布赖顿的市中心吃午餐，所以从小码头搭咔嚓作响的小火车，经过天体海滩去水族馆。天体海滩上大部分都是互相对望的裸体男人，因而造成这段海滩的交通拥挤。我们一下车，一个带着猴子的人就过来纠缠我们。我一直想说：“知道我的意思了吧？”

“我请我父母到船上过了一周。”乔纳森在餐厅里说。

---

① 托马斯·沃尔西（1473—1530），英国政治家，不得人心，他的失败助长了反教权主义的发展。

奇怪的旅行方式，我心想。爸妈到他三十英尺长的船上，那艘船连让一只猫大摇大摆走动的空间都没有，没有隐私，座位粗糙，打字机往侧边挪移，所有人都睡在同一块小小的区域。“你确定不想再吃一块酥炸鱼条？儿子。”“没人反对的话，我要用一下洗手间。”

那是我的想象。

“谁是船长？”我问道。我知道乔纳森的父亲是个牧师，我觉得牧师好像都有主掌大局的倾向。

“我做主，”乔纳森说，“那毕竟是我的船。”

他说他的书会描述英国海岸所有他所知及所住过的地方——十几处或者更多。

我说我想写一本关于我从来没有见过的地方的书，大部分是英国海岸。

最后我说我该走了。

“去哪里？”

“博格诺。”我说。

“美好的旧博格诺，”他说，“所以你要去步道。”

“对。”我说。这是一个美好的下午。

他说他一两天后就要航行至拉伊，然后到多佛，再往东部海岸。

“小心古德温沙滩。”我说。我向他讲述了自己在布罗德斯泰斯听来有关它们如何吞噬船只的故事。

我们握了握手，然后分道扬镳——乔纳森对抗强风，我则由步道走向博格诺。好一段旅程，我心想，但我是在学习东西，呼吸新鲜空气。有一天我将会老到没有办法做这种事，要是尝试了，还会被当成流浪汉，因为就连现在，别人也已经会抽抽鼻子，努力不盯着我了。一个背着背包的四十岁男人，很容易就会变成个怪胎。

走着走着，我可以看到霍夫暮气沉沉，绿草如茵，布赖顿单调的疯狂也让位给干净的老房子和大方挥霍的养老金。自从马盖特以来就多多少少延续的海滩充满了活力，但我现在知道（因为我离开了它，继续步行），布赖顿主要的特色是访客的年轻化：年轻人让它显得毫无目标和恣意挥霍。霍夫不是那样。

和英国海岸很多其他的地方一样，霍夫有农舍。那个名称是种误导，它们其实是小茅屋，叫农舍是为了符合它们的错误发音——"旅栈"，英国人这么叫，由旅店和小栈道组合而成的适当字眼。好几百个旅栈肩并肩沿海而立，我猜它们是从浴场更衣车发展出来的。英国人对裸体这事相当的装模作样（在维多利亚时期，游泳被视为运动的反面——那是一种浸泡治疗，介于洗肠和受洗之间），更衣车（架在一对轮子上的小屋）已经变成固定的更衣室，然后排排安置在海滩上，最后成了迷你房子——旅栈。

霍夫的旅栈大小类似英国花园里的工具小屋。我往里面看，满心期待看到生锈的割草机、耙子和浇花的水壶。它们有时会收着自行车，但更多时候装饰得像娃娃屋和玩具屋。你可以看出英国人认为在海边舒服度日的必备品是些什么。它们会上漆，墙上有框起来的图画（猫、马、船），以及插在花瓶里的塑料玫瑰。里头全部都有折叠的海滩椅，以及一个放电炉、茶壶和一些瓷杯的架子。他们有喝茶和午睡的配备——许多人有营帐、塑料垫子和毛毯，有些甚至有钓鱼工具，一些还收着玩具。半个水果蛋糕、一把雨伞、一本阿加莎·克里斯蒂的书，大部分还带着一个看起来慌乱的老人，看到这种情形也不必大惊小怪。

所有旅栈都有号码，有些数字很大，证明它们为数众多。但号码不是最显著的特征，因为它们还有名字：海景、浪涛、欢乐时光、小住处，显现在门上或写在一块饰板上。它们设有双重门，所以看起来不像小屋，反倒像马房。有窗帘，有挡风的百叶窗。很多人的晶体管收音机嗡嗡作响，可是旅栈里的人都是传统的人（他们其实是更衣车心态的传人），惯称他们的收音机为“无线电”或甚至是“我的蒸汽收音机”。

它们采取年租，或者一租数年，或者直接买断——依然像更衣车，却被彻底地殖民化。有框起来的孩子和孙子的照片。下雨的时候，它们的住户就会膝碰膝地坐在里头，一个看书，另一个编织或者打瞌睡，手肘总会撞在一起。天气好的时候，他们就会去户外做这些事，脚或什么的伸出前门。我从来没有在一间旅栈中见过一罐啤酒或一瓶威士忌。旅栈的人都是熬过战争的人。他们没有钱，但有得是时间。他们看报纸，而那天每个人都像是在为一场考试努力准备地看着福克兰群岛战役。那已经成为一场十分通俗的战争。

旅栈靠得很近，却又矛盾地高度隐秘。在英国，邻近反而成了隐形的栅栏。每个旅栈都像是独立的，没有人会去注意隔壁的动静。海景在喝茶时，浪涛在看《每日电讯报》；欢乐时光在午睡，而小住处那一对正对着他们的邮件沉思。所有对话都在耳语中进行。旅栈不是个社区，每个旅栈都是分开且孤立的，完全没有毗邻的感觉，各自拥有在平静中忙碌的英国气息。有条规定明令不准任何人在旅栈过夜，所以旅栈只是白天的避风港，英国人像对待自己拥有的所有物品那样，以极度的成见和完全排外的隐私来使用它们——不制造任何混乱，不侵害其他人的旅栈，也不分享。想一窥英国人的生活，只要走过几英里这种旅栈，就能够了解，因为即使一般英国住家对陌生人封闭（也对朋友封闭：非关私人，就是这么回事），对于陌生人的视线，旅栈却完全公开，就像和它们类似的娃娃屋少了一面墙似的。很容易就看得到里面，所以才没有人真的那样做。

我走出霍夫，踏上往波特斯莱德和绍斯威克的旅程。就在外海一片小地峡上有座漂亮的发电厂，配上两根高大的烟囱，因而看起来像艘停泊在岸边的汽船。

我在绍斯威克碰到了拉尔夫·斯托尼尔太太。她穿着旧大衣站在阳光下等巴士，说巴士永远都不来。她是绍斯威克当地人。她痛恨这里：过度建造，她说，过去这里很安静，但现在再也不是了。当然，布赖顿更糟。如今你无法居住在海岸上。她不知道接下来会发生什么，只知道情况肯定会变糟。她挺直了身子站着，面对接近的车子。英国人可以既非常疲倦又非常坚决！她要搭巴士，因为就算身为一个领养老金的人，她搭火车只须半价，火车也还是太贵了。和南岸所有年纪较大的当地人一样，她有乡下口音。

“我要去博格诺。”虽然她没问，但我还是跟斯托尼尔太太说。

她说：“那在好几英里之外啊！”

二十英里之外，我搭火车到沃辛。

火车上，学生厄比和文奇特在我后面压低了声音认真地说着话。两个人都大约十五岁。

文奇特说：“如果你可以改变你身体的任何特征，”他停顿了一下，“你会改变什么？”

“我的脸。”厄比说，没有丝毫犹豫。

文奇特说：“你的整张脸？”

“对。”

文奇特盯着他。

厄比说：“我的整张脸。”

“你的眼睛呢？”

“我的眼睛，”厄比说，“我不知道。”

“你的头发呢？”

“我的头发，”厄比露出苦恼的神情，“我不知道。”

“你的耳朵呢？”

“我的耳朵，”厄比说，“反正要小一点。”

“牙齿呢？”文奇特说。

“不知道，我得想想看。”厄比说。

然后，当他们在沃辛推开门下车时，开始讨论起避孕措施。

沃辛附近的招牌上写着“快乐花园”、“休闲中心”和“欢乐宫殿”。在英国，这样的招牌只会散发出忧郁的气息。但以其自傲的旅馆和民宿来说，沃辛看起来还不算糟。这是个具备乡下风貌的活泼地方，街道两旁有成排的树，和住在这里的人一样，沃辛有点老，有点瘸，有点肥胖，但还是有其闪光点，有种我们最喜欢的叔叔或阿姨式的悠闲友善——有尊严但不张扬，带着风趣的文雅和高尚的疲惫。

南岸这些城镇看起来已经过度旅游化。它们有一种陈旧、疲惫至极的外表，又有点骚动和暴露，车比人多，还有一大堆表演，并且永远有幅写着“欢迎车子光临”的告示牌，还有太过亲切以及英国人在度假时的夺命追问倾向：睡得好吗？好玩吗？过来的旅程还顺利吗？见到去年的朋友了吗？想喝杯茶吗？表演还喜欢吗？以及希望天气能够好下去——那不是很棒吗？这类闲聊让这些受访城市滞塞，而在每天特定的时间里与每个周日早上，它们看起来都非常陈旧、非常空洞。

沃辛就有点那个味道，但披上了迷人的外衣；博格诺里吉斯则直达核心，样子像是游乐场——人多时欢闹，空荡时荒凉。我走路到滨海戈灵，那里的房子比沃辛的更大，也更自命不凡，码头上还有个漂亮的女孩正试图以合理的价钱把一尾胖嘟嘟的多佛鲽卖给一个人。我又走了两英里路到费灵，然后因为脚痛而坐在村子的绿地上。与其把到博格诺的简单行程变成严格的考验，接下来的旅程我干脆搭火车。利特尔汉普顿平凡、半孤立且冷淡，是那种当地人除了给植物浇水以外没什么事可做的地方。然后越过阿伦河（阿伦德尔就在上游，但我已经发过誓：不参观城堡），到克林平美丽的农田和以黄芥末色加深的亮丽田野。随后是埃尔默和一个巴特林营区，算是某种警示，说下一个转弯就是博格诺了。

博格诺空荡荡的，当城镇空荡荡的时候看起来可能糟得很。风从英吉利海峡吹过来，撩动海岸上的海浪泡沫，再吹进城里。但万物皆纹丝不动，一棵树也没有，任何不牢靠的东西早在冬天就都被风吹走了。只剩下割锯房子边缘和在屋檐下翻腾的风声。巴特林假日营的存在更加夸大了那份空荡。客满时的巴特林忙碌不堪（喊叫声、兴奋的挣扎、号角声），所以，在空荡荡的城中，它有种集中营的感觉。好像博格诺的每个人都去了巴特林营区，但解释起来有点难，因为营区军营式的建筑和围墙令它活像座监狱，涂抹在它旧式模样上的明亮颜色，只让营区看起来更加不吉利。在空荡荡的博格诺，这客满的营区让它好像倒到一边去似的。

我心想：我一定要挑一天去看看假日里营区客满的模样。这种地方大部分都设在海岸线上，所以任我挑选。

“噢，对，非常安静。”在带着我去卡米洛特民宿的房间时，米丽娅姆·帕特吉说。帕特吉太太六十来岁，围裙口袋里装着糖果，有太妃和焦糖两种口味，她撕开来（把玻璃包装纸收在另一个沙沙作响的口袋里），像一个老烟枪抽烟那样不断地吃。“小心，”她说，在楼梯上转身，并继续吸吮——焦糖让她像猴子般噘起了嘴巴，“每年这时候总是安静的。”

每个人都这么说，但对于这么低的住房率根本不具说服力。卡米洛特里只有我一个人，这间房子很冷，铺满了湿地毯，帕特吉太太说他们都是在复活节关掉暖气，到十月才重启楼下的主机，有点像是种习惯。如果你觉得冷，可以一直穿着羊毛衣——胜过直线上升的电费。就算冷得不舒服，只为了温暖一个人而弄热整栋屋子有什么意义？

“等旅行季开始后，”帕特吉太太说，“我几乎就要跑断腿。”

她听起来就像已经把这话说了三四遍，尽管我确定并非那样，她只是话说得慢，而且非常沉闷。她让我变得好像有了第六感，因为每回她张开嘴，我就知道她要吐出什么话来。她没什么幽默感，还有着惹得人烦躁的耐性。她对我很亲切，房间的要价也不高。

我喜欢这里的安静。它与布赖顿相反，也不像沃辛那么老旧。博格诺还不赖——这是个愉快的发现，就像在一个没人喜欢的人身上找到了一种美德。博格诺也很悠闲，暴露在海风中的海边光秃秃的，码头关闭了，因为每个人都去了大围墙那边的巴特林度假营区，更显得毫无虚饰。

夜幕低垂，把博格诺从一个城镇转变为村落。风势仍强，却听不到海的声音，空气中也没有咸味。我在博格诺唯一开门营业的炸薯条店用晚餐——我对炸鱼薯条及英式早餐渐渐熟悉，也开始不喜欢起来。

“我写了一本关于女人的书，因为我是个女人，而我认识女人，也了解她们。”酒馆吧台后收音机里有个女人在说话。还有呢。“我们有不同的身体和不同的选择，我们和男人是完全不同的，我真的很喜欢当女人，而且我认为……”

“哗众取宠！”酒保洛夫先生关掉收音机，并对我做了个鬼脸，“让我想吐。”他正在洗玻璃杯，用一块裹在手腕上的布生气地擦亮它们，“一大堆愚蠢的论调。”我以为他就要砸碎杯子了，“听过这样的胡扯吗？”

我同意他的说法。当某个人觉得他的智力受到一个电台或电视节目的侮辱时，我总会感到安心。

在另一家酒馆里有台电视机，我喝着酒等播报新闻。是福克兰群岛的消息，可是没什么特别的。

酒吧里，头上绑着丝巾、长着一对抽烟者的鼓胀金鱼眼的海克姆太太说：“英国人跑去杀福克兰群岛上的十四岁男孩实在是太蠢了，他们就那么点大。有这么一封偷渡出来的信，瞧，在报纸上，说小小的阿根廷人又冷又怕又想家。”

她继续抒发心情，很快，酒吧里的每个人就都对着她喊，但那只让她更加抵触。她才不会让步，私底下好像还颇为享受和众人作对的感觉，重复说她读到的那封信，并轻蔑地看着其他人。

酒吧里还有另外一位女士。她是瓦克菲尔德太太，一口牙齿和瞪人的方式都像狗。她平淡地说起她计划和丈夫及小孩去美国。她要去找工作。她丈夫熟知汽车的一切，她则擅长餐宴承办。瓦克菲尔德太太不超过四十岁，丈夫理查德只是坐在那里。他好像在想：伯蒂有必要把什么都说给这群人听吗？

"我们打算去五六年。"她说。

她有伦敦口音，正在喝皮姆鸡尾酒。

"我要去加州，"她说，"那里很美，我们去过两次。我不想和纽约发生任何关系，而佛罗里达已被糟蹋了。我们会卖掉这里，去开创一份事业。我们不给别人打工。这是空前的决定，等存了钱后就回家来。我倒是从来没想过要留在那里，我们不要那样。"

瓦克菲尔德太太继续形容她和理查德要如何在加州安顿一阵子。因为工作机会不再，英国已经没有用了，但这里是她的家，她说，她会回来。理查德什么也没说，现在他看着我，或许是在想我会不会推翻他们这样的推测。"我们要利用你的国家几年，然后在累积财富后一走了之。"——他们说的就是这么回事。我对他们的预测确实有相反的看法，但我闭上了我的嘴。

我在博格诺待得比预计的久，渐渐喜欢上卡米洛特的帕特吉太太。阳光下的海滩美好，而且总是有老人在海边贩卖装在木盒里的恐怖大蛾螺。他说那是他自己捉的。阳光普照，但商店都关着，海滩荒废。旅游季尚未开始，人们说。

我开始觉得博格诺一直被误传了。在英国，旅行的口头传统就是彼此分享接收到的意见。英国好像够小也被讨论得够多，足以通过二手数据来得知。狄更斯广为人知，也是通过同样的方式：即使没有读过他的东西，也了解狄更斯和狄更斯的个性，这是英国人的个性之一。各地方也是这样为人所知。所以人们喜爱布赖顿，却避免去马盖特。多佛，大家都称那里是多佛白崖。而伊斯特本可爱。还有五港，也很可爱。到处都是狄更斯，还有相同的曲解、相同的偏见，有些地方根本全被搞错了。

“我对邓杰内斯所知没应该知道的多。”一个其实什么都不知道的男人告诉我。我大笑着离开了。

有人告诉我，布罗德斯泰斯严肃，而博格诺是个笑话。“就像爱德华七世说的，”——那是乔治五世说的，“那是他临终的最后一句话。‘博格诺那畜生！’这是我说的。”博格诺有个不幸的名字。任何有沼泽或低地的英文地名都注定毁灭。（从十八世纪末以来，英国地名的删减就是一种持续的发展，光是在北安普敦郡，就有巴塔克布斯变成布斯维尔，皮斯福德变成皮茨福德，希特兰吉变成舒特兰吉。）坎伯沙滩有着活泼的旋律感，看起来也像个悠闲之地——其实不然；博格诺[①]含带着洗手间的回音，被视为破旧之地——其实不然。这是种口耳相传的传统，所有英国人对于哪里的海边好玩，去哪里是在浪费时间都有意见。英国人很少随兴旅行。他们都经过严谨安排后才去度假，并且对于从没去过的地方抱着十分强烈的看法。

---

① 原文为 bog，直译为“沼泽”，“博格诺”是 Bognor 的音译。

# 第五章
# 搭早班车去怀特岛

博格诺以西五十英里的海岸有许多褶子，有港口、海峡、河口，还有南安普敦水域和斯皮特黑德的海湾。塞尔西角周围的海岸步道尽头就位于两个威特灵当中的一个。过了此处就是不方便靠近的岛屿，栈道也不足，而且在这坑坑洞洞的水域旁也不可能开出一条路来。这里没有行人，是水手的地盘——全都是海湾、便利的港口和泡在水里的索伦特海峡。放眼望去，尽是被风吹着跑的船。

怀特岛就在这一片不规则海岸下，其拼图般的松散形状就和大部分的近海岛屿一样。我可以搭火车到那里，从朴次茅斯搭渡轮，那里还有另一班火车行经岛的右侧，从赖德到尚克林。我想去看看亨利·詹姆斯所谓的“那条讨厌的小铁路”。这是跳过由博格诺到伯恩茅斯那部分让行人难以接近的英国海岸最好的方式。我就搭早班的火车去怀特岛。

我原以为我可能是前往朴次茅斯唯一的旅客，而且在我们越过绿色田野到达奇切斯特（“……一个漂亮的市集十字架，建于一五〇〇年，但大半都被清教徒给毁损了”）和满是淡紫色丁香和起哄的孩子的菲什本时，也还如此坚信。不过在博瑟姆时，上来了一对中年夫妇（勒基特夫妇），他们似乎急着告诉我，但并不像是要吹牛，他们要去南安普敦看“伊丽莎白二世”启航前往福克兰群岛。

“当然，我们也会去看一下我妹妹。”勒基特太太说，我没吭声让她有点尴尬。勒基特夫妇是要去为一艘即将启航的运输舰挥舞塑料英国国旗——我该做什么？唱一首《英国恒存》吗？“她住在赫奇恩德一间公寓里，丈夫从事运输业。”

“所谓‘运输业’，她指的是他是个卡车司机。”勒基特先生不怀好意地说。他和他的连襟并不亲。“热衷于无线电暗语，”勒基特先生继续说下去，“‘收到，橡皮鸭。’最愚蠢的胡说。”

“他跑过全国各地。”勒基特太太说。

我说：“你们住在博瑟姆吗？”

“博扎姆。”勒基特先生说，他的发音让我以为那是另一个地方。

我说：“我希望‘伊丽莎白二世’一切平安。”勒基特夫妇抬起头来，表情看起来有点惊讶。“我的意思是，在战争当中。”他们的神情看起来更加惊恐。“福克兰群岛的事。”

我加了那句话之后，他们似乎平静一点了。你不该提及战争，要说福克兰群岛的事。

“它会平安无事的。”勒基特先生说。

“噢，没错。”勒基特太太说。

他们感到十分骄傲，可是我也想到，他们这一路去南安普敦是因为那天阳光普照，还有勒基特太太的妹妹就住在附近。他们告诉自己这是要去为女王加油喝彩，但我觉得，如果今天是个雨天，他们就不会去了。

这条美丽的路线沿途都是苹果花，看起来像是一种色彩鲜艳的编织物——盛开的鲜艳白纱针痕紧贴着被雨淋黑的大树枝。我在埃姆斯沃思时心想：真是个不错的旧式车站月台，木头刚刚上过漆，候车室里还有个小壁炉。

沃尔布灵顿不过是个短短的月台（一个城镇后的停靠处，没有车站），有个人在窄小的售票亭中卖票，另一个男人拿着面旗子。每次我只要看到铁路工作人员太多，而乘客却没有几个时，心里就会想：他们要撤掉这列火车了。车厢很快就空了。勒基特夫妇在哈文特换车，前往南安普敦。我也可以在哈文特下车，等十分钟，再回到克拉珀姆联轨站，刚好赶上午餐。这是在英国旅行另一件辛苦的事（短短的距离，快速列车，搭乘轻易），火车总是很快就到伦敦——还有悲伤的家庭万有引力。

可是我没下火车，继续寻找更多像勒基特夫妇这样的人。还有其他人打算帮英国部队送行吗？我没找到，但火车门上刻的是最近的信息："阿根廷人是讨厌鬼——炸掉那些讨厌鬼。"

一八七九年，亨利·詹姆斯在这个城市停留了两个小时后的结论是："朴次茅斯很脏，但也单调乏味得很。"他去那里是想确认"一个众所皆知的理论：海港城镇总是充满地方色彩，充满许多稀奇古怪的典型，充满古怪和奇妙"。他发现朴次茅斯很"悲惨"，直到他看到港口时，他对这座城市的态度才软了下来。

历史并没有改变朴次茅斯，更别提增加它的吸引力了。火车过了商业路，经过朴次茅斯和南海站，抵达朴次茅斯港口站。一八一二年，狄更斯出生在这条路上，可是狄更斯的出生地如今只像是鲍尔斯庞德路上的车流。就在这座海岸上，你可以看到有块板子上面写着：于此地一间屋子里，诗人雪莱写下了“确实，噢，黑暗中的森林，我甜蜜的回应”，而你一抬起头就会看见一座加油站。

朴次茅斯使人联想到《少爷返乡》、H. G. 威尔斯和马里亚特。英王查尔斯二世在这里结婚；柯南·道尔在这里创造了福尔摩斯；而拉迪亚德·吉卜林在这里时非常不快乐。吉卜林五岁时告诉照顾他的凶恶老太婆，他想勒死她，他这辈子只要提到那个女人的住处，都称它为“孤寂小屋”。可是这些并没有让朴次茅斯这个小镇看起来有趣些，没有一件事可以。朴次茅斯就像大部分英国海港城镇，它就是港口。想在港口后面寻找更好的东西是错误的。

炮艇的十字形尾波在港口内来回穿梭，波涛汹涌，炮艇的旗帜飘扬，水手则攀爬在甲板上。我把这项活动和福克兰群岛合而为一，我想那一天这些炮艇就是要出发前往南大西洋。朴次茅斯港有一支小型的皇家海军舰队，它们的警笛发出庄严的汽笛声。往北方的皇家造船厂看去，我可以看见“胜利”号桅杆的最顶端，不过在港口里掀起波浪的是炮艇。那段时间，我见到的许多港口看起来都自视甚高、充满决心且过度谨慎：准备好要开战了。福克兰群岛战役几乎完全就看英国舰队的实力，并将爱国精神的冷酷激动带至这些港口。

位于港口南方的怀特岛仿佛晨雾中一道长长扁扁的影子。我买了一张前往尚克林的票，登上渡轮“南海”。渡轮横渡斯皮特黑德时，风很大，海浪呈蓝黑色，打下海浪尖端的泡沫。我们的渡轮驶向赖德。即使从这个距离，我也看得出赖德是老式的地方，因为它的天际线是教堂的尖顶。尖塔和尖顶一向是好征兆；这些海岸城镇最令人振奋的就是天际线大半都为尖顶——我喜欢走入这些地方。虽然我并不认为自己是个虔诚的教友，也很少上教堂，但看到教堂尖顶总会让我高兴一点。有时候我会被这种印象所骗，因为有些城镇里的教堂都被卖掉了，成为工艺中心或电影院。处理已经废弃的教堂在英国向来都是问题。穆斯林偶尔会请求把教堂卖给他们，那样他们就可以把教堂改成清真寺，可是他们的请求总是遭到回绝，取而代之的是教堂被改成宾果大厅，或是拆掉，在原地建一座加油站。

怀特岛离本土太远，无法做商业用途。它风景如画，吸引了游客，老年人也会过来养老。它供人凝视和欣赏。抵达之前，我想象它就像一张桌子的桌面，有简单的美——单调的，绿草如茵，是一座种在大海里的公园。看到赖德那么大，让我很讶异。它的山坡上有维多利亚时期的棕色砖块，新的砖块颜色较红（我想象它单调是不对的）而且赖德有蜿蜒的街道，这在作为海岸城镇的怀特岛上算是十分特别的。

亨利·詹姆斯很讨厌这里的火车，称它为"……一件粗俗不当的东西……一种讨厌的交通工具"。铁路那么丑，而这座岛那么漂亮，看到这件"冒失的"东西，"就像看到一个漂亮女人肩膀顶着个包裹叫卖一样痛苦"。

那是种奇怪的景象。尤其是人在那里时，看到怀特岛上有许多漂亮的女性，因为她们是漫步者，所以大部分都背着詹姆斯认为很不恰当的背包，其实那突显了她们热诚、独立且易于相处。至于讨厌的火车，和许多不灵活地挤在岛上马路上的巴士比起来要舒适多了，价格还便宜一点，噪声也较小。一百年前，火车看起来像是愚蠢的新东西，可是现在没有改善的窄小四轮马车道路不过是危险的陡坡道，这些道路上的观光巴士、摇晃的双层巴士以及沉重的长途巴士都开得太快，许多道路一次仅能容许一辆车子通过。怀特岛上最流行的话题之一，就是可怕的交通和在糟糕的道路上龟速前进的车流。大家来这里原本就是想逃开这类恐怖事情的。

这列火车是别人用过的旧东西，或说得更确切一点，它曾经光荣退役过：曾经在伦敦地铁服务，后来遭到淘汰，现在则处在活跃的退休生活状态中，定期往返于赖德和尚克林之间。它们是二十世纪三十年代的产物，有种那个时代的模样，相当朴素又有点黑，还有供站立乘客使用的把手和吊环；嘎嘎作响，散发出香烟和刹车粉末的伦敦味道，不过仍然可用。我这个车厢里有八十个女孩要前往桑当。这是一个汉普郡学校的校外教学活动。这些小女孩有着圆圆的脸蛋，因为大声喊叫而涨红了脸，头发湿湿的，眼镜上蒸汽弥漫。在横越斯皮特黑德的渡轮上，她们就不停地一路叫喊，惹得满脸倦容的度假游客、一对要前往文特诺的夫妇，还有拿着手提袋的中年人都用厌恶的眼光看着她们。我们正在横越怀特岛似乎一点都不重要。你可以把这班火车当成是由伦敦的地铁北线开出，已经从克拉珀姆站开到滑铁卢站，因为乘客那么寒酸和冷淡。女学生就是女学生。英国人度假时看起来本就一点都不高兴，所以他们在这列旧地铁火车上看起来还挺相衬的。

可是现在这列大都市的火车在乡间，越过四周都是低矮树林的田地，而布拉丁（旅行指南上说它是个“毁朽的城镇”）就位于一处高高的青草丘陵底部。桑当附近有真正的山丘和真正的山谷——谁会想到这座小岛上竟然有英国最漂亮的风景？尚克林是一座吹着微风的大城，盖在倾斜的街道上。这里是最后一站，我买了一个苹果和一份三明治（通常这就是我的午餐），带到海滩上吃。离海滩有段距离，今天的阳光好得足以让我坐在沙地上，像我后面那些坐在板凳上的老人，还有在海滨散步空地上的老人，看报上的福克兰群岛新闻，那几天报道的都是轰炸任务和空中近距离缠斗，就是那种会让尚克林公园板凳上的退休老兵开心的新闻。

往文特诺的沿途都有深邃的乡村山谷，我决定以我游英国的方式来游怀特岛，绕着岛上的海岸前进。文特诺是个拥有意大利环境的英国度假胜地，小镇就藏在峭壁里，散布在台地上或挂在暗礁上，那如瀑布般由悬崖落下的方式是意大利风格，阳台是意大利风格，高高的窗子也是意大利风格。

我一直在找更荒芜、树林更多的海边或是规模更小的村落，但极目所及都是往上发展的城镇和拥塞的港口，而遥远的悬崖顶上散布着旅馆，楼梯往下延伸到防波堤。怀特岛的南部海岸全都是高耸的悬崖，遂以阶梯来文明化。不过这段盖满房子的海岸很有趣，人们对于可怕的交通所作的评论也很有趣，就像霍夫的旅栈，人们坐在车子里往外看海，还有在他们海边村落里聚会的老年人。

“这里的路很可怕。”阿尔夫・多格特说。他从伦敦来，确切地点是海瑟格林（他念成艾佛格兰），原本以为文特诺是另一个样子。“实在非常丢脸。”

罗斯・多格特在想他们去康沃尔会不会更好，她上次去的时候还挺喜欢纽基的。

“你不能搬来这里。这里全是巴士。他们落后了五十年。”阿尔夫说，“你似乎不认为情况严重。”

我一直面带微笑。我是在培养爱发牢骚的人。

我说："不，不是，我确实认为情况很严重！请继续。"

"还有拖车。"罗斯说。

"别提拖车了。"阿尔夫说，他轻拍自己的胸口，"我的血压。"

我们坐在一张板凳上，在文特诺的一块凸岩上，面对着浪花翻舞的海滩。由于位于陡峭的山谷上，文特诺似乎比伸展的尚克林更小、更惬意。可是多格特夫妇，也就是阿尔夫和罗斯，一谈到交通就变得闷闷不乐。现在他们谈到"大陆本土"，好像我们是在遥远的大海上，而不是搭渡轮二十分钟就能到的朴次茅斯。

撒克伍德夫妇就坐在邻近一张板凳上，分享一条"火星棒"[①]，自从四年前从兰开夏的博尔顿退休到文特诺，他们几乎每天下午都会一起分享"火星棒"。我看到撒克伍德先生（赫伯特）听到阿尔夫说"实在非常丢脸"时，竖起了耳朵。他知道我们在谈交通，反正那是个平常的话题。

"是议会的关系。"撒克伍德先生说。

阿尔夫·多格特放下交叉的双腿，面带微笑地看着撒克伍德先生，而撒克伍德先生没有回以笑容。他并非不友善，只是准备要说"我再也无法忍受了"，这话无法面带笑容地说。

"议会很蠢。"撒克伍德先生说。

多格特夫妇点点头。阿尔夫说："这一点我百分之百同意。"

"我曾经运作过一个大型议会——比这个该死的议会要大，而我可以跟你们说，"撒克伍德先生说，"他们都不知道自己在做

---

① 一种裹粉油炸的巧克力夹太妃糖。

什么。”

“他们做的全是些没用的事。”阿尔夫说。

撒克伍德先生说：“他们屁都不放。”

玛丽昂跟罗斯·多格特聊了起来，私底下的女人对话。她说：“他们不相上下。”

他们两对一起度过了一个发牢骚的快乐下午，而且我确定他们一定会发展出一段友谊，之后就会在多格特夫妇家喝茶，在撒克伍德夫妇家玩拼字游戏。玛丽昂会怂恿罗斯加入妇女协会，而阿尔夫和赫伯特则会搭巴士去赖德看足球赛。到了圣诞节，多格特夫妇邀请撒克伍德夫妇到家里来和他们的儿子泰德、儿媳妇以及孙子孙女基思和阿曼达见面时，会请他们喝雪莉酒，然后全体看着文特诺说：“这里也还不坏，真的。有点阳光，没有霜。伦敦现在正在下雪呢！”

我就离开那样的他们——交上朋友并猛攻郡议会。而我心想：这比城堡要好。

我经由圣凯瑟琳（更多的英国农舍，另一个意大利环境）越过悬崖到布莱克甘。

布莱克甘和走私者是连在一起的——英国海岸大部分地方都是劫掠失事船只的强盗或传说中坏人出没的地方。偷窃行为被夸耀、传奇化到了类似某种英勇的行为。没有丝毫犯罪的气息，而整个南部海岸以哪里的走私者最坏、最大胆来彼此竞争炫富。“走私者旅店”是海岸上最常见到的酒吧名字之一。走私很好玩，走私没有过失，走私是英国的。

布莱克甘有个“梦想主题公园”，里面有走私的雕像和壁画；

有走私的书籍和指示通往走私者洞穴的道路标示，当然还有和这个活动有关的旅馆及小酒吧。

“你看，罗恩，”彭妮·巴特利说，她在一辆来自约克郡的蓝天游览车上，“走私者。”

雕像是个戴着黑眼罩的凶手，手臂上有刺青，还带着白兰地酒桶。

一七二四年，丹尼尔·笛福就在这附近。他写道：“我并没有发现他们有任何国外贸易，我们所称的走私除外，还有欺诈；也就是这部分英国海岸所盛行的贸易，从泰晤士河河口到康沃尔的兰兹角。”一百年后，理查德·艾顿在《环游大不列颠》中写他如何和海岸上的男人聊天，之后谈到钓鱼，他们“骄傲地重提往日那种鼓舞男人心的诚实小走私……喝了一点纯杜松子酒。‘但那是痛苦的日子，’他们说，‘而统治者只知道我们接下来得放弃什么’”。

有走私的地方通常就会有失事船只遭洗劫的事，这是另一种被视为有男子汉气概的偷窃行为，不需要正当理由，只有谁找到就是谁的这个标准。在失事船只少时，就会有人用误导的灯光把船吸引到岩石上，接着那些劫掠失事船只的强盗，也就是村子里的同伙，便会成群地从海岸拥上来，将船搜刮一空。艾顿也见到这些人了。他写道：“在他们中间，抢劫一艘船的财物而抢到五十镑的人会被视为真正的男人汉；可是如果他在岸上偷了一条手帕被人发现，别人就会把他当成小偷而避开。他们谈到好的船难季节就跟谈到好的青花鱼季节一样，还会为两者感谢上帝。”

我对别人要我欣赏走私传奇感到有点厌倦。就像今天的走私者，那根本就是恶意欺骗的恶霸，他们在晚上偷偷摸摸，被逮捕时鬼吼鬼叫。我实在没办法认为他们没有恶意，他们至少是卑鄙和虚伪的。可是他们因为鲁莽和勇气而受人称赞。不过在南古德温灯塔船，以及萨塞克斯海岸那里，男人还是以走私为生。非法移民、晕船的巴基斯坦人和呕吐的孟加拉国人偷偷摸上迪尔附近的岸边，香烟偷运到布罗德斯泰斯，从布列塔尼[①]走私白兰地到康沃尔。“不过可别告诉任何人是我跟你说的。”我的消息来源阿瑟·塔利说。

从文特诺到弗雷什沃特湾有二十英里，不过那是一条空旷的小径，田地开阔，山丘绵延好几英里，所以接近时，可以看到强风从运河吹过来，令小麦像激流一样，等强风转为微风时，丝绸般的潮流则如流苏搅动。

我走到弗雷什沃特湾，再继续往前行，越过丁尼生沙丘（诗人曾经住在附近，摄影家卡梅隆也曾住在附近）到尼德尔沙丘和西高沙丘，这是怀特岛的最西端。那里有一整排石灰岩柱子冒出海面，水手们称之为尼德尔[②]。那些沙丘部分高度将近五百英尺，我可以轻易看到太阳落在十七英里外的斯沃尼奇后面。接着我步行回弗雷什沃特湾，打算在那里过夜。

“我一天大约工作十小时，”阿尔比恩旅馆的达夫妮·雷恩内尔说，“早上有一小时的休息时间，下午大约有三小时，周三放假。我是从威尔士来的——我妈妈是威尔士人，在阿尔比恩的我们全都来自不同的地方。过去四年来，我每年都回到这里来工作。这里很不错，真的。我知道这不算是一份真正的工作，可是旅馆休息时，

① 布列塔尼，法国规划区，首府雷恩，西南濒比斯开湾，北临英吉利海峡。

② 尼德尔意为“针”，形容石灰岩柱子。

你一年会有两个月的假——没有，休假没有薪水。那是在冬季，那时我就可以休息一下。我正在考虑明年冬天去旅行，可能会去土耳其，我一直很喜欢土耳其，还收集了些广告小册子——不会很贵，对不对？我正在考虑一个人去，你想我该一个人去吗？”

我劝她要带一个朋友同行，还告诉她一般注意事项。

第二天是个晴朗的好天气，所以我决定后面的路程采用步行方式去雅茅斯。在我看来，岛上的车不多，但马路又弯又窄，连为数甚少的车都经常会被挡下来，巴士又大得行驶缓慢，造成阻塞。有人告诉我，一个半小时内快步环游完这座岛是有可能的，可是这些巴士挡了路。

“我小时候，我们都叫这些巴士为‘吓人帮’。”有个人告诉我。我们停下来看一辆巴士被卡在一个转弯处，为了让一匹马和一辆四轮轻便马车通过，巴士的窗子上出现一张张顶着白色鼻子和眼镜，充满疑问的脸。

“吓人帮。”那个人重复了一遍。这是弗朗西斯·皮奇福德，一位来自萨里的会计师，在这里有一栋小木屋，不久后就会退休搬过来。那天早上在路上听他说话，给我的感觉是许多看上去像是在追忆过往的人，事实上是在幸灾乐祸或自吹自擂，甚至是说谎。

“我记得，”皮奇福德先生说，“两轮的巴士，很长的那种，由马拉的。现在你就知道我的年纪有多大了。”

可是他的年纪并不是很大，一定只有六十多一点——再说那也不是什么值得夸耀的事。我虽不相信，但也没说什么，就让他继续说下去。“哦，那是距离你年代久远的事了，年轻人。”

这番话里有某种敌意，带点我在这里的时间比你要久的味道，一种典型的英国式压制陌生人的方法，告诉你他比你年长。我曾听说过英国人会假装自己年纪比真正的要大一点来取得胜利，在英国只有老人才能够坚持己见。

我继续往前走时，他仍旧面带笑容地看着那辆塞在那里的巴士。

我在这条马路过去一点的地方看见了一家杂货店的窗子上有张卡片，上头写着：

> 天主教徒们，记得这些话吗？
>
> 以父及子及神圣之名……接着是弥撒，直到几年前在这片土地上的每个天主教堂里，都还听得见。
>
> 同样的弥撒本月第三个周日仍然会私下在纽波特举行。
>
> 电话：纽波特 4220

这让拉丁弥撒像个神秘的仪式，而且这个告示的语气确实是在暗示一场秘密仪式，令人想起早期基督徒印象和暗中传说的奉献仪式，让我不禁揣想怀特岛是否有个未经改革的旧式天主教组织，很想进一步了解。我找了一个公共电话亭，拨了那个号码，可是没有人接。如果我能用那通电话叫到任何人，或许我会很乐意改变我的计划，步行去纽波特看看那些神秘的天主教徒，成为我漫无目的旅行中的一个范例。

往雅茅斯那条穿越森林的小径又直又平；它过去曾经是条铁路，现在则是条煤渣跑道，大半都是恶作剧的人在使用。一只大鸟停在小径上，我拿出双筒望远镜，看出来它是一只英国松鸦，体形很大，颜色很漂亮，声音很吵又很腼腆，只见它突然往上飞，好像被自己嘎嘎的叫声策动，并被一个往我这个方向走过来的年轻女子给吓到了。

我知道她会怕我，因为前天有两名妇女在奥尔德肖特附近的森林里被杀害了（手法十分残忍），报纸和电视新闻上都有报道。由于福克兰群岛战争，这阵子大家都会看新闻，也就特别会关注到公共事件。报道没有进一步解释“手法十分残忍”的意思，可是每个人都猜想得到：可能是一把剃刀或一把刀；而且在女性讨厌的血淋淋的恐怖片里，几乎都是一个单身男子，长了张似乎可信赖的脸，穿着旧衣服，背包里装着武器，脚上穿着油腻腻的鞋子——或许就是像我这样的人，走在一条像这样的小径上。

她看到我便僵住了，我想走另一边，可是小径旁边是一片沼泽，我只能固定在这条路线上，从她身旁经过。我尽量表现得轻松，可是那么做却让她一脸恐惧，她把眼神转到别处，动作却相当警觉，类似恐慌——她没在呼吸，只专心地听。她年约二十二岁，心中的恐惧让她的五官变得很丑。我很想说：“不是我！”

不过在经过她身边时，我只说：“早安。”

她用吓坏了的声音含糊回话，我为她感到难过，为帮她的忙而快速走开。回头看时，她正奔跑在通往弗雷什沃特的小径上。

雅茅斯是个好地方，小巧而坚固，由大石头建造而成，湿气已经将低矮的漂亮建筑物表面全面绿化，有值得自豪的街道和一座城堡废墟。（一六三〇年，“阿贝拉”号从雅茅斯开航到马萨诸塞州。）这座小镇位于一座惬意的港口上，十分隐蔽，拥有细长的码头，历史悠久，几乎和这座小岛本身一样古老；面向北方，渡轮正要开航，所以我就跳上去了。

丁尼生就是在这里，在索伦特海峡写下了“走过沙洲”，可是在早上实在很难想象“落日和晚上的星星，对我清晰地召唤！”诗人把他的灵魂托付给了天堂。太阳在航向雅茅斯的帆船后的水面上闪烁着——吹着八级强风，我可以看到西边倒塌的赫斯特城堡，从汉普郡那里突出一点，拱形的外观就像一副碎掉的牙齿，旁边还有座可爱的灯塔，像是水上的一个白色士兵。

我就这样离开了怀特岛，搭渡轮前往利明顿。港口的四周都是桅杆，长满了草，令我想起科德角湾的一座小镇。那是位于海上的一个村落，像巴恩斯特珀尔或桑威奇，有一个圆形的小港口，火车直接开到码头上渡轮停靠的地方。

从利明顿到布罗肯赫斯特（只有五个人搭这列小火车：它的日子不多了，这一点毋庸置疑），对我而言，在英国旅行多么简单啊。没有小路的地方就有火车或巴士，而且它们会准时出发。会有这种想法是因为，渡轮一停靠这么小的地方，火车立刻就来了。花费也简单，我可以使用个人支票或在任何一家银行领到钱，即使在像利明顿这样的村子也没有问题。这里的人一般来说都有效率且愿意帮忙，有些人还很亲切；大家都讲英语；我从没碰上危险；迷路是不可能的事。大家还会对英国是举世开发最广这回事感到奇怪吗？就某种意义上来说，在英国一切都清清楚楚——只是有各种不同的诠释。可是我知道我需要这种自在（语言、金钱、安全），因为那是世界上最难以解释的细微文化。英国人认为外国人很可笑，因为外国人不是英国人，因为要任何人变成英国人都是不可能的事。对一个美国人而言，这种态度本身就是可笑而又难解的。不过即使花了十一年的时间探索寻求解释，我仍然在摸索中，而且我是在不熟悉的地方，在海岸上。结果一切都进行得如此顺利，我从来都不害怕，真是让人欣慰！

我们位于新森林的边缘，石南、金雀花还有其平坦的地势使它看起来像一片荒野。野生小马不比新长出来的蕨类高多少（小青蛇和蜥蜴很常见）。布罗肯赫斯特是个方便的火车联轨站，由于它在一个鸟不生蛋的地方，我就在这里换了前往伯恩茅斯的火车。火车没有快速向伯恩茅斯奔驰而去，而是十分悠闲地四处晃荡——停在美丽的村子斯韦。它有个旧式的火车月台，在春天这温度里，看起来像是萨基[①]故事开头的一个场景；火车停在欣顿海军上将站，听起来像是蝴蝶或大丽花的名字[②]，而它真的如名字一样漂亮；过了广大牧场和麦田后，列车在克赖斯特彻奇小歇；下一站是人口密集的波克斯当，这是伯恩茅斯附近的一个小镇，我在中央车站下车，步行到海滨步道。

伯恩茅斯的山脊上有一排排的旅馆和民宿，（全英国最好的）好天气将伯恩茅斯变成了一个度假胜地，有美丽的公园和丑陋的建筑物、小酒馆和小舞厅，看起来像个太快变成城市的乡村小镇，虽然笨拙地换上新装，却仍有足够的公园和海滨步道来证明它是漫步者的城市，里里外外都是海边度假胜地，所以无可避免的，到处都是拖着脚漫步和双眼凝视、隐约露出微笑的人。这些旅馆——似乎有好几千家，全都位于吐司色的崩塌悬崖上。它没有伊斯特本的气

---

① 萨基（1870—1916），英国作家，本名为H. H. 芒罗，萨基为笔名。作品擅长描述爱德华时代的社会景物。

② 有一种蝴蝶名为海军上将蛱蝶，有一种大丽花名为罗林斯海军上将。

氛，是有某些地方相像，但毫无疑问，伊斯特本十分繁荣。这里很拥挤，不过拜高度和山丘蜿蜒的街道所赐，还可忍受。从韦斯特克利夫看过去，就像是南部海岸度假胜地的缩影，有大约十五英里长的海岸线。伯恩茅斯的高尔夫球场也很有名。高尔夫球是一项海岸运动，不说很热情，但提起来也不是那么令人惊讶，因为我们原本用来形容把这种有沙和铺有草坪的海岸与高尔夫球场联系在一起的字眼，就是连结地。

人们安静地坐在车里吃香蕉，啃三明治，阅读低级趣味的报纸：阿根廷人失掉一对！是今天的头条，两架飞机，或是两艘船。阿根廷有伤亡时，所有报纸的头条都欢欣鼓舞，但英国的损失则很少报道，而且大部分时间报纸上都是英国运动的相关报道。伯恩茅斯的海边阳光普照，还有风，人们的穿着各式各样。我看见艾维穿着旧大衣，戴着手套和羊毛围巾走过苏珊的旁边，苏珊则穿着比基尼仰卧。拉塞尔是个黑人男孩，留着一头红发，两只耳朵各戴了四个耳环，黝黑的手臂上还有一个无益的模糊刺青；他一直跟着十五岁的金，她颈子的侧边明显地刺着“比利”。退休和失业的人，年纪很大和很小的人——伯恩茅斯有我在其他海边看到的景色。背着背包的中年人则相当少见，这或许便是有很多人盯着我的原因。

我在旅栈流连，对里面探头探脑，检视装潢（这里一个烤箱，那里一个盆栽）。外面风太大，没办法看报纸。大部分旅栈里的人都在喝茶，有些人穿上所有的衣服做日光浴，手还插在口袋里，刺眼的阳光让他们脸上露出痛苦的表情。

我沿着韦斯特克利夫前进，顺着一条之字形的小径走到海滨步道，不是很确定自己要去哪里，不过这个方向是对的——西方：我已经往西走了好几个星期。我经过阿勒姆山脊，史蒂文森在这里创作了《化身博士》(伯恩茅斯是文艺气息最重的地方，有亨利·詹姆斯、魏尔伦、德伯家的苔丝和玛丽·雪莱等人的灵魂，还有许多在这座山脊徘徊的作家灵魂)，然后往西看，看到了海湾另一边的陆岬上有两块直立的叫作老哈利和老哈利之妻的石头。我决定步行去斯沃尼奇，沿着海岸走大约十四英里。

我的地图显示，有个渡轮站位于一个名叫桑德班克斯的地方，是普尔港的入口。我在想不知道有没有营运（季节尚未开始），因为不想浪费时间，所以就问步道上的一个男人。

“我不知道有什么渡轮站。”他说。

他是个老人，有着灰色的皮肤，看起来防火，名叫德斯蒙德·鲍尔斯。我原本以为他可能耳聋，结果发现他的听力相当好。他穿着件黑大衣。

“那些男孩在做什么？”他问。

我解释说他们在冲浪。

“只是不断地跌下来。”他说。

这座海岸的乐趣之一就是观看冲浪人士摇摇晃晃地跌进冰冷的水里，再想办法爬回去，然后再跌下来，根本就是一项无谓挣扎的运动。

“我刚刚从波克斯当走过来……”

那在七英里之外。

“……我八十六岁了。”鲍尔斯先生说。

“你什么时候离开波克斯当的？”

“我不知道。”

“你会再走回去吗？”

“不了。”鲍尔斯先生说，不过他继续在走，僵硬地走，毫无乐趣。他的脚很大，穿着双亮皮鼓胀的旧鞋，手里捏着皱皱的帽子，摆动帽子以求平衡，脸朝前，对着步道气喘吁吁。“你可以走得比我快——快走，别让我把你给拖住了。”

可是我想跟他聊聊：八十六岁，而且刚刚从波克斯当步行过来！我问他为什么。

“我从前是那里的站长。波克斯当和博斯库姆——那些都是我的站。我就坐在自己家里——我在那里有间小屋子，”他指着那座悬崖，“我对自己说：‘我想再看看它们。’我先搭火车到波克斯当，看到出太阳时，心想我可以走回来。我二十五年前从铁路公司退休。以前我父亲也是在铁路公司服务。他从伦敦被调到朴次茅斯，我当然跟他一起走，当时我还只是个孩子。那已经是一九〇二年的事了。”

“你在什么地方出生的？”

“伦敦。”他说。

“伦敦的什么地方？”

鲍尔斯先生停下脚步。他是个大个子。他盯着我说：“我不知道什么地方，但以前知道。”

“你喜欢朴次茅斯吗？”

“我不喜欢小镇。”他说，又开始走起来。他说：“我喜欢这个。”

“什么？”

他用他那顶压皱的帽子往外挥了一下。

他说："辽阔的大海。"

此时我刚开始我的旅程没多久，但对英国人坐在车里凝视着大海，还有整个南方海岸坐在折叠帆布椅上观看海浪的老年人已经满腹疑惑。而现在，鲍尔斯先生，这位老铁路人又说："我喜欢这……辽阔的大海。"这里是怎么回事？在卡内蒂[①]的《群众与权力》里有个答案，一个非比寻常、才华横溢（有些评论家说是古怪）、以群众的角度来对男人世界所作的分析。大自然里有许多群体象征，卡内蒂说——火是一个，雨是另一个，而大海更是独特的一个。"大海是多样性的，它会动，却又稠密，且具备了凝聚性"——像群众"它的多样性在海浪里"——而海浪就像男人。大海是强壮的，有一种声音，是持续性的，从来不会睡着。"它在暴风雨里可以抚慰、威胁或破裂，但它始终都在。"它的神秘就在它所包含的东西里："它所含的思想强化了它的庄严，许多植物和动物都隐藏其中。"它是完整而又包罗万象的。"它是静止人类的一个象征；所有的生命都流入其中，包含了所有的生命。"

在卡内蒂的书中稍后提到国家时，描述了英国人的群众象征，那就是大海：英国历史上所有的丰功伟绩和挫折失败都和大海密不可分，大海让英国人转变，也为英国人带来危险。"他在家的生活：安全和单调无变化为其主要特色，从在大海的生活中得到了互补。"

"英国人把自己看成船长。"卡内蒂说。这就是他的个人主义和大海的关系。

所以我会遇见鲍尔斯先生，还有那些在南方海岸上凝视着大海

---

① 埃利亚斯·卡内蒂（1905—1994），英国犹太作家，生于保加利亚，后定居在苏黎世，一生获奖无数，并于一九八一年获诺贝尔文学奖。

方向的老年人，就像悲伤的船长把注意力都放在海浪上。大海也对他们低语。大海是一种慰藉。它包含了所有的生命，当然，可是它也包含了离开英国的途径——那是通往坟墓的途径，面向大海，在那里，在近海。大海有群众的声音和拥抱，可是对这个国家而言，它不仅仅是一种代表了活力和力量的安慰，它还是终点。那些人是在看死亡的方向。

鲍尔斯先生仍然在我身边，举步维艰，我问他有没有参加过第一次世界大战。

“第一次和第二次，”他说，“两次都是在法国。”他放慢了脚步回想。他说：“第一次世界大战很可怕……很吓人，可是我没有受伤，我参战整整四年。”

“不过你一定有假可休。”我说。

“两个星期，”他说，“在战争中期。”

鲍尔斯先生和我在坎福德克利夫斯分手，我继续步行到桑德班克斯。渡船行驶着——他们称它为“漂浮的桥”，类似一艘大型平底船，在横过普尔港港口的一对链条上来回穿梭。我下了渡轮，踏上一片长达一英里的空旷沙丘和灌木丛，它叫斯塔德兰德荒原，是个常年有风的老地方。荒原上有情侣，直接在沙坑口上办事。我走过去，经过站在与手腕齐高的石南花里的男人，有些人裸体警醒，我把他们看成是性变态。有些人站在小丘上，光凝视着中景。这片荒原像地板一样平坦，纸被风吹得到处都是——杂志的内页。我拿起来看，发现是色情杂志的内页，荒原最远处有裸女杂志和书的内页，有些被撕成了碎片。我想是寂寞的男人带来这里的，爬进海边的沙丘里看这些东西，感觉安全而又隐秘。

我在海岸步道的这处感到很不自在，不仅是因为杂志暴力，还因为风、枯草、荒芜以及孤单伫立的男人。这是许多我原本期待会在海岸上看到一具尸体的地点之一：躯干，已经分尸了，少掉了四肢。

等爬高一些，走过巴拉德沙丘到斯沃尼奇时，情况总算好了一点，景致也绿了些。斯沃尼奇是海湾上一座生气勃勃的小镇。

“斯沃尼奇的麻烦在于，去任何地方都不会经过这里。”萨莉·特鲁布肖说。特鲁布肖小姐是一间小酒馆的老板，养了一只大丹狗，她喂它吃鲜虾口味的薯片。她最近才到斯沃尼奇，可是她说很少人会经过这里。“这是生意很差的原因。”

生意差的地方往往特别赏心悦目，斯沃尼奇有一种疗养期间的气氛，新鲜的空气、渔船和风蚀的街道。这几年它成长了一些，但并未现代化。从韦勒姆开过来的火车已经停驶。它是那种半休眠的海边小镇，在步行了那么久之后，它真是完美极了。

那天晚上，我写过日记后就去了一间酒吧，然后问别人：走海岸步道到韦茅斯有多远？

“那要花掉你六天的时间。”泰德·威彻尔说，“一路都是上坡和下坡。”

“两个星期。”莱斯特·普赖德说，还对我摇摇头，“你喜欢上坡下坡吗？”

“我喜欢它是直的。”我说。

这个回答让莱斯特·普赖德很高兴。

“那条小径。”我说。

“听听他讲的！”莱斯特·普赖德说，然后点了一杯饮料给我。

他穿着一件运动汗衫，上面有“救生员”的字样，下面是“海滩男孩俱乐部”。

“它是加州最大的男同性恋俱乐部。”他解释，低了一下头，“你喜欢吗？”

我说很不错。英国人会穿一件上面有“宾州”字样的运动汗衫，然后把它看成那一年最流行的东西。英式风格充满了这类指桑骂槐的恭维。

莱斯特·普赖德走到窗户边。

“外面有个警察。他要进来逮捕你，因为你穿皮夹克喝酒。”

我穿着我的万用皮外套和油腻的徒步鞋。

“你从哪里弄来那件夹克的！我讨厌它！我妻子以前总是穿皮的东西，真是受不了！提醒了我，”现在他是对整个酒吧里的人说话，“明天庆祝，我的离婚最终判决。大家都来一杯香槟！”

大家齐声欢呼表示赞成，可是莱斯特·普赖德只是耸耸肩走向我，故作神秘地说：“我在离这里不远的地方开了间酒吧。你听我说，两百年来经营它的人从来没有赔过钱，只有我例外！我就要破产了——我讨厌它。但是你何不过来喝一杯——噢，上帝……”

我已经喝完我的饮料，准备回旅馆去了。

“……你要走路去该死的韦茅斯，你正要说你必须早早上床，谈岩石和有趣的岩石结构来让大家无聊死！噢，老天爷，把它忘了吧。你的皮夹克没你也会起床出发——或是那双鞋，你看看，它们很可爱，不是吗？你可以赶上跳在小径上的它们，你们这些老美是如此的……”

第二天是个阳光普照的好日子，早上九点，我离开斯沃尼奇，步行到德尔斯顿角，下面是蒂利威姆洞穴——有更多走私者的故事。我继续前进，尽量靠内陆一点，那么就不需要在峭壁上上下下。金雀花丛开出了亮丽的黄花，土地辽阔——就像在壁面顶上一片广大的乡间边缘游荡。我越过跳舞岩架，穿过锡科姆，上到温斯彼特，陡峭台地的海岸有许多峡道和山谷，羊群就在山谷里啃着卡在常春藤下的山楂，这些台地及山谷边的山脉全是六百年前的耕地形成的。我在沃思马特拉弗斯这个村子里得知这些犁沟被称为“带状小田地”，而观光告示牌写着：“一三四八年至一三四九年的黑死病造成人口急速减少，可能是在如此陡峭的台地上耕耘的需求减少的原因。”多塞特郡这些村落大部分的规模都比以前要小很多，而且它们一直都没有从十四世纪的黑死病中恢复过来——也没有忘记，黑死病死者的埋葬地点依然有着清楚的标示。

在“方块罗盘”（客栈招牌和当地采石场有关，这是一种叫珀贝克石的贝壳石灰岩）用过午餐后，我走过一片叫圣奥尔本斯岬的大岬地，之后就搭便车到美丽的海湾查普曼浦。我在前往那里的路上遇见正要经过一座牧场的琼和雷格·弗朗奇福德。

“她有一个人造髋关节。”雷格说。

他们快步走到我后面的梯磴，我退到一边让那位女士爬。

“那是个人造髋关节。”雷格说。

琼·弗朗奇福德努力显出勇敢的样子。

“勇敢向前走。”雷格说。

然后琼到了另一边，我则赶着前往豪恩斯托崖，它几乎有一百七十五英尺都是垂直的，但到处都是鸟。海岸切进来，使我一会儿上，一会儿下，引领我经过一座落入海中的瀑布，瀑布在灰色页岩前滩上形成泡泡，把前滩刻成平整的方块，活像大块平坦的铺路石。

太阳与风让基默里奇暗礁上的长草如火般摇曳。我在炎热的下午穿过这些悬崖，一个人也没有遇见。悬崖上有牧草地，就在蔓延的小径左边到翻腾的浪间，有二百英尺垂直的空间，其间满布海鸥，再过去就是大海。这是我到目前为止见过的最漂亮的一段海岸，而且整段海岸上只有我一个人。一想到我完全不知道自己要去往何处，就觉得很快乐。只要我留在海岸上，就会觉得自己是安全的，一切都会平安顺利。

前面悬崖边有一座塔，单单一座塔，别无他物，看起来像是一座废弃的灯塔，矗立在基默里奇湾。一个带着一本小册子、名叫埃弗克里奇的人告诉我，它叫克拉维尔塔，有近两百年的历史。克拉维尔是神职人员，同时也是一名天文学家，利用灯塔研究天文学。灯塔本身就是座纤弱的建筑，这座海岸的峭壁和岬地令它看起来似乎更加纤弱，只因为附近没有其他建筑物。

一进内陆就有座停车场，大部分的人都留在车里，往外凝视着大海，不过也有些人拖着沉重的步伐四处走动，面带微笑，看起来有点喘。

我坐在那座塔下的草地上，发现听到的并非大海的声音，而是大型枪炮的隆隆声。我的地图上标示，这座海湾西边接下来的六英里海域是危险区域，那是另一座军队靶场，他们今天正在射击——想必是在为福克兰群岛练习。我走进高尔特峡谷，看到前面的小径有红旗飘扬：禁止进入。

我绕路进入内陆，经过科夫堡、韦勒姆和一些多塞特郡的村落，认识了一些朋友，吃意大利面，喝苹果烈酒，听“扼杀者”乐队——他们目前讽刺的是关于海洛因的乐趣。然后我回到海岸边，从靶场另一边的拉尔沃思湾再次踏上海岸。

接下来的地形陡峭且乏味，我没有办法喜欢这些奇特的风景——环状的小水湾、杜德尔门滑稽的样子、蝙蝠岬的断崖，于是在通往韦茅斯的小径上快速前进，想去那里过夜，可是路程实在很遥远。我在怀特诺斯（如尸体肌肉般苍白的石头）转往悬崖前进，然后在灵斯特德湾上方转到伯宁崖，这是一处可燃页岩的岩架。来自洛德斯村的约翰·迈尔斯表示，这座山崖也确实燃烧了好几年，然后就神秘地消失了。多塞特郡仍然有石油，有些地方石油甚至会渗出地面。二十世纪七十年代，多塞特郡当地的农人曾热心地把部分最漂亮的乡间提供给石油公司。我有一次跟一名农夫说如果他们不注意一点，平静的多塞特郡村落就会布满可怕的钻油平台，而这个农夫，卢·斯温汉姆说：“它们上面有光，那些油井，”面露满足的微笑，“像圣诞树一样。”由于某种未知的原因，石油并没有为多塞特郡带来繁荣，这使得斯温汉姆之类的农夫十分生气。曾经短短一段时间，他们以为自己可能看到了最后的希望。

“巴士刚刚离开，”罗杰在奥斯明顿米尔斯的走私者客栈里说，“那是最后一班，吃块肉馅饼吧。”

差不多从拉尔沃思开始就可以看到韦茅斯和波特兰岛，大约十英里远。透过薄雾，看见它们就在远处的海平面上。但在此处，在韦茅斯湾上方，峭壁上有度假营地，看起来倒更像是监狱。我认为它们越漂亮就越像集中营。这些营地着重于强度，坚固的墙壁和水泥小径，还有链条栅栏和倒钩铁丝以及警告入侵者内有恶犬的标示。在这个阳光普照的白天，衣着完整的人们睡在折叠帆布椅上，被太阳晒伤的脸上露出不悦的表情，远在四十码外我就可以听见他们的鼾声。

现在似乎是下坡，过了一些山崖，往下从一座小峡谷走到防波堤。进入韦茅斯的最后几英里路，我就走在这道防波堤上。我立刻就喜欢上了韦茅斯。它雄伟但不浮华，有一座真正的港口，停满了船只。所有的建筑物都完整无缺，后乔治国王时期的露台面对步道和大海，港口还有小木屋和旧仓库。我喜欢房子的样子，喜欢它们的优雅，还有弥漫其中的鱼和啤酒的味道。我四处闲逛，发现空间很大，天气很好，心想：我可以住在这里。这想法让我十分快乐，但第二天我还是离开旅馆，继续向前走了。

## 第六章

# 搭一二五市内线去普利茅斯

在这里的海岸要出城——任何城镇，即便大如韦茅斯都是件容易的事。只需要走十分钟，就能把我带到狭窄的郊外，然后就不见商店了。再十分钟，没有房子；再五分钟，没有招牌。然后只见开满了花的栗子树，十二英寸宽的小径，还有潮声。

但在弗利特小村子却无波浪。它只是在外海长达九英里的沉默海岸，从波特兰到阿伯茨伯里有着英国最奇特的海岸特色之一：切瑟尔堤岸。这是海里一道鹅卵石岸的低岭，一道与海岸平行的笔直小石墙，另一边就是海滩。在我身旁那没有浪声的地方，静静躺着叫做弗利特的潟湖，随处可见长得七零八落的草以及发臭的死鳗草。因为那面鹅卵石墙（看起来像是人造沙洲的几何图形，但事实上是冰河时期挤压而成），这是英国海岸最平静的部分：没有风，没有海鸥，没有浪声，只有白花花的阳光洒在淤塞的平原上。

我听到一个声音（事实上是两个声音）快速地拉锯着，那是种高亢的闷声嘻嗬，如织布机的粗吟声。更近了，加强到像一种呼吸声。尽管我还是不知道那是从哪里传来的，不过我机警地听，也机警地看，终于看到一对大天鹅拍着翅膀，划过天际，低低飞过弗利特，而那声音就是它们回荡在戈尔湾里急促的翅膀拍打声。当它们直接飞过我头上时，声音听来就像是吊床上的一对情人。

我继续走。走过赫伯里时我数了数，共有五十七只天鹅在潟湖里游泳，然后通过小径走入一片内陆，再穿过阳光普照的树林，非常仔细地看着这里的鸟、花和树，并记下它们的名字与种类，还有阳光怎么从海边映照进林中的空地。我试着记下每一个细节，因为有人跟我说这里打算要盖一座核电站，到时一切都会被一扫而空。

在穿过一块草地时，我一开始还没看到那些小公牛，但听到它们的蹄声，于是转过头去，竟看见它们一直跟在我后头。我赶紧加快脚步，它们也跟着做；我跑，它们也在我后头追着跑，大约有十五头，做出那种小公牛在试图赶路时的可疑摇晃动作。就在它们逼到我身后时，我干脆跳进一排刺人的荨麻和荆棘围墙后，这些小公牛则聚集起来看着我。这事发生在怀克伍德附近，我觉得自己像个傻瓜，喘不过气来，又被刮伤及刺伤，而小公牛继续留在那里喷气和流口水。在它们后面的田里，有头已经长大的成牛，四只脚深埋进草地里，头则低下来盯着我看。

我告诉那些小公牛说它们又吵又笨。它们终于移开了几英尺，足够我把自己从荆棘中抽离出来了。“走开——不要动——你也一样！”我说，并在那头大牛的瞪视下，退回草地往出口走。那群动物心不甘情不愿地服从了我，可是每当我转开时，却又固执地向前逼近。

接着我又跳进一道围墙后，这下安全无虞了。或许我从来就没有危险过，但我还是觉得受到了威胁，因为它们在我走开的时候又开始推挤围墙，让我不禁想家畜要比野生动物麻烦得多——它们无法独立，行为恶劣，任性迟钝。

经过几个山丘后，我看到了圣凯瑟琳，一间盖在阿伯茨伯里丘顶的可爱的废弃教堂。阿伯茨伯里有天鹅饲育场，所以我才会在海岸边看到那么多这种大鸟。这村子有种僧侣式的灰石外观（这里曾有圣本笃教会），储放什一税农产品的仓库和房舍看起来全像是教士为荣耀上帝所盖出来的。事实上，现在是整村子重视房子外观的英国人花费了大把的金钱，重新恢复了这个地方，并栽种了玫瑰。

通往韦斯特湾和布里德波特的小径沿着海岸直行，美丽的夕阳下迷雾笼罩在伯顿布拉德斯托克的茅屋村落上空，大地与海水衔接，绿灰交融。

待在上传者皇冠客栈的那晚，我看到一个招牌上写着“白嘴鸭派”。那是什么意思？

店家罗宾·厄普顿说：“去问我妻子。”

三十来岁、热心勤奋的雪莉·厄普顿显然很高兴有人问她白嘴鸭派的事。她说：“这里的年轻人有打白嘴鸭的习惯，你知道吧。我听到了枪声，就问他们都怎么处理那些鸟。他们说：‘噢，我们都把它们丢出树篱。’我听了就跟自己说：‘要是他们无论如何都会杀了它们并丢到树篱后头去，那还不如找个办法来烹饪并吃掉它们。’随后我想起来好像有份白嘴鸭派的食谱，记载在我的《城堡英国料理辞典》里，可以回溯至一八八〇年，白嘴鸭、洋葱加上自制的面包皮，很好吃。”

我说我想试试看，于是她给坐在小酒馆后头的我送了一份。白嘴鸭的肉色很深，有种野生松鸡的味道，我非常喜欢，还有脆脆的派皮以及多塞特郡的啤酒。

之后不久，布里德波特的报纸上就出现了一个标题：《毒舌文章攻击白嘴鸭派》。显然，关于白嘴鸭派的报道引起一些人写辱骂信给厄普顿家。厄普顿形容那些信“讨厌”，而写信的人是“疯子”。他说：“其中一个说他希望我们死于癌症，还有人说下地狱被火烧对我们还太仁慈了。”信当然是爱鸟的英国人写的，而雪莉·厄普顿（乡下酒馆那快乐的女子）如今被报道成一个紧张兮兮的病人，不敢接电话或拆信。

如果雪莉·厄普顿是只穷困的狗或猫，就可以倚靠疼爱宠物的英国大众的支持了。

> 昨日《每日电讯报》报道了不幸的海兰德一家，家中两个女儿遭到爱尔兰共和军折磨、涂抹焦油再插上羽毛，业已抛下他们位于福尔斯路的房子、财产和宠物狗躲藏起来。
>
> 到中午，有两个人，一位是自愿前往的女士，一位是防止动物酷刑的北爱尔兰团体代表，已经致电我们住在他旅馆里的代表，表达对狗福祉的关切。
>
> 《每日电讯报》，一九七二年五月十六日

而在最近广为人知的“受殴鹦鹉案”中，布里斯托尔一个人被判有罪。他遭指控使其宠物鹦鹉吃了非必要的苦头，将它放进一个装满水的水槽里，最后被判有条件的褫夺主人权，并奉令支付四十八镑的目击费用。那位目击者是约翰·伯德[①]先生。伯德先生

① 伯德在英语中意为“鸟”。

说，他看到那只蓝白两色、叫萨莉的鹦鹉在乔治·布朗利斯一楼的地板上剧烈地颤抖。这案子赢得一定的恶名，但从头到尾没有人提出控诉，说布朗利斯先生过度清洗他的宠物鹦鹉是浪费了公共用水，取而代之的是种滑稽的自我恭维："你明白为了维持我们的与众不同与温和，我们英国人可以准备奋战到什么程度了吧？"但爱动物的英国人也是可以非常暴力的，"动物解放前线"代表实验室就用米格鲁猎犬和兔子组成了毁灭游击队。

我再往海边走过去一点，并在布里德波特附近一间酒馆里碰到一个叫福吉的年轻人。他今年二十四岁，跟我说："我曾经把我的头发染成紫色——其实是茄子色，然后到处晃。我想引起注意，我的意思是我想在人群中突出。好玩的是，好像没人在意，都没有看我一眼！"

我说："所以你的紫发算是一次失败的尝试？"

"你可以这么说。"福吉说。福吉有个奇怪的习惯，不过我在别人身上也看到过。每次他转过头来看我时，都会闭上眼睛，等一转开头又会睁开。"总而言之，我把散沫花抹到头发上，结果变成了亮橘色。一个人跟我说：'这一切是为了什么？'我说：'你看不出我正试着要告诉你什么吗？'"

"你想告诉他什么？"

"答案很明显，不是吗？"福吉说。

我说对我而言并不明显。

福吉说："我想告诉他我是不同的，我和其他人不同。"

"因为你的头发是橘色的？"我说。

"不，不，不，"福吉说，面对我闭上了眼睛，"我指的是内涵不同，我就是和其他人不一样。”

“举个例子给我听。”我说。

“比如说，我和一个女孩订了婚。我不知道自己会不会娶她，但我订婚了。她四英尺八英寸，我六英尺二英寸。她无法理解我。还有另一个例子，我不会吃醋，我不知道那个词的意义。有一晚，我想出去喝一杯，我最要好的朋友布莱恩也在，我说：‘我只想一个人出去喝一杯。’我就是那样，有时候会想独处。我说：‘你们两个待在这里。’埃米莉想跟我一起去，但我说不行。最后我说：‘待在这里看电视。’埃米莉说电视没什么好看的。我说：‘那你们可以一起上床。’我不在乎，我就是这样。”

我说：“你说他可以跟你女朋友上床时，布莱恩有什么反应？”

福吉想了一下，说：“他只是露出微笑。”然后福吉也开始微笑，尽管眼睛还是闭着。

布里德波特对我而言没什么惊喜。这是英国少数我真正熟知的一处海岸。我在南伯伍德的路边住过，那是个十字路口，有四间房子和一间酒吧。酒吧叫戈洛普军，现在已经永久停业了，而店主（在英国他们更像墨守成规的人，而不像酒馆主人）也退休了。

这附近海岸最美的是一处名为黄金岭的地方。我搭上一班巴士到莫尔科姆莱克，爬上小丘，在阳光下出发前往莱姆里吉斯，穿过一片树林，沿着崖壁到了查茅斯。从查茅斯到莱姆里吉斯只有两英里。岩岸充满了化石，不过比起沿着高崖壁和通过平房的后花园还是容易及快速。但是涨潮时，就不可能沿着海岸走了。

我问一个在查茅斯停车场卖票的人，我是否有足够时间从海滩走路到莱姆。他说两点五十分是满潮的时候。

“现在已经十一点半了，”我说，“所以才涨了一半潮。”

“在莱姆不止一半，”他说，他叫沃伦·霍特里，“你可能会进退两难。”

我说：“你觉得我应该怎么办？”

“我去问一下。”霍特里先生说。

几分钟后他回来说：“那老头说要是你动作快一点就没问题，否则你会卡在海潮中。”

我刚要说话，他就催赶我说：“不要再拖了！”

于是我出发，从一块石头跳到另一块石头上。石头表面的化石显而易见，一片上头是恐怖的蛇，另一片上头是化石鱼。所有的石头都是从悬崖上崩塌下来的，也没有法律禁止为了寻找鱼龙（一八一一年的第一只鱼龙就是在这附近找到的）而敲碎它们。但我没有停留，莱姆在其岩石码头上闪着微光，后头可以看到从切瑟尔堤岸和韦茅斯一路走来的所有景象。波特兰岛鼓胀的朦胧模样，很可能被看成是一头误闯多塞特海岸搁浅至死的鲸鱼。

因为涨潮，这片海滩上只有我一个人。这里一片荒芜，且充满裂缝和角落，是另一个我预期会发现尸体、谋杀案受害人、自杀者，或更可能是意外溺毙被冲刷到岸边的人的地方。我在发展中国家，在非洲、亚洲都不曾有过这种阴森感，但是在英国海岸，每当独自一人时，一往下看就会预期看到死人。

莱姆附近浪很高，冲刷着防波堤上的水泥坡面，虽有走路的空间，但堤面布满绿色的海水黏液，所以非常滑溜。我几乎是爬着通过，到达莱姆时，觉得自己好像赢了场肉搏战。

"那就是他们拍片的地方。"慢条斯理的绅士比弗望着科布笑着说，想起他在斯温登住处看过的电影。他和太太开车到莱姆来，没有确切的去向，到他这个年纪，他说，就只能活在当天了。他还没想完全退休，肯定也还不想搬到一个大象坟场去，他直接那样称呼伯恩茅斯、沃辛以及其他年长的人都紧贴在海岸的地方。但是孙子们住在英格兰中部，妻子又不开车。

艾伦·比弗说："她很漂亮。"想着电影里站在科布的那位美国女演员。

"看起来一模一样！"汤姆·奥斯科特说，也对着那座石头码头微笑。戈雷特利一家和弗里克一家也望着它。

没有电影的那种绚烂，设定在莱姆里吉斯的这部罗曼史虽然讨厌且虚荣，却大为成功，反倒是《劝导》宣告失败。那一年的莱姆里吉斯让人想到的是一个名叫梅丽尔·斯特里普的美国女演员，而不是简·奥斯汀。

城镇本身呈现出摄政时期的狭隘，连续不断的街道被挤压在茶店和小客栈之间。这座城镇是英国海岸许多精心打造、好像违抗地心引力而吸附在陡峭悬崖上的典型。我那天都在沿着坍塌副崖走，那是一八三九年一次大山崩造成的特殊地形——二十公顷凹陷下去，称为断层的海边峡谷于焉产生。它布满花朵和化石，而且受到保护：在峭壁和海当中一块小小的木头保护区。沿着滑溜溜的坍塌副崖爬了一整天后，我在去亚尔的路上找到一间窗户上挂着空房招牌的房子。

这是斯基特家。"我们提供住宿和早餐。"玛格丽特·斯基特说。

维斯塔·斯基特十三岁，趁她妈妈没在看的时候偷用口红，笑声洪亮，皮肤宛如大理石般白皙，穿着一件有“亚当和蚂蚁”字样的T恤。

“你只有这些衣服？”我放下背包时，她站在我房间的门口说。其他客人带了睡袋，还有些人带了帐篷，有个人还带了五双鞋子。维斯塔双手抱胸，告诉我她痛恨学校。

“你是住宿和早餐男。”然后维斯塔·斯基特说。

“正是在下。”我说。

维斯塔睁大眼睛说：“疯狂！”

她母亲尖叫着喊她，维斯塔轻声说：“闭嘴，你这头笨母牛。”然后对我眨一眨眼，顺服地下楼去了。

我锁上了门。住宿和早餐男？疯狂？她说的是一首流行歌曲，讲有个流浪汉从一间房子旅行到另一间，睡在沙发上，由一个自称“疯狂”的团体演唱。

第二天，我搭乡间巴士去阿克斯明斯特。距离其实不远，但我要赶一班火车。一个要下巴士的男人想把报纸给司机，是《太阳报》，上头有着福克兰群岛的头条标题：《就是这样！》——说到英军对群岛的攻击迫在眉睫，而且可能达到重新占领的结果。

巴士司机说：“那是保守党的报纸。”

“我已经看完了。”鲁雷先生说。

巴士司机丹说：“我不要。”

“为什么？”鲁雷先生说。

“因为是保守党的报纸！”

“报纸都一样。”鲁雷先生说，把报纸和丹的午餐袋子（两份奶酪与印度柑橘果酱三明治、一颗过熟的西红柿和一块长条饼干）一起放在挡风玻璃下的小架子上。

丹捡起报纸从巴士车门丢了出去。

“该死的才不一样，”他说，“那是保守党的报纸。”

这是在亚尔到阿克斯明斯特的路途上，英国乡间保守的乘客和方向盘后的社会主义者。

我们走过德文郡松软的草地斜坡。巴士上每一张座椅上都附有告示牌说离开座位时请低头，因为有撞到行李架的危险。

为了搭上前大西部铁路，我在阿克斯明斯特买了张票。这条铁路曾是伦敦及西南方铁路，如今全被调整得更小、更便宜。我搭到埃克塞特（“这座城在公元八七六年被丹麦人席卷过……一九四二年被恣意空袭，包括一些古老建筑在内的四十公顷全遭毁灭”），然后转搭一班从道利什开来的火车，行驶在一度被称为大环游线的铁路上。

这是工程天才布鲁内尔[①]在英国海岸边铺设的铁路。他必须建造石堤和隧道——为海岸重新塑形。这条铁路结合了缓转弯和高速直线，一边海浪，一边峭壁，五英里的刺激，连沿着埃克斯河都是一次不同的经验——奔跑的火车和拍打的河潮，闪电与河水，再来是隧道间的火车沐浴着海波映照的明亮光线。

火车搭配轻轻落在月台及海面上的雨开进去时，我们眼中的道利什真是美极了。但是当我走出去，火车开离之后，我看到的道利什却又小又乏味。我向一个人打听此地的旅馆，他说：“我对道利

---

① 布鲁内尔（1806—1859），英国土木工程师和造船工程师，首创气压沉箱水下作业，在造船工程上贡献突出，并设计了第一艘横渡大西洋的轮船。

什的认识没有应该有的多。”就与跟我谈及邓杰内斯的人说的一模一样。

踩着湿湿的路面走到霍尔科姆，去看在霍尔科姆岬上叫“牧师与执事”的立石。这是另外一组像老哈利和妻子与尼德的龙牙。我沿着防波堤走向廷茅斯，不时地会有列火车呼啸而过，搞得我一身水，还差点把我吹进海里。不过我仍认为穿过暴风雨行驶过岩岸上的火车是世上最美的景象。终于来到了廷茅斯。

“你一个人？”胜利民宿里的斯塔林太太看着我的背包、皮夹克和油腻的鞋子说。

“到目前为止是。”我说。

“我带你去你的房间。”她说，被我的回答弄得有些慌乱。

我经常因为被年轻的房东太太连上四段楼梯，带到位于屋顶的小房间这类小小刺激而浑身温暖，爬得有点喘的我们走进去后会站在有点乱的床边，直到她想起，要求我预付五镑——就算那样也还是暧昧及色情的。

大多数人都会问“你一个人？”或“单身一人？”，我从来不作任何解释。我说我是个出版商，刚好在休一周的假，我喜欢走路。我没有说我非得一个人旅行不可。我说因为我在做笔记，随时随地都会停下来书写，只有在独处时我才能清楚地思考，然后我的想象力开始运作，心灵开始游走。他们会问我：“你怎么能忍受只有自己为伴？”我会回答说：“因为我自言自语——自言自语一直是我写作的一部分，顺带一提，我从道利什沿着防波堤一路走来，在雨中一直喃喃自语：‘乌姆威尔……沃姆威尔……纳特威尔……凯特霍尔……’”

在安静的廷茅斯（济慈一八一八年在这里待过，订正《恩底弥翁》的校稿）红色峭壁下，老人在海滩的草地上玩保龄球，即便步道空无一人，码头也关闭了。在世纪之交的里维耶拉电影院，有张廷茅斯歌剧社制作的《睡衣仙舞》的海报，我在城里逛了一下，实在找不到更好的事做，便回去买了张票。

戏院连三分之一都没坐满，大部分都是大声说话、跟着旋律哼唱的老人。在戏剧进行当中，一个演员不小心坐到电话机上，另一个因为背靠着铁柱子而差点被打破头，还有一大片布景在团体野餐的严肃场景中掉了下来。台词说错、音调不对，所谓的美国腔调要不是爱尔兰的鼻音，就是坦率的西部喉音，也就是当地口音。在一场舞蹈中，最年长的踢踏舞者砰的一声跌倒，吓醒了观众席中一些睡着的人。

但这些都是小事。戏纯为兴趣而制作，而且观众乐在其中——他们觉得很有趣，大声地笑，并为浪漫的部分所感动。那是一出关于工会的喜剧。在英国，他们需要这种关于工会的喜剧。演员众多，从节目表来看，全都是业余演员——店员、商店助理、会计、教师。演绎虽然薄弱，但是演员之间对于美国文化有种清楚的了解——比任何在美国表演的类似团体都要好得多。

戏剧在英国被视为适当的情感宣泄口。英国人喜欢盛装，喜欢业余戏剧的交际团体，喜欢戏剧制作的压力和团队合作。在演戏当中，他们得以从生活和工作中解放出来；他们可以大叫和唱歌，表达悲伤或喜悦；其中没有所谓的阶层制度，他们是自由的。所以我领悟到，即便是廷茅斯的《睡衣仙舞》都实现了戏剧必备最古老的理由——那是一种泻药，演出之后，每个人，演员和观众一样，都会觉得好过许多。

回到民宿后，斯塔林太太介绍我认识乔治·温达斯先生。他蓄着落腮胡，穿着灯笼裤，而且红光满面。我怀疑斯塔林太太是希望温达斯先生会问我那些她自己因为太胆小而不敢冒险一问的问题。

“什么风把你吹到廷茅斯来了？”温达斯先生说。他的鼻子肿大，像他喝的红酒一样红。

我说，我是一个出版商，刚好有一周的假，所以沿着海岸旅行。

“那你觉得怎么样？”温达斯先生捻着胡子说。

“福克斯通不错。”我说。

“福克斯通！”他吼道，斯塔林太太眨了眨眼睛。

于是他转向双手按在脖子上的斯塔林太太讲话。她的小嘴蠕动，黑色的眼睛露出警戒的神情，头发凌乱（鬈曲而又杂乱），而且非常吸引人。

温达斯先生还在叫：“二十五年前我就在福克斯通！我当时还不到二十七岁，和我太太一起，住在一间旅馆的顶楼——五段阶梯之上。离开的那一天，我把我的路虎停到前门，方便收拾。就在装行李的时候，不知道从哪里冒出一个气得半死的娇小女士，跟我说：‘竟然把那辆恐怖的车停在门前——你降低了这间旅馆的格调！噢，你降低了格调！’”

这让斯塔林太太跳了起来。

温达斯先生转身对我说：“不，福克斯通一点都不好！”

隔天下起大雨（走路太湿滑：我又不是探险家），所以我买了到普利茅斯的快车单程票。它一度被称为大西部铁路上的“康沃尔的里维耶拉快车”；现在则是英国铁路的一二五市内线。我坐在二等车厢看着德文郡，他们非常大声地讲话，有时我会有种印象，觉得整个英格兰南部都住满了说话太大声的聋人。

雨继续下，我们沿着廷茅斯泥泞的北岸到牛顿阿伯特。在雨中，那里看起来很丑，我们再度平顺地前进。

“往日的声音不再，”普里韦尔先生说，“没了汽笛和钟声是会骗人的！你还在跟某个人说再见呢，火车就开出站，吓了你一跳，毫无预警！但我还挺欣赏这一二五的，而且——”他停了下来，等我们再行一英里，他才继续说，“我始终搞不清楚为什么要叫这名字，我问了几个人，然后他们跟我说这是他们最快的速度了。”

我们在德文郡驯服温和的丘陵上，接近托特尼斯（“包含了一条有许多老房子和有趣住客的拥塞长街……”）时，雨水让风景温和起来，羊群在开着花的灌木篱墙附近吃草，从铁轨到地平线有十种层次的绿色。

“我戒烟了，”格萨吉先生说，“奇怪的是，这件事从来没有进过我的脑子！只不过是碰上了预算期，你知道吧。我到我的烟草商那里去买我平常抽惯了的锡罐装，他说：‘我们已经缺货两星期了。’然后我脑中就浮现出‘不要了’的想法，也没有特别做什么——只是‘三修女’缺货。而我应付过来了。现在若有人在屋里抽烟，我一定开窗。那会把房子弄得很脏——烟。有时大家抽烟，我几乎会看不到房间的另一头。”

劳埃德·吉福德是格萨吉先生的朋友。他们正前往普利茅斯，要去霍伊附近一家民宿。两人都七十来岁了，正在进行吼叫式的对话。

吉福德先生说："我父亲抽烟！他爱他的烟斗，我父亲。我还记得他抽什么牌子，叫奥格登，锡罐是橘红色的，上头有个印第安人的图片。在他的生日或圣诞节，我们总会送一罐奥格登给他。他爱他的烟斗。"

吉福德先生说着自己的故事，不禁感伤起来。但格萨吉先生听到"圣诞节"就发起火来。

"我已经送出了所有的礼物！"他叫道，"但我什么都不想要，我跟自己说：'我已经决定永远搬走，不想再拿到任何礼物了。'我给每个人写了封信说：'不要送我任何礼物——只要寄一张适合的卡片就好。'"

吉福德先生仍因追忆父亲、烟斗、奥格登的锡罐而双眼湿润，对他的同伴不发一语。

"你知道吗？"格萨吉先生说，"他们全都松了一口气！"

另一排座位上并肩坐着布雷贝利和克莱克两位先生，年纪也很大，一样大声说话。

"我们一安顿下来就做，"雷贝利先生说，"要是没下雨，我们就去车站拿时刻表，我喜欢更新我的时刻表。"

这让克莱克先生陷入了沉思。最后他说："我们过去什么地方都去，我和我太太，"然后沉默了一下，"像是为旧火添新柴。"

达特穆尔在右边——叫阿格伯勒丘的圆山陵则立在另一边猛然鼓胀的地方。铁路左边草地上的羊群瞬间闪过火车。

打从火车开出牛顿阿伯特后，雷蒙德·格里瑟利的话就没停过。现在他正在说："……我女儿是牧师助理。那里有牧师，所以她是牧师助理。等她毕业后，就会去担任神职。现在她还在继续她的新闻课程。我不知道她是如何兼顾的。她附近有座修道院，还有合并的教堂。我对天主教一无所知，他们是例外，一直是如此，对不对？他们要是和别人合并就会被称为罪恶。除了天主教徒，所有人都参加了修道院的大礼拜。作为牧师助理，我女儿的工作就是朗诵日课，念两段《圣经》。我打赌她一定会欣喜若狂……"

一个叫科克斯的驼背矮个儿老先生坐在后排座位，什么也没说，只看着窗外。为什么火车车窗老是会引起人们的回忆呢？火车车窗就好像是过去的窗户。科克斯先生凝视着自己的脸。过了一会儿，连这非常安静的人也开了口。

"好玩，"他好像被唤醒似的说，"之前或之后我都不曾也没再叫过，但我跟他说：'不要再找我麻烦了——找其他人挑毛病去！我再也不要忍受你对我这样了！'就这样冲口而出，我气坏了，他欺人太甚。有些人就是只在挑别人毛病的时候觉得痛快。之后，当他来检查我的灭火器时——"那是什么？"他对我很好，我们总是会聊聊天。"

这段记忆似乎让其他人都变得尴尬，但科克斯先生很快乐，甚至像在品味似的。

"我觉得挑别人毛病很讨厌，"他说，"我试过压抑封锁，但那样只会让我的脾气坏起来，于是我对他大吼大叫，生平就这么一次，就那样冲口而出。"

在德文郡的村落之后，普利茅斯看起来很大，遍及好几个山谷，而且深入山丘。在英国只有较大的城镇和都市才会像这样涵盖山丘。普利茅斯的外围则显得丑陋而又沉闷。

“忙碌、组织完备的地方，”格萨吉先生说，“我记得我爸妈来参加我婚礼时的情景。他们是布赖顿的乡下人，说：‘看那所有的石板屋顶。’”

吉福德先生盯着普利茅斯。他说：“是啊，看那所有的石板屋顶。”

## 第七章
# 探索康沃尔

我在普利茅斯买的火车特别票称为“探索康沃尔”，让我可以搭任何火车去任何地方。我进入凹凸不平的低矮山丘，充满倾倒的墙壁和粗糙的石屋，以及迸射的黄色金雀花灌木丛。我享受了一顿八镑的午餐，那是票价的两倍，餐车是为十八个人而设的，但我是唯一的用餐者。坐在这列火车上其他地方的英国人都吃着从包里拿出来的三明治，大口咀嚼苹果和咸味全熟煮鸡蛋。时代艰难。我知道我的午餐要价过高，可是不久之后，这些火车上就不会再有四道菜的午餐，不会再有叮咚响的银器，不会再有侍者帮忙舀汤。但只有我一个客人享用着汤、色拉、烤鸡、面包酱、苹果片、奶酪和饼干、咖啡，还是荒谬的。餐车里有两名侍者，厨房里还有厨子和一名助理。长途火车乘客视为理所当然的餐点现在成为豪华享受，理查德少校很快就会告诉他的孙子说：“我还记得过去火车上有侍者——对，侍者！”

绵延不绝的山丘直达雷德鲁斯，然后地形变得萧瑟和崎岖，康沃尔（圣贾斯特附近）只剩一个锡矿场还在运作，但景色中散布着废弃的矿场，宛如鬼镇里的教堂废墟。康沃尔的地形特别凹凸不平，树从石地中横长出来，还有许多孤立的农舍。在湿漉漉的日子里，它的花岗岩被壮丽颜色的天空点亮，而红色的路面如火焰般发亮；看起来是英国最阴森的地方，其小妖精名声绝非浪得虚名。它几乎也是英国许多这种有着广大碎裂峭壁、陶瓷垃圾场以及废弃和败坏证据的地方之一，持续提醒外国人他们现今远离家园。有很多地方看起来就好像是风为树抹上了一层奶油似的。

“我喜欢红土，”蒙比太太望着窗外的蒙蒙细雨，回忆说，“战时我住在瓦伊河畔罗斯镇一栋古典的农舍里，康沃尔的这些农舍让我回想起过去。我不喜欢现在的建筑，水泥丛林，我这么称呼。”

似乎是为了回应这句话，维维安·格里纳普尖声说：“我到处找我丈夫的拐杖，当初是我女儿带去医院以备不时之需，可是在他死后，我却到处找都找不到了。”

蒙比太太瞪着格里纳普太太，表情好像在说：维维安干吗像这样提及她亡夫的拐杖？

“挺像样的武器，”格里纳普太太说，“你可以用来当武器。”

我们到了彭赞斯（“多少像是华丽版‘康沃尔的里耶维拉’……苏格兰诗人约翰·戴维斯在此自溺身亡”），我换了火车再走大约七英里到圣厄斯，然后在雨中等开往圣艾夫斯的下一班火车。

在英国，很难找出一种快乐，能够胜过搭乘三个车厢的支线火车，而从圣艾夫斯开往圣厄斯的正是这样的列车。我的的确确是在支线火车上，因为只有在这些火车上，窗子才会被长得太靠近铁轨的树枝给扫到。支线火车通常会穿过树林，我们可以根据窗户上的声音（树枝像抹布和扫帚一样打在窗子上），猜出是哪种火车，闭上眼睛也能知道这是支线。

我们沿着海尔河前进，停在一个面向有绿色斑纹的泥沼地、名叫莱兰特索廷斯的小站上。海尔就在河的对面，笼罩在迷雾当中。还有两站（这是条短线）就是圣艾夫斯的半圆。这便是康沃尔风格，一个受暴风雨侵袭、挤在小丘和岬上的朴素小镇，避风港中还有一片海滩。今日在雨中非常安静，五种海鸥除外，它们多得就和W. H. 赫德森[①]在这里时描写它们的一样。

英国所有的海岸大城都混合了壮观和荒谬。这里有水彩画家喜爱的壮丽气候和珍珠般的光线，圣艾夫斯的壮丽海湾和启发弗吉尼亚·吴尔夫写下她最伟大的小说之一的壮丽灯塔，螺旋街道和石头小屋的壮丽魅力。还有荒谬：印着猫在前景的港口风景明信片，卖地方软糖的糖果店，保险杠贴纸，印着标语的T恤，纪念笔，书签，抹布，以及充斥着假的手工制品、雕刻十字架和坠子的商店。圣艾夫斯这些雕刻广告说："我们凯尔特的传承——凯尔特人以他们的勇气和战斗特质闻名，让他们得以在耶稣基督出生之前，就远从阿尔卑斯山区的北方故乡，横越过已知的世界……"康沃尔的骄傲非比寻常，那还不只是骄傲。它们皆助长了民族主义运动，尽管最后一位会讲康沃尔语的人已经在一七七七年过世（毛斯霍尔的多莉·彭特里思），今天康沃尔文化也只剩下鬼故事和肉馅饼，还有一场十分激烈、企图让康沃尔完全脱离英国的战役。说实在的，我这样一个遥远的异乡人根本没有什么资格来说这件事荒谬透顶，但我真的觉得很奇怪。

越过圣艾夫斯湾后就是沙崖和沙丘，我原本想沿着海岸走去波特里斯村——大约十二英里：我可以在天黑前到。但是如煤灰般的

① W. H. 赫德森（1841—1922），英国自然学家。

大雨黑蒙蒙地下着，我的“探索康沃尔”车票又还在手中。所以我走到圣艾夫斯岬，那里的大西洋奔腾汹涌，再回到车站去等小火车来把我载回圣厄斯。

圣艾夫斯站的涂鸦写着“应该狠狠地敲外国佬的头”，下面是“黑鬼在伦敦流窜——下一个就轮到圣艾夫斯！”另一个出自不同人之手：“种族主义是种社会疾病——你应该去看医生。”

我回圣艾夫斯去换前往利斯克德的主线火车，循着来时路回去，经过矿区烟囱、陶土废弃场、一大片坚硬的岩石地及一度拥有大房子（一个舒适的家）的林间绿地——现在都不在了。

去卢港的支线火车得在利斯克德等。它沿着一条狭窄峡谷的单轨铁路行驶，通过主线陆桥，绕个大圈穿过乡下，经过常春藤覆盖的墙壁和陡峭的山丘到库姆联轨站，那里有个身穿塑料雨衣的人拉扯杠杆改变地点，把火车推挤进到卢港和海边的支线。在这列火车的三节车厢内，总共约有二十五个人，车行速度慢得都没惊动在铁路旁吃草的马。

雨天的森林一片深绿，树枝震动擦拂着车窗。我们来到圣凯恩。这里有口著名的井。“报道的美德之水就在这里，据称丈夫和妻子谁先喝，谁就取得主导权。”有一首由骚塞[①]创作的歌谣，说的是一个男人描述自己如何在婚礼之后，马上赶到“天赐之井”去喝水，以便一辈子当家，想不到他妻子比他更机灵。

我加快速度，婚礼一结束

① 罗伯特·骚塞（1774—1843），英国作家、桂冠诗人。

就把我的妻子留在门口；
但我相信她比我更有智慧，
因为她带了一瓶来教堂。

即便轻薄短小如这首诗，还是赋予这片位于圣凯恩的森林以奇特的重要性。这道理放诸全英国皆准，同时也是英国如此难以形容的原因：它大部分都被伟大的人写过了，而且在文学作品中提到的地方都有被扭曲的倾向，因为文学有种本领，擅长将英国最平凡的地方转为圣殿。

我们来到桑德普莱斯，然后是考斯兰。这里的卢河甚至不成河，你从考斯兰就可以一跳而过。但随后它又从小溪变成更具实体的水道，包含了几座草丛小岛，其中一座还有天鹅睡在巢里，活像个坍塌的结婚蛋糕的碎片。岸边的石头很脏，看起来像是死掉的雪貂。在西卢河合流处，我们经过了陡峭狭窄的卢港，又一个明显迷人的城镇，有个招牌上说："大不列颠鲨鱼天使俱乐部总部"。

天色还亮，但我因为拿着"探索康沃尔"的票来来回回地跑而全身僵硬。雨终于停了，所以我给徒步鞋擦了点油，在夜幕低垂时沿着海边峭壁走，经过亨德斯克并穿过塔兰湾上方沃伦的金凤花到波尔佩罗。在克鲁普尔霍恩（我边走边自言自语地念着这个地名），我发现一家外观好看的酒吧，还找到了地方过夜。每件事都显得很简单，也总是有足够的阳光让我做任何我想做的事。

波尔佩罗是个粉刷过的农舍在海边岩石峡谷中挤成一团的村子，街道窄似巷子，能够容纳汽车通过的不多。我看到一辆大巴士想开进一条街——毫无希望。小车是可以慢慢开进一条街的，顶多撞掉两边窗台上的天竺葵花瓣。当两辆车正面相逢时，总是会发生谁该后退让另一方先行通过的争论。

康沃尔对于游客和外来者的厌恶平凡无奇。我甚至觉得就是游客让康沃尔人变成民族主义者的，因为再也没有比受游客围城下的当地人更快穿上好笑的本土服装，或者更亲密地谈论当地传统的了。波尔佩罗是个大漏斗，却有个最窄的颈口，所以除了小港口外无处可去。康沃尔人大部分收入的确都来自游客，但他们同时欢迎及讨厌我们并无抵触。当地人总有合理的借口讨厌外来者；康沃尔的渔夫和游客毫无关系，可是其他康沃尔人是农人，把游客当成了家畜——喂养他们，圈养他们，然后把他们赶到新的牧草地去。大部分时候，我们是讨人厌的负担和头痛，但最终从我们身上总有些利润可得。

我在波尔佩罗认识的旅馆老板特里盖格尔先生做了三十年农夫。他以前养过六七十头乳牛，也种过蔬菜。就在我过来的一个月前，他刚卖掉了位于博德明的田地。他买下这间小旅馆，希望可以营生，但他笑着承认自己之前从来没有经营过旅馆，对这门行业一无所知。

"我在牛奶上损失了好几千镑，"特里盖格尔先生说，"欠银行钱，饲养的费用增加而牛奶的价格却往下跌。去年糟透了，我不但负债，一天还得工作十八个小时。我对自己说：'这么做有什么意义？'于是我开始卖掉我的牛。我讨厌这样，可是没得选择。"

"你的蔬菜呢？"我问道，"你能养活自己，对吗？"

"菜没有用。我有一整座园子的可爱莴苣。有一天早上我带了三箱（大约一百颗莴苣）去找本地的蔬果商。他提议用一便士买一颗，三箱才卖一镑！”

“你卖了？”

“我把它们运回家埋掉，还把剩下的全部碾进土里。然后我说：‘决定了——我要卖掉。’特里盖格尔家已经在这里种了好几世纪的田，但我们绝不再回田里去。”

旅馆里有对南非来的夫妇，托尼和诺拉·斯沃特。他四十来岁，是个红光满面、沉默的胖子；她则更冷硬，也更年轻，虽然健谈，却没有笑容，感觉是个积怨颇深的女人。托尼的沉默是种抱歉，因为诺拉大多时候在抱怨，她有着某些南非人特有的高度敏感、随时会被指控为乡下人的疑心，以及她确实是个乡下人所应该有的恐惧。对于自己咆哮的腔调和坏脾气，她感到骄傲，同时又心怀怨恨。

从开普敦一路而来的旅程糟糕透顶。他们想在尼日利亚、扎伊尔[①]停留，那些非洲国家却不让他们进去。诺拉·斯沃特说：“真是该死的不公平。”

我说这或许是因为非洲人在南非受到歧视，他们对待非洲人就像对待狗一样，所以非洲国家当然不乐于为南非人铺设红地毯。

“真正的麻烦是，”斯沃特太太说，“我们对他们太好了，当澳大利亚人开枪打他们的原住民，还有你们杀你们的印第安人时，我们却照顾我们的黑人。”

“当然，”我说，“你们素以善于照顾你们的黑人闻名。”

“我澳大利亚的朋友克里斯蒂就跟我说：‘如果你们像我们当初

① 今刚果。

对待我们的原住民那样对你们的原住民开枪，今天就不会有这些麻烦了。’”

“你们没有杀光他们真是可惜。”

“我就那样说。”斯沃特太太说。集体屠杀的想法软化了她的表情，让她几乎首度变得漂亮起来。

但是她的丈夫看得出来我是在讥讽，异常安静并持续盯着我。

他们尤其讨厌纳米比亚的非洲人。他们称那里为“西南部”，属于他们，他们要在那里养卡拉库尔羊，当我问什么是卡拉库尔羊时，诺拉·斯沃特模仿了它的叫声。他们说他们永远都不愿意把那里交给非洲人统治，但是当我说纳米比亚无可避免地要交给非洲人统治时（“不要再叫那里纳米比亚了。”她说），斯沃特夫妻说他们会去力争。那是块空旷之地，托尼·斯沃特说——只有四十万人口。他发誓这数字是准确的，但稍后我查到人口近两百万，白人只占七万五千人。

我问他们玩了英国哪些地方。

“莱姆里吉斯，”斯沃特太太说，“他们拍电影的地方。”

“我们直接开去海边。”

“托尼，那部电影叫什么来着？”

托尼摇摇头。他不知道。

斯沃特太太说：“这里的人不断叫我们去看达夫妮·杜穆里埃[①]，你看过吗？”

她以为杜穆里埃是小说的名字。我没有纠正她，反而说那是一

---

① 达夫妮·杜穆里埃（1907—1989），英国作家，著有《蝴蝶梦》。

本很棒的小说，那位叫丽贝卡[①]什么的作者还写了其他很多书。我鼓励她去当地书店找达夫妮。

波尔佩罗位于那么深的峡谷内，以至于早上阳光都照不进来。我走过湿暗的村子（顶上的天空是蓝的），在一团白雾下降时爬出小港口到悬崖上。雾轻轻悬浮在岩岸和紫色的海上，为出现及消失在塌陷悬崖上的生物打光发亮，并在浪涛上洒遍晨光。幽暗的光线让浪涛和泡沫或明亮，或朦胧，还被雾气软化，从岩岸大片后退的海浪和泡沫都亮了起来。那天早上整个海岸就像是一幅透纳[②]的水彩画，或者不止一幅，因为它不断地渗漏及改变色彩，蓝绿均随着早晨的来临更加鲜明。

我出发去福伊用午餐，并计划一路走到有联轨站的帕尔。这小径的草地因为被雾及露水弄得湿漉漉的，我路还没走一半，鞋子就湿透了，即使我在卢港沾上了油渍。

这是康沃尔更温柔的一面，比被大西洋拍打的北岸更湿也更绿。整座峭壁从顶到海都是绿意，布满常春藤和青草地和荆棘。康沃尔的峭壁总是被描写成多岩的。“我很喜欢康沃尔，这里不是英格兰，”D. H. 劳伦斯写道，“光秃秃、黑漆漆而且原始……平坦天空下的赤裸和悲伤。”他指的是其他海岸，如汹涌海上的黑岬那种康沃尔式典型，以及迷人的孤绝。但是在去福伊的小径中，峭壁却仿若陡峭的草地。荆棘丛和金雀花在水中映出个温和的倒影；拖曳的常春藤为海洋添上一抹细致，群叶则闷住了风声。这整片绿意甜化了空气，清香的雨在草地上温柔地唠叨着。这里没有什么原始的

---

① 《蝴蝶梦》的英文原名。

② 透纳（1775—1851），英国风景水彩画家。

基本元素，真是谢天谢地。

小径上出现了两位东倒西歪的年长女士，从金雀花中踏步而来——布雷斯小姐和巴德科克小姐。她们半裸着，穿着恐怖的皮制露背装和褪了色的短裤，尽管这些断崖上冷冷的，她们却都在冒汗。身着单薄衣物的年长女士看起来可以说是不设防的，不过这两位看起来挺可怕——肥胖、平凡而又大胆，脸皮起皱，外带小腿上仿若皮带的静脉曲张。两人都有着深褐色的皮肤，并带着钉头拐杖。其中一个的短裤上还贴着块写着“盖斯坦温泉”① 的亮布，自称是漫步者，然后好像为了要证明似的说她们是一路从兰兹角走过来的。

“我们没碰任何公共交通工具。”布雷斯小姐说。

北方人。她的软背包八成重达一百磅，带了个帐篷，巴德科克小姐则携带了厨具——你可以听到锅子的叮当声。

巴德科克小姐说：“你的背包多重？”

我说没多重。她们用手撑住它，掂一掂重量，然后大笑，对我眨了眨眼。

“我们有备用鞋。”巴德科克小姐说。

“走吧，薇拉，”布雷斯小姐说，并向我解释，“我们赶着去波尔佩罗找过夜的地方。”

我说：“波尔佩罗到处是旅馆。”

“我们要找间青年旅馆。”布雷斯小姐说。

青年旅馆？她们两个都超过六十岁了——巴德科克小姐看起来

---

① 奥地利温泉胜地。

近七十，我看得到巴德科克小姐的肚脐。

她们从上星期二至今已经走了一百五十英里路。她们看到了什么有趣的东西吗？

布雷斯小姐说："我们看了些漂亮的海角和海湾，还看了些漂亮的村子，不过都只是经过。"

巴德科克小姐说："我们没做太多停留。"

她们问我要去哪里，我说今天先到福伊，再到帕尔。

布雷斯小姐说："那可是一小段恬静的路。"

一小段恬静的路类似于一段美丽的轻快路程。为什么英国人就是不用"远"这个字？

我们分道扬镳，天空开始下起雨来。布雷斯小姐说，她们穿得那样俭省是因为下雨：弄湿的衣服越少，干得越快。我羞于启齿说我有一件兜头塑料雨衣。现在我把它穿上，走过兰蒂维湾，继续朝兰蒂克湾前进，那里的浪花泡沫让海面美如大理石，亮晶晶的蓝绿海水平坦、发亮，凸显出白色的纹路。

到了午餐时分，我走过黑瓶岩，进入波鲁恩。这个村子很小，路很窄，村子入口的一个标示说："早上十点到下午六点，禁止访客车子进入村子。"

这些村子受保护的某些方式真是奇怪，等于把波鲁恩给封了起来：没有车辆。但人们还是住在这里，以他们的小屋子和遥远的距离作为庇护。访客则把车停在路边，到处游荡，从农舍窗户往内凝视，对那些鹅卵石发表评论。

有渡轮从波鲁恩横过福伊港开到福伊，渡轮的告示牌写着：

成人二十五便士

儿童二十五便士

狗十二便士

婴儿车十二便士

自行车二十五便士

这些村子从河上看过来都更美丽，像是从渡轮看福伊那观景窗、斑驳的油漆和暴风雨遗迹的正面。福伊是垂直的，沿着陡峭港口的岩架而建，房子衰败且庄严。港口前端是一块绿色的楔形木头与福伊河，港口的入口则是一座已成废墟的城垛。福伊自古以来便是个港口城，看起来是一段漫长旅程的绝妙出发地，因为它是个漂亮的安居地，就像是平静的湖畔村落。

我吃了我的午餐（一块三明治），坐在港口西边的悬崖上，吓着了树篱里的鹪鹩，然后再度上路。我沿着牧草地的边栏走在海上的断崖边，绕过海湾到一个叫格里宾的海角，那里有座糖果屋式的灯塔——一个水手的标的。从这高度我可以看到圣奥斯特尔、在圣奥斯特尔湾角闪闪发亮的帕尔，以及二十英里的海岸——堆积如山的陶瓷残片，还有布莱克角，以及远至多德曼角整片深蓝的梅瓦吉西湾，远方海中的岩礁叫作格温吉斯。

在如此破碎的海岸旅行的乐趣之一，便是能够看到这样的景观。英国海岸的不规则提供了非比寻常的视野，这些高度也帮了大忙。如格里宾的制高点让这部分的康沃尔看起来像是从明亮颜色中浮现特色的地形地图——最美好的景观总是像眼花缭乱的地图。相对于海的是让人安心的牧草地：一边是牛、蜜蜂和羊群，以及石板墙和肥料味，另一边则是海鸥、鹈鹕和咸水味；然后混在一起。海鸥飞到牧草地来，乌鸦在沙滩上走来走去，肥料的味道也和咸味混成一团。

我继续走，在波尔凯里斯这小港口和小海滩的树下，有清凉的树荫和浓重的气味，原来是整整一英亩的野生大蒜。

帕尔又小又丑，是个被海湾包围了一半的陶瓷工厂，另一半则是车辆和破碎页岩的集散场。浮升在这悲惨海滩后的，是高台上一长排像睁着空洞眼睛的房子。工厂排出的废水污染了海水，我整天都朝着帕尔前进，但没有逛街，相反，我直接穿过城镇到车站，搭上了横越康沃尔狭窄部分的火车。

从帕尔到纽基的支线是段愉悦的旅程。我们正朝西方走，明亮的太阳就撑在地平线上。我坐在第一节车厢司机后面的座位上，脱下湿掉的鞋子。再没有比这更悠闲的了；火车就像是最高阶的文明。没有东西被打扰或摧毁；它没有改变风景；它是花园中的机械，不过是温和的机械。它是一种最快、最经济、最安全的车子。

列车员肯普先生说："我接手这列车的时候，他们就说即将要关闭这条线，那都已经是十八年前的事了！他们现在还在说，但是也还没做。"

但最后一定会，因为他们在全国已经关闭了一百条其他路线。我向肯普先生提及这件事。

他说："届时我已经退休了。可是他们若真的关闭了，那实在可惜。这是条漂亮的路线！"

我们穿过阳光普照的绿色回廊到拉克西利恩。树叶闪闪发亮，风景再度岩石化，而且是康沃尔常见的伤痕累累，陶瓷工厂的废弃堆看起来就像金字塔（厚重的平底伸展过光秃秃的高原），产生一种失落之城的效果，仿若墨西哥原住民阿兹特克人空荡的几何形废墟。这儿距离巴格小村已经不远。

那些伤痕和爆破的痕迹（我想是矿坑）清楚地显示在自罗奇滑落的低矮长丘上，我听到有人说“土冢”，可是不知道他指的是陶瓷金字塔，还是远方的古老坟头。火车从一定数量的小石桥下穿过。这些石桥古旧、坚实且对称，在我看来既像中国式的，又有教会风格，就在我这样想的时候，我后头一个叫R. T贾斯蒂斯的人开始跟他的朋友莫里斯解释这是维多利亚式的铁路建筑。可是它们看起来还是既像中国式的，又有教会风格。

火车上大多数乘客（约有六十位）都在度他们所谓的“纸牌假期”，这一天大部分时间都花在从伍尔弗汉普顿而来的旅行上。我问他们什么是纸牌假期，答案是三天都在纽基一家旅馆里打纸牌——在大西洋拍打海岸的同时，只是在娱乐厅里打纸牌而已。真的非常好，他们说，有改变。他们每年都办，利用淡季的价格。他们年纪大，很亲切，说话轻柔。

然后传来一个耳聋女士的大嗓门，也就是寡妇巴特里斯太太。“你瞧，他们是印第安裔！”她说，“对，后裔！从非洲来的！但是他们非常高尚！而且就他们的英语来说，可以算是肤色深的英国人，他们来自小康家庭，而且很有礼貌！他们对我很好，总是带东西给我——最可爱的披肩！有时是食物。食物很有趣，但你不会整餐都吃那个，对不对？我从来没有评论过食物，但他们的纺织品很精致。如今他们的孩子都是汽车发烧友！他们的名字念不出来，不过姓倒是容易念，叫巴登。印第安名字，很容易记，因为像贝登堡！”

火车在纽基后头晃着，沿岸繁密的建筑在崖上配置了三英里长的旅馆和寄宿处。

抵达纽基半小时后，我坐在前厅，任一只狗啃咬我的鞋子，和弗洛伦丝·帕托克喝茶（“我叫你不要再咬鞋子了！”）。她正在说她膝盖的手术。是我提到走路才引来脚、腿、膝盖和她手术的话题的。电视机开着——这阵子要是电视机没在放福克兰群岛的消息，可以说是不尊重的。另一只哈巴狗奎妮在闹肚子。帕托克的表亲比尔没有整天打电话来，他通常都是吃过午餐才打来。口齿不清的唐纳德·帕托克今年六十一岁，因为背伤而提早退休。他边看福克兰群岛地图上移动的箭头，边听弗洛伦丝谈她的韧带，然后说：“我这辈子都待在霍恩彻奇。”

我好像回到了家里。

但这里不是我的家，我轻易地就进入这舒适的隐私当中，而且任何时间想走就走。我做了选择，因为在大部分海边城镇的选择不是旅馆，就是民宿，不然就是提供一宿一餐的地方。最后这个选项总是引诱着我，但我得有强烈的感觉才能做对。一宿一餐的地方是间平房，通常位于离海滩和步道有点距离的郊区，走进这样的房子让人忍不住觉得自己打断了别人的日常生活——弗洛伦丝的缝纫和唐纳德的可笑的拖鞋。房子里永远弥漫着料理和消毒剂的味道，不过最多的还是姻亲的味道。

这里就像街上其他的平房，除了一点：窗户上有告示牌写着“尚有空房”。我觉得这可能是开创这项新事业唯一的一笔花费。你到梅纳德去买个“尚有空房”的告示牌，然后放出还有多余房间的风声，很快就会出现一些怪人（背包、皮夹克、油腻的健行鞋），花一个晚上的时间听主人讲日常开销的故事，或者平·克劳斯贝[①]的伟大，或是一场特别痛苦的手术。在日常生活中最偏执于隐秘的英国人会为了区区五镑，跟你坦承家里的隐私，有时甚至卸下心里的负担。“那时我可忙了，”斯帕克太太会说，“伯特的牙不好，吸尘器坏了，我的伊妮德又以为自己怀孕了……”等夜深了，每个人都上床了以后，你认识的那个叫加利克太太的女士就会给你倒一杯奶油雪利酒，说“叫我伊达就好”，然后开始告诉你她那不可思议的胎记。

一宿一餐总是略微显得业余。那间屋子的女主人说她这么做是因为喜欢料理，而且需要一点额外的收入（“果酱钱”），还有她喜欢伴儿，他们的孩子都长大成人了，房子变得空洞且有回音。一宿一餐的生意都是由她在做，不过是心甘情愿的，因为做的是原本就属于她的家务杂事，还有酬劳可拿。不需要特殊的安排。最好就会像完美的婚姻，最差就像与一个可怕的姻亲过一夜。通常我会得到兼具害羞和狐疑的招待，但那是传统的英国式殷勤——小心的好奇和节制的亲切。

英国人要求不会抱怨的客人，而且大部分经营一宿一餐的人都无法忍受客人的悲叹，他们认为（带着些正当性）自己的日子过得比客人还苦。“在战争期间……”他们总是如此起头。我知道在面对恐怖苦难的某些证据时，我十之八九会输掉争论。战时，唐纳

① 平·克劳斯贝（1903—1977），美国演员、歌手。

德·帕托克都是蹲在霍恩彻奇的小楼梯间躲避德军的电导飞弹，正如他挂在嘴边的，他能活下来真是幸运。

我告诉他我正沿着海岸旅行。

“就跟我们做的一样！”帕托克先生说。他和弗洛伦丝从肯特开车到康沃尔来找好的居住环境，发现纽基是最棒的。他们会在这里待到老去，要是搬（弗洛伦丝希望房间少一点），也只是搬到路的另一头去。

“当然了，当地人痛恨我们。”帕托克先生愉快的说。

“唐纳德前些天被一个康沃尔人打歪了鼻子，”帕托克太太说，“还没全好。”

“我才不做这种胡闹的事。”帕托克先生说。

稍后帕托克太太说她一直想做一宿一餐。她不像有些人，她说，吃过早餐后就请客人出门，到外头去待一整天——你在巴士候车站看到的某些人并不是在等十五号巴士，而是一宿一餐的人在打发时间。离开房子一整天是一宿一餐的礼仪，即便外头正下着雨。

帕托克太太给了我一张她印的卡片，上面列举出她房子的魅力所在。

——电视娱乐厅

——随时可进房

——弹簧床垫

——前庭免费停车场

——供应免费淋浴

——独立餐桌

娱乐厅是帕托克家的前厅，停车场是他们的车道，淋浴是淋浴，桌子是桌子。这既形容了他们的房子，也形容了纽基其他每一栋平房。

我很感激这些一宿一餐的地方。十点半，福克兰群岛的新闻（现在每晚都有“福克兰群岛特辑”）播报完之后，我们都因为暴力和沉思而有点晕头转向，但帕托克先生说：“福克兰群岛看起来有点像讨厌的博德明沼泽，但我想有些事情我们非做不可。”这时，帕托克太太就会问我：“要来一杯热饮吗？”她在厨房冲阿华田的时候，我跟帕托克先生便闲扯着世界的局势，我很感激，因为这对我来说是处女领域——一整间向我的探索之眼开放的房子：书、照片、明信片上的信息、纪念品和意见。我尤其喜欢看家族照片。“……那是战争刚结束后我们在罗姆福德的盛装舞会上……那是我们的蒙迪……那是穿泳衣的我……”我的立意光明正大，但喜好追问是我的直觉，从一间平房嗅到另一间平房，想挖掘出这些人是怎么过日子的。

不是那个（住在平房里的帕托克夫妇），就是完全相反的（广大的被大西洋摧毁的风蚀岩石裸崖）。我经常离开平房，面对这份差异，大笑出声。纽基城镇那毫无魅力的模样比峭壁更加萧瑟，阴沉的建筑，没长一棵树。但访客都是有修养的人，最主要是过度盛装、来到如此平凡之地的老年人。男的戴帽子，打领带，搭配西装外套；女的穿套装，戴珍珠项链。完全是上教堂的装扮，但其实他们只是出来买份《快报》或《电讯报》，或是走到露天音乐台再回来，很少在城里溜达，而且从来不走到悬崖上去。

再过一个月左右，帕托克先生说，就满是阿飞、留胡子的年轻人和傻妞了，他们会吵吵闹闹，喝醉了之后搞破坏，或至少沿着步道留下呕吐物。帕托克先生透露，非常年老和非常年轻的人口组合，并不会真的让纽基产生火花。

我遇到的印度英国混血女孩多萝西说这是真的。纽基不景气，她说。多萝西过去两年都在莱斯特一家剥削劳工的工厂里缝羊毛上衣的纽扣，肯定知道不景气的意思。不然就是她有出人意料的答案。

她喜欢在印度餐馆的工作吗？

她说："我喜欢工作时间——六点到午夜。"

她一生的愿望是什么？

"我想拥有一家工厂。"

为了拥有工厂她做了哪些准备？

"我在女红工作上拿到了普通证书。"

她闲暇时以什么为娱乐？

"武术，你知道吗？跆拳道。我还喜欢做短上衣。"

大多数人都同意在纽基很难讨生活。炸鱼薯条店要到六月才营业，而且季节很短——两个月或更少。"薯条店真正的问题在于，"拉姆齐先生告诉我，"你分辨不出它们。我就看不出差异，我自己还开着一家呢！如果他们用的是新鲜的鱼和新鲜的马铃薯也就罢了，但根本不是。"拉姆齐在领失业津贴。"再过一个月左右，我就要重开我的店。"

我开始觉得帕托克夫妇有点让人厌烦了，我告诉过他们我从事出版业，他们则拿一堆关于书的沉闷问题来搞得我心烦。夫妇俩视书本为粗俗无谓的东西，而唐纳德·帕托克每次提到书就露出同情的微笑。那有什么用？他好像在说。他不是反对书，但它们有什么好处？他是全然的无知；有几个无害的意见。帕托克太太有她的狗和她的拼图，除此之外，别无他物。有时我会想象其实他们非常害怕。

一晚看过新闻后（预料将打上福克兰群岛），我问帕托克先生对这场战争有什么看法。

他说："我什么都不知道。"然后他走出了房间。

我不知道他的政治倾向是什么，但是当我问到他的国会议员是谁时，他也说不知道。

"过去两年我们太忙了。"帕托克太太解释说。

如果他们有什么秘密，我也一直都不知道，不过倒是让我得以通过一种肤浅的方式侵入了他们的隐私几天。

然后我被那种想离开姻亲的感觉征服。我看了天气预报，因为要沿着峭壁走到帕德斯托需要很好的天气。《电讯报》说："零星云……偶阵雨。"但头版有则大大的天气报道：

**云层开始散去**

海边从周三开始堆积的云层自昨天起已经渐渐转薄，满空的低层与破碎的高层云仍然笼罩群岛及邻近海域，但坏天气在东部及北部。

增强的低气压区则集中在南美洲南端。

天气相当好意味着英军将开始进攻福克兰群岛。另一方面，天气对于我沿着海边小径走到帕德斯托会产生什么样的影响，我却无法确知。

我溜出了帕托克家的平房，感觉像是从监狱里被放出来似的，匆忙上路。天气多云还稍微下着雨，但能见度不错，小径也很坚实。我可以看到远方的布莱克角、柏利角，沃特盖特湾后是帕克角，在朦胧的距离外则依稀可见特里沃斯角。

我继续走。这里毫无绿意，全是裂缝，岩石峭壁顶上有薄薄的草地。海岸高耸、坚硬且灰暗，岩石或分裂或起褶皱，有的还裂成了两半。汹涌浪潮形成庞大的锯齿状中空海角——这些峭壁下的洞穴发出的声音多么奇特！但那是熟悉的雷声，因为这段海岸就像是缅因州的海岸。

小径又陡又窄，我走了五英里抵达茅根海岸时，已经准备停下来喝一杯咖啡了。有一支美国海军支队戒备着（什么？）或许是安在茅根悬崖上的一颗原子弹，但是我不知道。我遇到了惠克夫妻，玛丽安和鲍勃。他们刚刚起床，在喝茶。“我不介意来碗谷片。”玛丽安说，并猛吸她紧捏在指间的香烟。她稀疏的头发是带着红褐的赤铜色。

“我累了，”惠克先生小心地说，“因为我刚起床，哈。”

他看着我露齿而笑，表示他本想说则笑话。

我问他们有没有听到收音机里的新闻——预计福克兰群岛上会有场战役。

“我从来不听新闻，”惠克先生说，“知道为什么吗？”

不，我说，我不知道为什么。

“因为你无计可施，对吧，亲爱的？”

惠克太太表示同意，然后眯起眼睛看着我说：“当然，你们一直在批评我们。”

我说我的印象是美国已经给予英国实质性的支持，而且因此而与整个南美洲不和。我想告诉他门罗主义，但是他已经又对我发表起意见来。

“在这件事情上我们完全孤立，”他说，“而法国人比美国人更糟。”

惠克太太说：“我父亲总是说‘我宁可要德国人，也不要法国人来’。”

“你指的是德国军队吗？”

“德国的什么都行，”惠克太太说，“我恨的是法国人。”

一辆车开到旅馆门前来停下，但见一家人吵吵闹闹地下了车。

“游客太多了，麻烦就在这里。”惠克先生说，“康沃尔人可能是因此才那么不友善的，他们受不了游客。”

“当然，那是他们收入的来源，”惠克太太说，“踢走游客，他们就连一便士都赚不到了。”

“你是步行？”

惠克先生说，茶杯在嘴边颤抖。

我说是的，沿着峭壁走。

“那你总计走多少英里？”他问道。

我说一天平均十五到二十英里。

“我们从来不走路。”惠克先生说，并把它说成像是在自虐似的。

“我们走路。”惠克太太说。

我说：“在这种天气里是没多大乐趣。”

“整个早上都试着要下雨。”惠克太太说。

我微笑以对，这是我最喜欢的表达方式之一。

“我们从来不管天气如何，”惠克先生说，“我们走十五或二十英里——一个晚上。雨中、雪中、风中，任何情况下——除了在雾中。绝不在雾中，我们受不了雾。”

“还有另一件关于康沃尔人的事，”惠克太太说，像是突然厌倦了她那对于走路都显然在说谎的丈夫，“他们的发音不对。”

太棒了。她发音不对地说“发音不对”。

那天稍后，我想起了惠克夫妇，因为他们是我在那条小径上遇到的仅有的两个人。在抵达帕德斯托时，我听到了福克兰群岛已遭侵入的消息；英军一艘反潜艇小型驱逐舰“阿尔登”号沉没，二十二人死亡，在圣卡洛斯建立起一座桥头堡，几百个阿根廷人阵亡。我尤其记得惠克夫妇无聊的愚蠢脸庞，以及他们是多么漠不关心。

那天下午的卡默尔河黑漆漆的，我决定回到主线和埃克塞特，然后搭支线前往德文郡北部的海岸。第二天出发时我心想：在一个有趣的地方隐姓埋名地旅行实在是令人陶醉。

# 第八章
# 巴恩斯特珀尔支线

在德文郡中部安静的丘陵和牧草地间，这班花哨的三节车厢小火车是唯一在移动的物品，它无害的杂音也成了唯一的声音。这条支线从这端到那端，也就是埃克塞特到巴恩斯特珀尔，要花一个钟头，大部分时间是沿着一条让火车越过去再越过来、名叫托河的溪流走。这也是郡内最后一条乡下支线。

因为它是残余品，很快就会被扫除，反而广受铁路迷的喜爱。他们的兴趣在我看来似乎一直比下流还要糟糕，他们的兜风旅程根本就是温和版本的恋尸癖。搭火车过来看老车站的最后一眼，拍凹槽和花艺规划，山形墙、驳板和壁柱，木造雨篷上的帷幔、吊环，还有外角石——在铁路建筑里，每一种红砖都有不同的名字。他们知道，一旦这条线跟其他四条一度结合在此的线一样关闭后，每个漂亮的车站就都会转卖给任何出得起抵押金的人，将其转化成虚荣家庭住的别墅。

在经过这么多海岸后回到内陆好像有点怪，我想念那浸润的光线，在悬崖下翻滚汹涌的海，拍打到沙上来的浪潮声仿若哀伤的声音。这里的风景静止沉默，长长的矮丘和凋萎的村子——有些都死了一半，就像科布尔斯通，车站关了，月台上的野草齐膝高。这条支线老旧，完成于一八五四年，而且一直有用，但它有点滑稽，就像所有乡下路线，在猛拉过牧草地时，总是会引来牛群注视。这部分充满伯蒂·伍斯特[①]的味道，尤其是在名字上。我经过克利蒂谷，接着是约福德、拉普福德、埃格斯福德和金斯尼姆普顿；朴次茅斯军车站其实是家有着忧郁吧台的酒馆，而安伯利大概就是《管家吉夫斯下了个蛋》的场景。如今我们已在托河河谷中，隆隆地进入巴恩斯特珀尔，那是一个位于浑浊河流两岸、有点老旧、寒酸的城镇。

天空下着雨，火车乘客看起来很无聊。但其实那不是无聊，而是种让英国人僵硬的习惯耐性。

我们的到来让他们健谈起来，冒险提及福克兰群岛话题的人很少，只有在最暴力的事件后，人们才会聊起。他们小心翼翼地聊着天气，聊他们的孩子和他们的健康情形。“今年是牛舌草让我过敏。”巴德沃西太太说。她的朋友琼说：“我希望在马略卡可以放晴两个礼拜。”——担心别人家的天气。

结果巴恩斯特珀尔是个让人觉得遗憾的城镇。这里曾是个火车联轨站，总共有三个车站。现在只剩下一个，而且从海边开过来的铁路到此为止，让巴恩斯特珀尔成了偏僻之处。它呈现出潮湿阴森的景象，部分缘于废弃，部分取决于它最佳建筑的破坏和转换。有着优雅回廊和建筑的安妮皇后大道充作河边码头和商人及渔夫的忙乱办公室已达三百年之久，现在成了巴恩斯特珀尔老人的休息中心——一个有价值但忧郁的结果。这是个位于凋萎铁路线末端的淤

① 英国作家佩勒姆·G. 伍德豪斯小说《万能管家》的主角。

塞海港。

几周以来，我第一次看到了一群徒步旅行者。他们很年轻，看起来很健康，背着橘色背包，很多都是美国人。他们不打算留在巴恩斯特珀尔，准备前往克洛韦利的哈特兰角，而他们的人数让我打消了走同一条路线的念头。我把他们许多人想象成旅行作家，背着装满笔记的背包。他们问我聪明、深入的问题。我在城内各处都碰到徒步旅行者——我成了靶子，我也有个背包、油渍的鞋子和散落雨点的地图。我要去哪里？我在做什么？他们问了我无法回答的细节，我只好逃往北边海岸的伊尔弗勒科姆。

伊尔弗勒科姆的特别之处是，这里的道路不是为汽车设计的。这里是个典型的铁路度假胜地，有着高耸的酒店和坡度起伏的道路。这座小镇位居陡峭的山坡，而且可以从各个角度眺望布里斯托尔海峡。这里的每扇窗户都挂着“尚有空房”的招牌，但我仍然可以想象大批人潮从如今已恍若死城的伊尔弗勒科姆车站蜂拥而出，并走向民宿的过往情景。在二十世纪二三十年代，上千名威尔士人从对岸搭乘定期蒸汽船来到这里，喝酒喧闹的声音响彻伊尔弗勒科姆，他们甚至将回程所需的船资全都挥霍在啤酒上。这里的道路狭窄，倾斜坡度大，又没有停车位，十分不适合汽车行驶，却是一座为喜欢走路闲逛的人打造的城镇。何况坐在车里，实在是糟蹋了这片壮丽古老的海岸景致。

笼罩在伊尔弗勒科姆上空的阴暗云朵，让大陆岬上的草地看起来格外翠绿。一八七二年，亨利·詹姆斯曾走遍这座小镇，发现这里有点华而不实。一直以来，他对于英国临河区域的过度开发持反对态度，当他在伊尔弗勒科姆看到扶手、招牌、老妇人、羊群时，不禁叹了口气，并诚心地期许“人迹更罕至、更悠闲、更无人所有……纯粹自然的地方”。当然，现在伊尔弗勒科姆的开发更甚于以往，甚至有些垦伐过度的情形；然而在距此不远的地方，由于海角的壮丽景致，之间又拥有当地人称为“裂口”的陡峭景观，所以北德文郡海岸具有自然原始之美的地方，可以说比比皆是。

我步行到海勒湾和沃特茅斯湾。这里的林木繁茂，林间遍布粉红色与蓝色的野花。到处可见淡淡的春花，可是没有人可以告诉我花名。我来到大梅多，看到一个告示牌：

欢迎莅临大梅多！

谢绝摩托车

谢绝团体

谢绝狗

库姆马丁生出了一个位于岸边的小村庄，在小汉格曼与大汉格曼两座山丘间的阴影处。走进这里时，我可以在海湾顶一窥这座村落的全貌，房屋、酒吧、酒店、教堂，然后走在唯一的一条街上，漫步经过一幢幢农舍。他们的窗户全都开着，在其中一扇前我听到收音机传来“……又有七架阿根廷飞机遭射击而坠毁”，接着，另一台收音机说，目前在福克兰群岛战役中，已有四百四十人遇害。

我在街上以我一贯的方式游荡，并评估住处，终于找到一处。我洗了澡，用了晚餐，有几小时前刚从岸边捕捉的绿鳕鱼、苹果以及越橘派。餐厅里的英国人正狼吞虎咽着晚餐，并讨论着这里的食物。

在库姆马丁这类小村落里，我最容易看到野蛮、肮脏的年轻人，大部分是摩托车骑士不受大梅多欢迎的人，坐在“地狱天使”上。我实在不知道为什么他们会最常出现在这些最美丽的村落里。他们身上大多有刺青，穿着皮裤，披挂铁链，在名为“旧草棚”与“农夫客栈”的酒吧（里头都有投币式点唱机）里打撞球。在沿岸乡村内陆地带，他们是我最没有想到会看见的人，当我在库姆马丁，在唠叨的牧羊人和渔夫身旁喝着当地的麦芽酒时，他们是那样格格不入。在英格兰海岸村落的夜晚，除了浪花无穷无尽的伤心话语之外，最常听见的就是摩托车如放屁般的噗噗声了。

伊尔弗勒科姆与库姆马丁的旅馆业者不约而同地表示，今年的生意实在是糟透了，去年也是一样惨，他们从未料想到会惨到这种地步，订房数屈指可数。

“公牛旅馆”的迪迪先生说：“你看，没人想事先计划旅行，只知道一直工作。不只是因为钱。他们不想离开工作岗位，因为不确定这么一走之后，饭碗是不是还保得住。”

之后，电视上播出“福克兰群岛特别报道”。在迪迪太太“播新闻了！”的叫声中，我们这群义务的观看人员也转向电视。新闻传来很坏的消息，更多的死伤人数，更多船被击沉。在看新闻时，观众间总有种混乱，因为信息永远不够，更免不了出现争辩和对立。为什么战斗的照片这么少？通常都是记者通过沙沙作响的电话报道战争的惨烈。我（私底下）认为英国人似乎觉得有些难为情和困惑，因为阿根廷人征召年轻男孩从军打仗，让英国人觉得他们可悲、无力而又不幸。英国人不愿讨论这件事，但他们可以花上一整夜的时间讨论生意有多么惨淡。

“你正巧提醒了我，”迪迪太太说，“史密斯夫妇取消订房了。他们本来订了九月份的房间。是史密斯先生今天早上打电话来取消的。”

“小家子气。”迪迪先生应道。

“他太太过世了。”迪迪太太说。

“哦？”迪迪先生露出迟疑的表情，并为自己刚刚说的话感到抱歉。

“史密斯太太的身体状况本来还不错，”迪迪太太说，“是因为心脏病发作。”

听到史密斯太太是因心脏病发过世，迪迪先生松了一口气。这不是谁的错，并非疾病或犯罪，算是卸下了责任。

“这是另一份退还的订金。”迪迪太太有点生气地说。

“目前已经有两位客人退房了，”迪迪先生说，“祈祷不会再有人退房。”

第二天，我听到两位女士谈起福克兰群岛战役的事。她们说这场战争使得英国的外交政策变得更加强硬，趋向于以武力解决外交事务，可以看出一种神气。许多报纸上的报道尚且正确，但我听到的言论很少是正确的。在英国的库姆马丁，大部分人都会像慕林恩太太和卡斯蒂斯小姐，在一段寒暄客套之后，便会从福克兰群岛战役的话题，延伸至对第二次世界大战的回想。

“毕竟，法国虽被德国占领，但日子还是照常过。”慕林恩太太说。

“是啊，人生就是如此，”卡斯蒂斯小姐应道，“你一定要照常生活下去，没道理停下来。”

“我们那时在汤顿。”

“是吗？我们是在卡伦顿，”卡斯蒂斯小姐说，“事实上应该说是在马特顿。”

“配给好像实行了很久！”慕林恩太太说。

“我仍然记得巧克力不再配给时的情形，人们还是将巧克力买光，所以后来巧克力又恢复成配给食物。”

她们开始以这种方式鼓励彼此。

“还要茶吗？”慕林恩太太问道。

“好极了。”卡斯蒂斯小姐回答道。

我就在那天离开了库姆马丁。我漫步走出这座村落，往上走一千英尺到达大汉格曼的顶端。从丘顶往下俯视，看到一块状似蹲伏着的小狗的陆岬，它将鼻子靠在一座水坑边——这座水坑就是布里斯托尔海峡。横过海面，南威尔士成了模糊的蓝色异乡。

在通往林顿的山路上，处处都是倾斜陡峭的裂口，虽然美丽，却也令行走于此的人觉得精疲力竭。山丘从河岸突兀地耸立，道路则环绕着山谷。这里并无树木，当我沿着这样的坡度往下走时，常会失去重心平衡而跌倒；当我向上爬时，倾斜的陡坡又令我举步维艰，膝盖疼痛。四周没有东西可供抓握或在我往下滑时拦阻。总有小溪或河流由山谷源头流出裂口中央，有时看似羊肠小道，有时像条蛇。这便是这条长达十五英里的路程中所见到的风光。

在一条迂回的小路底端即为特伦蒂休村落所在地。一八九一年，这里的人口约为九十七人；如今却只剩下四十五人。这里的教堂（是德文郡第二小的教堂）大小仅相当于一座可停放一辆车的车库。我说过我不是为了看风景才进行这趟旅程的，但这座村庄是穷乡僻壤，这座教堂虽然美丽，却也非显要之地，所以我就进去了。教堂里有着《圣经》书皮的气味，还有黄铜色的光泽，同时陈列着回溯至一二六〇年的教区牧师姓名，算一算，距今已有七百年的历史了。有个标示写着，在教堂院子里的某些坟墓里，埋葬着不知名人士，他们的尸体被河水冲上埃尔韦尔湾，安葬在这座圣彼得教堂下。

我离开赫登茅斯附近的步道，改走最陡峭的捷径，穿过石南花丛间多石的小块区域，被有刺植物拉扯，手脚并用地在野花丛间穿梭，在松散的页岩碎片上打滑。我的行进越来越缓慢，不过我不赶时间。越过高山之后，我来到马丁霍，随后到达一处长满了树的海角。这些树木看起来瘦弱而又美丽。这里就叫树林湾，满地都是倒塌的树，是被冬天强大的飓风吹倒的。大批断裂的树干阻挡了大部分去路，让这段海岸看起来混乱又荒凉。这真是种奇妙的破坏——森林地面上凌乱地散布着还活生生的树木。

有一条汽车道路通往岩石谷。一整天下来，一路上我都没看到什么人；然而，雪莱曾经赞美过这里，而且此处有停车场，所以每份地图都会标示，有上百人攀登这座岩石谷并狂叫。这些岩石都有不错的名字，比如“梅尔德伦修女之洞”“白衣女郎”“恶魔的奶酪环”，但是我仍然略过这个地方，继续前往林顿。

曾有铁路通往林顿，但行驶没多久，只营运了六年。村落里仍有名为“林顿与巴恩斯特珀尔铁路协会”俱乐部的存在。一般来说，我对这类铁路俱乐部并不感兴趣，也会尽量避免与成群的铁路迷接触，但却喜欢上这个位于林顿的铁路俱乐部的标语：“可能还有希望，但沉睡……”

就在喝过茶后的下午五点半左右，每个人都离开了林顿。这里变成一座废弃的村落，好像在山顶上休息，等待明天早晨被人群的喧闹声吵醒。我以为人们都去了峭壁下四百英尺远的小港口林茅斯。旧的旅行指南称林茅斯为“英格兰最美的村庄之一”，但并没有吸引人潮。那座村落也是空荡荡的，旅馆挂满“尚有空房”的招牌，高级酒店也很安静，偶有微弱的交谈声传出；这里中气最足的，大概就属海浪敲打防波堤的声音了。峭壁上下这些姊妹村落的光线十分奇特；由于面向北边并滑入海湾，这里在下午便没有了阳光，因此这里都是借由河道的微光以及威尔士幽微的幻景来照亮。不过林茅斯仍有一处凉爽潮湿的林间空地，遮蔽在两条隆起于埃克斯穆尔的河流岸边，最后汇集成一条支离破碎、水流湍急的河道。

林茅斯是个经过重建的村落，因为距今三十年前，这里大部分景物都遭到洪水的侵袭而毁坏。即使现在，人们仍会参观林茅斯洪水大灾遗留下来的残破景象。但是在享用完下午茶之后，他们会去哪里呢？

名为贝吉先生的扫路工人告诉我，这些人都是从距此十八英里远的迈恩黑德巴特林假日营区来的。

我说：“但那里有好几千人啊！”

“那是一个很大的营区。”贝吉先生说。

我喜欢林茅斯这种透明的黄昏光线，但村庄里十分湿冷，而且阴影幢幢。林顿则光线明亮，看得到更多的天空，还有微风轻拂，即使遭废弃，峭壁顶端仍有庄严的昔日风采。

从下个月开始，林顿每周都会有一天播放电影。

“但要是有三十个人出现在电影展上，老板就很满意了；如果有五十个人出席，就算是该死的奇迹了。”锡德·亨利告诉我。

亨利太太接着说：“我们渴望自力更生。”

亨利家和这整个村落都在大谈《罗娜·杜恩》[①]。这个故事就设定在通往波洛克的路上，这又是文学赋予一个区域重要性的例子，经过一段时间，其重要性甚至超过书本身。这里没人读过《罗娜·杜恩》，但这不打紧，因为这个地区已经被它神圣化了，现在正被一种模糊、恭敬的态度看待。你怎么可能忽略这样一个曾启发了一本著名小说的地方呢？

但是，我在亨利家有另一个更深的兴趣来源。他们是一对正在度蜜月的夫妇，丈夫是一位身体瘦弱的年轻男子，时常开怀大笑的妻子比他大了五岁。当这对夫妇下楼吃早餐时，餐厅总会突然一片寂静。坎贝尔夫妇盯着他们的麦片粥（他们是澳大利亚人，小心翼翼，不得罪人）；从伦敦来的希伯特夫妇声音转为低沉且警戒；我则假装看报纸。B. 与 G. 钱德勒（客房名册就是这样登记的，名册总成为我在过夜的旅店中最爱阅读的书籍之一）就是那对正在度蜜月的夫妇。他们坐在早餐桌上，妻子说着话，丈夫则眯着眼睛注视着。钱德勒先生看起来很糟，脸色苍白，一副精疲力竭的模样；钱德勒太太十分强壮，脸色红润且健谈，好像夜晚她已经把他给掏空了。她拟定计划（“我们今天去克洛韦利吧”），他只是苦着脸坐在那儿。

我们想听他说些什么。我们想知道他的想法如何。我们绝大

① 英国小说家 R. D. 布莱克莫尔写的田园爱情故事。

部分人也希望他能展现一下自己威严的一面（我实在是看不下去了！），然而两天下来他不发一语。他听着，他眯起眼，看起来变小了些；就这样。然后，贴在汽车保险杠上的“新婚”标示和用肥皂潦草写在汽车门上的“蜜月佳偶！”消失了。到他们离开林顿的时候，钱德勒夫妇看起来已经像是结婚二十年的夫妻。

我搭乘下降到林茅斯的缆车“悬崖铁路”号，离开了林顿，再搭巴士前往十英里外的波洛克。那条路横过埃克斯穆尔北边一处深褐色的严禁之地，直下长长的波洛克丘，陡峭的坡路上有告示牌写着：“危险——滑走汽车逃生路——不准停车”和“警告路人——不要在这转弯处逗留——失控汽车危险”。

波洛克即是中断书写《忽必烈汗》的那个人[①]的家乡。一条街道，小小的平房，长长的车阵依序穿过。波洛克堰在下头海湾的左边，四周可见山丘，有些还长了树。

一百七十年前，有个人来到波洛克，发现此地安静，但没找到什么错误，他写道：“即便在伦敦，也有毫无动静、相对萧条的时期；所以一年当中有几季西波洛克十分安静，也就不让人感到惊讶了。”

我走向阿勒尔福德，途中和一个在花园里喂鸟的女人聊起来。她告诉我怎么去迈恩黑德——不是最短的，却是最美的，她说。她有淡色的头发和深色的眼睛。我说她的房子很漂亮。她说那是民宿，然后笑了起来。“你今晚何不干脆留下来？”她的语气认真且急迫，但我不确定她提议的是什么。我站在那里回以笑容。金黄色

① 指柯勒律治，《忽必烈汗》是其未完成的名诗。

的阳光洒在草地上，鸟用一种狂乱的方式啄食。现在甚至还不到一点，我从来没有这么早就在一个地方停留过夜。

我说："或许我哪天会再回来。"

"我还是会在这里。"她笑得有点忧愁。

阿勒尔福德有座古老的桥，我绕过去切入森林，爬往名叫塞尔沃西丘的山丘。森林中充满鸣禽，有莺和画眉；然后确切地听到杜鹃鸟叫，像钟声一样清楚，敲了十五下。阳光强烈，坡度走起来容易，蜜蜂嗡嗡叫，微风轻吹。我心想：这正是今早出发时我所期待的——虽然我并不知道会在这里发现。

我想所有的旅人都是乐观的。旅行本身就是一种乐观主义行动。我总是一路想着：我不会有事，我会有兴趣，我会有所发现，我不会摔断腿或被抢，一天结束后，我一定会找到一个好地方休息。每件事都会很好，就算不是，也值得一记——值得离开家门。有时天气，甚至是德文郡的细雨都能让它变得有价值。或者是在阳光下唱歌的鸟儿，或是我踩在向下小径鹅卵石上的脚步声——比如此刻穿过开满鲜紫色杜鹃花的林中绿地，往下步向北丘。我继续颠簸的丘陵行程往迈恩黑德走。

## 第九章
# 西萨默塞特铁路

在东方灰色泥泞的海滩外（潮水就在半英里之外），我看到迈恩黑德巴特林明亮的旗帜，发誓一定要造访。从到博格诺开始，我就一直想去这种海岸假日营区窥探一下，但都只经过它们的围篱大门而没有进去，因为你是不可能临时起意，进去随便看一下的。假日营区周围都用监狱式围篱圈着，顶端是有刺的铁丝网，狗在周边巡回，竖着画有骷髅头的警告板，设了十字形转门的主要出入口还有守卫，车辆则须经过它设的条状护栏进入，巴特林的客人也要出示通行证。整个画面让我想起了琼斯镇[①]。

这些精心设置的安全设施燃起了我的好奇心，里面到底是什么样子？从延续的围篱外往里张望是没有用的——我能看到的只是泛舟湖、接待区及一些躺椅上打鼾的人。的确，地方很大，后来我知道它规划为可容纳一万四千人，那几乎是迈恩黑德镇两倍的人口！他们称之为“巴特林乐园”，并宣称什么都有。

我登记为一日访客，奉上费用。他们给了我一份简介、一本小册子及“你的度假行程”，上面写了当天的节目表。安保人员似乎

① 琼斯镇，位于南美洲圭亚那。一九七八年，邪教组织“人民圣殿教”曾在此地集体自杀。

对我很留意。我已经把背包留在住房里，不过还是穿着皮夹克跟油腻徒步鞋，膝盖上都是泥巴，所以我也没跟大门警卫说我身上带了双筒望远镜。巴特林大部分客人都穿着凉鞋、短袖衣，有些人还戴着滑稽的帽子——高亢的度假气氛。天气阴沉，冷风强劲，吹得前面像床单一样大的旗子不断噼啪作响。我的穿着是巴特林唯一符合这种坏天气的，这让我觉得自己像个突击队员，让那儿的人狐疑。

像军营般的建筑加上防护围篱，博格诺的巴特林看起来与监狱无二。监狱般的外表也就是军营般的外表，令人消沉。这儿因为油漆明亮，更令人害怕。它由原色的夹板和薄铁皮钉起来。综观整个英国，我再没见过比它更脆弱的建筑了。它难看到在巴特林简介上都没有照片，改用简单的平面蓝图替代，称之为“平房”和“套房”，几亩的军区营房统称为“一般住宿区”。

真是像极了琼斯镇！营房的一般住宿区又分成好几个区块——绿色、黄色、蓝色和红色。有一个中央餐厅和托儿中心，还有个园区礼拜堂，外加小规模的铁路、吊索缆车和单轨电车——它们全都有用：这地方大得难以步行游览。精神错乱的传道士带着他绝望的子民去圭亚那时，心中一定就想象着这类地方，自给自足，必须有那么高的围墙。

琼斯镇给人的想象是丰富的，但巴特林有的则是新耶路撒冷灿烂炫目而虚饰的特色，让我觉得如果大多数英国人能够自我选择生活方式的话，英国的海岸城镇将来都会变成这样。这已经是一种英国城镇的模式——有魅力却缺乏实质的内涵，全都很容易被辨识出是个英国城镇，有常见的地标，一座板球场、一座足球场、一家自助洗衣店、一间超市、一家银行、一个赛马投注站以及好几间外卖餐饮店。当然，这里的配置比大多数英国城镇都好，使人更加愉快，这是它如此受欢迎的原因。它也是一处永久的游乐园，巴特林引以为豪的一句话是：“不必洗盘子！”另一句是：“绝不用排队。”不洗盘子不排队——几乎成了顺口溜，像波兰笑话中的假期。但这些承诺是缺乏勇气的；英国是个奢求不高的国家，不洗盘子不排队已经是英国人部分的梦想。

花费并不贵，四口之家一周才一百七十八镑，包含一天两餐。他们大多是一家人，年轻的父母带着小孩，睡在四个区块中某个营区隔起来的小房间里，在其中一家餐厅用餐，整天就这样娱乐自己。

我到的时候，温莎运动广场（多数命名都很华丽，期望听起来体面些）和安格林湖都没有人使用，但两间台球场和乒乓球场却很挤——这些房间约有半个足球场大并有好几打的球台，毋须等候！摄政大楼里有宾果游戏，在一间用玻璃墙隔起来的大房间里，建筑物上半部是室内游泳池——水中踢着水的大腿和瘦削的脚丫，就像清炖鸡汤。室外的划船区和游泳池都没有人，小礼拜堂是空的，令人痴狂的高尔夫球场也不热闹，免费的娱乐太多了。

“没错，是真的，巴特林几乎什么都免费！”简介上说。

但大部分人在做的事情却是要花钱的。他们在游乐场里往老虎机里塞硬币。他们玩弹珠球。他们买填充玩具和纪念品，或是进皮草店采购，或是进沙龙弄头发。他们不断地吃。有四间炸鱼薯条店，还有下午茶店、咖啡屋、甜点屋。那都要花钱，但他们似乎花得十分起劲。他们也喝酒，有六七家酒吧，大使馆酒吧（希腊式，仿制的枝形吊灯，红色的壁纸）虽然只有谷仓那么大，却挤满了人；埃克斯穆尔酒吧有一百五十七张桌子，里面可能有上千名酒客，让人印象深刻的是这地方的规模：如此规模却如此破旧。

它不是迪士尼乐园。迪士尼乐园是科技和趣味的混和，充满了幻想，是一种温煦的超现实主义，三度空间里的一种抚慰人心的卡通。我越看越觉得巴特林像英国人的生活；其偏狭、隐秘、消遣非常接近事实。这就是不工作时的英国，休闲都被疲惫和脑筋迟钝所占据：电子游戏比运动容易，吃垃圾食物成为另一种消遣。似乎没有人注意到这些建筑多单调，草丛多茂盛，或者到处都是嘶嘶的油炸声和食物在热油中炸的味道。

就那感觉来说，它也像个真的城镇，人们穿梭其间，以为什么都是免费的；但所有打发时间的东西都要钱，有的还很贵，比如那天晚上游乐场余兴节目“弗雷迪和梦想”的票价，一群中年的乐师把他们六十年代的版本拿出来重炒。

如果说有未来主义的感觉，那也不过是一群行尸走肉般闲逛的人，在阴霾的天空下承受一两个礼拜欢乐的惩处。还有给孩子们作的安排。孩子们被照顾到了——在巴特林无虞的安全戒护下可以完全松绑。他们不会受伤，不会走失，因为营区周围都是高大围篱。有一间幼儿巡守屋、一个儿童视听室以及一座很大的儿童游乐场，未来都市在规划时，应该会有这类为孩子们设置的设备。

除了纸牌和宾果，这里大部分活动都是为小孩子准备的。作为一日游的游客，我可以选择参加科罗纳初级化装舞会比赛，（一种小孩子的益智游戏）、弹跳比赛、骑驴大赛或初级才智竞争试唱。骑驴大赛在欢乐草坪上进行，大风中只见一堆尖叫的小孩和一些步履蹒跚的动物。于是我到欢乐诙谐剧场去看才智试唱表演，发现一个八岁的女孩随着低俗的流行音乐跳着性暗示的舞蹈；一对姐妹唱了首有关耶稣的歌；阿曼达和凯莉唱《雏菊》；米兰达吟诵了一首诗，念得快了些。大多数父母亲都在别的地方——玩老虎机，喝啤酒。

我逛进园区的教堂（“神父随时在中区待命”），教堂门上贴了张通告：“这三篇祈祷文是要送给我们在南大西洋的军人。”我仔细查看访客手册，上面要求填写国籍，所以每个人姓名边注明了“威尔士”“康沃尔”“英格兰”“苏格兰”，零星散布着爱尔兰人。但在四月中，福克兰群岛战役开打后，游客都只写“英国”。

我在摄政大楼里发现三个女士正喝着茶，从布雷德福德来的达夫妮·本森说：“在这里我们不谈福克兰群岛的事，因为我们在度假。那可是个会让人消极的话题。”

“不管怎样，”梅维丝·哈特里说，“我只有一句话可说。”

是什么？

“我要说：‘速战速决！不要再玩猫捉老鼠的游戏了！’”

本森太太说她们喜欢巴特林。她们以前就来过，以后还会来，可惜不能待久一点。“梅维丝的房间还真华丽！”

“我多付了一点钱，”梅维丝·哈特里说，“我的旅栈里有张舒适的地毯。”

要嘲弄巴特林的沉闷和那些不用大脑的娱乐非常简单。就休闲来说这不是恰当的解决之道，但在这海岸附近，到处都是类似的场所，所以你也不能否认它的普及性。它结合了如监狱般的安全、平等，以及娱乐公园的平庸。我问那些孩子他们的父母在做什么。通常父亲都是在打弹子，母亲在购物，但也有很多人说他们的父母在睡觉——打盹。一直睡到中午，不必煮饭或担心小孩，离炸鱼薯条店、酒吧和投注站只有几步之遥：这里成了低等的天堂，人在里面接受如动物园般的对待。在可预见的未来，英国海岸还会出现更多的假日营。“既便宜又愉快。”达夫妮·本森说。

巴特林的招待是一群“红夹克”——男女接待员身穿红色的运动夹克，一个叫罗德·弗斯比的红夹克告诉我，这营区可以容纳一万四千人（平均约九千人）。哪儿来的游客？我问。他说来自四面八方。当我问他都是些什么职业的人时，他笑了。

“你是在开玩笑吧，阳光先生？”他说。

我说不是，我不是在开玩笑。

他说：“这里一半的男人都没工作，这正是巴特林美丽的地方——用你的失业救济金就付得起。”

离开巴特林后，我住的位于下城的民宿好像十分乏味。我跟十三个满身香气的年长女士住了一星期。她们热衷的地方是温布尔博尔水库、克拉特沃西、邓克里山和邓斯特的城堡。有时候她们会以崇拜的口气提到《罗娜·杜恩》，不过她们是读过那部小说的。她们全是退休的威尔士学校教师，给人一种亲切、精湛、知识广博的感觉。

有天晚上，我跟她们中的八个人在所谓的“电视娱乐厅”（后面的房间，有多出来的椅子）观赏《凶兆》第二部。影片的愚蠢让我大感吃惊，但我环顾四周，只见那些威尔士女士一直严肃地眯着眼看电影。影片的不合情理让我直想大笑。恶魔的儿子跟美国家庭住在一起，他们非常有钱，在芝加哥过着如帝王般的日子，只为看来可信。恶魔的儿子有双冷硬的双眼，就读于军校，必须定期恢复其恶魔原形，让撒旦的愤怒倾泄在学校的霸凌者身上。他的头顶上常有发亮的乌鸦，呱呱叫着搞破坏——大肆破坏就是要给人看的。这样的情节让我觉得没看《凶兆》第一部并不可惜，但也因为如此，有些情节我得问威尔士女士们。对方总是立即回答我。

“那人是谁？”

“恶魔的手下之一。”埃利斯小姐说。最后一个音节还带着浓浓的威尔士腔重音。

有些女士在编织，有一位利用广告时间在看报纸。虽然会不时谈论着温布尔博尔和邓斯特，但在影片播放期间很安静。只有困惑的我会打破沉默。

“那雕像是什么？”

“喔，是巴比伦的淫妇，我想。”托马斯小姐用她甜蜜的威尔士音调说。

小鬼头上刻着“666”的符号。

“那是野兽的号码。”埃利斯小姐说。

但我没问她。

“《圣经·启示录》里的。”帕里-威廉斯说。

接近午夜，当大多数人物都被恶魔的儿子杀死后，电影就结束了。这后头的房间此刻充满了威尔士女士们香水的甜味。她们强忍着呵欠，纷纷起身。

托马斯小姐说：“我想过不了多久应该就会看到《凶兆》第三部。晚安，格温妮丝。晚安，埃利斯。晚安……”

这些学校教师让我迫不及待地想去看看威尔士。她们看似英国人，但态度让人感觉好玩、疏离。吃早餐时低声交谈，很有礼貌，甚至可以说是谨慎的，好像身在国外。

到布里斯托尔的这段海岸线没有步道。我把地图丢一边，登上西萨默塞特线列车。这是英国最长的私营铁路——二十五英里，往返于迈恩黑德和汤顿之间。英国国铁于一九七一年结束营运，西萨默塞特线的经营者除了商业考虑外还有一份热情——有些人是义务帮忙的。迈恩黑德车站保留着尚有用处的一些古典风味，到处竖立着怀旧的香烟、机油广告牌，那景象（追悼过去这部分）真的让我觉得很烦。铁路迷的问题在于他们不是真的在乎要去哪里，他们是在玩；照相、爬上火车头、收集引擎号码，他们品尝铁路的过时之美。

他们尤其喜欢盛装打扮。那似乎成了英国特色的一部分，进入想象的世界，穿上不同的衣服，将老旧、沉闷的个性摆到一边。这让英国业余表演者的戏剧性行为生气勃勃。嗑药泛滥，他们也不需要为身心健康做什么合理化的辩解。加上有那么多的英式生活都需要各式服装：衣着代表着自由、权力或一种新的自我，上议院议员穿衬银鼠皮的礼服，牛津、剑桥的学生穿长袍礼服，连送奶工都要穿特别的皮制紧身衣；另外，再没有比圆顶礼帽更夸张的了。铁路迷越过了盛装打扮和搞笑模仿间那道模糊的界线；实际上英国也不急于将这两者做个区分。重新开启一条火车路线的回馈，就是有机会穿戴整齐的制服、特殊的排扣和某种特定的帽子，打扮成站长、列车长、列车员甚至清洁员。

火车上尽是假扮成乘客的兜风客。来来去去，常常是铁路迷的旅行计划，他们喜欢那种氛围。他们互相拍照，拍木制品及蒸汽车头。我们沿着海岸到邓斯特和邓斯特暗褐色的城堡（“荷兰式浮雕的皮挂饰非常出色”），然后到沃切特，转向内陆开往威利顿。铁路迷继续拍照，赞叹旧招牌：“忍冬”“普拉特的运动精神”“胆小鬼‘A’——不会影响你的喉咙”。我推测这些旧招牌唤起了他们往日的回忆，也就是上百列这样的火车连续嘎嘎地穿梭在英国丘陵上的时刻。铁路迷的兴奋在这里达到顶点（“哎呀，拉尔夫，有没有把你带回那时光？”），然后从午餐盒里拿出三明治，从热水瓶里倒出热茶。车停在毕肖普斯利迪尔德，每个人都被命令下车，登上一部巴士，全部沉默地送往汤顿。所以说这西萨默塞特线有点像巴特林假日营，惊奇、炫目却没有内涵。基本上，它并不是为了适应萨默塞特那部分的运输需求而设的。

下午两点二十一分，在前往滨海韦斯顿的路上，一位叫威尔夫的男人拿出一张烟纸捏成小槽，把烟草包进去，舔一下，卷起来，扭紧一端，看起来就像个鞭炮，然后转头对我说：“知道什么时候抵达布里斯托尔吗？”

我说我不知道。“我要去滨海韦斯顿。”

他把他的烟点燃，从嘴里拿开，发出一声嘘，吐出烟说：“你比我走运。”

之后，大概因为知道我要去滨海韦斯顿，威尔夫避开了我，表现出不想交谈的样子。也许是我的背包让他了打退堂鼓？但我发现，背包在挑动英国热情方面是一种愿意接受指路的表达。指路在这里是一种对话的方式。但威尔夫只是愠怒地抽着烟，当我下车的时候，他摇摇头，好像在跟我说我犯了大错似的。

天色即将被黑暗席卷，滨海韦斯顿看起来阴郁，适于居住，有一点无趣。像南部海岸城镇贝克斯希尔和沃辛，它虽然是个大城镇，却有着郊区的韵味。这种地方总让我对于平房前无尽的道路感到懊恼，并希望来点庸俗，甚至是使点小坏的事。在滨海韦斯顿有人指引我去蜡像馆参观。

途中，沿着步道我看见风吹动海面的波浪，即使在这么微弱的灯光下，也有奇妙的景象——属于威尔士，属于那两个黑色岛屿的，分别叫平坦沙洲和陡峭沙洲。海滩的尽头，有一条弯曲呈面包状的海岬称做布里恩沙丘，长长的海滩上大部分空荡荡的，呈现暗灰色，看起来比水面还平。沙滩上，像卡通影片中沙漠上的海市蜃楼，有一个红色的"庞奇和朱迪"[①]戏棚子和两间黄色小屋，一间标示着"茶棚"，另一间是"贝壳酒吧"，一面飘摇的小旗帜上写着"骑驴子——二十便士"。几个游客躺在沙滩上，跟沙纠缠着，好像沙头堡战役后的伤兵，绷着的脸上显露出极不舒适的样子。一个一头乱发的胖女人穿着一件冬天的外套却赤着脚，站起来呼喝道："阿瑟！"驴子跺脚颤抖着挤在一起，徒劳无功地挣扎着。在步道上，三三两两的少女背着包在冷风中哆嗦，透过牙缝呼着气。街对面冬季花园里，游客在买今天晚上的节目《游行之歌》的票。越过驴子、越过赤脚的胖女人和木偶戏棚，浮现一座新岛屿和刚萌芽的树木，然后我看到一艘船缓缓驶过。

我很不习惯滨海韦斯顿这样的地方，所以稍微专注地改用超

① 英国传统傀儡剧。

现实的方式来看。这些不一样的东西在那里有什么用？累积了这么多年，慢慢地，如同潮汐般侵蚀，因为改变得很慢，所以无人质疑或发现它有什么奇怪。这也是为什么我可以在海边一待数日，为自然海岸遭受蹂躏、摧残的方式深深吸引。一个城镇是美是丑并不重要——虽然丑陋的往往最显眼，潮汐摧枯拉朽的影像在某些地方非常准确，其他地方则会像河道口淤泥般堆积，埋藏一世纪已然彻底摧毁的古文明，经常会从英格兰内最黑暗的地方浮现出来。

“蜡像馆”一楼里有些电影明星和运动员的蜡像，二楼是谋杀案凶手，顶楼则展示各种刑讯室。乔治·奥威尔在他的文章《英国谋杀案的趋势》中写道：“如果检视一宗带给英国大众最大娱乐的谋杀案，一宗几乎每个人都知道个大概、被写成小说、情节在星期天的报纸上一遍又一遍地改写的谋杀案，就会发现多数人都有着相当强烈的家族类似性。”这个“家族类似者”是个可敬的男人，万不得已决定谋杀，只因为它似乎不会像犯了通奸罪那么不名誉。罪行小心翼翼地计划、执行，但因为一个小错误，凶手被逮到了。“在这种背景下，一桩罪行可以戏剧般，甚至带点悲剧性质地让人难忘，对受害者及凶手都激发出同情。”

蜡像馆展示的凶手都符合这些分析，也用图表示了这个趋势。这里有“约克郡开膛手”（彼得·萨克利夫）和“黑豹”（唐纳德·尼尔森）。蜡像馆的受欢迎源于英国人的坚守法律，再也没有比坚守法律的人更了解内心的激动，或者更能体会错误行为的浪漫情怀。不过更直接的受欢迎理由是：英国法律对罪犯的隐私权（常常是他的身份）是拼命保护的。一个人可能犯了谋杀罪、被捕、被判有罪，却从未在公众面前露过面。“黑豹”的照片从来没有印行过，所以蜡像的展现犹如某种色情图片般令观者兴奋。顶楼染有血迹的造型——鞭打、砍头、“千刀万剐”，同样为人私下渴望一点原始的残忍性带来类似的趣味。这就像打破了一项禁忌——虽然大部分谋杀犯戴着不对称的假发看起来很傻，被折磨的受害者则像一大块绞碎的肉饼。

也许谋杀犯和海边度假胜地间也有关联。通常，谋杀犯犯罪后（毒死妻子是典型），找个像滨海韦斯顿一样有水的地方，因为那样很容易混入当地的坏分子，结果在步道上被逮到。这是英国的似是而非之一，看起来最受人敬重的地方和最无辜的环境反而激发出最强烈的犯罪疑云。

第二天我搭火车去布里斯托尔，试图对圣保罗区产生兴趣。去年这里爆发种族骚乱，有烧毁的建筑物，一些散发焦床垫的臭味，除此之外就像个一般的贫民窟。我听印度社会学家巴洛特博士说，早期西印度家庭是非常独裁主义的。最近一两代父母权威式微，小孩子不再顺服，事实上小孩子都英国化了；可是没有工作机会，于是气愤满膺，没有目标，很少人会费事多读一点书，只有少数黑人进布里斯托尔大学就读。

“我可以介绍你认识一些非常气愤的黑人。”在布里斯托尔我的下榻处，一个叫弗莱彻的人说。

但后来天气又变好了，于是我认定，虽然在布里斯托尔跟一些心怀愤恨的黑人碰面会有所收益，带进阴霾之气却非我这趟海岸旅行的初衷。而且，我大概也了解他们为什么气愤，所以我辞谢了邀约，越过在这里仍算是海的塞文河。

# 第十章
# 下午四点二十八分去滕比

“那就是泡沫车。”布里斯托尔坦普尔米兹站的警卫克拉布先生指着一列我曾在支线上看到过的三节车厢列车说。我正在前往加的夫的路上。车上一个叫希克斯的男人说，他还记得“红龙”快车开往加的夫的日子——结果现在我们就在这种二流的火车上！我并没有火上浇油。我喜欢这种火车，因为可以坐在第一节车厢驾驶员的后面，透过前窗直接看到前面的铁路，看驾驶员忙着操控火车也很有趣。

“我们正往斯坦利推进。”希克斯先生说。

他指的是福克兰群岛。他正越过我的肩膀看我手中的《泰晤士报》上关于福克兰群岛的报道。我问他对于这场战争的看法。

他说：“我们一定要打，我们的土地被侵占，一定要阻止阿根廷人，绝对不能被他们夺走。”他看着窗外不满地嘟哝，“希特勒就是那样开始的！”

火车继续前进。在这条路线上，一直到你离开英格兰，才算是离开了布里斯托尔，因为它的郊区一直覆盖到塞文隧道，有整整十英里长的房屋、工厂等建筑物。至于英格兰的另一头，新兴工业区的建设看起来有脆弱、临时的感觉。

隧道延续了约一分钟，然后我们来到一条很深的路堑。虽然我只能看到一线蓝天及两边的墙壁，但从路堑棕色的石壁及它开挖的方式和指向，我知道我们一定到了威尔士，这想法在下一站塞文隧道联轨站得到了证实。

一浮上威尔士，景观立刻大变：草地、蜿蜒的丘陵、到处盛开的山楂花，工厂只是远方的污点。过去几个月我旅行得已经够久，足以知道在英国可以从田野的标记（是墙壁、树篱还是围墙，及其种类）看出你在英国的何处。这里每处田野都用我从没见过的方式，以白色山楂花围绕起来：我们到了另一个国家，一个由志趣相投的人民组成的实际国度。双语标志（“欢迎，Croeso[①]”）如加拿大的双语路标一样没有必要，但也像加拿大的一样用作政治上的目的——施予民族主义者的小惠。

我们经过一处倾倒的农庄、一间木头架构的工厂、一排白杨树和一些羊群，现在我了解为什么威尔士人会去巴塔哥尼亚了。我看到了更多又穷又小的农场，不过乡村的穷困在我眼中通常比都市里的穷困更能让人忍受，穷困降低人们的生活水平，推回到过去，在乡下那只不过意味着用更粗糙的方式耕作，可是穷苦的都市生活也得推回到过去，变成拾荒者来求生存。

纽波特从左边浮现，这里有一座发电厂，以及兰韦恩炼钢厂转动的齿轮和熔炉。多彩的砖面和线条让维多利亚式门面看起来有些浮华。威尔士有时候看似另一个国家，有时又像英国早期的模样——诚实、古老、布满灰尘，人们常上教堂，只是所有的色彩规

---

① 威尔士语，意为“欢迎”。

划都错了。

加的夫正为预定三天后的教皇到访做准备：搭起了一座圣坛，在庞卡纳公园靠近旧兰达夫大教堂边上（克伦威尔的士兵曾把教堂的中殿当作酒肆和驿站，把洗礼盆当作猪的水槽，并在加的夫城堡正式庆典中焚烧教堂的书籍），也准备好了一个“弥撒场地”，这是教皇首度造访加的夫。

在加的夫皇后街上，普里查德太太说：“多丽丝，那么教皇要待在你那边咯？”

“嗯？喔，别介意，”多丽丝说，“我会让他宾至如归的。”

“他会需要别人照料的，”普里查德太太没笑，继续说，“他胃口很好，一路上很辛苦。”

“我会让送奶工多送一品脱，”多丽丝说，“我会说教皇住在楼上。”

“你会需要不止一品脱！我应该买些熏猪腿和甘蓝菜。他是波兰人，多丽丝。”

我一看到这些，就想离开加的夫。反正在大城市里逛原本就不在我的打算之内。在英国，城市本来就深邃而具有威胁性，如同它们以前充当的堡垒，好像心事重重，不适合徒步旅行的人。城市充斥着隐讳的神秘，让我不耐烦。建筑物暗暗的，住户对你的疑问小心翼翼。我在乡下从来不会迷路，但这些都市让我有快被淹没的感觉，会花上一两天的时间才找得到离开之道。总是堆满了废墟，加的夫不适合像我这样的徒步旅行者。

我走去巴里岛的弥补之道没成功，那是个半岛，即使如此仍无法徒步走到，因为没有步道，只有南格拉摩根纷乱的小径，挤满了房子。我在格兰奇敦时心想：这里确实就像好几年前的城镇，以老式的方式生活着，对老朽隐含尊重。我继续走到科根那个极其丑陋的地方，威尔士明显比英格兰贫穷，但我发现它拥有更多的自然景观。

在卡多克斯顿，我找到了一个车站，所以剩下的路就搭这条铁路支线，坐在驾驶员后面。路旁屋顶的石板瓦上有些标语，字足足有两英尺宽，让火车上的人都看得到。一个说“上帝是爱”，另一个则说“基督为罪人而死”。我们经过好几英亩的生锈火车（像是蒸汽火车的坟场），来到巴里岛。它的一半就像是巴特林营区，其余的是滨海区域，有些简单的休闲设施。

我坐在海边一个卖螺肉和鳝鱼冻的摊位边上，一边听着巴特林的旗帜的拍打声，一边思考下一步要怎么走。这一带没有旅馆！仅供大多是矿工的旅客一日游，来到这村落匆忙地玩一天。但现在矿工们钱赚得多了，可以到较远的地方去，所以巴里岛只剩营地和荒凉的拱廊。我在记事本上写道：不像滨海韦斯顿——因为滨海韦斯顿在海湾对面的十二英里外。

研究地图后，我决定去拉内利。火车载着我经过布里真德、塔尔伯特港和尼思。这是一片工业区，毫无动静，也许已经死了。还有整片的荒凉鹅卵石面两层楼住家，外围是链条和台阶，安置在窄窄的街道上，形成丘上的带状建筑。这是十九世纪的规格，是工棚，不远处有崎岖的山坡——格拉摩根山谷，再过去就是西格拉摩根。我在斯旺西换车。斯旺西是个腐朽的山谷，充满了悲情的房屋、灰色的教堂和关闭的工厂。我心想：难怪威尔士人都信教！在南威尔士，工业一度兴盛并清除田野风光，取而代之的是布满煤烟的建筑，但大多数工业都式微，或看起来奄奄一息。看着窗外我无法不想到坏疽。

从地图上看，拉内利应该是个不错的地方，它在达费德的西南角，拉赫尔河口。我从车站走到船坞码头，城镇闻起来有股发霉的味道，并且沉闷，都是破旧的砖造房子。地图误导了我，我想走，不过得先买一本威尔士指南，避免再发生类似的错误。

我经过一间橱窗里陈列着教科书的商店，书的封面上有几只死苍蝇，不是被打死而是饿死的，看起来像睡着了。店里有书架，但没多少书，也没看到店员，仅仅从珠帘后面传出干哑的声音。

“在这里。”

我走进去，发现一个男人在小声地讲电话，完全没理我。里面倒有很多书，封面都是赤裸的图片，房间里闻起来是劣等纸张和墨水的味道。杂志全用玻璃纸包着，上面是裸露的胸部和弹性内衣，有些还只是小孩子，标题暗示内容是孩子被强暴。这里没有旅行指南，但因为这些色情书刊是威尔士语，门上有个铃铛乒乓响，所以我离开时也还算愉快。

威尔士的礼貌是体贴及微笑。连拉内利的光头族都很规矩，皮夹克绣着纳粹标志、头发漂白、戴着耳环，或绿头发、穿写着“无政府主义”T恤的年轻人——连他们看起来都亲切自然。好几百万共用一二十个姓氏的威尔士人，却反对匿名，多么令人讶异！他们都是充满自觉意识的人，以个人的标准尽情寻求快乐。“你真是个绅士！”一个人可能在大马路上这样子和另一个人打招呼。

在詹金斯烘焙房（“每一口都是享受”），我看到一种涂了奶油的草莓塔。那是新鲜的草莓吗?

“喔，是的，今天早上才摘的。”詹金斯太太说。

“我要一个。”

“但亲爱的，一个要三十便士。”詹金斯太太提醒我，没动手去取。她在等我反悔，很人性地站在我的立场，并给了我一个怜悯的微笑，好像在说：对一块草莓塔而言，真是太破费了！

我买了两个，她似乎非常惊讶。问题一定出在我的背包和流浪汉的样子上。我走到转角把两块塔吞下肚去。

“早安——我是说晚安。”拉内利车站站长马多克斯先生说，“我知道我总会说对的，你所需要的只是耐心。”

月台上其他人都说威尔士语，但看到火车缓缓地进站——也许是兴奋作祟，他们却改口说英语。

这是下午四点二十八分到滕比的列车。我们滑出拉内利车站，穿过小农舍和砖房。那些房子的均价约一万五千镑，有不少还低于一万镑，我是从《拉内利星报》上看到的，另一页刊登了有些车就要卖七千镑的广告。

越过兰里迪恩沙地上黄棕色的泥坑，是可爱的高尔半岛，接着我们经过巴里港和基德韦利——一边是绵延的山坡地，另一边是格温卓斯出海口泥泞的滩地，然后往泰威河向上到卡马森，那儿有世界级的气派——被摧残得恰到好处。过了卡马森，真正的乡村景象方才开启，那是我过了塞文河在南威尔士首度所见。远山是一团团的翠绿，蜿蜒的河谷两旁长着枝叶茂密的矮树，有的像篱围一样整整齐齐，有的只是一堆杂乱的树丛。我总期待在这样的景致中能看到一些小马，它们一定很适合这里。大地的形貌和繁盛的枝叶对我而言是一种新的体验。我喜欢荒野，这里就是疏于照顾的荒野，好像之前曾被清得干干净净，现在却任其蔓生乱长，有一种不修边幅的吸引力——草太长了，粗树枝垂了下来，散乱而浓密得像迪伦·托马斯[①]的诗。托马斯以前住在这条铁路南边四英里处，塔夫河边的拉恩。

纳伯斯是个白色铁皮包裹的小车站，坐落在蚊蚋飞舞的林间空地上。火车在午后的阳光下停驻，真是个美丽的地方。车开的时候我还有点感伤。之后在夕阳下来到桑德斯富特（我不断地对自己念这个地名）至滕比，一处位于高峭崖壁上的城镇。周边环绕着更多的峭壁，海湾中有些圆石小岛，看起来真是完美极了。这是截至目前我见过的最可爱的城镇。我找到了一间可以俯瞰整个港口的民宿，毫无离开的计划。

滕比那些高高坐落在峭壁上的高雅房子让我想到装订得漂漂亮亮的书籍排列在高层书架上。弓形窗户有着书脊似的弧度，城镇高踞于海岬上，三面环海给予了它具穿透性的纯粹光线，照在市集广场上，并为空气添上了海洋冲蚀岩石的气味。奇怪的是，这么漂亮的地方居然也会这么静谧，滕比正是如此。但滕比美得更加超凡绝俗，像画般美丽，使得它本身看起来就像是一幅水彩画。

它没被经常占据英国村落、吹毛求疵的专制统治者私自占有，这种新阶层进入后，就会在掏空房舍，恢复茅草屋顶及窗框躯壳后，却在炉边隐藏集成电路操控的亮丽厨房。这种人虽能把一个地方修复得美丽如画，却不适宜居住。滕比保留住了，成熟芳

① 迪伦·托马斯（1914—1953），英国诗人，出生于威尔士的斯旺西。

醇，依旧刚毅强健，我很高兴自己能够发现它。但若有谁私底下觉得是经由自己的努力才发掘出滕比之美的，是会遭到否认的——因为它的优美早已广为人知，屡经描述和赞扬，可追溯至都铎王朝时代，曾产生奥古斯都·约翰[①]（他在自传《单色画》中提到滕比）以及发明等号的罗伯特·雷科德[②]。但话说回来，我在英国从没见过秘密之处，只有被遗忘的地方，被我们粗糙的年岁埋葬或者改变。

滕比被边缘化，但安静和空旷让它更加讨人喜欢。我如做梦般走着，开始这趟旅程以来，我首度感觉到海边城市的圆满——让我平静，抚慰着我，让我想在面对海景的回廊上，看着书沉沉睡去。

“到了夏天这里就会变成疯人院，”酒馆老板纳特根斯告诉我，“到处塞车，人行道上挤满游客，路上挤满车，根本无法移动！常常一路塞到桑德斯富特……”

很难说他是在吹牛还是在抱怨，但不管怎样，我都不愿想象滕比被蹂躏的模样。我喜欢把它想成会一直这样下去，安静地过着日子，有着书架台阶般的房子和迂回的街道，以及不可思议的薄纱光。

纳特根斯说：“这里所有的生意都归英国人所有。”他自己是从伯明翰来的，“而所有受雇的都是威尔士人。”

我问他为什么会这样。

他用手指撇了一下鼻子说，大概是英国人比较聪明吧。

---

① 奥古斯都·约翰（1878—1961），英国画家。

② 罗伯特·雷科德（1512—1558），英国数学家。

其他在滕比的英国人也这样告诉我，其实不然。我的女房东是威尔士人，街对面酒吧属于一个威尔士人，很多商店招牌都是威尔士名字。但滕比有一部分吸引力确实来自以威尔士的亲切柔化了的英国式高雅，有一点人们经常会在最尊贵的前殖民地看到的不对称。

从滕比到圣道格梅尔斯有一条海岸步道，长一百七十英里，绕着彭布罗克郡海岸。我走了几英里到古堡岬（海边的岩石有着狮爪的样子），因为我不想再走回头路，所以就到最近的一个火车站，坐上前往彭布罗克码头的支线列车。这个站叫马诺比尔牛顿。我们经过霍奇斯顿（“教堂的圣坛包括一对洗手盆及三处祭司席”），然后火车上发生了奇怪的事情，或许不是奇怪，只不过是老式风格。

火车来到路边一处有标示的地方，上面写着：停——开车前请先打开平交道栏栅。于是火车停下来，既是警卫也是查票员的那位身穿制服的人走过去摇开栅门，封住宽仅可供小汽车通过的路，让出火车的铁路。然后火车摇晃着、鸣叫着通过这条道路，警卫关好栅门栓上，爬上火车，恢复我们的旅程，穿过草地、农田和树林。

再来一个标示：停——继续前进前鸣笛。列车遵守规定，它的鸣叫声是两个音调的喇叭声。我们过了马路。那是个热天午后，乡下道路闻得到热柏油的味道，看起来就像是蒙尘的甘草。我们停在一处短短的月台边，留在农田当中，于兰菲的牧草当中，任由峨参慵懒地拂过车边。

在大多数乡间支线都关闭的一九六四年，这条支线得以幸存，而且因它载人从彭布罗克到爱尔兰（威尔士人口中的“爱乱”[①]）科克的渡口之故，一直幸存至今。

我们静静地来到彭布罗克。火车上连我只有七人——今天渡轮没开。彭布罗克似乎是个普通的城镇，却有个辉煌的古堡，过了海港就是米尔福德港（纳尔逊子爵[②]称之为全世界最佳的海港），是个密集、黑暗的工业城，有油槽、炼油设备和石油裂解厂。为什么最繁华的地方总是最丑？

我问站长皮维先生去哈弗福德韦斯特的路。那天似乎没火车，但有巴士。当他解释巴士站在哪里时，声音忽然变低，然后说：“听，那是什么？”

他斜眼看过月台，转过头去张开手掌放在耳边做倾听状。

“对，”过了一会儿，皮维说，“看。”

我什么也没看到，也没听到任何声音。皮维笑着看看他的手表——我想那是站长本能的反射动作，然后他朝空中点点头。

接着我就看到了斑点，成千上万，在地平面上，像从天而降的一面黑纱。它们的动作、它们的数目让我有些晕眩，就好像看到了黑点。

“虫。”我说。

“是蜜蜂，”皮维先生说，“它们集体飞行。”

它们黑漆漆地云集，一大群如风似雾般扑向月台。

---

① 此处模拟威尔士腔的口音。

② 霍雷肖·纳尔逊（1758—1805），英国海军上将，曾在西班牙西南部的特拉法尔加角成功击败了西法联合舰队，切断了拿破仑与法国本土的联络，一战成名。

皮维先生毫不担心。“我祖父养蜂，”他平静地说，“他可以扰动它们后取得蜂蜜，等等。从未被叮过。你会变得对蜂螫免疫，大多数养蜂人都会免疫。”

“我想它们还是会有危险的吧？”我指的是那一大群。

“会杀了你，”皮维说，“就是这么危险。”

他又笑了一下，对凶险的自然（如同一般人所做的那样）发出赞叹。

“如果你开始慌乱，看看你，就会有一团围上来咬你。”他咯咯笑了一下，好玩多于恶意地说，“会被叮死的！”

他们是《圣经》的忠实读者，这些威尔士人。我确信他正想着这一节：噢！死亡！汝的刺螫在哪里？

“我是你的话，会走远路去巴士站。”皮维先生说。

到哈弗福德韦斯特的巴士开得很慢，始终开在乡村小巷间。我确定了威尔士村落和城镇让我困扰的缘由：村落里只有一种农舍，还不是特别漂亮的模式；城镇中也只有一种平房，可悲的单调。它们都是一个性质、一种颜色、一种阶层，有些地方每个房子都完全相同，一样丑。令人印象深刻的并非它们本身（这种城镇在美国也有），但因为威尔士的这些房子被树林、山丘或原野环绕，且回避面对绿色山丘，所以看起来很阴郁。

但偶然的巧遇下，有些城市能转而给人难忘的特色。然后它就成了你的秘密——只有你亲眼看到。我在哈弗福德韦斯特就有过这类体验。水果店前有三个人，一个老妇人用手势交谈——不断地挥舞着双手。另一个年轻女子将她的手势翻译成威尔士语说给一位牵着狗的老先生听，老先生也用威尔士语回答这位打手势的哑妇，全靠威尔士语和舞动的双手。最后老先生拿出一个串珠钱包，捏开它，拿出一张折成邮票大小的一镑纸钞，摊开来（犹如日本折纸艺术般），递给那位老妇人。老妇人用手势比出感谢的意思，这也被翻译成了威尔士语。老先生用威尔士语回应。老妇人亲了一下那张一镑纸钞，然后跟年轻女子一起离去。

我仍好奇地流连。

老先生拉一拉狗链说："走吧，贾斯珀！"

折腾了老半天，他居然对狗冒出了一句英语！

这段插曲使我对哈弗福德韦斯特的印象增色不少，应该比我跑去研究教堂顶上镂空的菱形顶饰，或爬上威斯顿城堡让自己陷入对佛兰德的威佐[①]的缅怀中更加鲜明。

从这里到菲什加德一路上都绿意盎然，地势也较平缓，但偶尔仍会冒出个大石堆，比如沃尔夫堡的巨石山脊。从莱特斯顿往北望，远处的石堆像要塞及城堡的遗迹。威尔士的风景像是有点失焦的过往传奇，到处是污损的城堡和其实都只是峭壁的巨人和巨龙。菲什加德的海岸线雷同，比我在南彭布罗克郡所见的岩石更多、更荒凉也更破旧，有些农舍的石材就像花纹棉被，拼拼凑凑，五颜六色。

从菲什加德沿着海岸步道到圣道格梅尔斯有二十八英里长，原以为辛苦点走一天就到了，因为山路较陡又要顺着河岸绕路，结果却走了两天。快到的时候遇到两个渔民，都叫琼斯，他们有点急切地跟我说，大部分晚上他们都会出去捕鲑鱼，用从小木筏上抛网的

① 十二世纪建造威斯顿城堡的人。

方式，问我觉得那怎么样。我问他们鲑鱼有多大，一磅值多少钱，他们说都在十磅左右，一磅值两镑。

他们指引我到卡迪根的一间旅馆，就在泰菲河上游他们抓鱼的地方。大概他们不喜欢我的长相，那间旅馆糟糕透顶，我在那里有段奇遇——不只是奇遇，还有……

首先我得面对卡迪根。卡迪根很穷，失业率高，民众生活艰苦。贫穷不是立刻就看得到的，而是随着越来越强烈的不安，我开始注意到有些不对劲。那是一种脆弱、一种不安定：一切都很安静——然后我研究他们的穿着、房子、饮食、征兆、表情；我看到一切都很简单，他们很穷。

“威尔士这一带的萧条引起的烦恼，”一个叫汉弗莱斯的民族主义者告诉我，“是人们变得怪异了。”

他说的怪异是什么意思？

“比如说饮食上的怪异。”他说。

我说我自己偏向素食主义，连烟都不抽了。

“还有同性恋，”他以挑衅的口气说，“他们画画，正在卡迪根市政厅展览。”

我说那看起来也无伤大雅。

“画些——”他咽了下口水，“我不想提的东西。”

我来到市政厅。那是女权主义者的画展——以简单的泼墨手法，主要表现婴儿出生的场景。穿梭在展览场上的，都是表情严肃、蓄须的男士和披着披肩的女人；他们有一种不自然的吉卜赛外形，而且都很年轻。我终于理解汉弗莱斯所说的怪异了：他指的是英国人。

卡迪根是说威尔士语的威尔士地区，北彭布罗克郡和西海岸部分达费德、圭内斯也是。威尔士范围说威尔士语。这里是凯尔特人边区、威尔士党和民族主义者的精神之家，也是英国人住宅被烧毁之处。过去三年这里已经有六十栋住宅被烧毁。

不知道能否用双语来解释这些威尔士人，往往是精神分裂症的一种形式，同一时间要一个人脑袋里装两种矛盾的意念，因为意念始终没被翻译出来。威尔士人有那种轻微茫然以及轻率鲁莽的个性，我向来将这种个性和说双语的人联系在一起，因为那是种严重的残障，让他们对语言散漫，让他们不精准，让他们转变成歌手——那并不是件坏事，他们说。我认为那不是好事或坏事的问题，只是让人迷惑。

威尔士人会用一种友善的方式盯着人看，让人仓皇失措，英国人从不盯着人看，除非非常生气（英国人的瞪视仿若恶魔之眼）或是想在争辩时赢过你。威尔士人就像一个大家庭，却是个多疑的大家庭。他们的确拥有相同的特性，比我想象的更像一个国家。有时候我觉得从来不存在定义英国文化这回事，但威尔士不一样，它显而易见，就是喋喋不休和不断地往回看。威尔士人家庭观念很重，没烧掉更多的房舍还真令我讶异。

“他们打死了指挥官，”一个叫戴维斯的法院职员描述福克兰群岛战争中刚打过的一场战役，他畏缩地说，“他姓琼斯。”

他让这种低沉的气氛持续着，自己沉浸其中。阿根廷人杀了他们琼斯家族的人！我觉得如果这个士兵叫布朗，这种感受还不会那么深刻。

在圣道格梅尔斯一间酒馆里，玛丽安·路易斯说：“他们烧毁了房舍，这些威尔士党人，”她咂着嘴，“他们有些家伙很强悍，你懂的，我真不明白——还有那么多英国农舍！那些家伙是试过了，但还没完全成功。”

她似乎对没有更多的纵火攻击感到失望。

威尔士语的音调一直让我困惑。它是一种哀诉，一种西部印第安人的吟唱，有时候可以非常轻柔、发音不清，有时候还有清喉咙的声音。它有很多有趣的字眼，toiledau 和 brecwyst 的意思是洗手间（toilet）和早餐 (breakfast)，看起来不是很古老；有些词念起来像咕噜声，像 Plwmp（扑鲁普）和 Mwnt（姆嗯）这些地名；但 corn 表示的是角（horn），明显来自拉丁语，类似的还有 cwn（狗）和 bont（桥），而教堂的威尔士语是 eglwys，跟法语 église 是同一个词，发音也一样。我不知道那是不是我的想象，不过如果把每个词都加上哀诉声及嘶嘶声，再加上疑问句句尾的提高音调，要用威尔士语来表示愤怒还真困难。我很想在威尔士见识一下正在发脾气的人，可惜没看到。

我奇特的际遇发生在哈勒赫旅馆，那是间阴暗、半毁的旅馆，离淤塞的泰菲河不远。它已经关闭了好几年，闻起来有老鼠和脏衣服的馊味，脏衣服的馊味就像死人的味道，还有泥巴、木头灰烬和缓慢河流的味道。我一登记就知道自己错了。一个脸色阴沉的十五岁女孩带我到我的房间，她有着一张气呼呼的胖脸和圆滚滚的肚子。

“似乎有点安静。”我说。

格温说：“你是唯一的客人。”

“整间旅馆？”

“整间旅馆。”

床铺的味道也一样，好像被谁睡过——刚刚睡过，从里面爬出来，留下热气和令人厌恶的味道。

哈勒赫旅馆的老板是个爱眨眼的女人，笑声粗嘎，名字叫芮妮。她把钱包塞在乳沟中间，一边吃饭一边抽烟，说到她的男朋友：“我男朋友在船上已经跑遍了全世界。”芮妮的男朋友是个面色苍白、不修胡髭的人，年约五十，在旅馆中蹒跚地走来走去，衬衫的下摆露在外面，因为找不到梳子而一直咕哝着。他名叫劳埃德，头发快掉光了。劳埃德很少跟我说话，芮妮却是个打死不退的人，老催我到楼下酒吧喝一杯。

酒吧是个黑暗的房间，挂着破旧的布帘，中央摆了张桌子，有两个刺青的年轻人和两个老头坐在那里，与劳埃德一起喝着啤酒。芮妮充当女侍，拿个锡制托盘。她也负责换唱片，音乐声音很大而且刺耳，男士们彼此都不交谈，看起来满脸憔悴，甚至像是有病的样子。

不可思议的是芮妮很愉快而且好客。旅馆很脏，她做的食物让人不敢恭维，餐厅里还有一股尿味，但芮妮人很和气，喜欢讲话，正在谈怎么改善这间旅馆；她知道劳埃德是个爱发牢骚的老滑头。放轻松，尽量享用，再来一杯，劳埃德说。

她有着正确的精神，但旅馆一团糟。“这是保罗——从美国来的。”芮妮说，对着我眨了眨眼。她以我为荣，这想法一直让我非常不快。

有天晚上，她介绍我认识艾莉。艾莉双眼发红，人很胖，说话声音刺耳；缺了几颗牙齿，脸上长满了雀斑，是从斯旺西来的。“是，”她说，“斯旺西是个讨厌的沼泽地。”艾莉喝醉了，具备了醉鬼经常听不见人说话的反应。芮妮在说美国，艾莉却还在喃喃地说斯旺西。

“至少我们不小气，”艾莉说，“是，我们很节省，但卡迪根人吝啬。”

“说的是我们，”芮妮说，“从卡迪根来的卡迪根人。是，我们比苏格兰人还小气。”

艾莉扭曲着脸表示卡迪根人有多小气，之后她要求知道，为什么我没喝醉。她也问那些不发一语的憔悴的男人，他们则回以迟钝、无力的眼神。她喝完了自己那一品脱啤酒，在汗衫上擦一擦双手。

“你认为卡迪根人怎么样？”她说。

“令人愉快。”我说，但心里想：野蛮。

到了午夜，他们还在喝。

“我要上楼去了，”我说，“但我没钥匙。”

“这里的房间都没锁，”芮妮说，“那是没有钥匙的原因。知道吗？”

艾莉说：“哎呀，这儿是个安静的地方，芮妮。”

“我说是安静得可怕，”芮妮说，“要开到桑德斯富特才有些晚间娱乐。”

桑德斯富特在三十三英里之外。

“劳埃德，怎么了？”芮妮说。

劳埃德一直咧着嘴笑。

他说："他好像很担心。"指的是我。

"我不担心。"我说。

在我听来就像是一个担心的人在辩解，我站在那里想挤出微笑，但桌边的四个当地人只用他们憔悴的眼神回瞪着我。

"这里没有锁。"劳埃德说，十分愉快。

芮妮突然吼道："我们又不会抢劫或强暴你。"

她说得很大声，以至于我一下子竟然无法会意。她是活泼却丑陋的。

我回过神来便说："真遗憾，我还指望被抢劫或强暴呢！"

芮妮听了，大声地号叫。

在发出酸臭味的床铺上，我可以听见摇滚乐从酒吧间传来，不时地还有呼喊声。但我太累了，沉沉地睡去，还梦见我来到了科德角湾，跟我的表姐在一起，我说："为什么每个人都那么早回家？这里是世上唯一美好的地方。我想他们大概担心交通阻塞。我永远都不要离开……"

忽然有什么东西撕扯着。那是撕扯的声音，就在这个房间里。我坐起来，看到一颗蓬乱的头。起先以为是个男人，粗糙的脸，挤压的鼻子，扭曲的嘴巴，然后我认出了雀斑和红眼睛。那是艾莉。

我说："你在做什么？"

她蹲得太靠近床铺，以至于我看不到她的身体，撕扯的声音又传出来——是我背包的拉链。艾莉稍稍转过身去，没再移动。当我看出那是艾莉而不是个男人后，就放松下来。我知道我的钱和钱包在我的皮夹克里，挂在房间另一侧的挂钩上。

她说："我在哪里？"

“你在我的房间里。”

她说，转过身来：“你在这里做什么？”

“这是我的房间！”

她的问话如戏剧般懒懒散散，还蹲在我背包旁边，发出沉重的呼吸。

我说：“把那东西放下。”

“哎呀。”她呻吟着，双膝重重地顿地。

我要她走开。

我说：“我想睡觉。”我这么有礼貌干吗？

她又哼了一下，比刚才那一声更近似呻吟，然后说：“我把衣服留在哪儿了？”

然后她站了起来。她是个肥胖的女人，有一对大而颠颤的乳房，上面布满了斑点。我所看到的她，是完全赤裸的。

“闭上你的眼睛。”她说着又往前靠近了两步。

我说：“看在老天的分上，现在是清晨五点！”

太阳刚刚照到窗帘上。

“哎呀，我生病了。”她说，“移过去一点。”

我说：“你一件衣服都没穿。”

“你可以闭上你的眼睛。”她说。

我说：“你翻我的背包做什么？”

“找我的衣服。”她说。

我用恳求的语气说：“饶了我吧？”

“不要看我的裸体。”她说。

“我会闭上我的眼睛，”我说，“等到我再睁开的时候，不想再在房间里看到你。”

那堆赤裸的肥肉啪啦啪啦地走出去，像件塑料雨衣踩过硬木地板。我听着她离去，把门拉上，然后立刻动手检查，我的钱没有遗失，背包也没被破坏。拉链被拉开了，但东西没丢。我蓦然想起芮妮对我的尖叫：我们又不会抢劫或强暴你。

吃早餐的时候，芮妮说：“我已经有十年没在这个时候起床！看，快八点半了！”

芮妮咳得很厉害，睫毛膏把眼睛弄得乌漆抹黑的，她的威尔士腔今早似乎也更重。

我告诉她艾莉的事。

她说：“啊，是这样吗？我可要好好地嘲笑她！哎，真好笑。”

一个老妇人来到门前，摇摇晃晃地偷偷往里看。芮妮问她要做什么，她说要一品脱啤酒。

“现在才早上八点半！”芮妮说。

“那半品脱。”老妇人说。

“而且今天是星期天！”芮妮说，然后转向我，“我们这附近星期天禁酒，所以现在才会这么安静。但你可以在圣道格梅尔斯买到酒。”

那妇人看起来很可悲。她说下一次投票她一定要投修改发放酒商执照的法律一票。她没有生气，却有着深受打击、很有耐性的模样。

“噢，天啊，”芮妮说，“我该怎么办？保罗，你告诉我。”

我对老妇人说：“喝杯茶吧。”

“警察一直盯着我，”芮妮说，“他们总是在查。”芮妮往碗橱走去。“我会丢执照的，”她拿出一瓶酒边倒边说，“这些警察一点人性都没有。”杯子满了。“四十五便士。”她说。

妇人喝了，另外又买了两瓶，付了账转身离去，一句话也没说。她并没有从喝酒当中得到快乐，在卡迪根禁酒的日子从芮妮这里拐到啤酒也不觉得心满意足。事实上她也没有甜言蜜语，只不过站在那里，以无助的方式寻找同情的漏洞。

我说：“好一顿早餐——啤酒。”

“她是个酒鬼，”芮妮说，“她才三十七岁，看起来不像，是吧？看我，我已经三十三岁了，却没有人相信。我男朋友说我有二十岁小女孩的身材。你还不准备走吧？”

## 第十一章

# 十点三十二分去克里基厄斯

卡迪根北部的海岸没有完备的步道（所有的土地和田野全挤在峭壁边），然而在边惊吓牛群边攀爬石墙的努力下，我还是设法走了几英里路。不过到了阿伯波思之后，便无法再继续前进，因为接下来五英里多的路在陆军火箭射程之内，火箭正隆隆作响。毕竟英国人正在打仗——“福克兰群岛这回事”。前一天，就在一场攻占古斯格林某小牧羊场的战役中，超过两百五十个人丧生，大多数死者为阿根廷人，被愤怒的英国伞兵所杀。在听到传言说有一支阿根廷巡逻队举着白旗向英军投降，结果证实是埋伏之后，他们当然会大开杀戒。“永远不要相信阿根廷人！”《太阳报》的标题这样写着。这难道是在阿伯波恩出现火箭试爆的原因吗？

许多英国海岸空无一物，任何人都可以过去；但其他的则无法到达。危险的建筑物（像核电站），或是臭气冲天的区域（像污水处理厂），都被移到海岸来，那样更安全而且眼不见为净。同时，海岸线也被当成炼油厂以及储气槽的天然用地。沿海地区的垃圾废物，远远多于内陆区任何一座垃圾场。海岸就是让你摆脱东西的地方：就那样拖走，沉入茫茫大海。海岸不仅限于作为停车场或垃圾堆积场之用；出于古代岛民对侵略的恐惧（害怕外来民族的入侵），英国人过度防御海岸线，他们设置了许多军事设施、炮台，还有雷达，就跟我在邓杰内斯与基默里奇看到的一样。这样似乎还觉得不够，各海湾处设有美军飞弹基地，并有美国海军陆战队驻守。这些地方的配置，让人感觉到英国人似乎预期着贪心的丹麦人另一次烧杀掳掠，或是北欧那些残暴战士的突袭。当然，这里的海岸十分适合机枪、炸弹甚至加农炮的演练。传统上而言，向大海射击是安全的，但在阿伯波恩，射的是火箭，大意的行人会有被炸死的危险，或者被当作间谍逮捕。

我转过身去，摇摇晃晃地爬上长满青草的小山丘到海岸路上，狭窄的道路以及急速行驶的车辆使得行人的安全受到威胁——这里只能容纳双车道。我必须背靠着岸边的荨麻走，让车子通行。我要走到锡诺德因，当我等巴士等得不耐烦时，就搭便车。背着背包，穿着皮夹克，手里拿着陆地测量部的地图，外加需要理发的模样，让我看起来就像是个搭便车的旅行者——一副不赶时间、省钱、随遇而安的模样。我很容易搭到便车，有时是仅向前行驶四分之一英里的农夫，有时是送东西或正要赶着上班的人。他们总是会问我："你觉得威尔士如何？"

埃姆里斯·摩根是一位木匠，车后座有一个粗齿锯子。他问我："啊，英国人总是十分神秘，给人的感觉就像是：'我只照顾我自己，上帝会照顾所有人。'"

我评论说，我碰到的威尔士人都非常有礼貌。

"威尔士人很有礼貌，"摩根先生说，"比英国人有礼貌多了。我们的血统是不一样的，所以传统习俗也不一样，我们是欧洲的凯尔特人，他们则是撒克逊人与诺曼底人。"

休·琼斯开着他那辆老旧的灰色“欢唱瞪羚”，载我到阿伯赖伦。

“威尔士人从那里前往巴塔哥尼亚。”

“我去过那里。”

“阿伯赖伦吗？”

“巴塔哥尼亚。”我说。

阿伯赖伦是一个出奇整洁的古老小镇，有着近似纳什的坡地街巷和简朴的褐色房屋，某些街道的左边坐落着乔治王朝时代美丽的房屋，而卵石搭建的一般住房则坐落于街道右边。

“威尔士人大多是工党的支持者，而非威尔士民族主义者。”另一位琼斯先生告诉我。这位琼斯先生是律师。他说工党在南威尔士特别具有影响力。“他们可以把一个该死的笨蛋带进南威尔士的国会殿堂上，只要他们声称他是工党的人，他便可以进去。”

我们继续开往阿伯里斯特威斯。这里的海岸十分倾斜——绿色的悬崖一路滑往大海。在小海湾及村落附近总是有好几英亩橘色帐篷及拖车的踪影。

“这些人都是从伯明翰以及英格兰中部地区下来的，”琼斯律师说，“他们搭起帐篷，环顾四周，觉得自己喜欢这里。于是他们去找农夫，看看农夫有没有农舍要出售。也许有——当农夫收成不丰，没有足够的工作养活他的工人时，就会出售他的农舍。这些农舍非常便宜，可以说是这些人的第二个家。他们随性地来来去去，被民族主义者烧毁的就是他们的农舍。”

我说：“烧帐篷不是更简单吗？”

他笑了出来。到目前为止，我在威尔士还没遇过任何人反对烧毁英国人的农舍，有些人甚至认为烧毁农舍是十分体贴且具有人情味的举动，反正农舍主人离开后，它们也还是会被烧个精光。

威尔士亦具有规矩的杂乱样貌，阿伯里斯特威斯为其典型的代表——房屋虽然邻接着街道，却随处林立；悬崖逐渐被整齐的农舍掩盖；海边则是横躺着一道由沉闷无趣的大楼形成的街道峡谷，翠绿的山脉就在后头。我待在一间民宿里，屋主是埃莉内德·威廉斯。“你还不走吧？”每天早上用完早餐后，她总会问我。生意不好。不过我还不打算走。我洗我的衣服，去沙滩（“适合沐浴，还有许多红玉髓、玛瑙和其他卵石”）看被沥青弄脏的岩石。我到处乱晃，有时去古董店寻宝——我买了一支老旧的拐杖，还是虎牙手柄。也在书店里找书——威尔士大学赋予阿伯里斯特威斯适合学习的环境与气氛，但一九六七年的《国会改革法案》强调威尔士语和英语同等重要，也就是说，每个自治区与大学的会议时间都是平常的两倍，因为这里同时使用两种语言。有一天阿伯里斯特威斯举行了一场和平游行，有用中文字体写的抗议标语，佛教僧侣、大人、小孩一起抗争，反对布劳迪一处威尔士核能设施的建筑物。“加入我们吧。”一位男子对我说。我背着背包，摇摇头说：“不，我是外地来的。”那天是我洗衣服的日子。我穿着泳衣，所有的衣物都在背包里，等待清洗。

我搭乘窄轨火车，通过赖多尔谷，以及麦拿纵深的峡谷，前往魔鬼桥。那是一列有如玩具的火车，载满了叼着烟斗的铁路迷和一日游的旅客。还有些粗鲁的人，“被照顾”的男孩，旁人告诉我，他们是被父母抛弃的孩童，由政府资助；身上有刺青，才十三岁却抽着烟说：“他妈的树真多。”威廉·华兹华斯就在这里，以另一种情境写下这首诗：

我仿佛站在那里，
当我处于生命的早晨；我能够看见
从那令人畏惧的峡谷里，树木层层爬出，
壮观却不会消逝；永恒的白雪；
而天空永远不会放弃它的安详……

车上也有父母。我忘不了他们气愤的经典话语。

“噢，天啊，罗杰，你难道不知道他只是累坏了吗？”

问题中的这个男孩正吐着口水，拳打脚踢地哭闹着，就像一只狂怒的象鼻虫，不知道自己身在何方，以他如动物般的模样，或许还以为自己会死在这里。

还有一位母亲，看着她那满脸苦恼、泪水直流的孩子，变得冷酷与讥刺。

“待会儿有人的屁股要遭殃了！”她说。

这个婴儿像只挨饿的猴子般放肆地哭闹，并绷紧手指，显示出害怕与沮丧。

车上的威尔士人盯着这些举止，心里想：英国人！

打从滕比开始，我就注意到光线的变化，高空中传来柔和、清澈的光线。一定是大西洋的关系：我当然拥有对海洋光线的印象，它并非如热带国家炽热的阳光，或是温带地区工业化国家般的灰蒙蒙。英国的日光通常像覆盖物，灰蒙蒙地笼罩在上空。西威尔士冷冷的光线则是从太阳以外的四面八方照射而来，从远方缓缓升起时，威力更是强大，以更纯净的形式接触地面，好像是天空的反射似的。阿伯波恩的日落雄伟广阔，充满了熊熊火焰，看起来虽像静止，其实一直在活动。海岸凛冽，房舍看起来十分粗野，但威尔士的光线（大西洋无边无际的寒冷镜子）却让威尔士微光闪烁，营造出哀伤的景象。

有天下午漫步于阿伯波恩的海边时，我想起自己就是在一年前戒掉了抽烟斗的习惯，这一年来我再也没有抽过一口烟。为了庆祝戒烟一周年，我买了一根雪茄，但由于威廉斯太太不允许我在她的屋内抽（“没有人可以在‘伊威达发’[她房屋的名字]抽烟，我想我无法忍受人家这么做”），所以我走去海边抽，直到只剩烟屁股，之后便将它弹向卡迪根湾。

我搭乘两个车厢的支线列车离开阿伯波恩，上行至赖多尔谷西边，并在青翠的山丘上绕行。这里的田野风光看起来倾颓而又十分美丽。多莉邦是一座古老的村庄，坐落着粗糙的石造屋、矮小的教堂以及厚实的篱笆，威尔士的这里有位白人男子正将头探出窗户，训斥着他的狗。

火车向上爬行一阵子便停了下来。车上共有十五个人，有两个人下了车。随后火车加速爬坡，很快地穿越山丘，时速达六十英里，甚至更快，对于轮子嘎嘎作响的乡间小火车而言，已经是相当可观的速度了。我们继续前行，劈开毛茛，进入一片位于山海之间的平原，平原的边缘有座名叫博斯的小镇，这是一片延伸的海滨区，其后为坎布里亚山脉的山阴。我们摇晃着向东边行驶，来到多维河的河口区，经过塔利辛（“威尔士的智者……塔利辛的墓地，他是六世纪最伟大的诗人……”），然后沿着河床而行。阿伯多维位于山脚下，距离河口非常遥远；这整个地方是如此美好——河谷约有两英里宽，在一大片翠绿的湿地上，则有羊在吃草，四周围绕着灰白的山丘与高山。

到多维联轨站的沿途因河流与河谷的缩减而一片泥泞，不过因为行进平坦，乘客正可仔细观赏美丽的景致——我们不可能比这更贴近地面的了。向上行驶至缩小的河谷是一件令人兴奋的事，从宽广的河口收缩成小溪的溪口——河流就像被吞噬了。

我们来到马汉莱斯（一般人相信这是罗马帝国时期的马格罗纳），我在此处看见“非传统科技中心”的宣传标志。询问之后，我得知中心位于这条路上方三四英里处，于是我穿越树林，步行到那儿，结果发现它位于卢伊格温一座废弃的采石矿场里，也就是斯诺登尼亚国家公园的南方边缘。这座建筑坐落在山坡上，第一眼看不过是一堆荒谬的风车和手摇曲柄装置，杂乱地穿插在小屋和啪啪作响的塑料间。啪啪作响的塑料是太阳能发电设备，但由于这天的天气阴暗，所以太阳能无从运作。除此之外，四周还贴满富有教育意味的标语。我将其中一句抄进笔记本：废物只是人类的想法，因为大自然中没有一样东西是可以废弃的——万物皆为连续循环中的一部分。

非传统科技中心是达到中级整洁的精心设计和混乱的结果，像是一座具有堆肥场和巨大奇特厕所的混乱博物馆。这里到处可见大桶，没有一样物品会被丢弃，因为这里的人总自夸着，人类的排泄物也可被转换成珍贵的瓦斯，蛋壳可被转化成丰富的腐殖质，标有

“尿桶”的锡漏斗则用来收集尿液——另一种珍贵的肥料。

所有的这些都是事实，非传统科技中心也完成了许多具有纪念价值的伟大工程，把污秽的场所神圣化，让花园茂盛。他们制作麦麸饼干、甘蓝菜色拉以及料多味美的蔬菜汤，孩童个个脸色红润。据说威尔士到处都有这类社区，但非传统科技中心收取入场费，并提供床位与早餐。这里是个看起来快乐的地方，如果有点在意废弃物和排泄物的话，也可以用福音传道以及浴厕训练在威尔士文化中始终彰显的观点来解释。无论如何，我受到非传统科技中心的工作人员热情的款待，他们从我的背包认定，在我心底深处具有成为他们一分子的潜在特质——在看见古老的科技在南威尔士造就的成果后，我也赞成他们的说法。任何非传统科技装置，连他们提倡的那些怪异的设计品、对环境无害的太阳板及太阳能设备，甚至是多功能厕所，都比海岸的核反应堆好多了。

我步行回马汉莱斯。车站警卫威利·贝文抱怨不断，说他他妈的并不知道到巴茅斯该死的下一班火车是哪一班，于是查阅着时刻表。

“两点半。但上面写了个‘E’。那指的是什么鬼东西？”

他翻阅注解。

“星期日停驶，”他说，“今天是该死的星期五。”

他再次查阅时刻表。

“两点四十八分有一班车。但这里又写了个‘A’，真该死，那又是什么鸟玩意儿？”

他又翻阅批注。

“只有星期六行驶，”他说，“所以，下一班该死的车应该是……”

我搭乘往南驶的火车到达多维联轨站，随后转车往巴茅斯前进。联轨站正好位于河谷中央，沼泽湿地的尽头，但当我们抵达时，另一班火车已经在等待我们了。即使是威尔士偏僻地区的火车支线，仍然如此有效率、有尊严地行驶着。这里的火车班次十分频繁，我可以轻易地转换另一条支线，搭车前往什鲁斯伯里，并在晚餐时间抵达伦敦。

火车沿着河流的北岸朝海而行，随后向西，往散发刺眼光芒的夕阳驶去，掠过了湿地。沿着山边的岩石，火车摇摇晃晃地驶离多维海口、沙滩和破碎的石板，并向北方的阿伯多维前进：陡峭山壁上都是房屋，海滩上有铁皮拖车的踪影。

拖车（我们很快就能发现）可谓威尔士海滩的诅咒。技术上而言，那些都是可移动的房屋，却动也不动。充其量，它们只是铁皮盒子，形如鞋盒，包含了盒盖，固定在岸边，一次有五十至一百个，涂着五彩缤纷的漆。有时还用厚重的水泥块往下扣住，超过一百个的地方（经我计算，某些区域甚至高达三百个）有炸鱼薯条店和铁皮淋浴间，还有写着“公厕”的铁皮厕所。干净的水来自水塔，水塔周围满是泥泞。这里的景致不禁让我联想起游牧民族与阿富汗、索马里、库尔德难民的生活，或是吉卜赛人，即使赚了钱也不愿放弃他们原本的生活方式，照样差遣着族里的妇女提着水桶，外出汲水。你会好奇，他们为什么可以忍受住在如此狭窄、每户房子几乎毫无隐私可言的小区域，也会开始询问有关他们彻底原始的一切问题——不是文明的阿富汗人或索马里人，而是这些生活在偏远地区，看起来如此赤裸、如此不舒适的人，你会纳闷他们究竟是如何梳洗、饮食、保持干爽，以及处理日常事务的。最令人无法理解的是，他们竟然没有发现他们的屋子与四周的环境是多么不协调，他们的屋子是多么丑，海边是多么美，拖车装置总是那样丑陋，而且永远停在最可爱的海湾旁。

当然，他们是英国人，受到威尔士人的鼓励，到这里度过便宜的假期。有些人住在搭建于拖车区域边缘的橘色帐篷里，晒成粉红色的人们在橘色帐篷前阅读《太阳报》，并用锡制的小火炉泡茶，在炎热的天气里总是呈现出一幅火焰景象。

这里就像是核电站、垃圾场、旅栈、污水处理厂：你可以在英国海岸边，在毫无怨言的海水旁，随心所欲的做着你爱做的事，海边是属于所有人的。

在经过有更多拖车与帐篷的陶因之后，火车爬上空旷的峭壁，通过崎岖不平的牧草地，在接近费尔伯恩时，经过卡德易德（“巨人卡德的椅子”）的山脚，那是座拥有三千英尺高峰的山脊，也是英格兰形状最美丽的山脉之一。随后，我们横越茂达海口的沙洲，巴茅斯海边就在山丘下。宽广的河水经西沉的阳光照射，呈现蓝紫色，平缓的沙岸渐渐隆成陡峭的山坡，以及更多的山脉。巴茅斯看起来像是一个让人心旷神怡之处，贴近一看却令人难以忍受，地小人稠，停车位与人行道空间不足，皮肤晒伤的人们成群乱晃，还有对海岸而言非比寻常的，火车直接贯穿整个城镇中心；当火车靠站时，所有事物都得暂时停止并纠结成一团，巴茅斯突然挤满步行者，不耐烦地等着过铁路。

我想过要在巴茅斯下车，但看到这么多人之后，就改变了心意——事实上，我还真的下了车，但因为不想被人群淹没，所以赶紧跳回车上。还有另一个原因：我注意到坎布里亚海线铁路的时间表上写着，在打星号的车站："请注意！欲下车的乘客请事先告知警卫，想上车的旅客请向司机招手。"

我决定在卢伊格温下车，也跟警卫说了。我们沿着海岸继续前行，在通过四五个小月台之后，火车单为了我一个人而停靠卢伊格温。卢伊格温是个美丽的地方，但也因为这样，这里充满了丑陋的拖车，我步行前往哈勒赫。

威尔士的山是山，农舍是农舍，城堡就是城堡。哈勒赫城堡位于悬崖边，有着孩子在听完国王、公主和龙的睡前故事后会梦到的灰色高塔群。但我遵守自己的诺言，并未进入城堡或大教堂，而是经过皇家圣戴维斯高尔夫球场后走至沙丘，并检视拖车与帐篷。我并不是真的厌恶它们，而是被它们深深迷惑，如同行经英格兰海岸时被旅栈迷惑。我记录了这里的摆设（吊床、折叠式桌子、大声播放着音乐的晶体管收音机）以及食物（茶、饼干、汤、面包、豆子）。这些营区里的人，都非常喜欢阅读八卦报纸——从满是便宜的报纸可见一斑。

托尼·亨肖在利物浦当警察已经五年了，人们都称他为"亨肖警官"，他也曾把警察当作一生的职业。"但一切都在去年结束了。"他说。

一开始，他对我存有戒心。他说，在利物浦当警察跟其他工作没什么两样，但我了解事实并非如此——否则他又怎么会打算在哈勒赫的拖车里度过他的后半生，他甚至不是威尔士人！

"这样挺好玩的。"亨肖先生以警察般而非随兴的举动环顾四周道。

"你是指哪一方面好玩？"我问道。

“去年夏天，我在托克斯泰斯。”

“你是指那场大暴动吗？”

“暴动和打架。那不容易。街上到处都是孩子。只要你看得到的地方都是孩童，都在打架，打得十分激烈。情况真的很严重。”他转而静默了一会儿。

我盯着他，期待他再多说些什么。

“我可以告诉你，那时我非常害怕。”

我自以为是地对他说：“这没什么好羞耻的。你随时都有可能被杀掉。”

“我随时都可能被杀掉。”他感激地说。

他接着说下去：“你会为某些人感到遗憾。他们根本没有机会，一点机会也没有。手无寸铁，这些年轻的孩子，死状极惨。想起来就悲伤。”

“所以你辞掉了工作？”

“我吓死了，”他说，“但情况仍未改变。我有时仍会想起他们——惨死的模样。”

第二天，我想都没想就离开了哈勒赫，行经一座城堡并漫步至泰格温，路程大概有一英里远。后来我想起了火车；不过现在我可以看看招手（如时刻表上写的那样）是否真的能让火车停下来。十点三十分左右，我听到火车鸣笛的声音，立刻将手伸出，向火车挥舞，火车果真为我停了下来。我上车，继续沿着海岸线前进，就在十点三十二分，启程前往克里基厄斯。

我们来到一处长长的潮汐海口，越过水面，我看见一座圆屋顶、一座教堂的尖塔、一座钟楼、一些粉红色与蓝色的农舍，还有一些断垣残壁：波特梅里恩。这是一处梦幻村落，由威尔士建筑师克拉夫·威廉-埃利斯[①]设计建造的巨大、昂贵而又怪异的建筑物。受到菲诺港[②]的启发和喜爱威尔士这段海岸线之故，他以随意挥洒的手法创造了这座小镇——这里的色调与形态完全没有威尔士的感觉，即使从两英里之外移动中的火车上眺望，它仍显得十分奇特，非比寻常，但那天灰蒙蒙的，很快，波特梅里恩便消失在模糊的热气之中。

下一站是彭林代德赖斯，那里有座大型的炸药工厂。当地人根据前任老板的名字称这间工厂为“厨子”，但它正确的名字是诺贝尔炸药工厂。许多令人胆战心惊的桶、试管、金属把手、连结的管道等，沿着山边摆放，如同家用威士忌蒸馏器，四周还围绕着监狱式的篱笆，以及倒钩铁丝网。然而让我感兴趣的，不是这间位于美丽村庄的丑陋炸药工厂，或是这危险的事业提供了我们诺贝尔和平奖。这里真正吸引我的是，十五年来，同在彭林代德赖斯这座村落，在炸药于鼻尖底的情况下，竟然住着伯特兰·罗素[③]这位和平主义者。

在晴朗的天空下，再行经八英里多的路程，我们到达让我想下车逛逛的克里基厄斯。我手中的旅行手册写着：“克里基厄斯：多年来，这座小镇是詹姆斯（现在是简）·莫里斯的家乡，她可能是

---

① 克拉夫·威廉-埃利斯（1883—1978），英国建筑师，花了四十七年才建出这座意大利风格的私人村落。

② 菲诺港，意大利热那亚省一处美丽的海港城镇。

③ 伯特兰·罗素（1872—1970），英国哲学家、数学家、逻辑学家，有许多影响深远的哲学论述。

目前仍存活的最好的英国旅行作家。”“詹姆斯（现在是简）”不用多作说明，因为她已在一九七四年出版的《难题》中，将自己于卡萨布兰卡的一间诊所里，如何由男人变成女人的故事一一描述。目前她仍住在克里基厄斯附近，拉纳斯蒂姆杜伊村的外围，那里曾是领主官邸的马棚所在，北向斯诺登山，南向卡迪根湾。

我鲜少在异国拜访人，无法相信他们真的想见我，因为我总有种打入别人私人领域的不安感；但我拜访了简·莫里斯。她写了很多关于威尔士的文章，而我刚好身处此地，对她仅有模糊的认识。她的房子看起来很像印加帝国的堡垒，有着巨大的黑色石块以及粗重的横梁。她曾写道：“这间屋子以古老的威尔士风格建造，有着自然堆叠的巨大石块，以及白色木制的圆屋顶，建筑风格是最近众所皆知的‘本土化’，也就是说，没有任何一位专业建筑师参与其中。”

她浓密的长发上戴着一顶兰草帽，身穿针织上衣和白色的宽松长裤。天气炎热，她却穿戴整齐。受过教育的英式腔调听起来标准却又带点恶意，简·莫里斯就有这样的腔调，声音并不低沉，却有些无精打采，依旧颤抖其中的男性声音听起来添加了性感的魅力。她身上倒没有沉重的味道，随性地耸肩，耐心地聆听，笑声如同猫咪示威的叫声——发自喉咙，夹杂着一点愉悦的嘶嘶声，同时挺直身躯。她是一位亲切而又与世无争的聪明女性。

她的房子非常整洁，满是书籍与照片。“我以 Cymreictod——就是威尔士风格，来装饰我的屋子。”是的，扎实的乡村艺术品，有横梁的天花板，外加以威尔士语书写的“禁止吸烟”标示——她不允许别人在她的屋子里吸烟。她的图书室有四十二英尺长，位于图书室楼上的房间是她读书的地方，房间内摆设着书桌与音响。

音乐与她的生活有着非比寻常的密切关系。她曾经写道："泛灵论者相信所有的生物都有灵性，但我有更深的认识；我是非泛灵论者，认为就算是无生命的物体仍有着不朽的渴望……我以为音乐可以对建筑物产生恒久的影响，所以当我外出时，我仍会放着音乐，让建筑物吸收音乐的旋律与节奏。"

或许她是认真的，无生命的物体有时也可能具有某些生命力，或是回应你个人的情绪。但木头与石块会吸收音乐的旋律？这个人或许会说"我的厨房喜爱莫扎特"，或是"客厅正陶醉在'格拉迪丝骑士与种子合唱团'[①]的旋律中"。但我什么也没说，只是表示赞同地倾听。

"我只有一个房间，这样可能显得有些自私。"她说。

但这房子本身就是每个人都想要的，位于牧草地的边缘，主体坚固，光线充足，美丽、舒适，拥有大型图书室，还有张四柱大床：对于一位隐居者以及一只猫来说，是再适合不过的了。她的猫名叫所罗门。

接着她说："想参观我的坟墓吗？"

我回答说当然想看，随后我们便走至河边一处阴凉的森林地。简·莫里斯脚步十分敏捷；她曾在一九五三年随着第一支攀登成功的珠峰远征队，登上两千英尺的高峰。威尔士森林满布着扭曲的橡树，盘根错节的树枝，潮湿的泥土，还有黑色的蕨类角落。我们进入一处泥沼地，那里有直挺挺的翠绿树木，并有阴影点缀其中。

---

① 出身于美国佐治亚州的非裔合唱团。

“我总觉得这里充满日式风格。”她说。

的确如此，这里有着木板印刷画里灌木茂密的景致，是一座位于河边的岩穴。

她指着河对岸说：“那就是我的坟墓——就在那里，那座小岛。”

那里像座棕灰色的水坝，树干旁布满苔藓以及更多蕨类植物，涓涓河水好似在轻声细语地说着话，汩汩地流过卵石。

“那里是我以后的埋身之处——或是散布骨灰的地方。你不觉得这样很好吗？伊丽莎白的骨灰也会撒在那里。”（简·莫里斯在变性前曾与伊丽莎白结婚。）

一个这么年轻的人已想到死亡实在有点古怪，五十六岁的她因为服用荷尔蒙，外貌看起来比实际年龄更加年轻——四十出头吧。但骨灰与墓地的事先规划，却是威尔士人典型的观念。这个国家对于幽灵、叹息与哀悼习以为常。我正在凯尔特境内旅行，这里的人仍相信巨人的存在。

我觉得她的墓地如何？她问我。

我说，那座岛看起来好像会被洪流冲走，你的骨灰也会随之流进卡迪根湾，她笑着说她并不在意。

一年前，我们第一次在伦敦见面时，她突然对我说：“我想尝试一下犯罪的感觉。”并提及想从伍尔沃斯[①]偷些东西。这对我来说并不是什么重大罪行，但在用午餐时，我仍询问她是否真的有过类似的经历。

---

① 澳大利亚第一家，也是主要的食品零售商。

“如果我曾经有过犯罪经历，可能也很难对你启齿，保罗！”

“我只是好奇罢了。”我说。

她接着说：“这些刀叉是我从泛美航空公司偷来的，我告诉空姐我偷了这些刀叉，但她说没关系。”

那些刀叉就是你用来吃塑料托盘上腌渍猪肉的那种。

提到犯罪，我们便聊起威尔士民族主义者纵火事件，我问她为何只有农舍受到波及，海边的拖车不是更容易助长火势吗？她说她儿子是非常专业的威尔士人，也很爱国，下次他或许会考虑采取我的建议。

我说威尔士感觉好像一个大家庭。

“对，我儿子也这么说。他认为只要在威尔士，他就是安全的，总会受到妥善的照顾。不论他到哪户人家，都会受到热情的款待，别人还会提供食物与住处。”

“就像是在阿拉伯的旅行者，会走到贝都因人的帐篷说‘我是上帝的客人’，以获得热情的款待，Ana dheef Allah。”

“是的，”她说，“这或许是真的——威尔士就像个大家庭。”

如同一般的家庭，我说，这里也有感性、多疑、喜欢争吵、秘密的一面，威尔士国家独立运动有时却像单调且片面的女权运动。

她说：“我想如果你是一位男性，那它感觉确实如此。”

我可以回话说：当你还是男儿身时，你不也这么认为吗？

她说：“就拖车与帐篷而言，是的，它们糟透了。但威尔士人不会特别注意，他们不会注意到拖车与帐篷的视觉感。那些游客，他们是来欣赏威尔士的，就某方面而言，我很欢迎他们过来，这样他们才会看到这个美丽的国度，也更了解威尔士。”

在拖车遍布的恐怖景致下，这实在是个非常宽容的观点，但那当然不是我的看法。我总想起埃德蒙·戈斯[①]的话：“在英国海岸，再也没有人会看到我在小时候看到的景象。”这里的海岸是脆弱、破裂且容易破坏的。

简·莫里斯继续谈着威尔士：“有些人说，威尔士的国家独立运动是一个狭隘的社会运动，切断了威尔士与外界的联系。但我认为威尔士的国家独立运动可视为解放威尔士，凸显了将它带向世界的重要性。”

午餐结束后，我们走出户外。她说：“你能来看看这片山脉就很好了，我知道这么说有些无趣——但它们确实十分壮丽，你想做些什么吗？”

我说在火车上时匆匆瞥见了波特梅里恩，要是时间允许的话，想仔细地参观一下。

我们开着她的车前往波特梅里恩，并将车停在松树下。她跟克拉夫·威廉-埃利斯很熟。“他是个很棒的男人，”她说，“即使临终前，仍愉悦地哼着歌。可是他非常在意人们如何评论他。好玩的男人！竟然为自己写了讣闻！临终前随身带着。我拜访他时，他还要我念给他听。当然，讣闻里写的都是事实，绝无奉承之处。我问他为什么如此绞尽脑汁地写自己的讣闻，他回答道：‘因为我不知道《泰晤士报》会在我的讣闻里写些什么。’”

我们一路从入口走下楼梯，到达位于威尔士山坡上的一座意大利式小镇。

---

① 埃德蒙·戈斯（1849—1928），英国动物学家、诗人、评论家。

“他总担心自己会做错什么事，吹毛求疵，甚至费尽心思打探《泰晤士报》为他写的讣闻内容——当然，最后还是失败，他们可是保密到家的。”

她笑了。是由衷的怀有恶意的笑声。

“有趣的是，我就是为《泰晤士报》撰写他讣闻的人，你知道那都是事先精心写好的。”

我说：“你却没有告诉他？”

“没有。”她面无表情，难道是在心里头偷笑吗？“你认为我该告诉他吗？”

我说：“但他已经快要死了。”

她又笑了。她说：“不要紧的。”

壁龛上有威廉–埃利斯的半身雕像，弓曲的圆形屋顶上则有潦草的笔迹写着：楼上的酒吧在营业中。

简说：“他应该会喜欢这样。”

我们游遍了这个地方，走过拱门下方，通过大门，经过暹罗雕像、希腊圆柱、花园、柱廊；绕行广场。

“他的麻烦出在不知何时该停止。”

这天晴空高照。我们流连于蓝色的帕特农神庙、附属小教堂、赫拉克勒斯雕像，以及市民集会所。你不禁会想：在这里干什么？只不过是些农舍罢了。

“以前我们失去一个孩子时，就是在白色的农舍里守夜。”——那是她和伊丽莎白还是夫妻时的往事。

还有呢。另一座凯旋门、修道院集会所，以及粉红色与绿色的墙。

简说："这应该会让你觉得好笑。"

相反，这一切让我觉得非常严肃，因为这座装饰性建筑耗费了四十几年才完工，即使如此，它的外观仍仅像是褪色的电影布景。

"他甚至特地设计了裂缝，让苔藓能从裂缝里生长。他是这么一丝不苟，又是这么浮夸，总是戴着宽边的古董帽，穿着黄色袜子。"

走出波特梅里恩，我终于如释重负。一走进这里，我心中的罪恶感便油然而生，伴随着不自在的狐疑——因为我曾发誓不参观这些地方的。

简说："想看我的墓碑吗？"

她以一贯令人惊讶，却又带着骄傲、刺激、兴奋的口吻说：想参观我的墓地吗？

我回答说，当然。

她的墓碑就靠在图书室的墙上，只是之前我没有注意到。墓碑上的刻字如同纸钞上的字一样雅致。墓碑上面同时用英语与威尔士语刻着"简与伊丽莎白·莫里斯"。名字上方与下方分别写着：

> 两位朋友，
>
> 最后结合成一段生命。

我对她说，这两句话就像艾米莉·狄金森[①]在美国马萨诸塞州阿默斯特的墓碑一样感人，她的墓碑只写着"召回"。

---

① 艾米莉·狄金森（1830—1886），美国诗人，除了在霍利奥克山女子神学院住过一年以外，一生都在阿默斯特度过，并逐渐与世隔绝。

当我离开，与她一起站在波斯马多格火车站时，简说："如果这些人知道谁正要上车就好了！"

我回答道："他们干吗在乎这件事？"

她咧嘴一笑说："那个背包——就是你所有的行李吗？"

我说是的。我们谈论轻装旅行。我说旅行最棒的事就是带着最轻便的行李，从不带正式的服装——套装、领带、擦亮的皮鞋、多余的毛衣：那算哪门子旅行？

简·莫里斯说："我只带几套连衣裙，总是将它们挤成一团圆球——根本感受不到重量。女人轻装旅行要比男人容易些。"

我对她所说的话毫不怀疑，因为她曾经是个男人，现在则是个女人。她对我微笑着，看起来好像派对上的女招待员，但当我亲吻她的脸颊道别时，我却感觉到一股莫名的战栗。

## 第十二章

# 晚上八点二十分去兰迪德诺联轨站

“我爱蒸汽火车，你呢？”斯坦·伟格贝斯在费斯廷约格铁路上对我说，随后便倚向窗外。他对我的答案并不感兴趣，只是“随便问问”。当汽笛声鸣起，伟格贝斯先生即兴奋得磨牙微笑。他说，对他而言，再也没有任何事物比蒸汽火车更美丽了。他告诉我蒸汽火车高效且经过精心设计；但火车头司机告诉我驾驶蒸汽火车是多么不舒服，尤其在冬天的夜晚，每隔几分钟司机就必须将头伸出车外。

我想让伟格贝斯先生承认，蒸汽火车不仅仅是过时的产物，牛头一般戏剧化的外貌下，也引发驾驶人员百般抱怨；它们只是寂寞孩童对于火车鸣笛声的幻想；虽然有趣却很肮脏。我们的火车由“费尔利”，即铁路迷口中的“双引擎”（双锅炉）拉动，通过威尔士山间。“它是我开起来最不舒服的火车头。”一位火车司机曾对我说过，由于驾驶座就位于锅炉上方，所以对火车司机而言，真是酷热难当。“费尔利”的驾驶座平台就像东方人习惯用来水煮鸭肉的锅子。伟格贝斯先生并不赞同我的论点，就像其他的铁路迷，他厌恶我们的世纪。

他告诉我，这条铁路原本是矿车行驶的路线，一路由波斯马多格到布莱奈费斯蒂尼奥格——马拉有轨车，从山上的矿石场将石板搬运下山。后来它被命名为“窄轨铁路”，并于一八六九年开放给乘客搭乘。这条铁路曾在一九四六年关闭，最后又分阶段逐步重新开放。现在，到这个月，这条铁路终于完全开放了。

“我们能来到这里真是幸运。”伟格贝斯先生说，同时看着他的手表。当然是一只怀表了，铁路迷都戴这种表。他非常兴奋地说：“完全准时！”

到布莱奈的沿路景致十分美丽，火车爬上陡峭的U字形斯诺登尼亚山丘，经过苍郁的杜伊里德山谷，再往东南方前进。特劳斯瓦尼兹核电站被美丽的山群包围着，这座核电站有三四座巨大的灰色厚板。一九五九年曾请来一位以品位严谨出名的英国建筑师，想将这座核电站改造得美观一些，至少可堪忍受一些，最后却失败了。或许他应该试着种植葡萄树。然而这座怪物般的建筑物突显出了山谷的壮丽。虽然一路上伟格贝斯先生在我身旁滔滔不绝，但我仍觉得这趟铁路之旅悠闲而又平静。在火车行经一英里长的隧道时，连他也安静下来。隧道尽头那道光线便是布莱奈费斯蒂尼奥格的所在，也是峡谷的源头。

“那你打算在哪儿下车？”伟格贝斯先生问我。

“我要搭乘下一班火车到兰迪德诺联轨站。”

“那班车是柴油火车。”他苦着脸说。

“那又怎样？”

“我从不称那为火车，”他说，“我都叫那是锡盒！”

他露出厌烦、生气的表情，戴上火车司机的帽子，穿上有火车胸针的夹克，看了他那只列车员先生式的怀表最后一眼，坐进福特跑天下，走走停停地开了二十七英里路回到班戈。

我随意地在布莱奈漫步游走，曾想过要在这里度过一宿，但好像有些乏味，而且我觉得远离海岸是种轻忽的行为。我在晚上八点二十分到达兰迪德诺联轨站时，天空仍如午后般明亮，可是在驶离布莱奈车站一会儿之后，我们便进入一条长约两英里的隧道。火车一驶出隧道，我便开始朝西方寻找斯诺登的尖峰，想象着自己会在多尔威泽兰看到。这座城堡（“一二八二年末代卢埃林[①]在这里……”）坚固、高耸，看起来像一颗蛀掉的臼齿。到了贝图瑟科伊德，我又寻找那栋“丑陋之屋”（“那里曾是赶家畜到市集的爱尔兰人过夜之处”），却遍寻不着。这座村庄虽然美丽，在这个炎热的夜晚却过分拥挤，所以我是带着一股快乐、懒散的游玩心情，坐在空荡荡的车厢离开这里的。火车就这么一路向北行驶，经过康韦谷，分别停靠兰鲁斯特与多尔加罗格。此时天空闪耀着黄金般的耀眼光芒，小火车在安详的山脚下沿着河畔向海岸线缓缓而行，我也随着车行摇晃，逐渐进入梦乡。

初至兰迪德诺的酒店时，我还没有什么异样的感觉，直到一位满脸凹疤的职员带着我上楼时，我才开始感到害怕。之后我独自坐在满布灰尘的房间里聆听四周的声音。但我听到的唯一的声音，就是自己爬了四层楼后的喘息声。房间很小，走廊上也没有灯光，壁纸上生锈的污渍看起来好像泼溅的血渍。天花板很高，房间里却

---

① 卢埃林·阿普·格鲁菲德（1223—1282），和英格兰爱德华一世对抗的威尔士领主，一生致力于威尔士独立，最后被一名不知其王子身份的英国士兵所杀。

很狭窄：我好像坐在一口水井底部，不一会儿，我就想下楼去看看了。

职员在旅馆的娱乐厅里看电视（他称那个地方为“娱乐厅”），没有与我交谈。他正在看《希尔街蓝调》里赛车和打斗的场景。我看着登记簿，发现了先前遗漏的事情——我是这间拥有四十间客房的昏暗大旅馆内唯一的房客，于是我走到屋外，开始构思如何逃离此处。当然，我大可以走进旅馆对职员说：“这里不合我的胃口——我要退房。”职员可能会因此找我麻烦并向我收费。但我实在很想惩罚他经营了一家这么吓人的旅馆。

我走进旅馆上楼，抓起我的背包，赶紧冲到娱乐厅里，脑中排演着自编的剧本：“这是我的赏鸟设备，我马上回来……”职员还在看电视。当我经过他身边时（他并未抬头看我），这间旅馆就像是我有生以来见过的最险恶的建筑物。在下楼途中，我看到走廊上三面紧闭的房门，忽然心生恐惧，想象自己正做着噩梦，梦境中我被困在旅馆的迷宫里，拖着沉重的步伐在撕裂的地毯上来回游走，每开启一扇门，就再一次发现自己被困在其中。

我快步往下跑到海边步道，在露天音乐台前停下来，一边气喘吁吁地听着台上的乐队演奏《如果你是世上唯一的女孩》，一边担心职员是否尾随我过来。我付了二十便士坐在海滩椅上，却仍然感觉自己被监视着（或许是因为我的背包和油腻的鞋子？）。我放弃了椅子，沿着步道继续走。不久，我在昆士旅馆订到了房间，那里看起来正常多了，应该是安全的地方。

兰迪德诺是个会让你担心自己成为海滨犯罪受害者的地方。这里让我想起下毒、窒息以及门后传来的尖叫声，不明生物在门板上不停地抓挠。我不停地幻想此时自己听到了从充当民宿的灰泥平房幽暗的窗口传来的偷情者的喘息声——赤裸的两人欢愉地说着："我们不该这么做！"从任何角度看，兰迪德诺都是一个保存完整的维多利亚式小镇。它的外观是如此光彩夺目，以至于我花了好几天的时间才发现这里其实是个单调乏味的地方。

这里原先是个热门的海边胜地，后来逐渐发展为铁路景点。现在依然如此，你可以看到众多游客在海边步道，以及莫士丁街上商店前的玻璃及铁框遮雨篷下漫步。这里有艘十分老旧的蒸汽船（到马恩岛的短程运输工具）停泊在码头处，还有老旧的旅馆，以及老旧的娱乐活动——大帐篷里的《老妈妈莱莉》；阿斯特拉剧院里威尔士剧团表演的《托斯卡》；或是约克郡的喜剧演员在豪华的高级酒店里表演过时的笑话。"我们将举办一场激烈的竞赛。"欢乐谷附近一位龅牙的喜剧演员正对着酒酣耳热的听众说。只见一个蒙着眼的男人要从五位女士中（通过触摸）选出一位臀形最好的。这引发观众一阵大笑。女士都十分娇羞，其中一位干脆走下台去。不知不觉中，其中几位被换成男士，在窃笑声中，蒙着眼的男人开始寻找臀形最佳的女士。最后，获选为臀形最佳的女士赢得比赛，并获赠一瓶"百美"碳酸苹果酒。

我在铁路附近无意中听到外头两位年长女子的谈话。她们分别是莫尔特比小姐与索恩小姐，来自曼彻斯特附近的格洛瑟普，正俯瞰兰迪德诺湾。

"月亮真美。"莫尔特比小姐说。

"是啊，"索恩小姐回答，"的确很美。"

"但这跟我们今晚稍早看到的并不一样。"

“当然不一样，傍晚看到的是太阳。”

莫尔特比小姐说：“你告诉我那是月亮。”

“全都有种朦胧的美感，你看，”索恩小姐说，“但我现在知道当时我们看到的是太阳。”

这座小镇高耸于两块名为“格雷特”与“小奥尔梅”的银灰色石灰岩陆岬间，晴空万里时，从兰迪德诺的码头可以看见兰开夏海岸，从另一边的“西阅兵场”（就是刘易斯·卡罗尔①和利德尔一家相处的地方，他在那儿写了部分的《爱丽斯梦游仙境》）眺望，可见康韦湾对岸的班戈与安格尔西海岸闪耀着微微的绿光。、

两个印度人与我同坐火车包厢，他们正努力打开一只皮箱。皮箱上有密码锁，可是他们输入密码之后仍无法开启，于是起了些争执，并轮流对着顽固的密码锁叹气，不知如何是好。突然其中一个印度人对我说：“可以帮我们一下吗？”我把皮箱放在大腿上并用力拍击一下，密码锁竟然跳开了，但见皮箱里有几把梳子、一瓶发油、一本蓝色日记本、一本孟加拉语的电影杂志，还有一个拉上了拉链的塑料袋。这时，其中一个印度人从皮箱中拿走一把梳子，另一个印度人则提起手提箱，咕哝着下了火车。

留在车上的印度人边梳头边对我说，他从来没见过这么唠叨的人。他们是因为这只皮箱认识的。

---

① 刘易斯·卡罗尔（1832—1898），英国数学家、逻辑学家。他经常给他任教的基督学院院长利德尔的三个女儿讲自编的故事，后来将这些故事写出来，送给了利德尔的长女爱丽斯，小说家金斯利无意间发现这些手稿，说服利德尔夫人力劝卡罗尔发表这部作品，因而成就了后来流传于世的《爱丽斯梦游仙境》。

这位印度的阿明先生说："我是做餐饮生意的。"他面带微笑地继续说，"包含承办酒席与餐厅烹饪。"

他在班戈经营一间咖哩餐馆。

"我喜欢班戈，现在我也爱上了威尔士，"他说，"而且我的威尔士语说得不错。"

"用威尔士语说些话吧。"我提议。

"我可以为你说几句，"阿明先生说，"你帮我打开皮箱，让我觉得十分开心。我跟另一个人刚刚正想着，或许我们永远都打不开皮箱了！那么，你想要什么呢？"

"威尔士语。"我回答道。

他挺直身躯，用短促又尖锐的声音说："Bore da，早安。Croeso，欢迎。Diolch yn fawr，噢，非常感谢您。Nos da，晚安。Cymru am byth，永恒的威尔士。"

我问他："你会永远待在班戈吗？"

"谁知道永远是多久？"

"比如说五年。"

他回答："会。"

"班戈有多少孟加拉人？"

"最多八个。"

"那里有清真寺吗？"

"没有，"他回答道，"但有时候，我们会借用学生社团大楼的特定楼层。"

"你们有毛拉吗？"

他回答："当有五六位祈祷者时，一位可以充当毛拉。"

我又问："你有几个小孩？"

"问题！问题！"他似乎有些喘不过气来，绷紧了脸，大概以为我是查税的。

"抱歉，阿明先生。我有两个小孩，都是男孩。"

他松了一口气，并带着羡慕而又嫉妒的口吻说："你真幸运。我有三个女儿，然后再试一次，去年终于有了一个儿子。"

我们进入隧道，一片静默，然后出隧道，广阔、灰暗的班戈就在眼前，阿明先生收拾他的皮箱与纸袋，准备下车。

我说："阿明先生，你可以在英国的任何一个地方定居，但为什么选择班戈呢？"

他回答道："因为这里让我想起远在孟加拉国的故乡，班戈跟锡莱特十分相近。"

锡莱特也是这么朴素与单调吗？或许是吧。我常听印度人讲起，切尔滕纳姆让他们想起旁遮普的某个城镇，苏格兰让他们想起西姆拉，连桑给巴尔的苏丹被推翻之后，也跑到了伊斯特本，宣称那里类似他芬芳甜蜜但衰老颓圮、位于印度洋的苏丹领地。

我留在火车上，火车越过梅奈海峡到达安格尔西。那是座平坦的岛屿，好像是岛屿自己从陆块中分离出来，浸在水中似的。这里的草地只有些微的小隆起，小屋子、残破的农舍大范围地散落各处，与康沃尔类似，有着令人不寒而栗的市容，石块就像是颓圮的废墟，静止不动，令人狐疑。安格尔西是德鲁伊教[①]最后的基地。在一片平坦的草地上，好像看不到任何可构成威胁的事物，但这样

① 凯尔特人在改信基督教前的传统信仰。

的开放空间本身就是阴森森的，透露着潜在的危险，是风声、暗淡的灯光与低地上的平板影子。

我们到达的第一站是著名却无法实际念出地名的兰韦尔普尔古因吉尔戈格里惠尔恩德罗布尔兰蒂西利奥戈戈戈赫（“圣玛丽教堂位于白色榛木旁的山谷中，接近圣泰斯利欧红色洞穴旁的湍急漩涡”），通常称其为兰韦尔普尔古因吉尔，但车站布告栏上所显示的名称却有十五英尺长。不论是车站还是镇上其他地方都让人感觉了无新意，实际上，这里与威尔士其他二十二个同叫兰韦尔（圣玛丽）的地方并无差别。有人告诉我，兰韦尔那一大串名字是一个世纪前，镇上一位裁缝师傅为了让人感觉这里与众不同才捏造的，像是宾夕法尼亚州的克罗斯基斯被正式重新命名为因特库斯。

往霍利黑德沿线的车站与村庄皆呈现出颓圮荒废的凄凉景观，几百万寂寞的爱尔兰游客好像都是这样到这儿来的（这里是主要的路线），这里的景致吸引了他们的目光，可是当游客以极度渴望的心情到达时，才赫然发现根本没有什么景物值得观赏。有时候英国最繁忙的地方就是给我这样的感受，像是一座城堡的堡垒、一片山坡或一座村落（它们理应具备别致的景观），但实地一看才发现，这些名胜两千年来已随着人们景仰的目光逐渐侵蚀与凋零，难怪现在他们只会站在海岸上，眺望海洋。

空荡荡的博多根车站附近有一间空荡荡的旅馆；泰克罗伊斯是一间废弃的农舍；荒烟蔓草的土地看起来就像那种只有德鲁伊教徒才会喜欢的地方——这里有平坦的草地和凹凸不平的石块，几只声音嘶哑的乌鸦和大群咆哮的海鸥。

过了瓦利村之后，我们来到通往霍利岛的路上，经过安格尔西铝工厂，缓慢地朝霍利黑德前进。

霍利黑德是英国许多濒死城镇中的一个，如同患上坏疽的肢体末端一般逐渐变黑。这里太遥远，太荒芜，也太平静，已经沉睡，并且会在睡梦中离开这个世界。这里的渡轮业者（前往爱尔兰港口邓莱里的渡船）可谓经营惨淡，为了吸引顾客上门，业者甚至提供免费畅饮威士忌的促销活动。但搭船的旅客仍寥寥无几：这里的居民十分贫穷。安格尔西当地的口音并非威尔士腔调，而是绕嘴的伯明翰腔。有人告诉我，这里的失业率高达百分之三十。这是个没有什么意义的统计数据（我总认为大部分的统计数据都是轻率且仓促地创造出来的），然而，霍利黑德的居民大都无所事事的事实，却清晰地摆在眼前。他们不工作，除了坐着发呆之外，也没做其他什么事。网球场、足球场、滚球场全都空荡荡的——毫无运动可言。人们太过穷困，因此连酒也喝不起，也没有电影可看。

“我习惯晚睡看电视。”一个名叫高尔的人告诉我。他只有三十二岁，却已靠失业救济金过活五年了。

街道上空无一人。我走遍了整座小镇，绝望感油然而生，因为我无法想象这里还会有什么进步的空间。我遇见的每一个人都认为这里毫无前景可言，有些人信口说想移民。当英国人提到移民时，北美总是他们优先考虑的地点，欧洲对他们而言与英国没有什么两样，而澳大利亚则太远了。

然而，这里的年轻人对未来仍拥有一些期待。我刻意找安格尔西的年轻人，询问他们对于未来的计划。一位十三岁的年轻人告诉我，他想成为油漆工。我原本以为他的父亲也是油漆工，但我猜错了。另一位十四岁的年轻人告诉我，他想加入皇家海军。还有一个则想当木匠。他们都痛恨学校，或许他们的讨厌是对的；学校教育对他们的就业有什么帮助呢？一位十六岁的年轻人告诉我，他准备去参加考试，然后进入大学就读。他想读什么呢？

“餐饮服务。”他回答道。他名叫布莱恩·克拉斯特。

我问他说的是不是烹饪——成为厨师。

“是，”他用马儿嘶鸣般的口音说，“那是为期两年的课程。”

“然后就能找到一份工作了。”

“如果有机会的话。这里的工作机会不多。只有英国国铁或廷托工厂”——里奥廷托锌业公司拥有安格尔西铝工厂的经营权，“但是，他们已经开始裁员了。”

“你现在实际在做菜吗，布莱恩？”

“做一些，”他说，“我会做蛋糕，还有牧羊人派。”

“你想在哪里担任厨师？”

“伦敦！可能在萨伏依酒店找份工作。”

我在霍利黑德遇到的年轻人中，没有一个去过伦敦。布莱恩·克拉斯特虽然想去伦敦看看，但他似乎有些担心，反而让他的口气防御性十足。

这里满是萧条的空旷地带以及无人整理的草地，还有乱吠的野狗与颓圮的石墙，孩子们踢着锡罐，手插在口袋里，头发被风吹乱，而他们的梦想只是成为油漆工。我为他们感到遗憾。

我走过霍利岛大部分的西部地区，绕经南斯塔克之后再回到港口。从巴士候车亭眺望纽波特，看见一首用黑墨水写成的诗：

一九八四年

前来叩门

是穿着绒面牛仔布料的秘密警察

他们为了你那不够冷静的侄女而来

快到帐篷去

你就像细绳悬挂的油灯一样美好

别担心——那只是一场阵雨

搭配你的衣服——这里有朵漂亮的花

在有机的毒气中丧生

撒旦的蛋已经孵化

你将会害死自己

当你惹上布朗总统时！

在我站着把这首诗写进笔记本时，一对中年夫妇也走进了候车亭。他们是从霍利黑德西方议会庄园那儿来的欧文与埃丝特·斯莫本，以每周十六镑的价钱，在议会庄园租了一间小平房。欧文·斯莫本曾在海港担任会计，后来因健康问题离职——他有背痛的毛病。等他复原到足以返回工作岗位时，工作已经没了，从那时开始，他便靠着失业救济金度日——迄今已四年。埃丝特则有时替职业妇女看小孩，以赚取微薄的工钱。斯莫本夫妇没有自己的小孩，然而，最近保姆的工作实在不多，因为这些母亲都被裁员了，不是吗？碰到要裁员时，她们总是首当其冲。最近，欧文背痛的毛病又犯了，所以他们才过来搭巴士，要去波士顿街上的邮政总局购买收看电视播出的执照（包括“彩色”）——为了“无线电讯的设备”，他们租了一台索尼“特丽珑”，十八英寸，一个月十二镑，取得执照的费用为四十六镑。

他们对我存有戒心，起先我不了解为什么，但旋即看出了原因。虽然已经把笔记本收了起来，但手中仍握着笔，所以那首疯狂的诗有可能是我写的；或者没写那首诗，却可能画生殖器的猥亵图形；抑或写下了我的电话号码并留言“嘿，打给罗杰，就会有快乐的事情发生”；或许，最有可能的是，我像个游走于霍利黑德的纵火犯，到处写下“解放威尔士”的字样，我的背包就透露出些许端倪。

斯莫本夫妇看着我手中的笔，看起来很困扰。这对夫妇为人正派，但即使是正派的人，现在也无法找到工作。他们奉公守法——从不费事购买电视执照的大有人在，当停在莫斯丁小道上的电视检验车将雷达扫向平房，里头那些没买执照却照样收看《飞镖锦标赛》或《正义先锋》的人也不当回事。斯莫本夫妇尊重公共财产，他们痛恨墙上的涂鸦，候车亭墙上这些涂鸦是行为反常者、疯子、狂热者的杰作。有时候，这些涂鸦让他们以身为威尔士人为耻，有时候甚至会想学戴维斯夫妇，干脆收拾打包，搬到加拿大的新斯科舍省，但这是几年前的想法了，现在有谁要聘请背痛的男人呢？

十分钟过去了，巴士仍然没来。又等了几分钟之后，我决定步行前往目的地。斯莫本夫妇仍继续等，在我离开之后，想必会一边检查候车亭的墙壁，一边猜想哪一个涂鸦是我的杰作。

我第三次回到兰迪德诺联轨站，之后又前往兰迪德诺，这回我注意到兰迪德诺车站的月台上有三四十只海鸥，就像滑铁卢的鸽子那样等待着。

最后，我终于决定离开威尔士，我搭乘另一班列车前往兰迪德诺联轨站。这天是星期五，车上挤满了要回他们位于工业化的兰开夏以及西约克郡住家的人潮，有些人甚至要搭车到滨海罗斯和科尔温湾再过去的地方。

“我们四周都挤满了人，”珍妮特·豪斯古德说。她在朗科恩担任图书馆管理员，喜爱旅行，去年复活节假期时，跟随旅行团前往中国的广州、苏州与上海，正在跟波勒斯先生说她去年的旅行经历。波勒斯先生从未出过梅布尔索普的东部。

波勒斯先生说：“嗯？”

“他们从未见过像我们这样的眼睛。”豪斯古德小姐说。她今年五十一岁，喜爱在乡间漫步，被问及婚姻状况时，她会写下老处女三个字，不喜欢小姐的这个英文缩写“Ms”——她通常都会咧齿说：“是‘Miss’”。

波勒斯先生说：“嗯？”

“在中华……”豪斯古德小姐说。

“嗯？”

“人民共和国。”豪斯古德小姐说。

“哎。”波勒斯先生说。

“因为他们的眼神看起来就像有斜视。”豪斯古德小姐说。

“哎。”波勒斯先生说。

“总共花了我们六百五十镑。”豪斯古德小姐又说。

然而，波勒斯先生的注意力已经从关于中国的聊天转移到科尔温湾外的推土机，那里不知道正准备动土盖什么。反正不会是什么好事，他心想，因为这里绵延数英里，到处都是面向爱尔兰海的旅栈、拖车和帐篷。

终于，波勒斯先生看着远方并应道：“嗯？”

虽然是隆隆作响、让人愉悦的双车厢列车，但是车上的乘客与行李实在是太多了，不过最令大家反感的是罗兰·佩因特-贝蒂的出现，以及他那只名叫奥利的狗，这两位不仅大剌剌地经走道而来，还占走了唯一的座位——应该说是两个座位，因为罗兰挡住了窗户，那只肮脏庞大的德国牧羊犬则跳到他旁边的座位上。

“他付了全额的票价吗？”一位名叫加赛德的男生喃喃自语。

珍妮特·豪斯古德说：“那只狗应该待在该死的地板上。”

他们也看不惯戴着耳环和粗重手镯的罗兰·佩因特-贝蒂，还围着自由女神的围巾，穿一般男性不会穿的深褐色鞋子。

从阿贝尔格莱一路东行，路上全是拖车，有着“黄金沙滩”称号的区域却充满锡盒子，在平坦的沙滩上绵延好几英里——不见树木。

我们越过克卢伊德河，到达里尔，那里看起来好像遭到严重的天谴般，到处受到煤烟污染，游乐场与儿童乐园一片沉静，看起来真是糟透了。

韦尔娜与多琳是从沃勒西来的邻居，她们已经对里尔感到厌烦。这天是她们假期的最后一天，实在不愿意把假期搞砸——韦尔娜说，眼睛所见的肮脏景象会连在你口中留下臭味。她们聊起共同的朋友罗斯，她最近刚搬到斯坦利路。

“她最近如何？”韦尔娜问道。

“跟每个人聊天，她跟每个人总有话题可以聊。”多琳说。

“她是伦敦人。”

“嗯，就这么回事，对不对？你们伦敦人都很外向，难道不是吗？”

有些拖车因为停靠在沼泽地区而下陷严重，其中一些就毁损在莫尔法里兹兰。（“公元七五九年，卡拉多克统治下的威尔士，即在此地被默西亚[①]的奥发[②]击败。”）

没人理会罗兰·佩因特–贝蒂与全身发臭、流着口水的奥利。大家都知道罗兰可能是侥幸脱逃的凶手，不过在英国火车上是不会举报陌生人的：他们可能是疯子，可能是莽汉，更糟的是，他们可能还来自比你高的阶层。如果这个陌生人是外国人，那么可能还会有人对他说“我希望你不要那样”。但罗兰是本地人，说不定是个同性恋者，而且他们会非常敏感——有些人甚至比女人还难搞。

我们停了下来，大家都往窗外望：普雷斯塔廷到了。满眼尽是红砖，这里曾是产业重镇，后来成为不太有名的度假地。海报上写着的“欢迎来到阳光普照的普雷斯塔廷！”像是对这荒凉景象的讽刺。海水后退，海沙遍布海岸，形成低矮的沙丘，普雷斯塔廷后方则是登比郡空空荡荡的翠绿山丘。

迪河泥沙淤积严重——七英尺宽的河面如今几乎无法航行，褐色的泡泡泥地仿佛是最佳的证明，土地也是一片平坦，羊群低着头，嚼着低矮稀少的牧草。背对河面的是弗林特镇，有着冷风飕飕的阴沉样貌，还有英国工业城镇惯有的，夹杂着腐肉、死老鼠、旧袜子气味的恶臭。肖顿外原本有座炼钢厂，但最近关闭，变成了一片垃圾场，留下上千名失业人口。

---

① 盎格鲁–撒克逊诸王国之一，七世纪中叶到九世纪初的英格兰大半由此王国的君主领导。

② 奥发，公元七五七年至七九六年默西亚王国的统治者。

黄灰色的天空，看起来好似某种烟雾，在如此叫人慵懒且烟雾弥漫的六月天，乘客开始打起盹来。只有一位乘客知道，从切斯特之后的一英里路程，我们通过了威尔士边界。波勒斯先生说，一千年来，这里一直都是威尔士的边界。

珍妮特·豪斯古德还在说，告诉波勒斯先生（现在我断定波勒斯先生是个聋子）她去年在中国的旅行经历。

# 第十三章
# 下午四点零一分去绍斯波特

眼前所见的英国人像死掉的昆虫，僵硬地躺在海滩上，或蜷着身子，靠在他们用租来的大头锤钉到沙子里的挡风帆布上，或站在悬崖上，把圆圆的石头踢进海里。我心想：他们是象征性地离开这个国家。

到海边是他们经济能力承担得起的方式，算是穷人出国的方式——站在海边，看着大海，这得有一点想象力。我想这些人是幻想自己在海平面上、在海上。海滨步道上大部分人走路时，脸都是避开陆地的，或许他们到海岸来的另一个乐趣就是能够背对英国，我很少看见有人背对着大海。大部分人都是带着渴望的神情望向大海那边，好像他们刚刚离开祖国似的。

我在新布赖顿（“这里是西贝柳斯[①]的音乐由作曲家本人指挥，首次在英国公共场所演出的地方”）漫步经过绿头发的庞克族和摇滚青年身边，他们提着隆隆作响、体积大得像行李箱的晶体管收音机，听着流行乐团“污水”鬼吼鬼叫他们的热门歌曲《踢到死》。我略过切斯特，就我沿海岸旅行的目的来说，它太靠近内陆了，便

① 让·西贝柳斯（1865—1957），芬兰音乐家。

搭火车前往伯肯黑德。

罗克费里站离默西河西岸有五英里远，那是一座由木头和大梁盖成的黄绿两色渡轮站，也是那种英国人急欲拆除的维多利亚式豪华建筑，取而代之的是不需要重新油漆的建筑物——某种用波浪状的塑料薄板拴在铁柱子上做成的玩意儿。就在那一天，伦敦的肯辛顿市政厅被拆了，因为虽然其维多利亚时代中期巴洛克式的外观很不错，但是保守党的地方议会表示它只值五十万镑，宣称那个地点若交给房地产开发商，建设成一个高密度的防弹曼哈顿式社区的话，可以有八倍的价值。市议员说那栋维多利亚式建筑值那么多钱，肯辛顿需要现金。“我们负担不起感情用事。”像这个渡轮平台这么漂亮的建筑被推土机清到河里，似乎只是时间问题。

从渡轮就可以明显看出利物浦四处都是高雅的老建筑，这些老建筑虽沉闷但雅致，城里有三间大教堂和许多教堂尖塔，同时还有许多德国炸弹爆炸造成的开放空间。（我们活在一个健忘的时代，一位在利物浦的德国游客告诉我，他发现这座城市残破、消沉——他更喜欢苏格兰。）利物浦并不讨人喜欢（所有的城市都不讨人喜欢），不过还算不错。它过时、庄严、冷酷，稍微受到漠视，还有一种袒露在外的样子，因为它就在海上，是英国少数易受大海强风吹袭的大城市之一。这就是利物浦的样子：饱经风霜。

我原本以为它会令人感到害怕：众所周知，它是一个暴乱的城市。可是它给我愉悦的感觉，而且有许多像我这样的外国人住在此地，多少算是住在他们喜欢、过去还算不错的美好房子里：设在一间有裂缝的乔治王朝时代房屋里的“索马里社会中心”。这里是英国最具爱尔兰风味，也是天主教气氛最浓的城市。教皇不久前才来访过，而且受到相当的欢迎，黄白色的教皇旗帜飘扬在酒吧的啤酒标志以及“教皇的车辆”（尽管名字很蠢，但它是防弹的）经过的街道上。

外表的平静让我勇气大增，决定从皮尔海德走到托克斯泰斯这个黑人区。大家都称呼这里为“利物浦八区”。去年夏天大约这个时候，整个地区陷入一片火海。利物浦总共约四万名黑人，大都住在利物浦八区。

我遇见一名女流浪汉。她的头发灰多于白，六十多岁，一副酗酒的公爵夫人被拍到并登在《闲谈者》[①]社会版上的自我放纵的样子。她戴着一顶羊毛帽，推着一辆装货的手推车，还用链条拴了一只狗，是我首度碰见带着狗的女流浪汉。感觉她所有的家当都在那辆手推车上——全部的衣服和装备。推车里有一股臭味，可能是食物散发出来的。她叫玛丽·威尔逊，还很快地表示她并不是那个嫁给英国前首相[②]的玛丽·威尔逊。

她说，如果我帮她拉一会儿手推车，她就告诉我往托克斯泰斯的路。我拉了她的手推车，差一点就扭伤了我的手臂，那玩意儿真重。她说她捡了一些瓶子。如果你知道把瓶子卖到什么地方，瓶子自会来钱。

她从她那堆破布下面拿出一只变黑的烟斗，开始抽起来。

“像哈罗德一样，”她详细说明政治关联，“我喜欢我的烟斗。”

---

① 英国历史最悠久的一份社交杂志，大量报道政商名流及影视明星的社交活动和穿着打扮。

② 即下文的哈罗德·威尔逊（1916—1995），英国工党政治人物，两度担任英国首相。

玛丽的叔叔和婶婶之前去了美国，原本打算在那里定居，可是后来还是回到了利物浦。

“那个时候不景气，”她说，“就像这里。”她抽了一口烟斗，闻起来有烧破布的味道，“我们永远看不到这次不景气的尽头。”

她有利物浦人那种说话不用移动嘴唇的本领。

“你去托克斯泰斯做什么？”她问。

“只是去看看。”

“那里曾经发生过暴乱，”她说，“他们烧了那个地方。”

“什么人？”

“那些孩子！”她没说黑人。

她说利物浦以前很平静，现在再也不平静了，现在很不光彩、很危险。

可是在我看来，它并非不光彩。虽然有着同样的砖块，同样的烂泥、油渍和旧铁的臭味，却比对应的纽约市布鲁克林码头附近要好。

玛丽·威尔逊最后拖着脚走开了，她的小狗跟在她身旁，爪子刮到人行道上，发出划火柴般的声音。

我在温莎街角落遇见的清道夫达迪先生说：“托克斯泰斯，走到烧成灰烬的电影院那边，到王子路时再往右转。”

可是我还是微笑着看他。

他露出狐疑的神情：“什么事？”

身为清道夫，暴乱之后的街道清理是什么模样？我问他。

“令人震惊。”达迪先生说。

“举个例子。”

“他们烧了一辆汽车。”他说。

“我明白有很多房产都被烧了。”

“他们原本想放火烧一所学校。”他说。

“可是整个地区都陷入了火海。”

“一摊摊的汽油。”他说。

“你一定看到了好些令人吃惊的事情。”

达迪先生想了一会儿，然后说：“我看见了一摊血。”

我继续走，走下王子路，破旧的优美混合了不引人注目的废墟，被烧掉或是变成妓院（门铃上标签写着菲奥娜、雅尼娜和特雷斯小姐，肯定是那意思吧？）的旧建筑带着点哥特式的味道。“尼日利亚社交俱乐部”敞开的窗子里传来响亮的音乐声；“塞拉利昂社交俱乐部”则有戴着圆顶礼帽、穿着破旧西装的胖黑人站在阶梯上，喝着罐装啤酒。我想“社交俱乐部”是一个逃避英国严格饮酒时间的方法，而名字代表的不是种族主义，而是民族主义，甚至是部落意识——我无法想象来自上沃尔特[①]或是尼日利亚的人在“加纳社交俱乐部”里会受到欢迎。

王子路是一条树木林立的宽阔林荫大道。我沿路走到格兰比，顺便数数警察的人数——才几分钟就有八个。他们两人一组地走在一起，拿着约一码长的钢头手杖，那种武器通常有个充满诗意的名字，比如外国佬挥板[②]。警察给人的印象很友善，故意和旁观者及幼童闲话家常，似乎不理会墙上的涂鸦：“猪滚出去”“为什么警察

① 今布基纳法索。

② 指长两至六英寸、宽八英寸以上的木板。

像香蕉——因为他们是黄色的，他们是弯的[①]，而且总是成群结队地来”。

街边的商店不是窗子上了木板，就是装了钢制栅栏，公共电话亭也以同样的栅栏包着。我走进其中一座，打电话到中央警察局，问询问处的警官利物浦有多少黑人警察。

“请问是谁想知道？”他问。

“只是一个好奇的美国人。”我说。

“想也知道，”他说，“我跟你说，利物浦和美国完全不一样，我知道你们那里的问题，和那个相比，这里根本没什么，我可以给你数字……”

“首先，有多少黑人警察？”

“十二个有色人种警察。”他说。全部警力是四千六百名。

“十二个！”我大笑着挂断电话。

“有色人种”这种说法也很有意思。警察是“有色人种”，被判有罪的罪犯是“西印度人”，抢皮包的人是“黑人”；可是当一名黑人赛跑选手在一场对外国人的比赛中获得第一名时，他是“英国人”，如果他得了第二名，他就是“大不列颠人”，如果他输了，他就是“有色人种”，如果他作弊，他就是“西印度人”。

我继续走下去。暴乱在利物浦八区留下一年之后还看得见的痕迹：尚未修理的窗户和社会主义工人党党员演讲的海报——从标题（“反击！”“我们需要行动！”等）判断，皆是十分气愤的演讲。这并非我预期的废墟。我一直认为面对的会是块荒地，然而它不过

① 意指不老实。

是腐朽的房子和腐败的名声。

为了能进房子里看看，我问一名店家（马努拜·帕特尔，来自乌干达的坎帕拉；卖纺织品和杂物）是否认识能为我在皮夹克上缝扣子的人。是的，他认识转角的一个 karia——那是印度古吉拉特语“黑人”的意思。

“非常谢谢你。”我说。

“Kwaheri，bwana（再见，老爷）。”

我心想，天哪，感觉真好。好几年都没有人叫我老爷了。

卢斯特尔太太来自巴巴多斯，从一九五三年起就住在英国，当时的保守党政府鼓励西印度群岛的人离开家乡，移民到英国——当时一般认为很快就会出现劳工严重短缺的问题。卢斯特尔太太在一家衬衫工厂工作了大约二十年，后来它关门了（“这些全都由香港进口”）。五十七岁的她有过两次婚姻；两位丈夫都已经过世。她每天晚上都会向上帝祷告，求他再给她一位丈夫：一个人生活一点乐趣都没有。她住的是市政府盖的公寓，一栋有爱德华式大阳台的房子，楼上有四个房间（租金为每个星期九镑），屋子里有女王、教皇、安德鲁王子、查尔斯王子和戴安娜王妃的婚礼，以及耶稣基督在火中展示自己的心的照片。这些照片大部分是她从杂志上剪下来的，但她也在墙上贴了明信片，还有五份月历，外加不少家具，我得走得很慢，在装了厚重椅套的椅子之间穿梭。

我问她对英国有什么想法。

卢斯特尔太太说：“跟以前不一样了。”

在离卢斯特尔太太住处不远的人行道上，我碰见三个年轻人，他们是皮特、奥利弗和佩里，都是在利物浦出生，目前也都没有工作，年纪在二十岁上下。我走近的时候，他们正在讨论一个享有芬索·班乔之名的人的财产。他们认为我知道这个人，可是我说我之前从未听过芬索·班乔这美妙的名字。

我问他们认为今年利物浦八区会不会有暴乱。

佩里说："我们已经有过一次暴乱了！"

"在四月，"奥利弗说，"规模也是很大的。"

对我而言，这可是新闻，我看的任何报纸都没有登过这则消息。

他们说骚乱经常发生，但全国性的报纸很少报道。

"他们没办法报道所有的事，"我说，"暴乱的规模有多大？"

他们说有好几百人参与，烧了三辆车。事情发生在一名黑人男孩遭到警察逮捕之后——传言说那个男孩被警察开了枪，也有说是挨了警察的打。谣言并不是真的，但暴乱同样发生了，而且没有人觉得遗憾，因为（奥利弗告诉我）警察总是拦下黑人搜身。

我说："你们认为还会有暴乱吗？"

"那就看警方了，不是吗？"皮特说。

我说："那为什么不加入警察的行列？"

他们的反应就像被沸水烫到的猫，接着放声大笑，好像我的建议是全世界最不可能的事。

"只要给我一个理由就好了。"我说。

"没有人会跟你讲话的。"奥利弗说。

佩里说："你会连一个朋友都没有！"

我说我原本想找一个让人震慑的地区，可是相反，在我看来，利物浦这部分还算讨人喜欢，有完善的巴士服务，还有许多商店，即使它们的窗子都钉上了木板。

奥利弗说：“现在是不错，”他露出微笑，“可是天黑之后就不一样了。”

落日照着我快速走出利物浦八区。

往绍斯波特的火车是条繁忙的支线，因为住在整整十九英里长、标示为默西赛德的海岸的，都是利物浦的通勤族。前面几英里路全是仓库和造船厂的起重机，看起来很脏，有布鲁克林的样子，尤其是班克霍尔接驳区的深色砖头，还有两个布特尔站。第一个站有条满满的黑色水道和一幅旧工厂招牌，上面写着“健身糖蜜”；第二个站在新河滨大道，建筑物无精打采，还有许多闲置的用地。

在我看来，即使火车行驶六英里之后，我们都还未真正离开利物浦——一整条肮脏的建筑物路线直通海岸，和利物浦本身的建筑物一样老旧，但因为它们的颜色更深，高度更低，所以感觉更沉闷。滑铁卢（“建于一八一五年”）是个破旧的地方，火车行驶了九英里，我才看到两边有草。至少车站有一种乡村的样子，外观较亮，树叶也较茂盛，有着像海敦和弗雷什菲尔德之类的名字，可是它们很不错——我在英国发现有弗雷什菲尔德这类名字的地方几乎都是贫民区。

我们来到一处长满草的土丘荒原，有好几百个低浅的坟堆——古墓。或许是战时的地下雕堡，也有可能是这里数量激增的高尔夫球场的沙坑——目前有六座球场，而我们尚未到绍斯波特。地势持续平坦，通勤族下了小火车，穿过粉红和紫色的羽扇豆走路回家，接着，在离开利物浦四十分钟后，我们来到了绍斯波特的后端。

一个海边度假胜地建在英国最常下雨的一个地区，似乎很奇怪，不过那还不是绍斯波特最怪的特色。最怪的是，它的海滨步道离海滩竟有四分之一英里远；低潮时，海滩到硬褐色沙地就有一英里远。等到退潮时，海滩会变成一片可笑的长沙漠，只不过比我见过的任何沙漠都要平坦，汽车可以直接从上面开过去。码头又高又干，下午九点半的太阳像是要落在埃及遥远的那一端，不见海面金波，不像要落在大海里，而是撞上这个星球，然后消失。绍斯波特是个不见太多海面而且凌乱的海边度假胜地，位于似乎永无止境的沙地边缘。

由于想在绍斯波特游泳一直都很困难，所以这个小镇设立了盐水游泳池，一座澡堂前面的大型马赛克上有一则广告："维多利亚式海水浴，全新土耳其浴、俄罗斯浴及室内游泳池，本区设备最棒的泳池。"那是个用红砖砌的老地方，不过不远处有个新澡堂，拥有奥运标准大小的游泳池，用他们的腔调说就是"pule"。

我住在绍斯波特一个供应住宿及早餐的地方，和伯特伦一家住在一起。赫布没有工作而且多疑，当特丽茜（"我发现和美国人在一起可以真正地放松"）趴在地上收拾杰森丢在客厅沙发下的"快乐家庭"卡片，或扫地，或清洗地毯时，赫布总是紧张地看着我。偏偏当我坐在那里时，特丽茜经常趴在地上。那是一个让赫布焦躁的姿势。用狒狒的措辞来说，那就好像是她正向我"呈现"——在狒狒的社会里，呈现臀部是很重要的。她擦拭地毯是对我的象征性呈现吗？赫布剔着牙，眯着眼睛，量我也不敢看。

他们是一对年轻的夫妇，一直住在绍斯波特，却讨厌绍斯波特。和伯特伦一家相处两天，让我觉得心情阴郁，晚上有时候我会觉得我们是屋里的三只狒狒——没有对话，但有一大堆饶富意味的故作姿态。他们典当了自己最好的结婚礼物，一个装“八点后巧克力薄荷糖”的银制分装器，外形是个旧式英国马拉马车（那盒薄荷糖就装在马车里），值二十八镑，可是当铺老板只给了他十一镑。他们经常抱怨这件事，用来作为他们艰苦日子的专属描述。他们的绝望和消沉具有感染力。他们认为不会再发生任何让他们的生活变好的事情。我过去总是认为处在这种境况中的人会渴望探究这个世界及其可能性，他们却漠不关心。

连十二岁的杰森都没抱希望。他是个聪明的孩子，可是他说自己是“次等”。“所有一流的东西都在‘头等’，老师的宠物，等等。”他说他只打算念书念到十六岁。

“你妈妈对这件事有什么看法？”

“我妈妈根本不在乎。”

不喜欢学校稀松平常，可是对教育普遍不信任又是另外一回事，或许有正当的理由。大家都说学校不好（唯一好的是私校），而且受过良好教育的人也靠救济金生活。这是事实。然而想到这个年轻的家庭正在冷漠中垂死，我感到沮丧。

绍斯波特的领主街是条很大的林荫大道，有拱廊和维多利亚式的顶篷，宽阔的街道与通风良好的大型建筑，是粗犷、壮观的北方建筑风格，但这里有许多老人，为绍斯波特增添了虚弱和衰老的气氛。赫布解释说现在才六月，是淡季，领养老金的老年人在所有兰开夏海岸都享有旅馆特惠价。他保证我也会看到许多心智不健全的人；心智不健全的人在淡季时也享有特惠价。

我离开那天，走路到马什赛德沙滩，这是兰开夏和默西赛德交接的地方，接着又走回去。有辆车沿着沙滩跟着我，经过我身边，停了下来，司机还下了车，坐在沙滩上看着我。我原本以为是赫布·伯特伦又像狒狒一样嫉妒了。不过不是，那是一个身穿皮夹克的年轻人。我继续走，走到海军路，他已经回到车上，继续跟着我，开到我旁边。

“要不要搭便车？”

我说不要。

“真是可惜。”他说，然后开车走了。

匍匐在地的爱，那可不是激情，只是更可悲的性。

在前往威根的支线火车途中，我打开绍斯波特当地报纸，看到一则色情电影的广告。双大银幕，脱衣舞娘现场演出，只要两镑，本周演出《热情女郎》，失业人士、学生和领养老金的老年人特价优惠。

那当然是一种时代象征和未来世界的愿景：如果我们没有工作、是学生或年纪很大，就可享受用折扣价观赏色情电影；如果你是这些人当中的一员，那就更可能有多余的时间将观赏色情影片变成一种习惯。

布莱克浦离绍斯波特只有十英里，可是没有直接可抵达的公路或铁路（中间隔了条里布尔河），所以我经过伯斯科布里奇和帕博尔德，穿越平坦的绿色蔬菜园去威根换火车。将近五十年前，乔治·奥威尔来到这里，运用这个制造业小镇来检验英国的劳动生活和社会阶层架构，他发现“被烟熏黑的小砖房形成迷宫，在毫无计划的混乱之中溃烂，四周是肮脏的小巷子和沾了煤渣的小院子，院子里有清洗发臭的垃圾箱时流下的一道道污垢，以及坏了一半的洗手间”。

可是今日的威根，在一个寒冷多云的六月早晨，却有种乡村的风貌，像个市集小镇。弯曲的主要街道位于一座小山丘上，有红砖旅馆和两座火车站，还有许多安装了明亮镜子和铜制品的酒吧。我走出小镇中心，在我看来，有鹅卵石且位于铁路路堤和柯利手臂酒吧之间的克鲁克街，历时一百年也不可能改变。有露台的暗红色房屋正面很单调，还有包铅的窗户，砖头缝里的煤烟使砖头变得更红，这就是奥威尔看到的景象。

小镇如今已经没有一点生气，这里曾经是煤矿和棉花厂的中心，现在这两个行业都不存在了。奥威尔认为威根说明了工业的祸害和工人生活的不幸，可是到了今天他一定会认为那真是叫人难以想象，因为唯一剩下的工业是一间罐头制造工厂。《通往威根码头之路》(书名本身就像个没有说服力的笑话——码头根本就不存在)中有种污秽的生命力，还有一种对于劳动人口受到很差的待遇，觉得那太残忍的愤慨，可是现在工作很少。这是个失业率相当高的地方，极端平静（这也类似恐慌)、极端空旷的地方。奥威尔的愤怒让他书中受苦的威根还像是一个有可能性的地方，他认为较完善的劳工法、有同情心的管理方式、有良心的体制和更多自我意识（“劳工阶层是闻得出来的！”）能够让威根复苏。

奥威尔没有想到的是（没有人想到)，底线会崩盘，在这个后工业时代的不景气当中，复苏希望渺茫的威根会像巨石阵一样空洞，丧失活力。所以他对黑暗魔鬼般的制造厂和工厂及矿场的工作情况有相当尖锐和辛辣的抱怨，因为当机器真的不动了，工厂关了，矿坑封了，影响竟比最糟糕的工业污秽还要可怕。

英国北部今日真正的梦魇并不是变黑的工厂烟囱、烟、矿渣堆和机器的嘈杂声，而是空无一物的烟囱、干净的空气、长在矿渣堆上的草和异乎寻常的安静。现在没有人谈工作条件了；已经没有工作，工业来了又走了，就好像一名坏女巫听到奥威尔的挑剔（“工厂的笛声……烟和脏东西”），然后说“那你就什么都没有！”把一切一扫而空。

奥威尔的著作里最有名的段落之一，描述他在威根附近的火车上看到的一名年轻妇女，当时她正跪在石头上，拿一根棍子戳刺废水管，想疏通它。“火车经过时，她抬起头来”，脸上挂着“我所见过的最凄凉、最无望的表情”。她的表情并非“动物无知的痛苦，她十分清楚自己的处境”。奥威尔最后的想法是，她了解自己那份恶臭工作的所有含意，明白自己面对的是“非常可怕的命运”。

那段生动的描述让我在威根时特别警醒。我走路回到威根西北车站时，经过一排“和路堤呈九十度角的灰色贫民区小房子”（一列火车刚好开过去），我看见一位老妇人把她洗的衣服挂出来，这时天空开始下起小雨。老妇在雨中把洗好的灰色衣服晾在绳上似乎很可悲，不过那也形成一幅独特的威根影像，而且她有可能就是一九三六年跪在圆石上疏通废水管的年轻妇女，现在年纪大了，却仍在承受自己的命运。

好奇心征服了我，我想和她谈谈。这意味着我得爬过一面围墙。她并没有受到惊吓，反而问我是不是迷路了。

我说不是，我只是刚好经过——她露出微笑，因为她分明看到我急着爬过铁路路堤旁的栅栏。

米奇利太太是位七十一岁的寡妇。她的年龄很有趣，因为奥威尔从火车上看到的那名妇女年约二十五岁，当时是一九三六年；算起来她现在可能就是七十一岁。

一九二六年，十五岁的玛格丽特·米奇利开始在一家工厂里工作，缝衬衫，从早上八点缝到晚上九点半。周六的工作时数较少；周日休息。

“他们今天不会那么做了，对不对？”她骄傲地说，接着又说道，“不会的，他们宁可靠失业救济金过活！”

奥威尔来的时候，她在威根，而且已经在工作。她觉得自己听过他的名字，可是从未看过那本书。她说外人很少会讲威根的好，可是她在这里一直都很快乐，在工厂里做了十五年，之后结婚。现在她丈夫去世，孩子们也都搬走了；只剩下她一个人。她说她经常想起工作的那段时间。

“我那时赚多少？我必须赚三十二先令。”

我说：“你说必须是什么意思？”

“我是按件计酬的。”米奇利太太说，“如果我没赚到三十二先令，就表示我很懒散。噢，领班经常那样跟我们说！你会被斥责！或许你只赚一镑，然后你就陷在木材里。”

米奇利太太说“在木材里”表示麻烦大了，可是当我去查俚语词典时，词典里说那是被拘留或关在牢里的旧用法。

米奇利太太不认为自己遭到了剥削，她对二十世纪三十年代威根的记忆是一片繁荣的景象，有煤、棉花和一种共同体的感觉，以及为任何愿意投身的人准备的工作。

“只要你愿意，就可以让自己过得更好。”她说。

但现在威根没有希望了，她说，只有怠惰和失业救济金，没有前景。米奇利太太对烟相当怀念（“不骗你，那可以把你洗干净的衣服搞得天翻地覆！”），还开心地想起她在工厂里的同事，以及他们一年一度到布莱克浦的郊游。

她说，想到所有年轻人都没有事情可做，真让她害怕，让她觉得没有安全感。那是一个没有工作的世界——对工作了一辈子的她而言，真是一件可怕的事。

“你接着要去哪里？”

我说，布莱克浦。

“祝你好运。”她说，然后笑了起来。

搭火车离开威根的途中，我往窗外看，看见一群脸色苍白的孩子。雨水打湿了他们的头发，盖住了小小的头，衣服也都湿了，光着的腿脏兮兮的。他们正努力把一间废弃房子后面的篱笆拆下来，忙碌而又暴力，拼命敲打尖桩，一副危险小男人的模样。一看见火车，他们就朝火车啐口水，然后继续破坏旧篱笆。

## 第十四章

# 西坎布里亚线

英国北部大部分可怕的城市四周都有平缓的山丘、牛群放牧场和充满希望的绿地；所以看到位于兰开夏东边凸出那块地的布莱克浦，绿油油的海岸线竟被一个十四英里长的露天游乐场取代，范围从利瑟姆圣安斯延伸至弗利特伍德时，真是让人心痛，无法放松。于是我重新评价绍斯波特（唯有事后领悟才能让旅行变得有意义），回头去想，我才发现绍斯波特一直都是那么端庄雅致。我曾说它乱，现在知道布莱克浦才真的是乱七八糟：建筑物不仅丑，而且可笑，脆弱易损，休假的人脱掉衬衫坐在黑暗的天空下，张开嘴巴睡觉，发出猪一般的呜咽声。他们在等着太阳发光，可是预报显示接下来的五个月都会下雨。

福克兰群岛战役已经进入一个新的阶段。英国部队渐渐横越主岛，准备收回斯坦利港。八卦报纸的头条是：女王斥责阿根廷人，三艘英舰抵达，“三月”号前往斯坦利港。醒目的新闻当然影响了我对布莱克浦的感觉，因为深印在我心中的英国海边景色之一，就是布莱克浦长长的海滨步道和三座码头：人们睡在甲板的椅子上，抓着日报，关注那场该死战争的消息。他们醒来后会发出嘲讽的声音，露出报复的表情，脸颊上带着粉红色的睡痕；接着拍拍报纸，继续看。明天他们就会用它来包炸鱼薯条。

这里根本没有风景可言。一大片廉价房屋取代了土地，并以鼓胀之势取代了大海，布莱克浦完全反映出牛饮啤酒的游客夸张的勇气和不健康的油脂——夏季有八百万人，因为从兰开夏来这里很近，还可以大打酒嗝。这就是北方的热情！这条可怕的海滨步道是“黄金海岸”！这种坏天气“令人心旷神怡”！

可是那只是虚张声势和广告夹板。“令人心旷神怡”是北方对酷寒的婉转说法，它总是正当化了英国海边地区奚落辱骂的虐待狂作风，“我们让脸颊上点颜色”。那是让冷风补偿缺乏阳光的另一种方法。不过也不是布莱克浦的每个人都被蒙蔽了，在巨大的暴风雨云层笼罩下，北码头就有十七个人各付四十便士坐在“太阳娱乐厅”里（像是码头上窗子撒盐的温室），专心听着雷蒙德·沃尔班克（“你的音乐主持人”）用风琴演奏《我会再见到你》，直到窗子颤动为止。他们坐着边听边看《每日邮报》（五名阿根廷人在爆炸中身亡），沃尔班克喘口气时，他们就趁机聊天，我再次注意到福克兰群岛战争让英国人怀念起配给和闪电战。

格默先生希望阿根廷本土被轰炸——为什么不把布宜诺斯艾利斯夷为平地？毕竟阿根廷人占领了一座英国牧羊场。那些吃豆子度日的该死家伙应该受点教训。格默先生乐于说自己一辈子都是社会主义者，可是他很尊敬首相，认为她很有胆识，也认同称英国部队为“我们的孩子”是个好主意。

他是到布莱克浦来钓鱼的，今年刚退休，和他的妻子维薇住在斯威尔布鲁克一间木屋里，就在公路的另一边。他付了一镑，拿根钓竿站在码头上，可是一个早上过去，他拿来作饵的活虫子几乎都用光了。格默先生不禁纳闷：我是不是该用长一点的钓竿？

“你钓到鱼了吗？”这位是厄尼·富奇。富奇一家说他们要在布莱克浦停留一个星期，厄尼认识哈利·格默很久了，两人都是做装潢设备批发生意的，供应兰开夏这地区自助商店的货。

“没有，”格默先生说，“我想要更多的装备。”他在想的是长一点的钓竿。

“你手中已经有钓具了！”富奇先生大叫，“钓鱼需要的装备还真他妈的多。”

哈利·格默说：“那倒是真的，我很快就会从一根该死的竹竿变成该死的旗杆。”

厄尼耸耸肩，不想争论。在他看来，钓鱼的人全都无可救药，把鱼钩那样盲目悬在海中。可是哈利是他的朋友。

“看到欧吉斯了吗？”厄尼说。

“看到了，”哈利说，“他在另一边，我遇到了。他警告我们小心一个可怕的人——一个大笨蛋。”哈利比了一个姿势，指那个人有个大肚皮，“工会的家伙，欧吉斯说。我说‘噢，对’。他给了我他该死的工会名片，然后我说……”

我搭上前往弗利特伍德的电车，可是那里没有小路可以通往兰开夏，于是我又回到布莱克浦，发现电车系统让这部分海岸变得可以忍受。即使我利用这趟旅程来列出布莱克浦所有我不喜欢的特色，这一路上也仍然很享受，而且我请当地人告诉我布莱克浦的优点时，顺便又确认了我所不喜欢的部分。

“但有时它又挺好的。”梅琳·马迪奇说，“我们打从伊恩被解雇后就住在这里。”

我问她如何打发时间。

“喝酒和玩宾果。”她说。

“每天吗？”

“差不多每天。”

“要是你不喜欢喝酒和宾果游戏，那要怎么办？”

马迪奇太太的笑声像是得了支气管炎。

她说：“那么你就忍受它！”

我想离开布莱克浦，并为不能用走路的方式离开而感到生气。我到车站买了一张往莫克姆的车票。乘客总共有五个人，因为每个地方都去，所以巴士每走四分之一英里就停车，不论是村落还是孤立的酒吧，都有面带愁容的妇女带着网兜在等车。

布格拉斯太太是从兰卡斯特来的，可是她讨厌兰开夏。她说她在英国南部住太久了——把她给宠坏了。

“这里的人喋喋不休，”布格拉斯太太说，“你所有的事他们都想知道——讲个不停，问个没完。南方人就不一样，他们非常有礼貌，不会讲个不停，也不会过问你的私事。那是这里的大问题——没有隐私。”

她微笑看着我。我们坐在上层前面的坐位，前方就是加斯唐。

“我不喜欢把自己的事情告诉别人。”

她对我眨了眨眼。

是什么让我对英国人眨眼觉得很不自在呢？

布格拉斯太太说：“我愿意付出任何代价回到绍森德。”

“我正要去绍森德。”我说。

她又眨了一下眼睛：“你走错方向了，亲爱的。”

我说，没有，我最后总会到那里。我是顺时针方向走的。

莫克姆的四周是一片肮脏的大海，阴沉沉的，变黑的露台和旅馆令人想起某些糟糕的教堂——所有的尖塔和影子。前滩大半是石头，可是有沙滩的地方就有光着身子的小孩子跪着，外加把裙子拉到大腿的肥胖女士。

"是啊！这对你很好！几年下来你可能还感觉不到什么好处，可是……"

那里也有小马，还有一堆堆的马粪。海滨步道上有沉闷的"快乐公园"、"欢乐城市"、爱若玛礼品店，还有一位名叫安妮·李的吉卜赛算命师看着我的背包，用一种充满戏剧性和洞察力超强的声音说我是个旅人，而且我以前从来都没有来过莫克姆——她又说我可能不会再来，这一点倒是毋庸置疑。

可是我喜欢莫克姆的平静、单调和坦荡，阵阵疾风侵蚀了它的威严，而且是从康沃尔以来我见过最潮湿的地方，不过这种哀伤的气氛似乎还挺适合它的。有人会到这里来度假享乐，让我觉得很惊讶，因为它似乎是那种让最快乐的游客（例如我）也会觉得非常哀伤的地方。我不禁想象，一日游的旅客下火车，才看一眼，突然就流下泪来。不过，当然，莫克姆大部分人在这种毛毛细雨里都自得其乐，而且错在我，不在他们。这只是另一个我无法跨越的文化障碍。

对一个外国人来说，一个国家的欢乐是最让人困惑的，所以当我在英国看人们享受他们这种海边假期时，我觉得自己最像外国人。

我在从莫克姆湾到巴罗因弗内斯的支线火车上心想：这是北部海岸第一个看起来没有被破坏的地方。或许是因为我们正要离开兰开夏，进入坎布里亚，经过锡尔弗代尔一个郡接着一个郡，那里的站台长了雏菊，还有牛粪的臭味——一种闻起来像腐烂空气的味道。多山丘，多树，雾气弥漫，而且海湾多沙，天气好时，有可能走上九英里路到沙滩旁格兰奇。我欣赏着这座可爱的海湾，可是一位名叫吉娜的女学生（戴着硬草帽，打领带，穿着色彩鲜艳的上衣）说这个水很脏，不可能在里面游泳，还会有流沙把你吸下去。

卡特梅尔沙滩上有更多广阔的湿地，近海就有黑色小岛。我们来到阿尔弗斯顿（“电影喜剧演员劳雷尔[①]就出生于此”）。走路到湖区，上到克雷克河，穿过弗内斯沼地到格雷兹德尔森林和长长的温德米尔湖及科尼斯顿湖，只要一天的时间。可是我已经发誓要沿着海岸走。我并不是来探寻自然奇观的，再说没多远就有条从巴罗到卡莱尔的主要支线，这条线大半沿着海岸行驶：西坎布里亚线。

这部分的英国海岸包罗万象。有渔村、山脉和延伸到海底的煤矿；有小径、一列优质火车和几座工业小镇；有一座舒适的沙丘海岸；以及一座我见过的最吓人的核反应炉。

坎布里亚山脉位于达登沙滩的另一边，是布莱克库姆光秃秃的顶峰，而且从福克斯菲尔德到布特尔的山麓迫使铁路不得不直接筑在海岸上。过了布特尔，地势才变得平坦一些；我在找一个可能下火车的地点，差点在雷文格拉斯（“埃斯克、麦特和伊尔塔的连轨

---

① 斯坦·劳雷尔（1890—1965），英国喜剧演员。

站”）成功，可惜我的动作不够快。

要看英国，我得想办法让自己放慢脚步。英国是个小王国，即使海岸地势起伏大，层次多，也不会让我觉得自己是在横越大片的土地。我一直意识到自己仅离伦敦几个小时，然而，风土人情都有相当大的差异，有时候就好像是在一个完全不同的国度。

可是英国海岸内地不完全是过时的，有时候也有未来的面貌，温茨凯尔这条线无疑就是这样的例子。温茨凯尔绝对属于未来，甚至还未登上陆地测量部地图，可是那里有某样东西，具备一座大型墓碑的纯朴和比例，更吓人的是它缺乏可识别的特色。一个如此新、如此巨大、四周加装了围网的东西，位于一座如此遥远的海滩上一定是危险的。在这座波纹状的海岸上，单单其大小就是一种妨碍，鲜红色的漆对照灰色的景色，看起来实在惊人，冷却烟囱和高塔让它的外表看起来像座火星城堡，但事实上，这个海岸怪物不过是个巨大的盒子，一点都不精巧，又长又平的表面看起来相当怪异。即使你不知道是什么，它依然令人生畏；并非说它不常见，而是它看起来像有爆炸的危险。

它当然是另一座核电站——温茨凯尔的核反应堆。

新铁路是用来进出核电站的，会连上这条支线，肯定是另一个时代的象征。我在英国见过这唯一一条新铺设的铁轨，就是通往核电站的小支线，专门供放射性原料使用，而不是给人搭乘的。

“他们说它们没有危险性。”我旁边一个男人说。他叫卡特比尔，可是他把那个音发成“古”特比尔。“他们是那么说的——它们和房子一样安全。”

“你认为他们说得对吗？”我不知道他所谓的“他们”是什

么人。

卡特比尔先生说："你知道吗？你无法确保。"他露齿微笑，"真是个鼓励，不是吗？我的意思是，如果它们非常安全，为什么你无法确保？"接着他放声大笑：问题的答案他心知肚明。

当时是退潮：黑岩石和黑沙海滩空旷异常，还有在微弱的光线下看起来滑不溜丢的石池。我原本期待的是不一样的东西，是更青翠、更高、更清新，或许是华兹华斯式的。那就是英国的问题所在——全凭想象。"西坎布里亚线"唤起的想象是荒芜的林地、陡峭的高原和尖峰，而不是黑色海岸上一颗极丑的核定时炸弹。

就在这时，卡特比尔告诉我有关煤矿的事，它们已经运转了好几百年。（笛福在一七二五年曾写道："怀特黑文现在是英国出口煤矿最著名的港口。"）其中一个矿坑在一七八〇年崩塌，可是直到二十世纪四十年代才完全关闭，当时发生了一次爆炸，死了一百四十七人。卡特比尔知道所有的日期和伤亡统计数字，他说，一九一〇年惠灵顿矿坑的爆炸害死了"一百五十名男人和小孩"。海格矿坑则还在运作。

"有趣的是，"卡特比尔说，"矿井位于海底——它们直入海底，有些长达数英里。可是它们从来不会被淹没，漏进去的水是淡的，不含盐分。"

一块绿色陆岬隐隐约约出现，火车慢了下来，这里是圣比斯，我喜欢它的样子——乡下模样，右边有一所漂亮的学校，左边是悬崖峭壁；我甚至喜欢它有趣的名字。而且这是一天里的美好时段——太阳从下午的云里露出脸来，会有个漫长明亮的夜晚。

"我想我要在这里下车。"我说。

“我在科基克尔有事要办，”卡特比尔说，“我不像你们这些背帆布背包的家伙。”他露出微笑，“我得填满这不可饶恕的每一分钟。”

吉卜林，英国口述传统最主要的备用品。英国人经常引用他们没有读过的作者的话，就像他们骂自己没有去过的地方粗俗或单调一样。

我在圣比斯逛逛（“名字来自七世纪的爱尔兰少女圣贝嘉”），之后，因为卡特比尔关于海底煤矿的一番话引起我的好奇心，我便向罗廷顿和怀特黑文走去。

在看到城镇之前就可以闻到煤和碳酸钾的味道了。怀特黑文不仅旧，而且濒临垂死边缘，就像英国许多不好的地方，唯一的旅馆又凄凉又昂贵——一个小小的房间和潮湿的浴室踏垫便要价十五镑。那天晚上我在写日记时归纳出了这一点，我的结论是，我在英国所住的每一家大旅馆都是业绩衰退或管理不良、价格过高、人手不足而且肮脏、员工超时工作且动作慢；而所有小一点的地方都更好，最小的地方通常是最好的。英国人是伟大的工艺家，但不擅长大量生产的工作。他们擅长经营街角商店，可是一尝试做超市就会失败。或许这和他们的匿名意识有关？面对面时，我发现他们诚实、有效率、有人情。可是不具名使他们懒惰、不诚实且具侵略性。藏在车里的英国人常常没有耐性到了足以杀人的地步；通过电话，他们不会给予任何帮助，而且常常很没有礼貌。他们并不胆小，但会害羞；害羞虽会让他们容忍，却也会让他们对外国人心生怨恨，他们认为外国人爱吵闹，爱卖弄。英国的旅馆很难和监狱或医院区分，它们大部分都是用冷漠或残酷的方法来管理，而且都一样让人不舒服。在英国企业越大，就越可能走上破产之途，因为英国人天生不懂得团体合作；他们不喜欢为别人工作，似乎讨厌接受差遣。整体而言，领导人得到的待遇好得不合理，而劳工得到的待遇也坏得不合理，大部分企业因阶层猜疑、不实的经济情况和讥讽而变弱。但让英国人变得固执和躲躲藏藏的这些特质，让他们在面对面时变得可靠而且信守承诺。所以我认为：英国人小事做得好，大事难成。

第二天，我打电话到海格矿坑，问我能否进入矿坑。我认为那会成就一个好故事，可以弄出另一个奥威尔注解，以及一条地下铁路，《海底铁路》，汗水淋漓的坎布里亚人借着燃烧的油灯，艰苦地在煤矿田工作，在地球内部深处，湖区的下水道中；陌生见闻的这一切——而你还自以为了解英国！

“因为那超越了我的工作权限。”杰克·斯梅尔用一种让人沮丧的方式讲话，“如果我让你下去，发生了事情，我的麻烦就大了。我怎么知道你不会突然恐慌或什么的。”

“我答应不会突然恐慌。”我说。

“你可以随自己高兴乱作承诺，可是如果你从来都没进过矿坑，你怎么知道会发生什么事？你可能会头昏眼花。”

“我想我无法承诺我不会头昏眼花。”我说。

“规矩又不是我定的，”斯梅尔先生说，“只是我们的保险人员总会盯着我们。”

“我只是想看一下。”我说。

斯梅尔先生说：“我不想显得没有礼貌，老兄，可是……”

这是英语中最没有礼貌的表达方式，肯定也是最不亲切的方式。

我们当然是在电话中。如果我是有天晚上在怀特黑文港口的柯利手臂酒吧里，在斯梅尔先生面带微笑、正喝着他的啤酒时问他的话（“啊，你看来是头脑坏了，但是这点子很可爱……”），他可能会说：“我应该说不的，可是我看不出会有什么大碍。”英国劳工喜欢故作阴谋姿态：“早上过来，交给我来办。”他会眨眨眼说，“到时见。”

我决定离开怀特黑文。部分原因是有四个不同的人竟都告诉我，乔治·华盛顿的祖母就葬在当地的教堂墓地里。这是个令人扫兴的小镇——几百间深色的小屋横在一座光秃秃的山麓上，还有一股毁灭的气息。采矿小镇总是显得疲惫，有火山散乱的模样、让人发痒的煤粉尘，以及欲爆发的氛围。

从火车车窗看出去，这段海岸其余的部分不但浅而且都很难看，有帕顿和哈灵顿之类的荒凉小镇，也有如沃金顿般拥有炼钢厂的可怕大城——这是另一项破产的工业。玛丽波特很可悲；它曾经是个重要的煤、铁港口，维多利亚时代还打造过大型的船舶，现在却被彻底遗忘了。英国海岸如今少有造船业，可以说根本就不存在了。但比这更奇怪的是，我在这些港湾和港口很少看到船只：顶多是一艘生锈的货轮、一艘破破烂烂的拖网渔船、几艘塑料帆船，还有其他少数船只，那里曾经有过几百艘远洋轮船。

我期待看到更多。映入眼帘的景象既丑陋又有趣，可是在我发现之前，火车路线就已转进内陆，经过荆棘树篱、秣草田里的乌鸦、挤在一起的小农舍和遥远村落里的教堂尖塔。我们已经离开遭到蹂躏的海岸，平缓的乡间重新出现。到卡莱尔一路上都是绿色的农场——虽漂亮却非常单调。

“凯斯维克庞克族”，卡莱尔有段潦草的字这样写着，把柯勒律治、华兹华斯和约翰·莱登[①]混为一谈，不过那也不是那么令人意外。在古老的省城和郡政府所在地经常会看到样子疯狂到极点的年轻人，粉红色头发的男孩和穿着豹皮紧身衣、戴鼻环、耳垂还刺青的女孩，我在小拉内利还见过绿色的头发和纳粹党徽。我再也不认为汤顿、埃克塞特或布里斯托尔这样的地名是出于什么情怀，它们很可能只是墙上的涂鸦，就像高贵的卡莱尔，有一座荣耀的城堡以及足够的碉堡和城墙来满足精力充沛的破坏者。上面写着“暴力革命”、“剥削”、“无政府状态”、“社会人渣”。说不定他们全是流行乐队？“次品”、“缺陷”、“被弃者”、“该死的人”，还有一些新的纳粹党徽和“笨蛋军团”。在古老的墙上则写着：“光头族主掌！”

我想有一些是夸张，不过还是值得花一天左右的时间去看看。就像飞车党，对我有着强烈的吸引力，他们或从橡树森林和乡间小路里飞车出来恐吓村民，或只是坐在茅草屋顶的酒吧里，别开阴沉肮脏的脸。我不会把他们的拒绝交谈当成是我个人的问题，反正他们不会和任何人说话。他们是英国人，他们是乡下人，他们很害羞。他们只有在成群结队时才有危险性；单独一个人时，他们总是非常亲切，穿着写有“地狱天使”或“该死的人”的皮外套走下老霍特惠斯尔高高的路时，似乎还会觉得不好意思。

刻在墙上的字句显示英格兰（或许是整个不列颠）正逐渐变成一个更贫穷、更暴力的地方。而且这种恶化现象在海岸和省城，比

---

① 约翰·莱登（1956— ），“性手枪”乐队的主唱。

在大都市要容易看到。传递的信息就是要骇人，但英国实际上并不令人震惊，墙上的涂鸦似乎只是令人讨厌的行为，只是一种侮辱。我因而开始思考这整个国家；如果要我只用一个词来描述英国的风貌，我会说：饱受羞辱。

## 第十五章
# 搭港口联运火车去阿尔斯特

开往阿尔斯特[①]的港口联运火车上的乘客神态忧郁烦躁，不仅因为他们已经坐了五个小时的火车，还要三个小时才会到渡口，比疲惫更糟，他们还觉得愤怒——好像他们被流放了，或是被强迫回学校，或是在获得自由一段时间之后又被关了起来。但事实上，他们是要返乡。

我在卡莱尔搭上了这列火车，原以为会看到有人喝醉了或在睡觉——时间是下午三四点，不过乘客都安安静静地坐着，手托着气色难看的脸，在我们穿越长长的苏格兰边界小山（邓弗里斯和加洛韦）时，变得更加阴沉。他们是灰色斯特兰拉尔风中面带悲伤的人。

这时，那些苏格兰人下了火车——六人一桌、围着一瓶伏特加和二十罐格子花麦酒而坐的人；窝在一堆报纸和三明治包装纸及塑料袋里的家庭；一群有臭味又遭到踩踏的可怜小猎犬和它们旁若无人的主人；还有孩子们大叫“还有多远！”和“我能听到雷声”。在所有火车当中，就数开往苏格兰的火车被弄得最脏，可是这列港

① 北爱尔兰旧称。

口联运列车到了基尔马诺克时，大半旅客都已经下车了，所以在顺着克莱德湾前进的最后这段旅程，火车看起来就像被人破坏过后又遭到遗弃，啤酒罐发出叮叮当当的声音，瓶子在地板上滚来滚去，还有一种酸酸的蛋黄酱味及污浊的烟味。

可是我喜欢这片小山，再次靠近海岸也让我感到放心，那是花岗岩大海上的绿色乡间。有些海岸光秃秃的；有些地方有森林，还有华丽的房子隐藏在漂亮的深谷里。格文这个灰色小镇背对海与风，有石屋和斜斜的窗户，格伦惠利的铁路旁开着深红色的罂粟花。

就在这里，在到站之前，这些返乡的阿尔斯特人变得更加烦躁。

“去坐好！”

“我跟你讲最后一遍！”

“我说去找你妹妹！”

“别那么惊讶！”

阿尔斯特腔在英国并不受喜爱，被认为刺耳、讨厌，而低地的苏格兰人有一种格拉斯哥喉塞音。那是一种吵闹的腔调，而且就像威尔士人讲话一直都在安抚人似的，讲话急促而含糊的北爱尔兰人似乎永远都在沸腾，像要把话咽回去，同时又要表现残酷。那腔调似乎充满了张力和贪婪，人却显得既悠闲又亲切。语言的怪癖让他们好像永远在生气；就像西班牙全体国民都口齿不清一样奇怪及令人着迷。每次我听到阿尔斯特人开口，就会去拿笔，活像个传教士在学习部落语言，想象着要搞出一本方言版《圣经》或字典来。

斯特兰拉尔位于赖恩湾之上，是一座榔头形状半岛上的主要城市。“加洛韦公主”号渡轮就在码头旁，等着开往拉恩港口联运火车乘客的抵达。我们的人数不多，但是包括儿童在内的每个人都被仔细地检查——官员甚至去摸婴儿的衣服。我遭到搜身，背包也被翻遍，他们发现了我那几捆地图、双筒望远镜、笔记本和弹簧刀。

“你到北爱尔兰的目的是什么？”警察问。这位是华莱士警官。被他看到面包屑了！

“只是到处看看，”我说，“办点公事，玩一玩，可能还会找个地方赏鸟。”

“那走吧，”华莱士警官说，把刀子交还给我，转身对他的同事说，“有赏鸟的证据。”

渡轮入口处有个告示牌详列几种不准上“加洛韦公主”号的人：喧闹者、醉汉，还有“足球迷……以任何模样或形式显示他们俱乐部的‘狂热’的人”。

晚餐时，杰克·梅哈菲说：“那是因为足球俱乐部如同另一种宗教，好比你围上了某个特定颜色的围巾，你就是天主教徒或新教徒，那样会引发争端，他们不希望船上有麻烦。”

我们是碰巧遇到的：都是一个人用餐，所以就被问到可否同桌。一开始的交谈也不积极，后来梅哈菲说：“除非你知道自己在和什么人说话，否则你不会讲太多。在北爱尔兰，大家都不会对任何形态的陌生人发表意见，直到确定听他说话的人会赞同他。若不然，他们就会打起来。”

或许我们的谈话很典型。我们花了四十五分钟才谈到宗教，又花了一个小时梅哈菲才自愿透露他是新教徒。到了这时，要争论爱尔兰的政治已经太迟，我们已经成了朋友。

他并没有说明他的宗教信仰，而是用含糊的方式说“我是英国人”，不过那和新教徒是同样的意思。他在成衣业界工作，他告诉我，很快，大部分的裁缝技术会如何由微芯片操作的裁缝机来自动完成。这对阿尔斯特来说是个坏消息，因为这里的衬衫工厂雇用了许多人。梅哈菲说很多工厂就要倒闭——他自己就关了几间。

他在一个兼有新教徒和天主教徒的唐郡社区里长大。“我们没有什么钱，缺钱的时候，都是天主教徒帮助我们度过的，而不是那些总是把英国国旗挂在旗杆上的保守党人士，到今天我们和那些天主教家庭仍然维持着朋友关系。”

他跟我谈到他担任童子军团长的事，总是让天主教的小男孩加入他那一队。他请求当地牧师允许这些小男孩加入，结果那位牧师说：“没问题，我只是遗憾竟然是由你在做某件我希望自己来做的事。”

“我喜欢他那样的说法。”梅哈菲说。

我们聊到成衣业，聊失业，聊冲突，这时他说：“我是英国人。可是我也是爱尔兰人，我的意思是，从文化的角度来看，我是英国人，可是我出生在爱尔兰，所以我也是爱尔兰人。”

“你觉得和共和国有密切关联吗？”

“不，不，南方是不一样的，他们那里有不同的传统。有趣的是，我一度似乎真能看到与共和国的统一——一个统一的爱尔兰，可是现在可能性越来越小了。”

他不愿解释原因，但之后说："那里教会的影响力太强，你认为有阿尔斯特人会接受教皇无过失的说法吗？"

我说："但他们接受了女王无过失。"

他放声大笑，然后说："还有处方避孕药！我们绝对不会接受的。"

只要提到统一的问题，阿尔斯特人就会提到避孕药。

"还有部落意识。"梅哈菲说，"从七月开始，由奥兰治会游行打头阵。天主教徒游行是在八月。在这个时候，就算是最要好的朋友，彼此间也一整年都不说话。夏天天主教徒和新教徒之间有许多猜疑——许多部落的感情。"

我说："有可能分辨他们吗？"

"有人说可以，"梅哈菲指着自己的眼睛，继续说，"其中一项说天主教徒的两个眼睛比较近。"

我们走到外面的甲板上，观看拉恩成群的灯光越来越近，灯光融化于雾中，让港口入口处充满了戏剧性。梅哈菲说阿尔斯特人工作勤奋，以他们的国家为傲，讨厌用炸弹和谋杀开他们玩笑的人。这时渡轮正好要进入拉恩港，灯光划破了迷雾，从黑暗的海滨、屋顶石板的闪光、油亮的海湾一路照亮到港口。风在码头起重机之间发出吱嘎的声音，梅哈菲说这里的雨永远都不会停。港口联运列车上的返乡阿尔斯特人静静地伫立在栏杆旁，哀悼般地注视着拉恩。梅哈菲说问题在于人与人之间的对话，永远只有一个该死的主题，谁会真的感兴趣？渡轮的笛声在港口和海湾间回响，像来自夜晚千个空荡荡的洞。

"我正在考虑搬到英格兰去。"梅哈菲最后说。

他的语气是忏悔的，声音很小。我还是注视着拉恩，不知道该说些什么。

"我有两个孩子，"他说，"他们还小，在那里会有更好的机会。"

我原以为会有些手续要办（海关和移民局之类的），拉恩看起来好像外国，那么黑又那么湿；结果却连个安检也没有，只有一道舷梯，另一边就是湿漉漉的小镇。我在街上晃了一个小时，感觉像是比利·伯恩斯[①]，接下来就去按了一间看起来很厚实、上面挂着一张"尚有空房"卡的房子的门铃。我算过其他还有十间，可是这间看得出有大房间和大扶手椅。

"刚下渡轮吗？"说话的是弗雷泽·惠尼太太，拉扯一下衣服，头发梳了个圆髻，有张海豹般的脸——翘翘的嘴巴，热情的双眼，六十五岁；她一直坐在自己那张烙有"靠主常喜乐"的桌子底下，等着门铃响。"九点十五分开进来的——到镇上看过了吗？"

惠尼太太什么都知道，她的客房是给姻亲住的那种，混合了沉闷和舒适——像是被枕头给闷着。可是生意很差，只有一个房间有人住。天啊，她都还记得每当渡轮进来之后，她还得赶走客人的岁月呢！那是在最近的麻烦发生之前，那些麻烦造成了很大的伤害！不过眼前的惠尼太太累坏了，还怀有心事，就像昨晚那场猛烈的暴风雨。

"轰隆隆！"她发出打雷的声音，"把我的头都炸开了！"

我们往楼上走，上面有句大大的格言——"神爱世人"，诸如

① 小说《金银岛》里的人物。

此类。

“让我头疼得半死！”

这间房子到处都是家具，总共有几层楼？四五层吧，有些楼层还有钢琴，以及垫脚椅、安乐椅和一幅来自《旧约》的烙画作品，也许是诺亚，还是亚伯拉罕和以撒呢？整间房子黑漆漆的，不过涂上了闪闪发亮的亮光漆——油漆味还很重，有个煤炉火花嘶嘶作响。当时是北爱尔兰的六月，所以只有一个房间炉中有火摇晃。

“它还击穿了我邻居的屋顶。”她还在谈那场暴风雨、雷声和闪电。

再爬一层楼，沉重的地毯，更多的《圣经》格言，楼梯平台上摆放着一张扶手椅。

“还剩一层。”惠尼太太说，“这就是我运动的方法。噢，真的很可怕。我们有一个人哭了……”

镜子、鹿角、更多的格言和木头镶板，现在我注意到惠尼太太有胡子。她正谈到雨——下得多大；谈到八点早餐——可是她六点就会起床；还有贝尔法斯特是个很危险的城市。

在这个通风的大房间里，我看见床架上的格言是“基督来到这个世上拯救罪人”，所谓的床是一张庞大下沉的弹簧垫。惠尼太太说她前一天晚上完全没有合眼，因为打雷和八号房间里那位可怜的房客，他都快吓死了。

“一个晚上没睡就累得半死，真是好笑，”她说，“现在，我要上床去睡了。别担心钱的问题，明天给我五镑就好。”

雨又开始下了，打在窗上的咻咻声就像雨中还夹带了雪。仿佛在下雨的黑海岸上，夹处在巨兽当中。他们很高兴在这里看到外国人，我和这些陌生人的相处也很愉快。

在拉恩的第一个早晨，我就发现想了解这里的一切，都和阿尔斯特的雨有关——它是怎么从不比两层楼房子还高的天空急速往下倾倒；它为什么从来不是多变的海峡雨，而总是那么暗，那么歪斜地打下来渗透万物；它是如何寒冷和吵闹，如何尖锐得让人感到疼痛；它是怎么从来不会清洗它所打到的东西，而只是把所有的东西都弄得更阴暗，而且不论雨下得多频繁，永远出人意料的残酷，以至于大家还是会不断提到它，不可能不予理会。在这个被雨水弄得灰暗、肃穆的地方，人们认为雨是不公平的。

严肃的是环境，不是人。（其实严肃是一种保守的陈述；阿尔斯特看起来既阴暗又荒废。）人们倒是充满了好奇心——他们瞪大眼睛看，他们微笑，他们大声谈话并且仍企图表现得客气。对我来说，女人尤其引人注目——她们站着和说话的方式，她们果断的姿态，她们的精神。连小女孩也不例外。她们似乎英勇、亲切，而且有能力照顾自己。

这些是我在由拉恩往贝尔法斯特的火车上所作的判断。它是一列温暖和吵闹的支线火车，路堤上的灌木直打到门把上，沼泽的蕨类植物则悄悄滑过湿湿的窗子。

我跟迪克·弗拉特里聊起来。“那不是内战。”他说，“天主教徒和新教徒互相残杀，不过他们并不是真的在作战……”

现在有谁会认为你分得清楚“作战”和“残杀”？

“……他们是个别的杀害对方，”他继续说，“作战的对象则是军队及警察。”

弗拉特里好像聪明又超然。他七年前离开贝尔法斯特后，一直都没有再回去；现在回来是因为父亲病了，但没有打算要留下来，他被暴力行为吓怕了。

“开始时只是公民权利的议题，十年或十一年以前，”他指的是游行示威，第一次是一九六九年在伦敦德里，“后来就演变成暴力事件，再也没有人谈公民权利了。”

他很快指称天主教徒为“他们”，因此我知道他一定是新教徒。我问他能否分辨天主教徒和新教徒。

“新教徒是苏格兰裔，”弗拉特里说，“他们看起来就像苏格兰人。”

我们沿着拉恩湾前进——黑色的水，黑色的海岸，还有下得很急的黑雨。我们正谈到贫穷。

“这里的失业问题一直存在，”他说，“这和你在英格兰见到的随着失业问题而来的污名是不一样的，这里的人靠救济金生活时不会觉得失落，那真的是一种长期的状况——一群群的男人站在街上，无所事事。”他看着窗外感叹，“老天爷，我恨这个地方。”

现在我们正贴着海岸，离开怀特黑德，继续朝位于海上一处狭窄暗礁的卡里克弗格斯前进，这时，

诺曼城堡下的小船，
码头有透明的盐花闪闪发光；
苏格兰人住在一排适合居住的房屋里，
爱尔兰人却住在权充隐蔽处与铁路小站的贫民窟里。

麦克尼斯[①]是在卡里克弗格斯长大的，但在我看来，敏锐的不光是他描写那个小镇的这首诗——他所有和阿尔斯特有关的诗都是那么生动和真实，描写大海的功力很高，有时候像是一种狂暴的东西（“大海之墙落在这座海滩上……”），有时则像个大惊小怪的人（“那个永远不满足的老处女，大海／不停地挂着她白色花边的帘子”），最终极的就在其浩瀚无边的大海感觉：“靠着一颗高挂的星星，我们的方向底定，／我们的目标是生命，交付大海。”

他曾在这里望向大海，越过贝尔法斯特湾，直视北海峡，他绝对是在这列火车上，看到了贝尔法斯特的造船厂，否则就不会写“起重架座像十字架”。

我立刻就知道贝尔法斯特是个糟糕的城市，首先它的样子就不好——崩塌的建筑物、长相粗鲁的人、明显的气味、太多的栅栏。每一栋值得被炸的建筑物都有个带着金属侦测器的人看守着，他会侦测每个进入的人并检查他们的袋子。这种情况随处可见，即使在昏暗的入口处，在不值得被炸的建筑物，也一而再、再而三地检查，在巴士站，在火车站。就像炸弹本身，这种例行公事先是让人害怕，继而令人着迷，再来叫人抓狂，最后就变成一件无聊的事——但仍继续存在，而且成为阿尔斯特生活里多余动作的一部分。其实安检看起来颇为讽刺，因为这整个地方已经被炸弹爆炸给烧焦、破坏了。

糟糕的是我想住下来。它是那种疯狂和病态的城市之一，有些外国人误将其极端疯狂当成健康的象征，从来不知道那是种死亡的

① 路易斯·麦克尼斯（1907—1963），出生于爱尔兰的英国诗人、剧作家，属二十世纪三十年代的新诗派。

痛苦。它一直是个仇恨的城市。“没有配得上名声的特权阶层——没有文化——没有优雅——没有空闲。”奥法莱恩[①]在《爱尔兰之旅》中写道，“全简化成烤杂排、双份威士忌、红利、电影，以及流浪、无家可归、满腔仇恨的穷人。”不过如果大家说的是事实，它真的是全世界最恶劣的城市之一，那当然值得花一点时间，算是为了恐怖的兴趣待下来？

我在这里逗留了几天，花时间惊叹它的老朽，发誓下个星期会再回来。我从未见过类似的景物。市中心四周围有高耸的钢制栅栏，那一部分的贝尔法斯特完整无缺，只因为要进到里面得经过一个检查哨——人走十字转门，汽车和巴士走栅栏。更多的金属探测器、搜查行李、提问：一排排的人等着接受检查，那样他们才可以购物、玩宾果或是看场电影。

即便如此，还是会有炸弹。一种新型炸弹就在那个星期开始出现，那是一种用易爆液体和小雷管做成的燃烧弹；爆炸时，火一般的液体就会散开来。它易于掩饰，藏在皂片盒、早餐麦片盒和几磅装的巧克力盒里。有人放了一个在小袋子里，留在一辆巴士上，结果烧伤了十名乘客，巴士也毁了。那是我在贝尔法斯特的第一天——“司机开车穿过熊熊火焰救人”取代了福克兰群岛的新闻。

每家报纸的头条都是“威胁”，带有以下信息：如果你知道任何和恐怖活动有关的事，威胁、谋杀或爆炸，请立即拨打保密电话，贝尔法斯特 652155。

我打了这个号码，只是想问他们有多忙，可是接听的是录音

---

① 肖恩·奥法莱恩（1900—1991），爱尔兰作家，以描写爱尔兰下层阶层和中产阶层的短篇小说而闻名。

机，问我要炸弹和谋杀的消息。我说“祝你今天愉快”，然后就把电话挂断了。在前往科尔雷恩和海岸的途中，我和大约十个人共搭一列火车，每个车厢两个人，而且有些人在植物园站就下车了，离中央车站还有一英里。我从来没有想过欧洲看起来会那么破烂——这么空的火车、这么黑的建筑物、这么新的废墟：危楼，请勿接近。好斗的宗教、灰尘、贫穷、狭小的心胸、暗中挑战、欺骗和谋杀、联排小砖房、饮料店、空荡荡的商店、路障、钉了木板的窗户、饿坏的狗、脏脸的小孩——看起来就像旧照片中的往日。一个坏蛋的翻领上别着像匕首的十字架，另一个坏蛋的翻领上是奥兰治会寡妇基金纪念徽章。他们说阿尔斯特人很沉默，但在我看来，他们做足了宣传。一处废墟上漆着“上帝拯救教皇”，另一处废墟上则漆着“上帝拯救女王”。在利斯本，铁轨旁有个大标示写着“欢迎来到普罗沃兰”。大家都在做宣传，连城市游击队也做。

出了贝尔法斯特十五分钟后，我们来到宽阔的乡间：舒适的牧草地、小路、破烂的农舍。不过在阿尔斯特乡间这样一个地方，有可能比一座拥挤的城市更加险恶和危险，因为每个在动的人都暴露在草地里或马路上，旧房子全像目标一样被钉在那里，很难看着一棵树或是一面石墙而不联想到埋伏。

“不投降”，克拉姆林的桥上写着。这座小镇的小巷错综复杂，位于峨参和湿田地之间。再来是阿尔斯特的大湖之一内伊湖，还有小镇安特里姆。现在又有几个消瘦而又闷闷不乐的乘客上了火车。这些小镇不过是劳工补给站和工厂旧址，周围全是小小的工人房。但现在工厂关闭了，市场空荡荡的，农田看起来全淹了水，一文不值。我们来到巴利米纳，我问车上的一个男人，听说这附近的斯莱米什山（“圣帕特里克牧羊的地方”）会把孩子们关在大桶里，以防他们打架，是不是真的。

他说他不知道那件事。这人名叫德斯蒙德·科克里，他猜我是从美国来的。他说真希望自己到过那里。他是贝尔法斯特人的后裔，世上还有比那更悲惨的地方吗？危险吗？明明到处都是警察和军人，他们还敢大谈黎巴嫩和着火的福克兰群岛！

我猜科克里是一名天主教徒。我问他惯例会问的问题：你怎么分辨新教徒和天主教徒？他说，很简单，就是新教徒的说话方式，他们的教养更好。“如果他用一些花俏的词，你可以确定……”

然后科克里陷入沉思，接着说：“啊，可是你永远无法真正安全。你走进一间酒吧，不会知道那是新教徒还是天主教徒的酒吧。那很吓人，会的。你什么都不要说，点你的啤酒，把嘴巴闭上，喝完走人。”

可是我开始想身为此地的陌生人（非英国人、非爱尔兰人）是有优势的；做美国人更有优势。我从不认为阿尔斯特人沉默或多疑，相反，你很难叫他们闭上嘴。

“就在这附近。”德斯蒙德·科克里说。我们正要经过巴利马尼，进入科尔雷恩。我一直怂恿他跟我讲个宗教迫害的故事。“大概就在这里，一大队的足球队员开始在火车上来回走动，边喝酒边大声吼叫。‘该死的芬尼亚[①]混蛋！’在火车上来回走动。‘该死的芬尼亚混蛋！’他们在找天主教徒。有个人走到我面前对我说：‘你是该死的芬尼亚混蛋！’”

---

① 十九世纪中期在爱尔兰、美国、加拿大等地进行活动的爱尔兰民族主义秘密团体的成员。

我摇摇头说那真是可怕。我问他当时是怎么应对的。

“我说不是。”科克里看起来很严肃。

“你跟他说你不是天主教徒？”

“我当然得这么说。”

“他相信你吗？”

“我想是的，”科克里说，“他关上门，大吼大叫地离开了。”

我们沿着班恩河前进时没有继续交谈，我心想那次他否认自己是天主教徒一定伤了自尊，而且在我看来，就是这种羞辱让阿尔斯特的麻烦变成一种欺侮胆小者的习惯。全是过去的委屈和暗处的报复。所以埋伏会那样普遍，还有汽车炸弹、会爆炸的肥皂盒、邮件炸弹。宗旨在于否认你支持的事，等到了暗处，再去找让你否认的那个家伙讨回公道。

科尔雷恩下着毛毛雨，我在那里上了一列波特拉什的双车厢列车。波特拉什是个海边度假胜地，人比我到目前为止在英国见过的度假胜地都要少，可是空旷让这里夺回了它的尊严。

波特拉什下着倾盆大雨而且贫穷，有一部分还位于一个狭小的半岛上，三面都是波浪。这场雨威胁了我大约一个小时。我和一个名叫塔比·格雷厄姆的人一起吃午餐——餐厅里只有我们两个人。七十岁的塔比来自班戈。他说他喜欢开车到处逛。“可是我会避开那些贫民区，例如布什米尔斯。那是一个全是新教徒的小镇。而德里是个天主教小镇。”他建议去马吉利根角，问我要不要顺便搭一程。

我说我有别的计划，等他走了以后，我就悄悄走到海滩，开始朝布什米尔斯的方向前进，看看一个新教贫民区是什么样子。雨还在下，可是我想如果我继续走，雨可能会停：等我走到三英里外的邓卢斯城堡时，雨真的停了。我一直沿着沙滩走——一个人影也没有，嵌了燧石的白垩悬崖仿若设有枪炮眼的城垛，只听到海鸥和风的声音。

我继续爬上悬崖，穿过潮湿的草地到布什米尔斯。在阿尔斯特，越是繁荣的地方，看起来越严峻，令人生畏。盛产威士忌的布什米尔斯是由平坦的岩石和黑色石板组成的，还有水泥接合笔直马路的周边。现在我看到了塔比那段话的意思：奥兰治厅大得足以容纳镇上所有人。

我开始培养问路的习惯，只为了满足听他们说话的乐趣。

“请等一下。”布什米尔斯一个人说。他叫埃米特，年约六十，穿着一件旧外套，手里有一磅培根，反射性地把培根按向头的一边后才继续说下去。

“停车场下有一座小木桥，远一点的地方还有一座大木桥——有轨电车用的桥。啊，以前有电车来来回回！啊，可是他们没足够的钱，就不开了。唔，如果是退潮，你可以沿着岸边走，可是要走青草的另一边，”他把培根移到他的脸颊边，“可能是湿的！”

“什么可能是湿的？”

“草。”埃米特说。

“草长吗？”

“在‘注然涨态’下。”

这句话考倒我了，注然涨态——后来想道：对，在自然状态下！

我穿过欧洲蕨，继续往前走，并决定朝巨人堤道前进。

博斯韦尔：巨人堤道不值得看吗？

约翰逊：值得看吗？是的，但不值得走着去看。

我沿着海岸悬崖前进，接着从一间海岸小屋后抄捷径，在那里被一条方脸的大狗吓了一跳，那毛茸茸的东西直对我咆哮，吓得我跳起来想跑开，却被绊了一下，跌到一堆荨麻上，双手痛了六个小时。

巨人堤道是一组特别的陆岬，由石化泡泡、天然圆柱及柱状直立岩石所组成。每一道裂缝、大圆石和结构都有一个奇怪的名字。这一巨大的海岸奇景是这区的爱尔兰在一次火山活动期间冒出来的火山熔岩冷却形成的。我沿着巨人堤道走，往返于邓塞韦里克城堡之间——“曾经是目睹耶稣被钉在十字架上的那个人的家”（传闻说是流浪的爱尔兰摔跤选手科纳尔·塞尔纳克，据说耶稣被钉在十字架上那一天，他刚好在耶路撒冷参加一场摔跤比赛）。

玄武石悬崖上覆满了黑色的蛞蝓和寒鸦，晚上七点，太阳仍像日出一样强有力地划破云层，把大海染成一条条的粉红色。四周非常安静，风已停息。没有昆虫，没有汽车，没有飞机——只有一群羊在附近山顶的牧草地上叫。海角和海湾挤满了潜水的海鸥和海燕，可是悬崖如此之深，刚好吸收了那些鸟的嘎嘎叫声。太阳在平静的海面上闪闪发光，而且在西边伊尼什欧文角上方，我可以看到克洛克纳斯玛格的蓝色高地。是的，巨人堤道值得走着去看。

几百年来，它始终是游客必游之地。每个来英国的人都会到这里来品评一番。就如埃米特先生在布什米尔斯告诉过我的，曾有电车轨道通往那里。可是那些麻烦结束了这一切，现在这个海岸重新恢复了其粗糙原始的面貌——只有一个卖明信片的摊子，那里本有一大堆热闹的商店。

这景色曾经塑造爱尔兰人的记忆并影响了爱尔兰人的信仰。看着这些岬地很容易就会相信世上确实有巨人。现在由于人们太害怕，不太敢旅行，此处的景色再度变成极度的空旷。

在非基督教的爱尔兰，环状列石被视为巨人的墓，人们仔细看着这片土地，从不觉得它是中立的，不是担心，就是安心。附近有些山洞曾经是穴居人的家，而且在我看来，目前凄凉落寞的景象里，还是蕴含着让这个地方再次变得重要的东西。所以爱尔兰人一到这里就会回归自我，恐惧会回到他们身上，因为身在这么美丽的地方，怎么可能不深感自身的渺小呢？

我心想，这些天然奇景也看够了，那天晚上在旅馆里，我拉着巴利沃尔特的麦克卢恩先生和我聊天。“噢，我喜欢巴利沃尔特！噢，没错，巴利沃尔特很讨人喜欢，真的！我们在巴利沃尔特只有些零星的炸弹。”

可是他担心他妹妹。

“我妹妹这个周末要去卡文。我不放心她，她是个新教徒女孩，你知道吧。”

“卡文究竟在什么地方？”

“在自由邦[①]。”麦克卢恩先生说。

我笑了一下。那就像称泰国为“暹罗”，或是称伊朗为“波斯”。

“一个养猪场，”他说，“我指的是我妹妹要住的地方。现在那

① 一九二二年至一九三七年爱尔兰三十二个郡中的二十六个共同组成的邦名。

个猪舍有个领班，他是爱尔兰共和军的成员。”

“我知道你为什么担心了。”我说。

“可是那也是好事，不是吗？”他说，“那可以保证她安全。”

他的意思是就不会有爱尔兰共和军的人去杀他妹妹了，因为他妹妹的朋友雇用了一名爱尔兰共和军的成员。

“我们就等着瞧吧。”他说。

我们坐在堤道旅馆的炉火前喝咖啡，是店里仅有的两位客人。和阿尔斯特人谈话可以相当悠闲，他们从来不会问我个人的问题，大家谈的都是一般性的无害话题，除非我突然乱插乱提。麦克卢恩先生七十三岁了，而且很富有——外面有辆“捷豹”。他说他曾经去过澳大利亚、加拿大和加利福尼亚。

“可是我从来没有去过欧洲大陆，”他说，“我不想去。”

我说我要去伦敦德里。

“我有三十三年没去德里[①]了。”

第二天早上，我走回波特拉什，经过一块上面标明到布拉路线的标示板。时间是八点十五分，路上没有车，除了鸟（乌鸦和雀鸟）之外，十分安静。我继续朝火车的方向前进，放眼望去，尽是一片绿意，可以一路看到二十英里外的美丽海岸。

① 伦敦德里是北爱尔兰一个老城区和较大范围地区的名称。一九七三年地方政府改组时，老城区及其附近的城乡区成为北爱尔兰二十六个区之一。当地及历史上称 Derry，爱尔兰语作 Doire。

## 第十六章

# 十点二十四分去伦敦德里

我很肯定“麻烦”(意为“凶手”和“重伤害罪”的这个有趣的阿尔斯特词)和爱尔兰这里的男女差异有关。天啊，看看这班开往德里的火车。几乎所有的乘客都是女性，讲话的声音正常，而火车上的少数男性，不是大声说话，就是低声耳语。女人不会装成一本正经的样子，也不会做廉价花哨的打扮；她们朴素、真诚，还有一点操劳过度。相反，男人看起来时髦、狡猾，好像无所事事。女人和男人；责任和怠慢。然而，通常四处看到的都只有女人，好像所有的男人都参战去了——就某种意义上来说也是真的。

你总是会看到妇女和小女孩在十字路口等巴士，她们起得早——走路，甚至搭便车。我在从巴利米纳到沃特赛德的伦敦德里海岸沿线、福伊尔湖岸边看到她们。这是勤奋妇女的故乡，她们出门购物、上工、用铲子施肥、开牵引机、搭火车。

阿尔斯特人只有绝对必要时才会旅行，所以很明显，女人比男人更常旅行。阿尔斯特的巴士上唯一的男人时常就是司机。负责家计的人经常是妻子，尤其是在德里：妇女薪资较低，又可靠得多。我在火车或巴士上从来不会觉得害怕，因为火车或巴士上都是妇女和小孩，鲜少受到攻击。小孩几乎是处于疯狂状态——我从来没见过这么兴奋爱闹的小孩，不过妇女们都十分友善。

此地的妇女承担了那么多的家庭和社会责任，以至于衍生了一种状况，那就是男人变得没有责任感。让阿尔斯特的男人疯狂搏斗的原因是赋闲而不是宗教。阿尔斯特侵略行为里的自我憎恨就证明了他们士气低落，有什么比绝食抗议更易于自我毁灭的？与反战人士大不相同，个性暴烈的绝食抗议人士应该清楚逮捕他们的人都很想除掉他们，这不是最奇特的吗？

奥兰治安特里姆的砖头上潦草地写着“让他们死吧”，十名绝食抗议人士最近在美斯监狱里禁食到死。还有所谓的“下流抗议”。我无法想象一个全神贯注、工作过量的爱尔兰妇女会设想出这种疯狂的策略。但很容易就能想象一个发狂和自怨自艾的爱尔兰男人决定把自己的粪便涂在监狱墙上，拒绝穿衣服、洗澡或理发，以此来表现他的挫折。“接招！”他们大叫，然后在监狱里过几个月像猪一样的生活，天真地相信能用臭气熏天的方法来报复英国政府。

我心想：这种行为既怪异又愚蠢，任何语言可能都无法形容。但肯定是种孩子气的方法吧？小孩子生气或觉得被抛弃，想有人同情时就会出现这种行为。

这些男人在家中皆由操劳过度的女人侍候，好像他们永远都长不大似的，永远都是沉重的负荷。这种依赖引起的羞愧或罪恶感又让男人变得有侵略性；却随时在世上展示他们的侵略行动，宗教根本就不具约束力。爱尔兰天主教教义长期颂扬母亲意象和母亲崇拜，结果只支持了古怪的家庭模式；而爱尔兰新教教义似乎主要以流血战役的种族记忆为主，在清一色是男性的奥兰治会里有着特别的况味。

我不相信原因出在宗教教义上。阿尔斯特有许多秘密社团，只有男人可以参加。男人盛装打扮，制定规则、击鼓、立誓、发明握手的方式和通关密语，悄悄进入暗处杀人。事情办完之后，他们就回家，回到他们的女人身边，就像小孩回到母亲身边一样。

总之，这就是伦敦德里给我的感觉。

从远处看，德里可爱又熟悉。看起来像是马萨诸塞州的工厂小镇——河的两岸教堂和工厂林立，同样的廉价公寓，同样让人昏昏欲睡的破产气氛，但走近一看，德里很可怕。

有些阿尔斯特小镇给人的恐惧就像个长着一张丑脸的男人，让陌生人觉得害怕——他们的疤痕意味着暴力。德里是个疤痕累累的城市，到处都是破窗户和障碍物；市内四处都是危险区域，每隔几条街就有一个区域：沃特赛德、博格赛德、克雷根，还有它们之间所有有争执的地区。从损害和标语来看，这里是阿尔斯特最主要的杀戮战场。有人在克雷加文桥的新教徒地区用潦草的字迹写了“去他的教皇”，在天主教徒地区写了“去他的女王”，而且流经这座桥下的美丽的福伊尔河里经常会有尸体载浮载沉。德里也是最激烈的民族主义集团爱尔兰民族解放军（INLA）的总部，他们还把爱尔兰共和军（IRA）变成了一群老爱尔兰人的党派，在凯尔特族群的薄暮里闪烁，盲目摆动。相反，爱尔兰民族解放军冷酷无情，不易感情用事——急于建立残酷顽强的名声，德里的墙上轻易可见爱尔兰民族解放军的标语：借由优势火力达成和平。

德里的亲切和肮脏，以及它长期受折磨的状态，让这座城市呈现出有趣的混乱状态。有爱尔兰式鬼祟而又时髦的古怪老人，也有绷得紧紧的、随时保持戒备、拘谨到僵硬的英国士兵。他们蜷缩在门口，隐约现身，稳稳地拿着来复枪，妇女聚在福伊尔猪肉店（不过是些香肠和火腿），男人则漫步走进投注店。士兵绝对是玩真的。他们戴着钢盔和面罩，搭乘装甲车；个别移动又互相掩护；所有的车底盘下都有金属线护，这样燃烧弹才无法滚到车下面。

我在德里时，正值一年一度的福伊尔节。阿尔斯特的怪事之一就是，许多生活一如往常，而且所有的事都是即时发生的——节庆音乐会、才艺表演、自行车比赛和烹调展示，还有民众嬉戏、士兵游行、炸弹威胁和逮捕。有传统的足球比赛，还有一场节庆艺术展览；开幕那一天还发生了一件怪异的谋杀案。

德里的男人说，那是一宗典型的德里凶杀案。有人打了一通电话检举一个赃物贮藏处；警察到了，检查那些东西：一台电视机、一件毛皮大衣、时钟、收音机，有人抬起了电视机，结果电视机爆炸。那是个陷阱——警察被炸得粉碎。“到处都是那畜生的尸块。”另外两名警察受了重伤，其中一名警察失明。后来有一群暴民聚集，他们很不友善，不但对受伤的警察吼叫，嘲弄那具尸体，还阻挡救护车，并在救护车成功穿越人群时发出嘘声，对着被送上担架的两人大叫：“让那些混蛋去死！”

有两个男人都以肯定的态度向我描述这件事——对他们而言，这并不是残暴的事，而是成功的事。他们的态度是：“看看他们让我们对他们做出的可怕事情——没错，是很悲惨，但那是他们的错。他们都没有学到教训吗？”

也就是这两个人，蒂姆·克罗宁和丹尼·麦高，极力主张我去多尼戈尔。

“啊，多尼戈尔是个漂亮的地方。”克罗宁说。七十五岁的他一张脸白得像叶芝，还架着一副相同的黑框眼镜，吹嘘说：“当然，我已经去过十几次了。”

他说的是多尼戈尔郡，离我们所在的位置有四英里远。

“所以它不像德里这么暴力？”我说。如果称此地为伦敦德里，他们会因为你是英国人而狠狠揍你一顿。

“德里并不暴力，”麦克高先生说，“贝尔法斯特——那才是暴力的地方，那里的人成天互相打来打去的。噢，德里是个漂亮的老镇，你没看到那些精致墙面吗？”

“可是那个警察。”我开口想说。

但麦克高指着我后面说：“不到两个星期前，有名警察就站在这里被人杀害了。两个男人开着一辆小货车从那座小山丘过来，开枪射杀他，然后开走了。”

“真的有人被杀？”

“警察和士兵会被杀，那是毋庸置疑的。”克罗宁说，“可是我们不会互相开枪。啊，当然，别去贝尔法斯特，那不是个好地方！”

以前大部分人称爱尔兰共和国为“自由邦”，可是没有特别的感情。爱尔兰共和军在爱尔兰共和国当然是被禁止的，而且在边境岗哨的爱尔兰士兵会骚扰阿尔斯特人，要他们把口袋和行李箱里的东西都翻出来，不过那并非阿尔斯特人对爱尔兰共和国最主要的抱怨——钱才是最主要的。

帕迪·丁宁高声抱怨：“你知道一罐啤酒在自由邦要多少钱吗？二十二先令旧币。一品脱啤酒要二十二先令！”

我说："那是继续当英国人的争论点吗？"

"是的！"他说，"在德里，你用一半的价钱就可以买到。"

爱尔兰的统一就值这么多，但所有参与辩论的团体对统一的看法都很模糊。事实上，最积极主张民族主义的团体，像爱尔兰共和军和爱尔兰民族解放军，似乎都想把英国政府和爱尔兰政府统统赶走，重新建立爱尔兰人民共和国。

德里对英国士兵有很深的敌意，士兵也会突击检查房子、搜索枪支、扯开地板、打破橱柜——他们是破坏者；会拿走金钱和个人财产，不予归还——他们是窃贼；士兵开着路虎跑车在街上跑，对妇女和儿童大声叫嚣——他们是畜生；士兵会选择儿童放学的时间到天主教区，诱骗他们开始暴乱——他们有犯罪意图；士兵会对无辜的人开枪——他们是杀人凶手。

这是《德里日报》对士兵的描写，这份报纸有一天还宣称："军队现在采纳克伦威尔策略——摧毁天主教徒的家园。"

我住在德里一家民宿，那是拉恩的惠尼太太天天烙画天堂的天主教版。麦克里迪太太没有《圣经》格言，有的是圣母肖像，还有一些如奥斯卡奖座大小的小雕像。当麦克里迪太太另一位也是唯一的房客乔告诉她，他前一天晚上在博格赛德看到的可怕事情时，她总是说："圣母天神。"

他们两个也很喜欢看报纸。不是福克兰群岛的新闻。他们并不知道英国士兵要收复斯坦利港，却知道阿尔斯特发生的大小事，因为阿尔斯特的报纸什么都报道——谣言、传闻、流言蜚语、"目击者看见"、"一般认为"，还有"他宣称士兵叫他'芬尼亚混蛋'"

之类的句子。

麦克里迪太太最喜欢的是“纪念版”那一页——有时候是两页。这让我觉得阿尔斯特有一点崇拜死亡。在德里当然会有这一版。不是只有一张写着“某某某昨日蒙主宠召”的讣文——是写给过世几年的人的颂词。其中一则写着“十一周年纪念”，另一则是“十五周年纪念”，我还看到一则纪念父母逝世二十二周年。每一则颂词都是一首诗：

这是位特别、有耐心、仁慈和虔诚的母亲，
全世界唯您独一无二。

或是：

我默默地保留着对一位挚爱母亲的美好记忆，
永志不忘。

或是：

我们会一直想念你
永远不会停止关切
唯愿回到家时
可以看到您仍坐在那里。

每天报纸都有好几百则这种纪念颂词，常常都是十几则针对同一个人，采用圣科伦巴[①]（六世纪的爱尔兰传教士）和“爱尔兰女王玛丽”[②]的祷文。圣母玛丽被提升到爱尔兰的王座。就如麦克里迪太太说的，圣母天神。

也一定有向在爱尔兰理想里遭到杀害的人致意的颂词，下面这则为其典型：

> 四周年纪念
> 义勇军丹尼斯·希尼
> 一九七八年六月十日遭英国特种空勤队射杀身亡
> “生命源自死亡；朝气蓬勃的国家源自爱国男女的坟墓。”
> （一长串名字）永志难忘
> 耶稣神圣的精神怜悯他
> 圣科伦巴为他祈祷
> 爱尔兰的女王玛丽为我们祈祷。

有一天，我离开麦克里迪太太的旅馆，继续我的行程。那是个美好的早晨，天空清澈，阳光暖和。我走在莫恩河沿岸的一条沼泽小径上，这是爱尔兰和阿尔斯特接壤之处，不过这一点你永远不会知道。河两边的草地格外鲜绿。我走了十英里后，天气变了，下起雨来，把田里的毛茛属植物都打平了，于是我搭上一辆巴士进入斯

---

① 圣科伦巴（521—597），爱尔兰修道院院长、传教士。

② 指玛丽一世（1516—1558），都铎王朝的第四任君主，亨利八世的女儿。她和弟弟爱德华六世与妹妹伊丽莎白一世皆为同父异母手足，爱德华六世早夭之后继位，后被伊丽莎白一世推翻。

特拉班。

斯特拉班被称为欧洲最贫穷的小镇——以其面积大小而言，拥有最高的谋杀犯罪率、最高的失业率、最少的猪与最悲观的前景。它是边界上的一记巴掌，有边界小镇那种未完成的怪异模样——像是少了一面墙的房子。这里一副穷酸样，男人靠在商店前面吹着口哨，窗子破裂，不过破旧的程度不比我在阿尔斯特所见的其他小镇明显。我原本考虑在这里住一晚，但管制区和所有的士兵及警察让我心生踌躇。再度考虑时，我断定在我见过的世界中，比雨中的斯特拉班更加萧条的地方实在不多。

离开斯特拉班的第二天，有个男人从他上班的摩托车配件店走出来，三十九岁的他是北爱尔兰防卫军的成员——那是新教徒的“B特种班”[①]遭到解散时所成立的一个受憎恨的准军事部队。有辆车开过来，朝那个人开了四枪后，迅速开走，受害人当场死亡。他是北爱尔兰防卫军自十年前成立以来，第一百二十三个遭到枪击的人。

每座小镇和村落到六点或六点半就不见人影，而且令人毛骨悚然，因为夏天的夜晚经常漫长而又有阳光，显然所有人都走了。

“怕惹麻烦。”肖恩·麦克劳克林说。他住在奥马，也就是我离开斯特拉班之后去的地方。奥马也是个令人沮丧的地方，但肖恩的解决之道是搭巴士离开小镇，去位于爱尔兰边境的贝尔库。那个周末，那里举办了音乐节——他称之为flah，也就是小提琴、长笛和六角形手风琴的节庆。肖恩搭上巴士，身上唯一的行李就是他的小

---

① B特种班，原为阿尔斯特特警队的一个单位。

提琴。他说，在贝尔库喝酒和唱歌三天能让他恢复正常。

那正是爱尔兰矛盾之处。下巴有个窝的小提琴手去贝尔库参加音乐节——一如热心和不猜疑的爱尔兰人摘了一片三叶草；和肖恩（不过我一直到恩尼斯基林时才和他说话）在同一班巴士上，长着灰色眉毛的莫里斯·格雷迪·史密斯也很熟悉贝尔库。

“当时我正驾着一辆小货车离开贝尔库往加里森去，”莫里斯在恩尼斯基林的公共事务部门上班，“我们的小货车上共有八个人，像平常一样由我开车。突然间我面前出现一道蓝色的闪光，挡风玻璃瞬间炸开，所有的玻璃都掉在我身上。是爆炸，接着就是枪声！虽然我觉得手臂有点痛，不过还是继续开。我被打中七枪，所幸子弹只是擦过我的手臂——没有一颗打进我的骨头！”

他要展示他的疤痕，但我说我相信他说的，于是他继续说下去。

“我的人当中有三人死亡——都是被M60步枪的小子弹打中的，其中一个是天主教徒。瞧，他们是越过边境开枪，从贝尔库到加里森那条路正好在边境。他们一定是误把我们的小货车当成了军用车，以为我们是军人，其实我们只是带着铲子去修路面坑洞的人。”

我在贝尔法斯特时曾想过，将来有一天，所有的城市看起来都会像这样；在德里还有现在的恩尼斯基林，我的看法也没变。这些地方的中心是设有出入口的管制区，所有的车辆和人员都得接受检查，看是否携带武器或炸弹，而严格的安全防护，意味着管制区内的生活相当和平，建筑物通常都没有受损。这套系统用以控制交通流量，甚至防止过多人员进入也是有可能的。过些时候还没有管制的城市采用这套系统也不足为怪。所以不难想象曼哈顿岛变成了一个大型管制区，设有好几个出入口；阿尔斯特让我看到未来终将出现封锁城市的可能性。

恩尼斯基林管制区的车辆都必须留至少一个人在车里。如果车里没有人或是无人照料，警笛声就会响起，小镇中心就得清空。如果司机被找到，便会被处以高额的罚金；如果没人出来认领车子，炸弹小组就会进驻。这套制度大大降低了恩尼斯基林的汽车炸弹数量（离边界只有十英里），最近的一起汽车炸弹案发生在两年前，把教会街较好的一部分炸成了碎片，但士兵说那是可原谅的小错误，因为那辆装了电线的汽车里头好像有人：他们如何辨认阿尔斯特人和假人之间的差别呢？

自称水果商的威利·麦科米斯基告诉我，恩尼斯基林最近很平静——没有炸弹，没有很多火灾，只有几辆遭到伏击的汽车。

“你看，他们所做的就是去边境附近一些孤立的农场，抓了农人，要他站好，然后开枪打死他。”

他说话好像不带感情，还描述有时候那些人会在家人面前遭到杀害——妻儿都在一边看。

我问他对这种事的感觉。

他用同样的语调说：“唉，你对狗都不会这么做。”

“那你对这些开枪的人有什么看法？”

“我恨他们。”他说，露出了微笑。我问的问题何等荒谬！不过他对于道出明摆着的事实有点不自在。在这里，这种态度是理所当然的。

他说："我们是这里百分之八的英国人，不能和南爱尔兰统一。新教徒没有机会，他找不到工作……"

所以麦科米斯基是新教徒，这是他强调的重点。

"……可是我也不认为爱尔兰共和军现在想统一。他们根本不知道自己真正想要什么。"

我从恩尼斯基林往南走到上厄恩湖，这是弗马纳郡两座大湖中的一座。途中太阳露脸，我遇到一位送牛奶的人，他说："天气对我们很好。"走在这些乡村小径上，除了偶尔可听到一只乌鸦嘎嘎叫外，其他声音一点也没有。我在贝拉纳莱克村附近找到了一家旅馆，此刻太阳已经照在绿色的森林和湖上。那是一家有六十个房间的旅馆，我原以为自己是唯一的客人，但在第二天的早餐桌上，我看到了两个穿橡胶长筒靴的法国人——渔夫。

"我得检查一下你有没有炸弹。"房间女侍艾丽斯说。

她跟我回我的房间，往我的背包里瞧，一副不安的样子。

"我不确定炸弹长什么样子。"她说。

"这里面没有炸弹，"我说，"只是一些旧衣服……"

"还有书，"她说，"还有信件。"

"没有邮件炸弹。"

她说："我一样得全部检查。"

我出去散步。这个乡村的纵深很深，两座湖占去了阿尔斯特这部分的一半。所以有人会花几个星期的时间在游艇上，大部分是德国人。英国游客已经不来这里了。

"英国人开始相信他们在电视上看到的事，"鲍勃·尤尔特说，"他们确实以为所有和炸弹及杀人相关的事是真的！"

他本身是从诺丁汉来的。

“我在这里住了十四年，还没见过一个愤怒的人。”

那一晚，电视上播放的影片是《天外魔花》。我和旅馆的爱尔兰员工一起看。那是一部恐怖片，描述地球遭到外星细菌入侵。那几个爱尔兰人说影片很吓人，当然是看得心满意足地上床睡觉。这让我觉得一部恐怖片唯有恐怖到荒谬的程度才会大受欢迎——比如有人喝倒彩。最恐怖的是发生在许多阿尔斯特小镇里的真实事件：炸弹、凶杀案、人手被砍掉、因为不忠而膝盖遭到枪击，或是女孩因为和军人来往，被涂上柏油之后再撒上羽毛。因为这和好莱坞的怪兽电影不一样，是真实事件，比骇人听闻更糟：令人无法忍受。

第二天，一个名叫吉尔福伊尔的人告诉我，边境地区有相当多的郊区犯罪事件——把牲口弄残。我原先听不懂他在说什么，后来经他解释，才知道是有些共和国的乡下人为报复农场主人，晚上偷偷溜进牧场，割下牛的乳房。

我在我的厄恩湖地图上看到离岸边约四英里的卡里布里奇有一家旅馆。提供我一艘划艇的人说：“把手相当老旧，等一下你会手臂痛得哇哇大叫。”说话的人是约翰·约瑟夫·斯克里，他已经有好几年没有出租过一艘船。他挥手送我划入窄小的湖，到卡里布里奇吃午餐。我看到了苍鹭、燕鸥和麻鹬，还有一群在绕圈子的天鹅。我这艘船是一艘很浅的小艇——划四英里就花了我两个小时，约三点抵达旅馆。“我们刚刚打烊，”我进去时，柜台的女孩说，“没办法卖给你任何东西。”可是我很高兴有椅子坐，走进娱乐厅，里面有台开着的电视机，正在转播一场网球比赛。“如果你不是房客，就不能坐在这里。”一个年轻人说，“必须请你离开。”我走到外面，发现旅馆就是卡里布里奇的全部。这个鸟不生蛋的地方就在湖上！很漂亮，可是我很饿，然后就开始下起雨来。在黄色的鸢尾花和牛群之间，卡里布里奇的桥上写着“永不投降——一六九〇年”，还有一根柱子上写着“这里不要教皇”。我宣告放弃，再划四英里回去，心想：对我来说，只是在一座爱尔兰的湖上划船，对他们来说，却是他们全部的生活。

德里林那条路上有一个军队检查站。在前往那里的途中，我先在当地的一家小客栈暂停，那是个小得任何地图上都找不到的村子。小旅馆里满是男人和小男孩，在克罗克纳克里维这样一个地方的夏日夜晚，看起来和闻起来却都像罗得西亚[①]，那个尘土中刚强、漂亮的殖民地。

“他们不是农人，”一位旅馆老板告诉我，“全都靠失业救济金过活。人并不坏，却被养得像白痴一样。他们会把烟屁股丢在地毯上，再用靴跟碾碎。农人绝不会喝一整夜的酒，因为工作辛苦，所以会把赚的钱存下来。”

军队检查站只是一个配置了六名士兵的关卡，可是这条路笔直地通往边境，士兵们不会和我讲话。

大家都说，不要谈政治，不要谈宗教，但我心想：真是荒谬透顶！如果你回避这两个话题，那干吗还要在北爱尔兰旅行？

一位名叫莫蒂默的新教徒顺道载我一程，他说：“军队刚到一

① 今津巴布韦，曾为英国的殖民地。

个地区时都十分粗暴。你看到的这些人是伞兵，他们刚来这里，所以看起来才那么令人讨厌。三四个星期后，就会变得客气一点。”

我问他，他们会不会像报纸上报道的那样骚扰民众。

“会，他们会。尤其当你和爱尔兰政治活动有关——或是他们认为你有的时候。他们会一早六点钟就到你家，也不会敲门叫醒你——直接踢你的门，把铰链都踢掉，有时候还会把房子弄得乱七八糟。”

我说听起来很严重。

他露出微笑：“他们接收你的话更惨。类似的事情多得是。即使这些事只有一半是真的，那也很惨。”

“你曾经被逮捕过吗？”我问。

“他们不需要逮捕你，”莫蒂默说，“只是接收你。”

“然后呢？”

“把你痛打一顿。”

我说：“也许你们没有军队会更好。”

“我不会那么说，不过有他们是挺难受的。”他想了一会儿，接着说，“北爱尔兰防卫军给我们的麻烦比军队还多。”

“谁是‘我们’？”

他说：“大家。”

我搭乘一辆巴士往东到邓甘嫩。蒂龙这部分的山丘陡峭，颜色青翠密集，克洛赫小镇的山丘就像地球脸上的绿色皱纹，山脊层层交叠，绵延不绝。

每个小镇看起来都像随时在等待麻烦的到来。所有的警察、阿尔斯特皇家警队皆全副武装，保持警戒，显得很紧张。他们知道，零散的围城行动专门，用来对付突如其来的暴力事件：所有的事都是在瞬间发生的。

我在邓甘嫩犯了一个错，重复走同一个检查站的十字转门。“又是你，”那名警察的表情说，“做好决定——看是要进来还是出去。”他似乎被激怒了，就像是一个必须一直起来开门的人。市中心已经完全关闭，四周都是带着自动步枪的警察射手。

前往位于北阿马的波塔当途中，我一如往常，坐在一辆满载妇女和儿童的巴士里。孩子们一样十分好动，在椅子上又跳又叫，有个小孩甚至还踢窗子。

“女士，”司机一直说，“把那个孩子带离车窗。”

村落全是一个模样：一座教堂、一间邮局、一栋庄园、一间奥兰治厅、一群小农舍。这里没有陌生人，不像在多塞特和德文，没有衣着讲究、世故老练的城市佬搬进来，修理农舍；也不像在萨塞克斯和肯特，没有人退休到这里来种玫瑰花。阿尔斯特村落的老人在原地出生，他们没有搬到沿海地区，根本没有搬过家，这是个人人固守原地的社会。

我问波塔当的人，火车站在什么地方？他们说，在那里，在那里。可是那里并没有车站；我看不见。他们还是说，在那里。然后克利里先生说：“就在这里。”

我说，我看不到车站。

“是的，”他说，“它在四个月前被炸掉了。但它以前就在这里。”

车站是在周日晚上被炸掉的，当时在厨房里的克利里先生亲耳听见了爆炸声。他问我要去哪里。

“纽里。”我说。

“啊，那就没关系了。火车并不开往纽里。”

他的意思是我不用麻烦了，反正火车已经开走，去了共和国的邓多克，连开二十五英里后才会停。

为什么火车什么地方都不停？我问。

“不需要，没有人去纽里。”

肖恩·奥法莱恩曾经写过二十世纪四十年代在波塔当的情形，他问一个人：“这座小镇（一座典型的北爱尔兰小镇）和任何典型的南方小镇比起来，有什么显著的特色？”那个人的回答是：“我会说，没有一个犹太人在这里或巴利米纳讨生活。”

我把这件事告诉克利里先生，他说：“是的。那是实话，确实如此。”

没有快速的方法可以离开波塔当，而且那是个枯燥的地方。我想去纽里，然后去基尔基尔，便继续沿着海岸前进。有人说：别去纽里，那里有强盗，真的。仿佛说的是：我自己就去过那里，而且我很讶异自己居然还活着。

“啊，如果他们听了乔·吉布森的话，我们的火车站就还在。”一个名叫麦格雷恩的人告诉我，“可是他们不相信他。你瞧，他是个疯子。‘我看见了那辆汽车！’他说，企图警告他们。可是他有点古怪。所以他们听了只是大笑，后来就‘砰’！”

“谁干的？”我说。

“没有人承认，任何人都有可能，”麦格雷恩说，“随便你挑。我们有爱尔兰共和军、临时政府、爱尔兰民族解放军和新芬临时政府；有北爱尔兰防务协会、北爱尔兰志愿军、阿尔斯特自由战士、格子军团和佩斯利的第三势力。还有一般的罪犯。有以暴力赚钱的人，有残忍的孩子。要是你问我，我会说，这种孩子太多了。”

麦格雷恩反对共和国统一：“如果一个女人不想要更多孩子，神父就会过来，告诉她别吃任何避——避——避孕——”他的脸部抽动，想说出那个词。

我说：“我懂。”

托马斯·B. 米尔斯很胖，两只眼睛长得很近，几个月前才把烟戒掉，因为他再也买不起烟，结果又胖了四十磅，现在体重达两百三十磅。

米尔斯先生说：“别去纽里。”

“为什么？”

“那是个临时政府的小镇。”他靠近我小声说。

“那又怎么样？”

“讲英语，”他说，“问问题。他们会把你当成英国特种空勤队的人。他们会宰了你。”

“宰”似乎比“杀”还要惨，好像被无声无息地处理掉，永远消失了。

米尔斯先生说：“去纽卡斯尔。”

于是我出发前往纽卡斯尔，经过吉尔福德和班布里奇，搭乘更多乡下巴士（“女士，请把你的孩子……”）。

所有市镇政府的建筑都受到一种不寻常的方式保护，不仅围了栅栏，还被圈在笼子里，有时笼子的高度还超过建筑物的顶端。它们有精心制作的栅栏门和倒刺的铁丝网，而且网线相当精致，让警察局和电话交换机，以及其他所有可能的目标不至于受到炸弹的攻击。在除此之外一片寂静的乡村小镇里看到如此重量级的安全防护，真的很奇怪；面对这样丑陋的防御设施，听人说“啊，可是这里很平静，真的”，这也很奇怪。

在班布里奇时，我在日记本上写下：在北爱超过一个星期，缠着人问问题，而我还没有碰到一个真正偏执的人。

由于班布里奇位于爱尔兰通往贝尔法斯特的主要道路上，小镇的南端有几个检查站。有些是长着招风耳的北爱尔兰防卫军志愿军（“打开你的靴子……”），有些是阿尔斯特皇家警队（“你去过北部吗？”），还有一些是英国军人（“带枪了吗？”）。

在前往纽卡斯尔的乡下巴士上，我一直看着莫恩山脉。在一片和缓的景致里，它们是那么突兀与不寻常。再往东一点的陆地上尽是石头，而这座从凯茨布里奇那里看过来的蓝色山脉，其实是光秃秃的淡绿色，光滑平坦，犹如一名裸体女巨人躺在一个绿色睡袋里。

纽卡斯尔位于多纳德山的高峰下，十分空旷。我就在这样漂亮的地方感受阿尔斯特的孤寂：海滩上或公园里没有人，没有人在海滨人行道上散步；没有停着的车子，因为炸弹法根本不允许停车；商店里没有人，中国餐馆里只有一对男女。阿尔斯特海边的阳光鬼镇晴朗而又凄凉！

纽卡斯尔有栋建筑物上草草写着“阿根廷万岁”的标语，这是我旅途中头一次看到墙上涂鸦支持福克兰群岛战役中的阿根廷。讽刺的是，我看见的那一天也正是英国军队进入斯坦利港、强迫阿根廷人投降的日子。第二天所有报上都看到同样的头条标题：胜利！

## 第十七章

# 下午三点五十三分去贝尔法斯特

唐郡没有庆祝英国在福克兰群岛的胜利。和我交谈的人都觉得困惑和不满。“为那件事赔上性命的人太多了。”我在纽卡斯尔时，哈克特先生告诉我。“没错，我看到报纸了，”在卡斯尔韦伦时，康斯坦丝·凯利说，“可是我们自己的麻烦都忙不过来了，没有兴趣去理会南大西洋上那堆岩石。”唐帕特里克有个名叫弗拉纳根的男人说：“这里被杀害的年轻小伙子呢？不久前，镇上有个炸弹，却没有一家英国报纸报道：‘蒂姆·弗拉纳根剃了光头，目前离康复还有很长一段路要走。’”

我搭上校车（那是一大早唯一的巴士），与圣马拉奇学校一群大吼大叫的男生和成熟的女生一起前往卡斯尔韦伦。我离贝尔法斯特差不多只有三十英里，可是我并未直接去那里，而是走阿兹半岛海岸边的一条路线，绕道前往。我要到了班戈之后，再搭火车去贝尔法斯特。那是个湿气重得令人窒息的六月天，褐色的天空活像一团纠缠在一起的羊毛，快要下雨了。

走出我刚遇见蒂姆·弗拉纳根的唐帕特里克，我思索着福克兰群岛和此地人们的态度。阿尔斯特人说，那我们呢？天主教徒和新教徒同样反对关注遥远的福克兰群岛，以及岛上一千七百位居民

（当时甚至还不全是英国的公民）。我参加了在小镇郊区举办的一场战争纪念活动，有块板子上写了这几行字：

> 他们不会长大，而我们却逐渐老去：
> 年龄不会让他们感到疲倦，岁月也不会予以非难。
> 日落与日出，
> 我们都会记得他们。

让我深感着迷的是诗句中描写年轻过世的好处——省却了年老的疲惫和缺点。诗人劳伦斯·比尼恩是英国人，但这首诗深具爱尔兰感情。在我看来，阿尔斯特真正的问题，以及那里会有那么多血腥杀戮的原因，是每个人都相信来生。

离斯特兰福德还有九英里。我走路到七号里程碑，之后就开始下雨了。我不介意下雨，但是隆隆的打雷声让我担心，因为我在平坦田野一条空旷的道路上——没有村落，没有树，没有可以躲的地方，于是我决定搭便车。

这里是阿尔斯特，搭便车的人经常会抢劫汽车，把司机踢到马路上（投弹者和持枪的歹徒几乎都用偷来的车），然而，我在第二辆车经过时就顺利搭上了便车。

赫尔利先生是斯特兰福德人。他说那是混杂的社区，很骄傲地表示他们一起工作。

“当然，这个地区还是有极端主义团体在运作，”赫尔利先生说，“还有政党。还有俱乐部和集会所。你现在一定会想它们当中有哪个反映了我的想法，对不对？可是全都没有。我认为如果我们有更好的领导，就会有某些进展。”

他说他曾经在伦敦担任管道工。

“在伦敦三年，那段时间从来没有人问过我的宗教信仰。那是我喜欢伦敦的原因。”

斯特兰福德大约有五条街（顶多五十户人家），还有一处渡口。我搭渡轮越过港口，到干净和井然有序的村落波塔费里。在阿尔斯特要找到一个没有涂鸦、没有炸弹损害、没有破窗、没有被炸过的建筑物的村子是很稀罕的；而波塔费里几乎就是那样——唯一的袭击记号就是一间被炸过的教堂。

“这是个很小的小镇，”一个男人跟我说，“你可以看到广场上有阳光闪烁。”

雨下得很大。他说波塔费里的近海旋涡十分著名。

我说我不留在这里，我要去波塔沃吉。

“我才从波塔沃吉过来，”他说，“你想怎么去？”

我说我会走过去或是搭便车。

“我载你，”他说，“我反正要回家吃午餐。”

他名叫科斯莫·希尔兹，说他的巴士就停在转角。我很讶异他的毫不迂回：把空的巴士直接停在旁边的马路上。他说这是他的巴士，刚从纽敦纳兹跑完早上的班次，现在要去吃午餐。把巴士开回家是因为下午要跑柯库宾和贝尔法斯特。不久之前，这座半岛还有十六辆巴士，可是因为司机死了（“他们大部分是心脏病发作”），巴士就逐渐被淘汰了。

科斯莫·希尔兹说，并不是现在人们自己有车，而是没有钱，加上旅行并不安全。

他说自己一直很幸运，开车已经开了三十三年——驾驶着双层巴士在这些乡村小路上跑，就算那段时间，每天进出贝尔法斯特两趟，也只遇过两次麻烦——两次都是在舒特斯特兰区遭人扔石块，打破了窗子。

“是的，可是他们扔石头的对象不是我，而是你开的巴士。目标是巴士，你明白吧，是政府的财产。”他把手肘靠在方向盘上开车，身材结实健壮，近六十岁。他说这不是例行的班次，所以没有跟我收取任何费用。“告诉你，我处理过一大堆酒鬼的麻烦，还有儿童。”

我说：“孩子们似乎都很好动。”

“他们比以前更具破坏力！”希尔兹先生说，“脑子里一堆破坏念头。对，大家都这么说，都担心现在阿尔斯特的孩子。”希尔兹先生把整个身体转过来讲话，视线离开了马路五秒钟。他说：“是的，小孩看到发生了什么事。”

我们刚进入波塔沃吉，我就发现它吸引人之处与波塔费里一模一样——没有弹坑，没有毫无来由的激动情绪，气氛很正常。侧边高耸的拖网渔船停泊在码头，卸下一箱箱的鲱鱼和虾。

科斯莫·希尔兹还在咕哝，我猜他是在想那些破坏的孩子。

他说：“是的，照事情发展的方式来看，很快就会发生。”

“抱歉，请问你说什么？”

“世界末日，”他现在很肯定地点头，“是的，我认为世界末日不远了……”然后一口气说完，“……要我带你去巴利沃尔特吗？”

走路和搭便车前往班戈的海岸让我修正了自己对阿尔斯特的看

法。社会的一部分是疯狂的，宗教狂热令那种疯狂变本加厉——殉道者狂热且急促地大叫："反对基督！反对基督！"（就像几个星期前，佩斯利博士[①]的会众对来访英国的教皇所做的事。）它是个古老的社会，有长久的记忆，根本不知道什么是未来——对于那些不确定自己今晚有没有钱搭巴士回家的人来说，一六九〇年仿佛昨日。

我不知道残酷是从哪里来的。丁尼生说爱尔兰的残酷是因为缺乏想象力，但其他作家则认为原因出在政治混乱的倾向和逃避道德上的焦虑。爱尔兰人可能会很高兴拥有爱尔兰的想法，但阿尔斯特是个模糊的东西——实际上不是有九个而非六个郡吗？既不是爱尔兰人也不是不列颠人的阿尔斯特人感觉孤寂，觉得遭人遗弃。

那是个工人勤奋却没有工作的社会。那是个不可能居住的美丽国度。那是个还有货真价实的小耕农、货真价实的小气女公爵、养猪农和继承遗产的女伯爵社会。此外，令人惊讶的是，在一个扎根如此之深的地区，其移民率却高居全世界之冠——尤其是最近：在一九七一年至一九八一这十年间，差不多有十四万人离开北爱尔兰。最重要的是，它是一个种族本能的社会——种族冲突、种族亲密关系，还有（在部落民族里很普遍）一种源自猜疑和慷慨的孤立感，对陌生人尤其如此。他们说："紧张不安总比孤寂要好一点。"

搭便车时，有人愿意载我；问问题时，他们几乎都愿意回答。我看到暴力的痕迹，但始终不觉得自己的肉体受到危险的威胁。我喜欢阿尔斯特的好奇心——和英国人狭小的心胸及畏惧是那么不同。尽管打扮得像个流浪汉或土匪，但我觉得自己是受欢迎的。"跟

① 佩斯利博士，亲英国的新教领袖，此处为地名，在佩斯利约有十处称为博士的区域。

我回家吃午餐！”到了阿尔斯特我才受到这种邀请。我沿着鹅卵石海岸到米尔艾尔，然后走路到多纳哈迪，这里正下着雨，没有什么人。“你应该三个星期前来这里的，”到了多纳哈迪时，有人跟我说，“阳光普照，天气又好又温暖。不过别担心。进来歇歇脚，我来烧水。”

沿海这些地方大部分都只是海边度假中心，都是靠着爱尔兰海的小镇，海浪长年拍打，带走污水，淹死反常的猫。那里有一间空荡荡的游戏厅、一间空荡荡的咖啡馆、一家炸鱼薯条店、几条破长椅和一座覆盖了黑色海藻（或许是海草，也或许是柏油）的岩石前滩：没什么差别，反正没有人游泳。

“过几个星期再来。”那个人跟我说。

“旅行季开始的时候吗？”

“不是，只是那一天，奥伦治庆祝日。”

“我会记在我的日记上。”我说。

“十二号。”

我经由格鲁姆斯波特走到班戈。班戈类似某种英国的海岸小镇，有点像贝克斯希尔，又有点像道利什；老旧、体面、险峻，而且有种让人想笑的做作气氛，花哨又爱摆排场，这在阿尔斯特很罕见。不过那还是班戈较好的一面，另一面则和其他地方一样荒芜与友善。班戈有一部分是在贝尔法斯特工作，却受不了住在那里的有钱人、生意人和专业人士的避难所，也因此班戈比阿尔斯特其他同样大小的镇安全且单调许多，包括小得可怜的纽卡斯尔在内。

火车站没设安检是班戈异常安静的象征。有天我搭乘下午三点五十三分的火车（所有的火车都往西行，只因班戈是最后一站），才走了几英里，周围的景致就变得像英国的郊区，新旧间杂的半独立式房屋、玫瑰花园和高耸且不友善的围篱。此刻我正经过贝尔法斯特湾南部，在卡纳利亚看见海湾另一边的卡里克弗格斯和怀特黑德镇。我的阿尔斯特环程旅行差不多已经完成。

雨下下来了。有些地方有延伸到海的草地。海伦湾火车站由达弗林勋爵设计成仿要塞的模样，有城垛和箭孔——在我看来，爱尔兰的贵族比农民更愚蠢、更没有艺术修养。在海伦湾，还有接下来的卡尔特拉和马里诺，大家都说："我从未见过暴乱，也没有听过爆炸声，而且我认为应该永远都不会有这种经验。"

我们经过霍利伍德和大型的军队补给站，接着是造船厂的起重架和吊车，也就是说，我们已经接近贝尔法斯特这令人讨厌的老镇了。

这是一座酒鬼的城市，人们鬼祟且晚起，空气中弥漫着湿砖头和燃煤的味道，发散臭味，有一种恐怖的魅力。当雨下在贝尔法斯特时，不但泼湿屋顶，穿透窗户玻璃，还会进入你的灵魂。它是英国最黑暗、也是损害最严重的城市。

贝尔法斯特有个旅游局，传达的信息是"别害怕"。我喜欢他们小册子里哄骗人的那段话：

> 我的灵魂并不胆怯
>
> 在世上饱受暴风雨骚扰的范围里

艾米莉·勃朗特（父亲是阿尔斯特人）的这些诗句经常

被拿来形容贝尔法斯特的精神。听过这座城市政治困境的游客在看到市民“照常营业”的活泼态度以及自信的成就表现时，总是十分惊 讶……

不过，勃朗特的诗（《最后的诗篇》)是有关上帝的爱的，还有“让我武装起来，远离恐惧”的“上帝的荣耀”和“信念”。相信上帝，你在贝尔法斯特就会平安无事！

我想，这种成就是这座城市在经过如此连续打击之后依然屹立不摇的原因；在那么多街道被毁、被投了那么多炸弹之后，还是有巴士在跑；在破了那么多窗户之后，还是有窗户完整无缺。日子会继续过下去，不是吗？阿尔斯特百分之四十的人口都住在这座城市里，而且大部分残余的工业也在这里，但其前景仍然堪忧。听说贝尔法斯特最大的雇主造船厂要遣散四千名员工。“那才是真正麻烦的开始，”一个面貌严峻、名叫芒卡斯特的人告诉我，“英国政府一直在保护他们的‘工人’，可是等他们没有工人时会怎么样？”

“叫我杰克。”芒卡斯特是个真正的贝尔法斯特硬汉。这座城市要不是毁了一个人，就是把人变得残酷无情。贝尔法斯特的人（大部分）都承受记者开始名为“同情疲劳”之苦，在看过那么多痛苦的不幸，听过那么多爆炸和求救的呼喊后，已经连眼睛都不会眨一下了。

“我对投弹者有什么想法？”芒卡斯特说，“我认为他们很无聊。每回听见有炸弹爆炸时，我就只会看看手表，看看时间——也不知道为什么，然后离开。而且我觉得炸弹爆炸之后更安全，因为或许那天就不会再有炸弹了。不过，老天爷，真是无聊！”

那倒是实话——一个不安全的社会起先会令人感到害怕、不便、心烦、发狂，最后就变得叫人讨厌。安全检查！金属探测器！搜身和盘问！有一天，我在接受安全检查时，那位女警官居然大声尖叫着跳离我的背包。“羽毛！羽毛！”她一边大叫，一边挥舞着双手，“快把它们弄走！”

那是我在邓德拉姆湾发现的一只死雉鸡身上的毛。

在贝尔法斯特时，我住在一家肮脏的旅馆里，旅馆内部潮湿，壁纸闻起来有烟草、啤酒和早餐油脂的味道。可是这里没有安检，因为我在恩尼斯基林那好几年都不曾有炸弹的小镇被搜过身；所以我在贝尔法斯特的豪华欧洲旅馆一定也会被搜身——旅馆四周围了一道高高的倒刺铁丝围篱，还有哨兵和守卫的狗。游客和记者住在欧洲旅馆——那是放炸弹的好目标，不过无名小卒住在穆尼旅馆就好。

我将其称为穆尼旅馆，是因为它很像乔伊斯的《寄宿公寓》里穆尼太太经营的廉价旅馆。我们的穆尼太太也有红润的大脸、肥肥的手臂及红红的手，会迎合旅行推销员和漂泊者的口味。地毯破洞，壁纸剥落，木头制品上都是裂缝。不过我在那里很自由，换成在昂贵的旅馆里就没自由了；而且我认为在这个肮脏的地方不会有危险。这就是贝尔法斯特的逻辑，不过我确定这样的生活模式未来在城市里会更为普遍。

穆尼旅馆里的酒吧整个晚上都很热闹，整个旅馆里都是烟与聊天声。

“酒吧什么时候打烊？”第一个晚上我问。

“十月。”一位酒客大笑着告诉我。

有一天，我在贝尔法斯特看到一张海报，宣传的是一出名为《安布罗斯·福格蒂的审问》的“世界首演”。剧名听起来带有政治意味——那是一定的；作者马丁·林奇是当地人，曾在植物园附近的抒情演员剧场和皇后大学上演过。我冒雨去买了一张票——后来鞋子湿了三天！爱尔兰下雨是稀松平常的事，黑暗平原没有一处下不到，让艾伦沼泽变得松软，让贝尔法斯特变得更加黑暗。

首演的晚上还在下雨，不过那出戏吸引了很多观众，让我心想自己可能不会再看到更好的戏了。它概括了我在阿尔斯特发现的情绪——闹剧和悲剧，互相转换，有时候难以辨别。

安布罗斯·福格蒂是个住在福斯路的天主教徒，遭到一名英国士兵怀疑，于是被带到警察局审问。他被留置了三天，被严刑逼供。福格蒂是无辜的；那名英国士兵是个好色之徒，是个势利的畜生，瞧不起阿尔斯特和阿尔斯特人；警员中的两名很无能，其他的则皆是虐待狂和心胸狭窄的人。还有另外一名嫌犯威利·拉根，不过他是个笨蛋、酒鬼、低能儿，拨弄着一把吉他，滑稽的程度与福格蒂令人敬佩的程度相当。

那是一出迫害和拷问的戏。有些地方未经修饰，但是它似乎确认了所有我听过的有关胁迫嫌犯的故事。安布罗斯被要求签一份自白书，承认他是爱尔兰共和军的一员，还有他参加了武装银行抢劫。他拒绝签字——否认所有的事，所以饱受威胁。尽管如此，他仍然拒绝，最后被狠狠地踢打了一顿，话都快说不出来了，两条手臂也被扭得快要脱臼，但是所有的警察加起来都只做到一件事，那就是让一个原本相当开朗的年轻人含冤。全剧以福格蒂发表政治性的陈词滥调作为结束。

第二名嫌犯威利的出场让暴力气氛缓和了一些，只见他用走调的歌声带来轻松的气氛，表现出合作的意愿，之后还是垮掉，扮扮鬼脸，每句话都说两遍。他看起来很可笑：穿了一套佐特装[①]，戴了一条花哨的领带，头发梳得整齐光滑——美国二十世纪五十年代的直发。但他太可笑了——安布罗斯太无辜，威利又太超乎寻常，那不是非常荒谬吗？

“你认为怎么样？”之后在休息室里，我在喝健力士啤酒时，有位女士问我。

我心想：这可真是个有备而来的问题。为什么类似的戏码总是和无辜的人扯在一起？为什么不让福格蒂就是爱尔兰共和军的人？毕竟周遭已经有太多这种人，在人背后开枪，然后嘀咕着新芬党说：“我们可是独自行动的。”

我说：“很有趣。可是我是个外国人，所以当然会有些疑问。”

“那何不问问他们？作者就站在你后面。”

马丁·林奇年约三十，和他的主角福格蒂相似的外形立刻让我印象深刻。我说我曾听过类似的审问，但他这出戏有多少真实性？

“那是我个人的经历，”他说，“我被逮捕而且被留置了三天，他们打我，想尽办法要我签一份自白书。那些经历全在戏里头——那是真人真事。”

“威利的角色戏剧化得恰当。”我说。可是我指的是他太过方便、太过荒谬了。

“你想见他吗？”林奇说着就把一个人叫过来。

① 佐特装，上衣过膝、宽肩、裤管宽松而裤口窄小的套装。

这个人比威利·拉根要老一点、丑一点，但毫无疑问他就是本尊。他扮了个鬼脸，朝我眨了眨眼，接着开始唱歌。他戴了一条白色缎质领带，穿一件黑衬衫，还有一套闪亮的佐特装，然后跪下来，发出猴子的声音，并抓住我的手。

“我们是一起被关的牢友，”林奇说，微笑着看那个人滑稽的动作，“就像在剧里一样。如果他不在那里，那段时间就难熬了。我真的很感谢他。”

那个人发出温柔亲切的猴子声音，眼睛溜溜地转。现在是无法分出戏在什么地方结束，这些人的真实生活又是从什么地方开始的。

在我看来，有类似的戏剧上演就是健康的象征，但那是一出有关疯狂社会的剧。我一直期待看到一出有关真正投弹者的剧，因为这里是个大家都谈论迫害，却没有人出面负责的社会。

在阿尔斯特没有人承认犯罪。他们最常说的就是：“看看他们逼我们做的事！”好像所有的街头暴力都是想象出来的，或是由哄骗儿童开始暴动的士兵设计的（在德里就是这么说的）。它是不明确的，模糊的，种族的；全都鬼鬼祟祟。它是挥旗的民间传统，好比耶路撒冷以西宗教偏执最狭隘的表达方式。除了爆炸之外，都不再是公共犯罪。所谓的公共犯罪是暗中埋伏和门口杀手（“我有东西要给你父亲”），还有在乡村小路上埋地雷。最差劲的犯罪活动有些偏发生在最美丽的乡间（开枪射击、烧房子、弄残牲口），在鸟儿啁啾的青山里。

人们说：“没有解决方法……爱尔兰一直都有问题……或许它会灭绝……我认为我们可以移民……”

我一直在想：这是英国！

我就像和一个争吵不休的家庭关在一起，听着人们大叫“是你开始的！”和“他动手打我！”。而我对阿尔斯特的感觉就像我对某些雨天里的南部海边旅馆的感觉——我想蹑手蹑脚地走到前门，悄悄离开，继续前进。

不过我也很感激。没有人占过我的便宜，除了发问之外，我什么都没做，而且总是能听到有趣的回答。我遇到过好客而又亲切的人，始终没有人问我是靠什么过活的，或许这是得体的态度——在一个许多人靠失业救济金过活的地方，这可是个不礼貌的问题。

在英国和威尔士就有人问过我这个问题。“我在出版业。”我总是这样回答。出版业值得尊敬、无害，而且没有什么好讨论的，话题会随即转到别的事情上去。“我是作家”却是致命的回答，肯定会中止谈话。无论如何，穿着湿湿的鞋子和被划损的皮外套，背着伤痕累累的背包，还会有人相信我是作家吗？不过没人知道出版商该长什么样子。

我在贝尔法斯特的最后一晚有人问我问题。我当时在穆尼旅馆和多兰先生聊天，已问了太多有关他的问题：他的成长、他的母亲、他的抱负、犯罪率、他的工作……

“那么你是做什么的？”多兰问，冒险问了别人不敢问的问题。

我一定在做事，因为我是个外国人。

“我在出版业。”我说。

多兰的脸庞为之一亮。七个星期以来，没人在我说这件事时出现那么开心的反应。不过这里是爱尔兰嘛。

“我正在写一本很小的小说，”多兰说，又帮我点了一品脱，

“我已经写好了大约四百页——就在楼上我的房间里。我们明天再碰个面喝一杯，我会把我的小说带过来。你一定会喜欢，全和麻烦有关。”

第二天我蹑手蹑脚地经过多兰的房间。我听见他不规则的打鼾声，然后溜出穆尼旅馆，离开了阿尔斯特。

## 第十八章
# 搭火车去马莱格

在可怕的贝尔法斯特过了几天备受威胁的日子后，我搭船和火车到格拉斯哥，发现这里很平静，甚至可以用漂亮来形容。它以前有个不好的名字，人们说成“格莱斯卡”，嘲弄掉光牙齿的人，谈及高伯的剃刀战斗，并开羊内脏燕麦粥的玩笑。然而格拉斯哥十分舒适，没有遭到破坏，而是被腐蚀。贫民窟不见了，建筑物洗掉了煤烟。这座城市看起来很庄严，没有路障，没有焦痕。嗯，我刚刚努力离开那座古典热情岛屿上岸。在爱尔兰时，我老觉得自己好像一直在黑暗中盲目行走似的，但苏格兰让我有了希望。这一路往我要去的奥本，都是阳光普照的好天气。

在从格拉斯哥中央火车站到皇后街车站的路上，我遇见两位邮差。他们问我从什么地方过来，我告诉他们阿尔斯特，他们听了说：“哦！”

“全都是破窗子。”我说。

“是啊，还有破头！”其中一位邮差说。

另一个人说：“我们有自己的天主教徒。你没听过格拉斯哥流浪者队和凯尔特人队的足球比赛吗？他们每年都会有六场比赛，可是不一定会有暴动。”

格拉斯哥的口音不见字母——音标里没有喉塞音，鼻音或喘音也没有用处。我碰到过住在乡下的苏格兰人，他们跟我说完全无法理解格拉斯哥人。阿尔斯特口音是要花一点时间把噪声转成语言：我听到某个人讲话，之后在声音的回音中捕捉到意思。可是这在苏格兰并不常见：回音是没有意义的，在格拉斯哥甚至变成一种卡住的含带怒气的打嗝，突如其来且无法翻译。

我搭了一辆空的火车上行到克莱德，经过一些廉价公寓，心想这些公寓的屋龄不知道有多久了。它们的大小和阴暗格外引人注目——六层楼的石头建筑，看起来像监狱或精神病院。廉价公寓是苏格兰人发明的吗？他们对老旧大楼的称呼是“领土”，而且打从十五世纪开始就使用这个词了。

我们经过邓巴顿（意为不列颠人之丘），沿着克莱德湾满是岩石的泥泞海岸前进。河湾的另一头是忙碌的格里诺克港（海盗基德船长[①]的出生地），后面有山丘。我总是拿山丘没办法。那些山丘并非光滑、倾斜、柔软的大块隆起……

有位个子高大的老人走过车厢间的连接门，虽然整节车厢里没有其他人，但他还是直接坐到我身边，我只好把笔记本收进口袋里。

“我希望你不会觉得尴尬。”他说。

不尴尬，但是别的感觉——或许是吓一跳吧。

---

① 指威廉·基德（1654—1701），出生于苏格兰，二十岁时移民到美洲。长年在海上漂泊的经历使他成为优秀的水手。一六八九年在英国与法国开战时应召入伍，当上了武装民运船船长，并在西印度群岛和加勒比海一带跟法国作战，屡建战功，获得英女王嘉奖。后被英国当局处死。

“我要去奥本。”我说。

“很好，”他说，“我们可以聊聊。”他的旅程也有一百英里远。

可是讲话的多半是他。他年纪很大，即使坐在我身旁，仍足足比我高出一英尺，看起来像位教皇。他有个大鼻子，双手多肉且松弛下垂，身穿一件黑色长外套，还带了一小包用麻绳捆绑的书：全都是侦探小说。他叫约翰·L.戴维森，一八九五年出生在拉纳克郡，偶尔还真的会觉得自己已经八十七岁。他住在邓巴顿多久了？“只有五十年。”他说。他现在住在邓巴顿上流老人之家，这辈子认识的每一个人都离开人世了。

他说：“我只比约翰·洛吉·贝尔德年轻七岁，你没听说过他吗？他发明了电视机，就出生在这里的海伦斯堡。”

我望着窗外。

“在那里的某个地方，”戴维森先生说，“他学校的老师们不认为他很聪明，反而觉得他是个脑袋有问题的人。有一天，他决定发明电话机。他把一条电线横在马路上，两边各有一个电话器具，一个在他家，另一个在他朋友家。结果有个人骑马经过那条马路，没看到那条电线——被勒住了！他在贝尔德的电话线上被勒死了！这是真人真事。”

我们来到盖尔洛赫黑德，经过长湖。上面的山既阴暗又崎岖不平，像是布满了灰尘的大煤块。山的四周长满了松林。湖呈蓝黑色，看起来倒是不怎么深。

“这座湖很长、很深、很直，所以他们在里面测试鱼雷，”戴维森先生说，“你可以从一端发射一枚鱼雷到另一端——超过十三英里。想不想看点有趣的东西？”

他站起来，示意我到窗户那里，把窗子拉下来说："你看着。"

我们正要接近一处铁路联轨站，有更多轨道，还有一个独立的信号箱。四周全是森林和山。我以为火车要停，可是它都没有慢下来。只见戴维森先生把他那包书伸出窗外吊着，信号箱附近一个凸起的小台子上站着位车站人员，他抓住那些书后大叫："谢谢你！"

"我以前这么做过，火车不会停。我听说这个信号员喜欢读好书，但这里没有书店，也没有图书馆，所以我就帮他带了那些书来。"

戴维森先生并不知道那个信号员是谁，也不知道他的名字。他只知道那个人喜欢读好书。

"这条线上曾经有过许多小房子，但现在不多了，已经都失去联络。你看火车上的人——他们看完报纸后会把报纸丢出窗外，让住在这条线上的人看。"

然后戴维森先生突然放声尖叫，毫无警讯地发起脾气来。

"可是他们有些人让我很生气！搭火车旅行苏格兰的人，居然做起了填字游戏！这样他们又何必来呢！"

突然间，他又平静下来："他们称那座山为'补鞋匠'，正后方有一处空旷的地沟。"——他说成地谷，为了与湖押韵。

在仿若白色天空下的冰块、平坦如镜的洛蒙德湖，戴维森先生开始谈起印刷工会，因为我告诉他我在出版业。

"你不属于弗利特街[①]那帮该死的畜生！"他大声吼叫，又突然发起脾气来，"印刷工会真是该死！他们只会保护自身的利

① 英国的媒体街，因为英国主要的全国性报纸几乎都在弗利特街上。

益。他们喝得醉醺醺地现身，就有薪水可领！‘付钱！’‘可是他喝醉了！’‘哦，对，可是你不能把乌利装布袋！’‘我要把他装布袋！’‘若把他装布袋，我们全都得走路。’真是该死的笨蛋！”

戴维森先生是朝窗外吼叫，朝映照在湖里的奶油般的云，而不是朝我。

“我不是安妮女王的保守党员，”他说，“我只是个普通的劳工。是的，吉米，我在一九一二年是个工会主义者！”

他说他在零售业混了一辈子——食品杂货业，别人的店。他的工作时间很长，从早上八点到晚上八点，只有半个小时吃午餐，半个小时喝茶。

这些山丘上半部分光秃秃的，下半部分是低矮的小松树。戴维森先生很安静，然后靠到我身边来，低声难过地说：“你读到的所有东西都不是真的。”

他又爆发了一次。

“他们疯狂造林！一棵树得长四十年才有用。原本你可以在这里养四十年羊，他们却用来种树！”

不过那里的树并不多。三百年前这地区全是硬木森林——橡树和山毛榉。它们被砍伐，做成木炭，运往就在这条线上的泰努尔特的炼铁场，那里的大炮弹很有名，纳尔逊子爵在特拉法尔加角战役时曾经发射过。现在这些树都是纤细的松树，多岩石的山丘光秃秃的，有被流水腐蚀形成的黑色条纹。黑色的云就像另一座山脉、另一个陌生的国度，阳光照在一些石头上，映射出一道如苍白骨头似的闪光。

我忍住一阵颤抖，说这里似乎相当阴冷。

“是啊，”戴维森先生说，“那是它美丽的原因。”

接着他进入梦乡。他嘴巴大张，睡得很熟，我都以为他死了。

稍后，戴维森先生醒来咽了咽，好像把剩余的疲劳都吞下去似的。他认出了基尔亨城堡，说有个疯狂的老女人直到最近都还住在那个废墟里。她始终以为自己是坎贝尔家族最后的血脉。不过他也知道日子难过的滋味，他说。他曾有过“三段贫穷的时候”——没有工作，也没有东西吃。

“我又不能加入军队。我戴眼镜，你看。如果你戴眼镜，防毒面具就毫无用处了。”

接着他谈到了索姆。

“这个国家没有朋友，”他指的是英国人，“只有敌人，还有负债。我们花了好几年偿还布尔战争[①]的负债，现在还在负债当中。”

他环抱着他的厚外套皱起眉头。这时候他看起来蓬头垢面，一副悲观的样子。他在思考。

“不过第三次世界大战就不会有负债了，不会有任何活口，谁也不用付钱给任何人！我诅咒——”他又突然生气了，“我诅咒下议院的政客！他们会启动下一场战争，之后一个活口都不剩！”

我们来到奥本。白色的火车站有蓝色的饰边，还有一座显示正确时间的钟塔。港口有海豹。小镇一座山丘上有座实体大小的罗马竞技场复制品，是一位银行家在一八九七年开始建造的，原本认为如此有野心的东西可以解决失业问题。但竞技场始终没有完工；它很漂亮，只有框架，结构对称，却毫无用处。他们称它为麦凯格的

① 一八九九年至一九〇二英国与布尔人为了争夺南非金矿而爆发的战争。

荒唐大建筑。

即使在奥本，戴维森先生还是像在空荡荡的火车厢里一样待在我身边。他说那栋荒唐大建筑一年只造一扇窗。

"我是个单身汉，"后来他说，"从没结过婚。"

"八十七年来都没有女人？"

"没有，而且不喝酒。"

"从来都不喝？"

"或许有喝过一两天，"他说，"而且我从不抽烟。"

"完美无过失的一生。"我说。

"但我一直多病，"他说，"只是远不及性、喝酒和抽烟，都没有。"

奥本是由石头组成的，非常坚固而且充满了苏格兰味，没有低级的酒馆，也没有游手好闲的人。这是个拥有冰冷明亮房间的小镇，身穿毛衣、脸颊红润的人坐在里面搓着双手；空气新鲜，水温冰冷。如果你觉得冷，就去散散步，甩甩手臂，活络一下筋骨——要到十月壁炉才会生火。让我惊讶的是，奥本大部分的苏格兰建筑看起来都像银行一样耐用，这便是位于荒凉水域和岛屿海岸上单调干净的小镇。

这些苏格兰海岸城镇当中，有些东西看起来好像是被丢到地面上来的。它们就和所在的岩石一样抛光圆滑，只不过被切成方形，而且高一些——不是水泥匠盖在那里的，而是直接从这些花岗岩峭壁刻出来的。

我在奥本的第二天又看到了戴维森先生。他像死了一般坐在乔治街的一张椅子上，面对港口，一双大手交叉在胸前，嘴巴张得大大的。他没有行李——除了一张火车票外，什么都没有。昨晚他睡在哪里的？我忍住没问，因为我害怕面对他的答案。

他睁开黄色的眼睛看我。

我说："我在考虑去威廉堡。"

"一个小时后有一班火车，"他说，"吉米，你的背包呢？"

他把每个人都叫作吉米。

我说："在巴士站。我要搭巴士去海边。"

他说："我不想去。"

"我要沿着海岸走。"

"是啊，吉米，沿着海岸。"接着他就闭上了眼睛。

不过巴士上有一个眼睛充血的人。他名叫怀特洛，咬着烟斗柄，看着窗子大叫。

海里有笼子。

他大叫："渔场！"

康内尔桥下的水又黑又有泡沫。

他大叫："洛拉瀑布！"

我看见了沼泽地。

他大叫："那是他们切泥煤的地方！"

风景让他十分激动，我心想不知道那是不是苏格兰人的特性，我从未见过英国人这样。

他大叫："退潮了！"

确实如此。他终于在舒纳海峡的波特纳克罗什下了车。

这条海岸线相当复杂，有山丘、海湾、湖和急流。这全是苏格兰海岸——海水如此丰沛，岩壁如此陡峭，如此多石。巴拉胡利什就像一座高山山谷，研磨掉了所有的柔和——羽毛般的树木、农舍、在山坡上奔跑的褐色母牛，以及一切柔和的角度，全都被刮除得一干二净，变得裸露光秃、高低不平，是一片等待草皮和森林重生的秃地。

苏格兰大部分西部海岸线看起来都很原始——好像被彻底清扫，等待完工。天气严寒，毫无变化，大半都是如此。天气冷得很，我想象着羊群在海岸上濒死。威廉堡崎岖不平，让我开始觉得这是截至目前，我在英国见过最壮观的海岸线——比康沃尔大，比威尔士暗，比安特里姆宽。我盯着它，觉得与其说它漂亮，还不如说它凶猛，大小和结构都未经润饰，令人惊讶。这里如同沿海的峭壁，总是随着光线变化；始终雄伟，但在某种微弱的光线之下，又似乎相当危险。

我在威廉堡可以完全匿名，因为其他游客也有背包、油腻的鞋子及双筒望远镜。威廉堡上有本内维斯山，后有高地露营地，所以到处都可见徒步旅行者和喜欢新鲜空气的人疯狂地互相询问小径。镇上很拥挤，看起来实在不怎么舒服，到处都是露营的人，所以午餐之后，我擦了擦嘴便往西北走，沿着铁路来到海边。我再度想道：有些旅行是个逃离的梦想。

走了三英里路，我来到喀里多尼亚运河的较低处。想看看船只通过，但除了鸭子之外，什么都没有。天气很好，我很高兴独自身在这空旷的幽谷里。

不料，有个喘得厉害的声音说："你有火柴吗？"我差点被吓得魂飞魄散。

那是乔克·麦克杜格尔，有一双红眼睛和一张肮脏的脸，站在一棵树旁发抖，前额长满了疙瘩，衣服破破烂烂。

“我只想要一根火柴，”他说，“我并不是厚脸皮。”

他想让我安心：他知道自己很脏，看起来很危险。我把火柴给他，他慢慢点起长约一英寸的扁烟屁股，看起来像是被踩过的，想不到在绿色的幽谷里会碰见一个这么奇怪的人。

他说：“我这辈子从来没有攻击过人，没有造成过人身伤害，也没有扰乱过治安。”

我看着他，不知道要说些什么。

“只是会喝醉，外加无能。”他说。

他在附近有个小营地——一个用破布做的窝，放着瓶瓶罐罐，还有一堆正在冒烟的营火和两个同伴。他们是一个叫艾丽斯的胆怯女人和一个叫克劳福德的男人，都比麦克杜格尔还要脏。克劳福德自称德斯，来自阿伯丁。

“可是我是格拉斯哥人，”乔克说，“格拉斯哥人会黏着你不放。”

爱丽斯生气地看着他，但什么也没说。她看起来像是受了伤，非常安静。

乔克在一旁唱起歌来。

走下楼来，
绑起你漂亮的头发！

这似乎让爱丽斯更加害怕。

他唱了一首和一个名为法维的地方有关的歌。他说："法维有一座母牛的雕像！"

"你是做哪一行的？"克劳福德问道。他的鼻子下面有一颗露珠，而他闻起来像枯叶。

我告诉他们我在出版业。

"哈！"乔克说，"我是个流浪汉！始终在路上！"

克劳福德说："经常旅行吗？"

"经常。"

克劳福德说："我到过世界各地。"

"新泽西？阿根廷？斐济？"我问。

"到处都去。"他说。

我请他描述一些他见过更有趣的地方。

"这太难。地方太多了。"

五英尺外的乔克弯腰用手臂环住艾丽斯。接着他把手从她的绿色毛衣底下伸进去，引得她大声抗议。

"我有三本护照，"克劳福德说，"珀斯有个女人曾经跟我说：'我想二十四小时都和你在一起。'"

这让我觉得讶异，因为他浑身发臭，牙齿发黑，下巴的胡须里还有草。

"她说：'你知道你该做什么吗？你应该写一本旅行书。'"

"那你怎么不写？"我问，现在我很后悔自己跟他说了我在出版业。可是在这棵树下，他会写些什么？

"好的旅行书已经太多。"他面对我说，好像在激我否定这句话。

我没有否定。

“你为什么来苏格兰？”乔克大声对我吼道，“苏格兰的人全是废物！”

我说我得走了，可是他们堵在小径上挡住我的去路。

“给我一点钱。”乔克说。

“去科珀赫是哪条路？”我问，并没有停下脚步。

“除非你付我钱，否则我什么秘密都不说！”

“好，我付。”

他指了路：“就在那条路上。”

我给了他一个十便士的硬币。

他说：“给我六十或七十。”

“那只值十便士，”我说，“现在让路。”

火车是下午四点三十分开往马莱格。我往后看，看见了本内维斯山的小山丘，部分山谷有条状或块状的雪。那是一块大岩石的灰色正面，前面有一个光秃秃的绿色圆顶，南边还有三个，这里所有的山好像都有公猪的轮廓。

旁边的戈登太太说：“对我来说，搭火车就像去电影院。”

往马莱格沿途的风景真是壮观——是世界上景色最秀丽的火车旅程之一。但火车本身很单调，乘客警惕且虔诚，被所有的景色震慑。

苏格兰有一种矛盾的美，它的景色可爱而又严峻，单调到极致。城镇就像我这辈子见过的所有城镇一样单调乏味，四周的山脉却十分狂野。我很喜欢自己眼前的景象，却又一直想离开。而且苏格兰人喜欢用一种神经质的方式开玩笑，他们的风趣具备侵略性，不苟言笑。我一直纳闷：那样好笑吗？他们直截了当时，会进行个人攻击，尤其在涉及金钱的议题上。我在奥本遇到的一个苏格兰人，在我告诉他我计划搭头等卧铺到伦敦时，他就指责我浪费钱——认为我想独处的念头既浪费又自私。在这列往马莱格的火车上，有个人想知道如果马莱格没有青年旅馆，为什么我晚上还打算住在那里？另外，为什么我没有买来回票——我不知道周末来回票比单程票便宜吗？说这话的是巴奇先生。他收集橡皮筋（手腕上已经有十四条），而且打从一九五三年的加冕年开始，就一直戴着同一顶花呢帽。他不是想帮忙。小气让他变得喜欢骂人、妨碍别人，脾气也不好。最后他变得不喜欢我，好像我是在浪费他的钱似的。

可是我心想：在旅途中，你就是会遇到想拉你一把，像父母亲一样照顾和批评你的人。旅行的另一个乐趣就在于转身离开，不必理会他们，也永远不必解释。

我们经过伊尔湖岸时，我换了座位。西边的山更高，湖也更多。有些山脉高达三千英尺，有些湖有一千英尺深（数英里外的莫勒湖更深）。我们越过格伦芬南高架桥——长桥呈曲线状，还有罗马式的拱门，坐落在希尔湖闪亮的黑色湖水北端，湖上的山脉则更为险峻。

这里很空旷。火车驶在高高的山腰上，没有下降到山谷里。前面看去尽是羊齿植物和欧洲蕨类，有些树生长在受到保护的、不受风的窄小峡谷里，却没有人迹。大部分的山坡上都冒出西向的香杨梅，既顽强又漂亮。美只是其中一部分；你得够坚强才能住在这里。

过了艾罗湖车站，视野变得开阔。我们正往西行，也就是太阳西下的方向。落日使乌厄夫湾的湖水变得灿烂（这座湖同时也是大海），让绿草一片鲜艳明亮，牧草仿佛高一英尺，来回摇晃。光线完美，因为全无阻挡：山脉是分开的，所有的海湖都呈长条形，往西延伸，以至于余晖不受任何阻碍，直接打在狭长的湖面上。

火车震动了几下，在阿里塞格北转前进。海湾像火山口地壳般装满了水。海边的岛屿（拉姆、埃格、马克和坎纳），名字都像是菜单上拼写错误的菜名。埃格海峡就像一把短柄小斧倚在天边。此刻火车下面是总长三英里、一直绵延到斯莱特海峡的绿色盆地——火车上面则是破裂的岩石山脉和块状的紫色石南属植物。突然间，阳光中出现一匹马的剪影，在海边大嚼青草。

火车停在莫勒的平交道口——栅栏拉起又放下，插销锁上又解开，咔嚓咔嚓；之后就轧轧进入马莱格，只见人们在冰冻的水中游泳，白浪泡沫为他们上下摆动的头镶上了花边。

那天晚上，我凝视着窗外斯凯岛多变的山脉。它们很尖、很怪又很高，好像巨龙故事里的山峰。那是库林丘陵，奇怪的形状让它们看起来好似无法攀爬。虽然已经过了十一点，但还是有足够的光线让我欣赏它们，接近午夜时，它们会变得更加诡异平静：就像波士顿二月某个午后的冬季之光，蕴含了聚集幽灵的灰暗。

在我这趟海岸旅行当中，还未碰到一个自称心满意足的渔夫。他们讨厌这样的日子，鱼价差、竞争激烈、水域过度捕捞。怪就要怪外国渔民：俄国人、日本人、丹麦人。外国人把所有的东西都捞走了——鲱属小海鱼、鱼苗、未长大的小鱼，将这些鱼在他们的加工船上打成了鱼粉。

卡梅伦船长在他马莱格的渔船“罗伯茨领主”号上说：“如果能够拿到一个公平的价格，这里任何一个人都会把他的船卖掉。渔业已经完蛋了。几年前能卖时，我就该把我的渔船给卖了。我今年已经五十七岁，而且只要还能做，就得工作下去。我没有办法退休——没钱。我想我会做到做不下去为止，然后这艘可恶的船又会把我的孩子们给苦死。”

他正把十七个板条箱的虾尾搬到岸上，大概价值一千镑，可是他这一趟的燃料费要五百镑，而且他有五名船员。几乎没有什么利润可言。他们已经在海上将近一个星期了。

“总有一天会完全没有鱼可捕，”卡梅伦船长说，“捕鱼会变成古老的历史。”

我在马莱格的第二天早上，弗莱明太太的女儿端来我的早餐，说：“戴安娜王妃生了一个男婴。”

大家都很开心：一位王位继承人。那是多事之秋的另一件国家大事。就在旅行时，福克兰群岛战争开始又结束了；教皇来了又走了；王室的小婴儿威廉王子诞生了；铁路工人扬言要罢工；三百万人口失业（占劳动人口的百分之十三），苏格兰每六个人当中就有一个人没有工作；约克郡有一名疯狂的杀人凶手在逃。这些全都是公共事件，让人谈个不停。“福克兰群岛这回事……”接着是美国总统来访，还和女王一起去骑马，并发表了一场演讲。人们一听见我的口音，就会露出微笑。“我刚刚在电视上看见你们的总统……”这里应该是个人们守口如瓶的王国，但是战争、冲突、教皇以及未来国王的诞生让大家变得喋喋不休。我需要透透气。

我顺着马路往北走出小镇。马路的尽头是一条小径的开端。那是一条崎岖不平的石头小径，环绕海上一座灰色山丘。我沿着内维斯湾的岸边走。就在莫勒湖的山丘上，人们有时候会在这座湖中寻找水中怪物。我一路走到死路上一栋名为因弗里的屋子。我揣想着自己还要走多远。海岸线里里外外绵延几百英里。我是喜欢走路，但也无意嘲讽那些穿着灯笼裤、带着一把十字镐的漫游者。如果我在小径上看见一只羊，会停下来欣赏它。我会坐下来画一株因弗里的高蓟——在我看来，苏格兰蓟挺神奇的，如同水晶一样复杂。我会观赏鸟儿。我试着去想如何描述这些奇特的岛屿——它们比海面光秃秃的古老山脉更不像岛屿。海水和岩石、云层的高度、海岸小径沿途残败的石头农舍，偏远地方长期有人居住的小屋，看起来却好像让它们变得更加偏远——位于只有小船才能到达的地方，这些全会让我分心。

从马莱格步行到洛哈尔什教区凯尔的海岸，要花一个星期以上的时间。所以我搭渡轮“莫勒湖”号到那里，沿着斯莱特海峡航行二十三英里，经过了更多偏远的小屋。愿意住在如此艰困的地方，这多少透露出苏格兰人自力更生的韧性。整个英国就属分散在西部群岛海岸的房子最难接近。这里的苏格兰人选择一处遥远的暗礁或一座偏远的海岸，盖上一栋石头房子，然后把门关上，不理会这个世界。

海岸有深邃的小水湾和高耸的悬崖，悬崖十分陡峭，让旅行人士集中在特定地点。比如在这艘船上，或在某个山谷道路上，在威廉堡、奥本和马莱格。在英国和威尔士，人们很快就会被吸引到乡间，海岸小镇可以显得非常空旷，但是在苏格兰，乡间和海岸的险峻往往令人生畏，所以大家都集中在少数几条路线上旅行；而且总是在这几条路线上旅行。到马尔的旅行人士必须到奥本，就像一七七三年的约翰逊博士[①]和博斯韦尔。

我在洛哈尔什教区凯尔越过斯凯，搭乘往凯利金（挪威国王哈康命名的，他在一二六三年航行穿过此地）的渡轮，然后沿着空旷的道路走到布罗德福德，八英里路。我留下来攀爬一座红色的山的一部分，只为了再看一眼库林丘陵。我没走得更近，想留到下回。我已经在英国海岸看到了太多不想再看一眼的地方，所以能够发现一个我想再回来的地方，实在令人惊喜和愉悦。这给了我希望，因为我知道自己不会一个人回来。我想和某个我所爱的人再来到这里，然后说："你看。"

斯凯的太阳温暖了松树和花朵，给了它楠塔基特的芳香。

从洛哈尔什教区凯尔到丁沃尔的这条巨大纯朴的山脉与寒冷湖水之间的路，是英国最重要的火车路线之一。它将我带离了海岸，可是我还能怎么办？北方的海岸残破且如迷宫般错综复杂。为了报道斯奈泽特湾和特罗特尼什半岛而走遍它只会变成噱头。而且火车的吸引力更大。反正这些湖有许多也是海岸上的峡谷，例如洛赫卡伦：这班火车所经过的它的南岸，正是十六英里长的海岸。

在我看来，再没有比苏格兰湖泊更寒冷之物了，特别是云层堆积及夜深时，它们便显得更加寒冷。不过这些夜晚都很短暂——几小时多云的寒冷光线，接着就天亮了。现在是八点，每个景物的特色都清清楚楚：水、山丘、树林和农场，卡伦峡谷长长的谷底似乎

① 塞缪尔·约翰逊（1709—1784），英国作家，代表作为《英语词典》，博斯韦尔曾为其立传。

被青草石堆覆盖——墓碑和坟墓。

“对，有些村子打从有史以来就在这里了。”一个名叫麦克纳布的人跟我说。是的，它们有种被青苔覆盖、埋葬的样子，不过还是有许多裸露在外，非常凄凉，倒下来凌乱不堪，没有篱笆，不见灌木丛。阿赫纳欣最浓密的东西大概就属站长下巴上的山羊胡了。

我们在加夫误点。我心想：我给它一个小时，如果到时我们还在这里，我就要下车，走路到布莱克河或是搭便车到阿勒浦。（延误经常让我在地图上找一个脱逃的路线。）

马尔科姆·拜尔斯要求看一下我的地图，二十三岁的他是因弗内斯的邮局职员，使用的是离峰时间的来回票。我跟他说，我一直想碰到一位邮局员工。英国邮局员工做的事不仅限于卖邮票，他们还会办理汽车执照、电视执照、家庭津贴、补助津贴、国内电报、邮购，所有邮政储金银行要做的工作，外加一大堆其他的事。他们有为期七周的训练，剩下的就得从上班中、在不耐烦的大众面前学习了。提到不耐烦的是马尔科姆，他说现在的人要比以前无礼得多，有些人还会站在那里骂你！

“那么狗执照呢？”我问。

狗执照！这是马尔科姆最喜欢的议题。一张狗执照的价钱是三十七点五便士，因为在一八八〇年它就被定在七先令六便士，费用始终没有变动过，那不是很蠢吗？我同意他的说法。英国有六百万只狗，其中只有一半领有执照。可是令人吃惊的是，领取狗执照要花掉四英镑（约七美元）——时间、文书作业，等等。

“为什么不废除领取费呢？”我问。

马尔科姆说：“那就等同于放弃了。”

“那为何不把费用增加到某个实际的数目——比如五镑？”

“那样会不得人心，”他说，“没有一个政府敢尝试那么做。”

“你想你会在邮局做多久？”

“我希望做一辈子，”他说，火车动了一下，“哎呀，我们动了。”

我试着想象一辈子守在一间邮局里，却办不到。可以想象个几年，接着就想不下去了——一片模糊、劳累、杂乱、疏离。想象佃农在斯特拉斯佩弗温柔地跟他的小狗讲话还更容易。

尽管如此，我们讨论了邮局，还辩论了狗执照的事，直到我们到达丁沃尔（麦克白的出生地）。

## 第十九章

# 搭快船去拉斯角

我在《蓝色指南》上对苏格兰西北海岸的描述，提到一个来自《德库拉》或《疯狂山上》的地方。“这条路越过一片令人生畏的怪异山野，”它一开始是这么写的，“布满岩石的昏暗峡谷，坐落着冰河时代的大圆石，还有黑色的湖泊。”以及，“经过八英里偏僻的沼泽和黑暗的泥塘……从渡口西边到拉斯角那条路，越过一片叫帕福的荒凉沼泽，这里曾因狼群而声名狼藉。”最后还有，“这条路往上越过一处荒芜的沼泽……”

这样的描述让我迫不及待的想立刻出发，它似乎是丁沃尔毫无变化之单调长老派教会的完美解毒剂。如果旅行指南的描述确切，那就会像是旅行到了世界尽头——总之是英国世界的尽头。拉斯角不仅遥远（是最终的海岸线），而且被忽略，据说那里十分空旷，连去那里的方式都已八十年以上未曾改变过。贝德克尔一九〇六年的《大不列颠》里曾说：“从莱尔格开始，邮运货车路线分成好几条，利用如画般美丽的乡村到西部和西北部……或许方便探索……”

我在丁沃尔车站询问前往拉斯角最好的方法。

“在莱尔格搭邮政巴士。”麦克尼科尔斯先生说。

换句话说，就是邮运货车。没有火车，没有巴士，几乎连路都没有——铺成货车宽度的路长达五十六英里。有人还称邮政巴士为“飞行物”，就像他们称承租农场为“小农场”，称麦片粥为“粥”。

往莱尔格的火车离开丁沃尔，沿着克罗默蒂湾的边缘前进，它的现状是浅水渗入了淤泥滩里。不久之前，铁路要封闭，不过又暂缓实施了。火车经过凯斯内斯最荒凉的沼泽部分，那一段路况经常很糟糕，到了冬季便成为必备的服务，但麦克尼科尔斯先生也向我透露，淡季有时只有三四个人搭乘。

为了节省开支，有些车站已经关闭。阿尔内斯木造的残破车站类似我在阿尔斯特见过的许多建筑物。因弗戈登一家大型铝精炼厂刚刚关闭——有九百多人丢了饭碗，还有一栋建筑等着腐烂。老朽就是老朽——恐怖分子的愤怒与削减预算的人及会计师的任性之间的差别，实在很难区分。

过了弗恩村，便出现典型的农场和原野——低丘陵上的狭长景色，安静的房屋和平坦原野上的肥美羊群。泰恩淡灰色的天空下有尖塔，那是通行费征收处，有个圆锥形的尖塔和角楼，还有一座像胡椒碾磨器的教堂尖塔。粉红及紫色的羽扇豆在火车站台上摇曳着。

人们利用这列火车购物，从几英里外搭车到泰恩这类地方。我身旁就坐了两位女士，分别是奥尔欣太太和麦克菲太太，两人正在讨论肉店的老板。

“邓肯非常亲切，”奥尔欣太太说，“我们常在暴风雨天让他搭便车。”

“我想这是个完美的地方，泰恩。”麦克菲太太说。

麦克菲太太买了两大袋杂货，还在药妆店找到了一包“脚趾间隔器”。知道自己有了这个方便修指甲和上指甲油的玩意儿后，她就安心了。肯尼思曾提到山林小屋有一场晚餐舞会，她可不想到最后关头还手忙脚乱。

奥尔欣太太在泰恩一直都很幸运。伊恩的伙伴小科拉姆的生日到了，她找到一盒所谓的“室内用烟火”。很显然，你只要在桌上清出一块地方，点燃它们就好了。很显然，它们十分安全，中国制造的。

“他们绝对想不到接下来会有什么东西？”麦克菲太太说。

可是奥尔欣太太的心思已经跑到别处去了。室内用烟火让她想起她是个烟不离手的人。她经常在火车上不断抽烟，这就和咬指甲一样让她担心。

“无论如何，我不喝酒。”奥尔欣太太说。

我们的火车开进内陆，朝库尔兰山丘前进，那个地方看起来残破不堪。因弗欣车站连屋顶都不见了。有些车站显然已经被卖掉，要改成一般的平房和度假小屋。曾经是月台的地点现在种着卷心菜。

我们经过亚契利峡谷——欣河就在左边。我坐定观赏山脉经过，可是我们很快就到莱尔格，我得下车了。

在一个鸟不生蛋的地方下火车总让人仓皇失措。原本还是装潢活泼而又温暖的室内，接着车厢门叮当一声，火车启动开走，就把我留在有点松树气味的寂静之中。莱尔格车站离莱尔格有两英里，但就连莱尔格也是个默默无名的地方。

我看见一个人正在把邮袋和一捆捆报纸丢进一辆旧式车子的

后车厢里。那是巴士的简约版，大概是一辆灵车的大小。火车离开后，这个人还在装邮袋和一捆捆报纸。

我清了清喉咙，他抬起头来。我说我想搭邮政巴士去德内斯。

“这就是邮政巴士，”他说，“等我把这些袋子装好，我们就可以上路了。”

他叫迈克尔·马瑟斯，但他念成“梅瑟斯”，不是苏格兰口音，是浓厚的盖尔语和斯堪的纳维亚语腔调，每个音节都带点挪威的呼呼声。后来，我发现在萨瑟兰[①]他那地区的居民都有着相同的口音，算是维京人的遗迹。唯一残留在他们语言里的就是这口音了，诺恩[②]。

我们出发前往莱尔格，收了更多邮件，还载了一对要去斯考里的老夫妇。迈克尔说这是一辆贝德福德巴士，车龄只有十年，不过已经跑了四十万英里。

“我接手时，”他说，“我们有一辆‘阿尔比恩’，格拉斯哥制造的。那一辆在十五年内跑了六十五万英里。”

他已经开车开了二十一年，也曾经尝试在渔船上工作。四十四岁的他有一张渔夫般庄重亲切的脸。他说：“你得非常能忍。”天气很冷，工作辛苦，赚的钱又不多。半夜在一艘摇晃的船上使劲拉网时，他会眺望远处，看到德内斯的灯火：屋内幸运的人们。所以他就放弃那份工作了。

我们一离开莱尔格就进入一处沼泽。那是一片辽阔黑暗的地方，附近有岩石、草和石南属植物，前面就是山。

---

① 萨瑟兰，苏格兰北部历史郡。东部临北海，北部和西北部濒大西洋。

② 诺恩，北欧神话中司掌生物命运的三姊妹。

要想了解偏远萨瑟兰的生活，最好的方法就是透过这部八人座小巴士的窗子来观察。这辆邮政巴士是条生命线，马瑟斯先生也不只是位司机。他不仅收送邮件，冒雨把字迹潦草的信息挨家挨户送过去，还沿着单线道一路北上，也就是说当有车从反方向过来时，他就必须停车——一趟总要停八九十次，因为那条路的宽度只容得下一辆车。另外他还载牛奶、载报纸、载上面只贴着“给格雷厄姆”的奇怪形状的包裹。

他在“浓烟”停下巴士，就在一座泥煤田的正中央，周围飘着雾，只见他带着一品脱的牛奶、《电视时代》、今天的《苏格兰人》，还有一张给坎贝尔太太的生日贺卡，快速走到门边。再过去一点的“蕨类植物”，则是两品脱牛奶和一份《镜报》。接着他小跑五分钟，来到一条泥泞小径，送一份汽车协会太阳眼镜特别优惠的垃圾邮件（然而英尼斯先生在等的是他在澳大利亚的女儿一封迟迟未到的信）。之后是“希望小屋”的一份《太阳报》，还有另一个忙要帮——一个内装十五磅湿鱼的塑料袋，是金洛赫那边受订要给一位屋主的。以及更多的报纸。付出那么多努力和代价，只为了带一些低级趣味的报纸给人们！但这就是马瑟斯先生的工作。而且他始终彬彬有礼，每次交东西给人，就会问候一下收件人。“你母亲觉得怎么样？”“羊群看起来很好。”“好像要下雨了。”

我们来到雷伊森林中的莫尔湖旁一片超自然、广大的风景地。褐色的原野看起来严寒刺骨，湖水冰冷，山脉是巨大的岩石围幕。其中一座银色山脉是我到目前为止在英国见过的最漂亮的山脉——一块闪烁着碎石奔流的大型凸起物，看起来就好像前一天才凝结成那个红玉般的形状。

"那是阿克尔。"麦格斯蒂太太说。她不是当地人，带点逗乐和犹豫的口音，像某人小口咬着脆饼，莫宁赛德腔——爱丁堡教养良好的女地主口音。"是冰岛式的，你看。"

那是什么意思？

"这些高山全是倒过来的。"她的声音让那几个字充满了深情，好像在描述小婴儿，"本斯塔克山和阿克尔——原本在底下的应该在上面，地质学家们推测的。看着它们的时候你会想：'它们看起来都不一样！'"

麦格斯蒂先生说："也很大。"

这里是阿赫法里——"威斯敏斯特公爵的地产。"麦格斯蒂太太说。

"他在这里经营农场吗？"我问。

"哦，没有。那是块地产，他留着打猎和钓鱼用。有时候查尔斯王子也会搭直升机到这里来打猎。噢！我希望你是共和党人！"

雨开始下时，我们正坐在路旁的邮政巴士里。马瑟斯先生带了一份昨天的《快报》给一道高墙后面的小屋。

我说："所以这里全都是猎场看守人？"

"是的，"麦格斯蒂先生说，"公爵拥有萨瑟兰很大一部分土地。"他想了一下，"那是一种旧式的生活方式。"他又想了一会儿，"很不公平，就某种意义来说。"

与其说是抗议，不如说是无奈，可是他认命了，毕竟我们在谈的是封建制度。

这里的过去就像眼前的现实一样容易进入，不仅公爵的地产以及私人狩猎区如此，古老的名字亦然。麦格斯蒂夫妇在拉克斯福德桥下了巴士，那是个挪威名字——拉克斯意为鲑鱼（当然，烟熏鲑鱼的意第绪语 lox 源自同一个词）。后来马瑟斯先生告诉我，他的双亲以前都会讲流利的盖尔语，他自己也说得很好，另外，切割泥煤也是过去的一部分。泥煤是免费的，但是切泥煤很辛苦，泥煤切下来之后就放在稻草堆里让它干，所以一切都得仰赖好天气，就连现今的犯罪听起来也有点过时——偷羊贼、未经允许即赖着不走的人和盗猎者。

我们的车开上通往里科尼赫的狭窄小径。这里实际上是海岸，一片错综复杂的岛屿和湖泊。我们来到一个位于海湖上的忙碌渔港金洛赫伯维，人们在这里交易白鱼和龙虾。

我们又停了二十次。马瑟斯先生每天会在苏格兰这个刮风的小角落里停两次。车停好后，便感觉风摇晃着巴士，小屋的门和电话线也被吹得咯咯或呼呼作响。一品脱牛奶、一份《苏格兰人》和一张印刷的明信片，上面写着：特此确认您在本月十三日给“德兰贝格”马西太太的信息。

“拉斯角并不是‘愤怒’的意思，”马瑟斯先生说，“那是个挪威词，意思是‘转折点’，这里是船只转向南方之处。萨瑟兰也是一个挪威词——对他们来说是南方。”

这时他露出微笑。“不要觉得幻想破灭，”他说，“这里的天气还是会很恶劣。一九五二年，当时我还在上学，整个一月都是暴风雨，风速每小时一百二十英里——屋顶全都被吹破了，爱尔兰渡口在那天晚上整个不见。天气经常不好——可怕的天气，真同情那些在小渔船上的人。”

我们来到德内斯。他说：“就是这里了。这里的人口不超过三百人。是工作问题，你明白的，没有工作。”

村子空荡荡的，但风就在眼前——狂风从法罗诸岛的方向吹进来。

我穿过野兔洞间的沙石峭壁，走回凯尔代尔和拉斯角旅馆，吃这几天来第一顿像样的饭。旅馆里有一群英国垂钓客，每回传来国家的消息，他们就大声咆哮。他们全是保守党人，直称总理为“玛吉”[①]。她的废话挺合他们胡闹的口味。有一个人说，他想开枪射杀那个受访的人，那个受访者宣称他一直都知道福克兰群岛要被占领的事。“太多该死的人给建议了！”另一个人说半数的工党应该因为叛国罪而被射杀。不过有件关于垂钓客的好消息，那就是他们很早就上床睡觉了。

第二天，我越过德内斯湾，走了七英里的路到卡韦格，那里活像地球的尽头。不过这里可是道地的拉斯角，还有泥煤土壤——在德内斯是破碎的峭壁和沙石。

我看见一只海豹吃了一条鲑鱼。人们跟我说海豹并不真的吃鲑鱼——它们只是咬几口鲑鱼的肩肉，其他部分就丢了。可是眼前这只海豹分明躺着，嘴咬八磅重的鲑鱼，头上下摇动，猛收下巴，吞下整条鱼。

接着我在回程又看到一群羊正在横渡德内斯湾一处河口沙洲。时值涨潮，羊群开始移动。很快它们就开始游泳，大角羊在前面，小羊的鼻子露出水面，紧跟在后头。它们是北高地切维奥特羊，移动速度缓慢，潮水还在不断上升，而且它们离岸边还很远。十五分

① 玛格丽特·撒切尔夫人的昵称。

钟后，海峡水满，可以看到的羊群更少；后来甚至全都不见了。它们一共有九头，全都淹死在灰色的天空下。

有些幻想是在让我们为现实做准备。陡峭的库林丘陵就如同故事书里的山——具备戏剧性、童话故事般的神奇，但拉斯角令人难以想象。我想每位旅人都会觉得自己是第一个发现它的人。世上这样的地方可不多。经过两个月的搜寻，我感觉自己看穿了山脉和沼泽的坚硬，还发现了一些新东西。所以，连这个古老、被人过度细看的王国也有一片秘密的海岸地！我在拉斯角十分开心，甚至很喜欢它具备不同意思的名字，喜欢得不太想离开。

这个地区还有其他人：一群受到强大压力的牧羊人和渔民在此定居，还有一个退出社会主流的群体，他们在巴尔纳契尔边缘做陶罐、珠宝和被子。也有垂钓客和露营人士，经常还有一架褐色的飞机从头顶上飞过，往拉斯角其中一座海岸丢炸弹，因为军队在那里有个射击场。可是这地方的大小很容易吞没那些人。他们消失在其中，而且就像所有身处特别地方的人，他们躲躲藏藏，对陌生人有一点疑心。

唯有真正的当地人才是友善的。他们是最强壮的高地人，和我所知道的任何苏格兰刻板模样都不一样，甚至连听得出来的苏格兰口音都没有，仿若白色的乌鸦。他们有礼、好客、勤劳、风趣，象征苏格兰最好的部分，以及和政治民族主义分开的强烈的文化尊严。那需要自信。他们也很独立——“执拗”是低地用来形容他们固执个性的词汇。我欣赏他们平等的观念，他们对阶层的不重视，还有他们对待孩子和动物的温和方式。他们既有耐性又可靠，而这些都和被沃尔特·斯科特爵士[1]描述成高地文化的风笛、花格裙以及种族的流血暴力事件没有一点关系。我最喜欢他们的一点是，他们懂得自给自足，是我在整个海岸上见过唯一会照顾自己的人。

那是一个群山环绕的郡，中间有空地（部分是山谷，部分是沼泽），而且每座山都是分开的。想描述景色，就必须描述每一座山，因为每一座山都是独一无二的。但土壤并不肥沃，绵羊瘦小，草地稀疏，不需要走多远就会看到一具残骸——松散的羊毛在骨头上随风飘动，头骨上露出光秃秃的牙齿。

"你看。"在其中一个山坡上，一个名叫斯蒂芬的牧羊人对我说。

一只秃鹰大小的鸟在盘旋。

"那是一只羽冠乌鸦，"斯蒂芬说，"它们是凶险的动物。在这个地方——没有遮蔽，几英里内都不见人影，它们会找一只小羊，把它的眼睛啄出来，那样它就迷路了，找不到母亲，因而变得虚弱。接着这些羽冠乌鸦——很有耐性地在上面等着，就会俯冲下来，把它啄成一块一块的。它们是一种可怕的鸟。"

他说，杀死小羊的是那种肉食性的乌鸦，不是天气。这个地方虽然冷，却还没到酷寒的地步。虽然冬季风势很强，而且东风通常都是超冷的强风，但雪很少。风中总会见到鸟——乌鸦和老鹰，有着长长的橘色嘴巴、爱大声叫的滑稽蛎鹬，还有会唱歌的百灵鸟和长颈粗毛、结结巴巴的野鹬。

那里的风景也会让人觉得毛骨悚然，尤其是在湿漉漉的日子

[1] 沃尔特·斯科特（1771—1832），英国小说家、诗人。

里，所有散落在地的骨头对照着暗褐色的峭壁，闪闪发光，强风吹刮着石南属植物。在树木如此少的地方会这么开心，连我自己都感到惊讶——这里一棵树也没有，一点都不美，事实上并不适合拍照。这里十分空旷，看起来就像是另一个星球的某个角落，有时候还显得穷凶极恶。但也正因为如此，我才喜欢上它。更重要的，让我觉得开心的主要理由是我觉得这里很安全。这里的景色如同长相凶猛的怪兽，给我安全感；身在拉斯角，就像拥有了一条宠物龙似的。

有一回我在散步时遇见一位兽医，派克医生，他正在拉斯角的农场巡回出诊，想办法劝农民浸洗他们的羊。有一种称为"羊疥癣"的疾病正从爱尔兰传过来，危及部分羊群。

派克医生讲得一口流利的盖尔语，很有自信且十分博学，虽然没有自吹自擂，但他确实透露出一种高地人的道德优越感——这在一般苏格兰人身上都有，他认为英格兰人有些可悲和堕落。

"就拿殖民地来说吧，"他说，"出去的苏格兰人都很勤奋，而且有理想。不过，对许多英格兰家庭来说，殖民地是最后可以依靠的地方。他们把家乡的问题人物送过去——废物、酒鬼和流荡的人。"

我们走在巴尔纳契尔湾附近——他正要前往一户农家。我们走过一位牧羊人身边，他正赶着一群羊要去剪毛。

派克医生说："你或许会认为牧羊人很傻或很土，但他们大部分都是知性的人，我的意思是，他们会看书。这些牧羊人的小木屋很多我都去过，而且——你知道吗？我在其中一些小屋里看到很多书，他们会带书到山腰上去看。"

我们欣赏到大海美丽的景致——海口很宽，没有船只，至少我很少看到船。那是英国海岸最原始的地区之一，船只的稀少让我觉得岸上更加空旷，就像是被炸弹轰炸过的世界。

派克医生还在谈牧羊人。他说："曾有个从爱丁堡来的人，他在山上碰到一个牧羊人，就说有那么多新鲜的空气和运动真棒。'可是离开世事中心那么远，是种什么样的感觉？'

"那个牧羊人看着他，面带微笑：'那得看你所谓的世事中心是什么意思。'你看，他认为那只是角度问题。这个都市人有什么立场说牧羊人不在世事中心？"

我把自己在德内斯湾涨潮时看到九只羊淹死的事说给派克医生听，他说很令人同情，但有时候就是会发生这种事。虽然羊会游泳，但公羊的角让它们很难让头保持在水面上，而小羊又太弱小了，游不了多远。可是他说他喜欢羊——喜欢和它们一起工作。

"它们的直觉很敏锐，很会预测天气——知道强风要来的时间，会在山丘开始下雪之前的好几天，就开始动身离开那里。"

第二天，我和派克医生去了埃里博尔湾。那是一座深入萨瑟兰十英里的海湖，深度足以容纳最大型的船。苏格兰这地区的暴风雨远近驰名，船只在这里能够找到一个安静的锚泊地。

"我要你看看某样东西。"派克医生说。

我们绕了一个弯，往南转向雷德，沿着湾岸边继续走。

"你看这片山坡。"他说。

那是一片崎岖不平的陡峭坡地，上面覆盖了小型的白卵石。山坡上虽有几块已经犁过的地，但大部分都覆盖着冰河时期的粗石和小圆丘，草乌黑而稀疏，只有几只羊站在上面，用它们特有的无所谓和好奇的表情看着我们。这是一块非常不理想的放牧地。

“现在看那边，湾的另一边。”他又说。

那就像是不同的国家，拥有不同的气候。那里没有卵石——柔软而翠绿。有长满草的牧草地和和缓的坡地，还受到后面的山庇护，山上有美妙的溪水。那里有树！但是没有房子，也没有羊。

然而湾迎风的这一面（即我们所在的西边湾岸）排列着粉刷过的小屋。它们周围是破墙、破篱笆和一些灌木丛。还有多节瘤的树，都高不过屋檐。屋顶以不规则的方式搭配小屋，宛如斜向一边的帽子，使小屋看起来一副可怜兮兮的样子。

“这些人曾经住在那边，在湾好的一边。但他们被赶出那块土地，搬到这里来。当时他们是佃农——他们现在还是佃农，拿到的是最糟糕的土地。”

他讲的是清空之事，老板和地主想把土地兑成现金而收回土地。这件事花了好几年的时间推行，不过高地终于清干净了——也就是肥沃的部分。大型牧羊场取代了部分小农场，其他的就变成游乐场、松鸡猎地和男爵的地产。这是苏格兰大量移民的主要原因，一七八〇年到一八六〇年间疏散到世界各地。所以在我看来，持续的不公是苏格兰历史的开端，或是兰塞尔[①]一幅通俗感伤的画。人们至今犹记得清空的残酷，因为许多因此变穷的人还留在他们被抛弃的地方。

“所以他们有些人非法捕猎又有什么好奇怪的呢？”派克医生说。

---

① 爱德温·亨利·兰塞尔（1802—1873），英国画家、雕刻家，以动物画著称。

他热衷于这个议题，说土地应该国有化，分成更小的单位，那样土地可以变得更有生产力——大家都会有工作。

我说他是我碰到的第一个左派兽医，但他否认自己是左派，说大部分的激进分子都是恶魔。接着他说："想不想见一位清空事件的受害者？"

我们在靠近湾边的一栋白色小屋前停了下来，一位老人和我们打招呼。他是戴维·麦肯齐，头戴一顶花呢帽，穿着破旧的外套和宽松的裤子，鞋子裂开，而且已经破了。他有一张看起来很健康的脸，气色不错，而且肌肉发达，年约七十岁。他养了一些羊，还种蔬菜，身旁总是跟着一条黑色狼犬，它面露一脸恳求，只要麦肯齐先生坐下来，就会跟着躺下来打呼。

"我们没办法留下来。"派克医生说。

"你们一定要喝杯茶，"麦肯齐先生回答，口音就和我这几天来听到的挪威口音一样。

我们进入小屋，被介绍给杰茜·斯图尔特，她是麦肯齐先生的妹妹。她比他年轻一两岁，可是不但苍白，还很虚弱。派克医生小声告诉我，她最近刚刚动过手术，并说："她还要很久才会康复。"

"坐到火炉前面来，"她招呼道，"我去泡茶。"

当时是六月底——再过几天就是七月了，小屋里的壁炉却仍生着火，玫瑰花丛还被风刮得频打窗户。

派克医生说："别麻烦了，斯图尔特太太。"

"不麻烦，"她说，"还有，别叫我斯图尔特太太，没人那样叫我。我就是杰茜。"

小屋舒适但简朴——一些盆栽植物、儿孙们的照片、一份瑟索的月历、一些苏格兰的纪念品、一个上面有阿瑟王宝座图案的玻璃镇纸，还有一个穿着格子呢短裙的小娃娃。

派克医生提到有关羊疥癣的事，然后转过来跟我说：“当人们这么欢迎你时，你就知道自己是在高地。没有人会被赶走。你若来到高地人的门口，他一定会让你进来。”

“那倒是真的。”戴维·麦肯齐轻声说。

“我知道一段用盖尔语写的诗篇，”派克医生说，“翻译过来的话，是这样——

我昨天看见一个陌生人。
我把食物放在吃的地方，
饮料放在喝的地方，
音乐放在听的地方——
而云雀在唱它的歌
经常、经常、经常、经常，
基督总是打扮成陌生人过来。”

“很美。”戴维说。

“是有些人会过来，”杰茜说，“但最近也有破坏者。我们以前从来不用锁门的，现在却要锁门了。有人会过来——他们看起来很奇怪，有些徒步旅行者和露营者，而且女人比男人还糟糕。”

她去端茶时，派克医生说：“我跟保罗提到这里的佃农，说他们是如何从另一边——从那片好的土地搬过来的。”

他没有说那是一个世纪之前的事。

“那真是不公平，真的。”戴维说。他对我眨了眨眼，红红的眼眶都湿了。“有那么多好土地闲置不用，唉，我们所在的这块地却很贫瘠。”

他是个温和的人，没再多说什么。在我看来，他花一辈子的时间挖掘这片坚硬的土地，想办法养活他的家人，而且总是会看到湾另一边本阿尔纳博尔下绿油油的原野，实在是糟糕透顶。

可是这块贫瘠的土地已经让许多人移民，或是变成浪迹天涯的人，杰茜·斯图尔特的人生就印证了这件事。

“你是从美国来的，”她对我说，“我去过美国，在那里住了十八年。”

我问她住在什么地方。

她说：“在长岛和弗吉尼亚州。纽约市。缅因州的巴港。”

“都是最好的地方。”

“我当时在上班，”她说，“看到的人都是有钱人。”

她的雇主一直随着季节不断搬家，她跟着他们搬。或许她以前是厨师，因为她的烤饼很棒——刚刚端茶出来时，她也端出了一整盘的烤饼、脆饼和三明治。

她为什么要离开美国？

“我病得很重，有一阵子没办法工作，后来我开始收到医生的账单。你知道美国的医院有多贵，没有医疗保健服务……”

而且她没有保险；她的雇主不帮她付；她又需要动大型手术。

“在那里我绝对负担不起，”她说，“那会花光我所有的积蓄，所以我回到家乡，靠医疗保健动了手术，我现在觉得好一点了。”

她曾经离开高地的贫穷困境，移民到美国，变成一名帮佣，接着却又掉进美国贫穷的困境里，现在则垂死于她出生的小农场上。这里大部分的佃农都是老人，他们的孩子都已经搬走了。

我独自继续走向凯斯内斯。越往东走，土地就越青翠肥沃。靠海的地方有高山，羊群肥美，缩在壕沟里，弯着身子避风。我继续前往科尔德巴基、贝蒂希尔和斯沃德利，全都是些寒冷的小地方。我又到了布劳尔和比格豪斯，这里的草更好。凯斯内斯较暖和，得到的保护较多，草闻起来有甜甜的香味。但我更喜欢萨瑟兰——喜欢它流动着碎石的山、它的泥煤黑色山谷、它绵延数英里的沼泽和湿地、它窄小的道路和拍打着浪花的海岸，还有它的山洞。那里就像个隔离的世界，是这闻名于世的国家里一个默默无闻的地方。刚离开，我就想回去。

# 第二十章
# 下午两点四十分去阿伯丁

我从瑟索步行十英里，抵达邓尼特角（“英国本土最北端”）。在这个阳光充足的日子里，邓尼特角的悬崖就像个古铜色的橘子，彭特兰海峡湍急水流的泡泡被风打成了尖峰的形状。这片乡间其他地方和它以往出产过的石板一样平坦和单调。唯有地名令人感到兴奋——不仅是布尔多和约翰奥格罗茨，还有亨斯波、哈姆、斯拉姆斯特、斯克拉布斯特、谢伯斯特、莱布斯特，以及巴基斯的哈克梅克斯[①]，那究竟是什么人还是什么东西？

在瑟索和附近这一带生养孩子是件非比寻常的事。值得注意的是，这片海岸上大部分地方很少看到父母亲带着幼儿——即使在沙滩上也没有。我看到了无所事事的大孩子、中年人和老年人。尤其是老年人，他们居住在更穷、更可怜的地方。可是瑟索因为近海石油而繁荣，英国海岸上有工作机会的三四个城镇会有年轻的家庭。

在瑟索停留一天一夜之后，我搭乘支线下行到东海岸的赫姆斯代尔。苏格兰夏日夜晚的明亮度使单调的荒野闪闪发光，连有裂缝的沼泽和沙坑似乎也没那么糟糕了。我们沿着海岸前进，停靠在

---

① 原文是 Hacklemakers，意为“针排制造者”。

毁损的车站上，英国国铁的海报上写着“这是火车的年代”。海报上有一位名人，他为残障人士和不治之症的患者所做的工作备受瞩目。他受聘推销英国铁路。这条支线肯定是他最后一段旅程。车厢肮脏且车速缓慢，但我喜欢它就算被遗弃了，还是倔强地经过沼泽地的精神，有点像置身于土耳其。

赫姆斯代尔的石南属植物正在开花，在低矮缠绕的树之间有带刺的灌木，荆豆上则有黄花。这里的海滨有大型的卵石，海岸四周就是北海，把岩湖都给灌满了。孤立的小农场俯瞰着大海，山坡上覆盖着浓密的蕨类植物，仿佛戴了头巾似的。羊群在古老的枪炮座和崩坏的碉堡四周嗅来嗅去。

我品尝了高地下午茶（熏鲑鱼、一颗水煮蛋和英式烤饼搭配鲜奶油），之后搭上一班晚点的火车往南行。往布罗拉到更远处尽是沙滩。我在布罗拉看到一个剪羊毛的人，只见他就在铁路旁边跪靠在一头肥羊身上，用手剪修剪羊毛，没有抬起头来，手臂上有一些羊脂污渍。他温柔地修剪，它也没怎么挣扎，就好像那个剪羊毛的人是在帮他的大孩子理发。

由伊斯特罗斯到因弗内斯的这段旅程漫长而又曲折，我打算从因弗内斯前往阿伯丁。我逛了一下这列慢速支线的火车。在列车员的车厢里有个板条箱，标签上写着“病理样本——请勿冷冻”。隔壁车厢里有个女孩正在写一封信，开头是“最亲爱的巴吉”。有从奥克尼回来的露营人士，还有骑自行车畅游海岸的自行车骑士。一对波兰夫妻（兹穆斯基）在啃面包卷，大腿上落满了面包屑。一个名叫沃克富斯、长着无情双眼的男人，带着他那长相似中年人的十岁儿子，两人坐着合看一本名为《苏格兰》的书。

兹穆斯基先生面带微笑看着那六个男人。

“很漂亮的树。”兹穆斯基先生说，朝窗外的树点了点头。

“是啊，”其中一个人回答，得知兹穆斯基先生是外国人后，便提高声音，再度大叫，“是的！”

这个举动让沃克富斯先生僵了一下，似乎想知道是怎么回事，但终究没有抬头。

这群人是铁路迷。一条支线的气数已尽，他们就是前兆。老旧火车就像老马尸身吸引着苍蝇，总会引来铁路迷。他们身揣码表、时刻表和地图，坐在窗子旁，每次经过车站时就会核对：阿德盖（喀哒！）、泰恩（喀哒！）、因弗戈登（喀哒！）、阿尔内斯（喀哒！）、缪勒夫奥德（喀哒！）。后来一个满脸困惑、名叫内维尔的按表员不高兴地抽动嘴唇抱怨道：“嘿，丁沃尔呢？”

在因弗内斯一家供应住宿和早餐的地方（巴尔弗小屋），我仔细考虑要不要把因弗内斯纳入我的海岸旅程路线。这只是个人看法，地图帮不上什么忙。一切似乎都要看一个人如何形容马里湾。那是北海的一部分吗？

后来我太无聊了，什么事都没做，而是立刻出发去了阿伯丁。巴尔弗小屋由一对喜欢争吵的夫妻经营：亚历克和琼·卡奇彭尼夫妇。房子冷飕飕的，浴室踏垫有湿气，卡奇彭尼夫妇在发脾气，他们的狗看起来不健康，让我很想跟他们说应该让它安乐死。我讨厌亚历克的保龄球奖杯，还有他们夫妇俩都不和我说话。在巴尔弗小屋待了整整二十四小时，他们对我说的唯一一句话是：“六镑。”可是他们俩相互叫骂，让我怀疑如果我到他们房间抽屉去搜寻，可能会发现情趣用品店里叫做“婚姻协助”的东西。

我搭乘下午两点四十分的列车，经由埃尔金和因奇到阿伯丁。一场新的铁路罢工即将展开，大部分乘客谈到罢工人士时都很生气。

“他们回头也没有工作了。”有个人说。他是艾弗·佩里-普拉特。他说自己在石油相关业界工作，向近海钻井平台供应梯子和走道的防滑踏板。在湿冷的环境里它们似乎很快就会磨损或腐烂。生意很好，可是艾弗·佩里-普拉特一直在想：这生意可以持续下去吗？他有点同情那些铁路员工。

他的朋友埃里克·哈斯克说：“他们应该解雇所有人。”

哈斯克做的是推土设备。阿伯丁是英国成长最快的城市。

“那样做太极端了。”佩里-普拉特先生说。

“胡说八道。一点都不极端。”哈克斯先生说，“一定会的——你等着瞧！它不是变成全自动火车，就是完全消失。艾弗，理性一点。几年前，每座农场有二十五名农场工人，现在还有几个？”

佩里-普拉特先生辩称：“可是你也要看看失业状况！”

哈克斯先生毫不宽容。他说：“在这个国家开始正常运作之前，我们一定还会有更多人失业。”

当然，他自己是有工作的。

我们到达海岸区。近海处有一架四脚钻井平台，看起来就像是在浅水中排便的机械大海怪兽。这是这部分苏格兰的象征。阿伯丁是英国海岸上最繁荣的城市，有最健全的财政、最光明的未来、最干净的建筑物和最尖酸刻薄的生意人，但那还不是全部。我渐渐讨厌起阿伯丁来，比任何我所见过的其他地方都要讨厌。是，没错，街道很干净，但它是个糟糕透顶的城市。

或许它是被人搞得如此糟糕，并非原来就是这样的。它肯定受过金钱和外国人拥入的影响。面对如此猛烈的攻击，我想，阿伯丁人干脆退回到令人最难以忍受的苏格兰刻板模式，以此来找到防护和慰藉。我只有在阿伯丁才看得到苏格兰短裙和轻快的八人舞，还有一种辛辣吝啬的氛围，让我觉得所谓一般的阿伯丁人，就是那种会很乐意用牙齿从堆肥中咬起半便士的人。

大部分英国城市都为失业人口而大伤脑筋，阿伯丁则为劳工而苦恼。这让我觉得，在一个城市里，工作造成的压力似乎比失业更大。无论如何，这类工作。由没有培养自己嗜好的年轻男性完全操纵的石油业，一种特别的社会劣势。城里到处都是这种年轻人，他们寂寞，他们成群结队地在朦胧的街道上徘徊，可怜巴巴地期待有事情可做。远离家园的他们像士兵一样身在陌生的地方，在阿伯丁除了喝酒之外无所事事，我感觉到阿伯丁人既讨厌他们又害怕他们。

这些人目睹了更糟糕的地方。世上可有舒服又经济的产油国？“你应该看看科威特，”一位焊接工告诉我，“你应该看看卡塔尔。”对这样的人来说，阿伯丁算是文明世界。这比在一个近海几百英里的钻井平台上受苦要好。任何去过波斯湾的人大概都知道怎么过没有风化区的日子。除了喝酒和跳轻快的苏格兰舞之外，在阿伯丁见不到一个健康的坏习惯。

它有所有新兴城镇该付出的过高代价，却不见任何粗俗的补偿。这是个寒冷又冷漠的城市，看起来甚至并不繁荣。这算是这座城市吝啬精神的某种表现方式——其财富是隐藏的。它看起来过分谨慎、不吸引人却又自鸣得意，还有一点超重，像穿着品位单调的有钱叔叔，身上散发出霉味和帐篷味，把他的钱都藏在地下室里的一个铁盒子里。阿伯丁的门窗子特别坚固，不容易变形弯曲。这是个装设铁窗和防盗铃的城市，也是个搭扣、挂锁和苏格兰梦魇的城市。

新兴城市很快就会发现能用无中生有的方式赚钱。克朗代克[①]由于缺少妇女，丑女便自以为是大美人，要求用金沙来换取其牢骚满腹的服务；在现今的沙特阿拉伯，一加仑的水比一加仑的汽油还要贵，在阿伯丁，贵的则是旅馆房间。车站旅馆位于火车站月台旁的一条路上，一看就让人泄气，一间单人房一个晚上要价四十八镑，比它在纽约同等级的广场大酒店还要贵，其他旅馆的收费大部分都在每晚二十五镑到三十五镑之间，房间还没有附设盥洗室。我带着怀疑的心情一家问过一家，结果令人吃惊的并不是高额的房价或低级庸俗的环境，而是根本没有空房。

最后，我以二十五镑找到一个牢房般的旅馆房间，又小又阴暗，十五英尺高的天花板上有一盏昏暗的灯，没有浴室，床的大小有如兵营帆布床。如果我刚刚在钻井平台上三个月，或许就不会注意它有多凄凉。可是我去过苏格兰其他地方，那些地方做事的方式不一样，再说我很清楚自己遭到了剥削。

为了让自己打起精神，我决定去城里逛逛。我发现了一个叫“欢乐谷”的小酒馆——震耳欲聋的音乐声和尖叫声。我心想：只要买张票就行了。

---

① 克朗代克，加拿大育空地区城镇。

可是门房把我挡了下来，说：“抱歉，你不能进去。”

他身后的人跳来跳去，偶尔还可以听见打破杯子的声音。

“你没穿外套和打领带。”他说。

我简直不敢相信。我看向他后面，看里面那个嘈杂的地方。

“里面有个人没穿衬衫。”我指出。

“你必须离开，老兄。”

我怀疑他真正反对的是我那双油腻的徒步旅行鞋，我恨他这样。

我说：“至少我穿了衬衫。”

他发出一声猴子般的叫声，缩起了脖子：“我跟你说最后一次。”

“好，我走。我只想说一件事，”我说，“你戴的领带是我这辈子见过最丑的一条。”

街上另一家小酒馆的广告写着“乡村和西部之夜”。我快速走上楼梯，但没有用。

“你不能进去，”门房说，“人太多了。”

“我刚才看到有人进去，”我说，“就从我身旁过去。”

“我们几分钟后就要打烊了。”

我说：“我不介意。”

“你穿的是牛仔裤。”他说。

“你穿的是件起皱的外套，”我说，“还有，那是什么？一块肉汁污渍？”

“这里不能穿牛仔裤。这是规定。”

“你是当真的吗？我不能穿牛仔裤参加乡村和西部之夜？”

“不能。”

我说：“你怎么知道我不是威利·纳尔逊[①]？”

他用他又短又粗又硬的指头狠狠地戳我说：“你不是威利·纳尔逊，现在快滚！”

所以此刻我开始认为阿伯丁不是我的地方。但它是任何人的地方吗？它没有失业人口，井然有序而又纯朴，却像任何一个我所见过的极度贫穷的地方——甚至更糟糕，真的，因为它没有借口。食物令人作呕，旅馆价格过高又服务差，肮脏的小酒馆里挤满了喝醉酒和坏脾气的男人——谁的脾气会好？不只是价格昂贵和单调；更糟的是它的自私。这还是新兴城镇的自我意识。除了市政事务外，其他事都不重要。报纸根本没提到以色列入侵黎巴嫩，以及联合国对福克兰群岛的主动权和新航天飞机的消息。相反，报纸头条都是当地赚钱的东西——新企业、北海油管即将铺设、最新的钻井平台。世界根本不存在，光财经消息、二手车和房地产就占了每日报纸七页的篇幅。

## 美国人在阿伯丁

双周报《阿伯丁美国人》有教会通讯刊物自我中心意识的风格。它是一份大杂烩式的报纸，有烤肉、学校、美国初选的新闻，还有一个英裔美国人的专栏。这显示阿伯丁的美国人社区很大。美国学校有三栋建筑，我在巴士上会听到美国口音。我肯定新的健身

① 威利·纳尔逊（1933— ），美国乡村及西部音乐歌手。

俱乐部都是美国人在光顾——铺满地毯的减重中心和健身房。一间漂亮的花岗岩教堂就这样被毁了，变成了“鹦鹉螺全方位健身中心”。

城西一条安静的街上有一家美国食品店。出于好奇，我特地去那里看了看，想知道在这个蛮荒的海边，到底什么样的食物是美国人认为对健康绝对必要的。结果我找到的是：科瑞①、千岛色拉酱、吉比花生酱、切里奥斯②、非凡农庄冷冻蓝莓松饼、巴马牌葡萄果酱、妈妈冷冻比萨、斯旺森冷冻火鸡电视晚餐、柏亚迪厨师意大利面酱、埃尔帕索墨西哥玉米饼酱和佛蒙特松饼糖浆，我还注意到了几堆魅力牌卫生纸、百威啤酒和二十五磅重的普瑞纳狗粮。

这些全都不是优良食品，而且全都远逊于当地可以取得的食物，当地食物的价格也不到这些食品价格的一半。但根据我在阿伯丁的经验，发现他们对外国人都心存怀疑，因此以对品牌的忠诚表现出一种团结意识也是完全可以理解的。科瑞和吉比是身为美国人的一部分——魅力牌卫生纸也是。我想对一个在阿伯丁的美国人而言，进口冷冻比萨不只是文化必需品，还是一种报复的方式。

“阿伯丁没有你喜欢的东西吗？”缪尔先生用哀求的口气问，此时我们在基尔特街车站的月台上等候开往邓迪的火车。我花了十分钟的时间列举了我不喜欢的理由，最后说，我再也不想看任何一座新兴的城镇了。那么大教堂、大学、博物馆呢——我没考虑过它们的世界？

“没有。”我说。

---

① 科瑞，美国菜油品牌。

② 切里奥斯，美国谷类食品品牌。

他露出惊骇的表情。

我说："可是我喜欢面包店、鲜鱼、奶酪。"

"面包店。"缪尔先生难过地说。

我没再说什么。他认为我有点问题。可是我在阿伯丁所喜欢的，也就是我在英国所喜欢的：面包、鱼、奶酪、花园、苹果、云、报纸、啤酒、羊毛服饰、广播节目、公园、印度餐厅和业余表演、邮政服务、新鲜蔬菜、火车，还有人们的谦逊稳重和真实。此外，我还喜欢阿伯丁的街道上经常挤满了海鸥。

## 第二十一章

# 九点五十一分去卢赫斯联轨站

从迪河河口到泰河河口——由阿伯丁到邓迪，是一片长达七十英里的和缓草地海岸。我原本希望以步行的方式完成其中一部分，傍着悬崖顶走，避开深入的捷径、小峡谷以及隐秘的岬地。我喜欢悬崖边杂乱的野草悬入小海湾里的样子。今天那些草却呈流水之势，连大海也被落下来的雨给打平了。暴风雨竟打亮了舒适的海边小屋上的石头，让它呈现出蜗牛壳的颜色。

斯通黑文有着明显的繁荣景象，这一点很奇怪，因为大部分富裕的苏格兰城镇都会隐藏它们的繁荣。我们的火车绕过这座小镇美丽海湾的边缘，转进内陆大约二十分钟，然后又回到蒙特罗斯的海岸。蒙特罗斯位于一座大潮汐湖，也就是蒙特罗斯盆地前的一块陆岬上，懒洋洋的牛群在蒙特罗斯公寓附近的草地上找草。更往南一点，在卢南湾，阳光穿透大雨帘幕，突然照亮了田里的上百只猪，同时染红了附近一座城堡废墟，暂时温暖了海湾上的沙。

强风再现，带着魔鬼尾巴离开阿布罗斯，横扫过海滨步道。可是我想即使阳光普照，它仍是个无趣的地方，海岸已经变成沙丘。在苏格兰，不是黑色悬崖就是灰色的高尔夫球场，有时候连着好几英里范围都是单调而细长的高尔夫球场，全部都在海沙里。苏格兰的高尔夫球场从来不曾漂亮过，不但风势强大，而且缺乏表土，凹凸不平，兔子洞和弹坑散布，看起来活像是布雷区。卡诺斯蒂是那样（身经百战），巴里也是那样。接着我们来到莫尼菲斯，看到三只高大的天鹅在海中游泳。

我选择在邓迪下车，因为它以沉闷单调著称（“游客没有什么兴趣”）。类似这样的地方通常都值得一看。我发现英国漂亮的老镇所显露的东西要比丑陋的新镇少。古老的邓迪已经被毁了，新的邓迪则是个有趣而又可怕的东西。它肯定是一个能与未来联系在一起的极端恐怖的绝佳典范——监狱般的城市，纪律良好。光是“未来主义的”这个形容词就让我想到最消沉的影像：无所事事的人群、丑陋的建筑物、不友善的街道、钢制的栅栏、铁窗和落叶；它和组织化悠闲的概念却关系密切——团体娱乐的骇人对称性。公共泳池就是未来主义的。

在我看来，公共泳池总是有点让人不自在，有点危险。公共泳池的瓷砖会把大叫声变成尖叫声，实在吓人，这种声音、池水、冷水浴以及赤裸的身体能把一座游泳池变得像奥斯威辛集中营。粗暴的人喜欢去游泳——游泳池的气氛总能引发他们恃强凌弱的特质。

邓迪游泳暨休闲中心有苏联讯问总部的架势，一栋单调的、有雨痕的大型水泥建筑“卢比扬卡”①。里面有三座拥挤的游泳池，其中一座甚至具备了奥运会的尺寸。泳池里挤了好几千个尖叫的孩子。建筑物闻起来有人肉和消毒水的味道，就像更衣室一样冒着蒸气，湿气重得令人作呕。它附有一间阴暗的餐厅和一间“治疗套

① 卢比扬卡，苏联秘密警察机构克格勃总部所在地。

房”，里面有太阳灯和桑拿（领养老金者桑拿，八十便士）。某个房间里有几张乒乓球桌，但没人打球，倒是大厅里的四台游戏机给玩疯了——男孩子们争相将钱投入“太空入侵者”、“青蛙”以及“登陆月球”里，单亲家长、领养老金过活的人和失业者来来去去。这隶属于大都市的计划，位于一个没工作、没钱、时间却很多的世界里；这是未来生活进程的一部分。

尽管名字已定，但其实卢赫斯联轨站已经不再是个联轨站。它位于泰河河口湾的另一边，在法夫，就像我可以搭火车到圣安德鲁斯（“或许是这个国家最时尚的海水浴场”）一样近。我一抵达这个车站就开始步行。

走了约一英里之后，我来到守卫桥。当地的造纸厂前站了一些男人。他们说在等一列送葬队伍经过——一个在这家造纸厂工作了一辈子的男人今天要下葬，但是灵车迟到了。

“我跟你说，”其中一个叫戈登·黑斯蒂的人说。他十分激动，一边盯着圣安德鲁斯路，一边双手扭着他的布帽，“你看到那些旗子了吗？”

工厂前面的旗杆上有三面旗子——英国国旗、苏格兰区旗和一面在我看来应该是造纸厂自己的旗子，全都降了半旗。

“真是个忙碌的上午，”黑斯蒂先生说，“几个小时前，我们必须为奎妮升起这些旗子，等她走了之后，我们又必须为唐纳德降下来。”

唐纳德显然就是那个过世的人，但奎妮是谁？

“就是女王本人，”黑斯蒂先生说，“是的。”

“你是说女王来过这里？”

“在圣安德鲁斯，”黑斯蒂先生说，“快一点，你可能看得到她。”

就在我开始要跑时，唐纳德的灵车过来了，于是我停下了脚步。造纸厂的男人们纷纷脱帽致意。送葬车队继续沿着潮湿的道路前进，男人们则回到工作岗位。

距离圣安德鲁斯还有四英里。我走得很快，几英里之后，甚至抄捷径，横过一片田地，继续沿着伊登河的河口往前走，它的终点位于一座高尔夫球场中央。这里总共有四座高尔夫球场，可是我发现自己所在的这座球场隶属于高尔夫球世界里的重要都市圣安德鲁斯的皇家古典高尔夫俱乐部。正如我在苏格兰看到的其他球场，这座球场也是凹凸不平而又荒芜的——或许那就是高尔夫的特点？

可是圣安德鲁斯是英国最大的城镇，其他城镇的规模都无法与之相比，而且它还是海岸上最漂亮的城镇之一，白色石头废墟和棕色石头建筑就坐落在一片广大海湾的岩石悬崖上。高尔夫球场所延伸到的滨海区是大学运动场的一部分，而光是大学就占了这座小镇面积的三分之一；不过要想分出大学和小镇的界线是不可能的事。整体效果带有一点教会氛围，但蕴含着新气象，像是一座充满精力的露天修道院。

今天街道都刷洗过了，旗帜飘扬，花朵和彩旗点缀了整座小镇。空气中有一种明显的嗡嗡声，一股疾速震动，像是灯光闪烁的声音，某种带电、几乎可见的东西。那是真实的。我一踏上铺有大卵石的街道就感觉到了，好像这座小镇因为一个祝福而重新提起精神来。其实就某种意义来说还真是如此，因为那股氛围是王室来访后所留下来的精神，英国女王不久之前才离开。

"你没看到她真是可惜。"弗雷达·罗伯逊说。她是圣安德鲁斯最大一间书店的采购人员，苏格兰作风令她看起来庄重而无懈可击，她的语调半询问半斥责，充满女校长般精准嘲讽的意味。她喜欢看书，她认出我来，问我要不要喝杯茶。

罗伯逊太太的手指头顺着有竖框的窗子的尖锐窗格描摹，描述女王陛下怎样乘着她的劳斯莱斯到这里，在那边下车，并走到路障附近。

"我把双筒望远镜和相机都伸出了窗外，"罗伯逊太太说，"简直不知道自己该看哪一个，我想我的照片上面一定会有手指头和拇指。不过你真该听听那些欢呼声！"

不知道是否与福克兰群岛的气氛相关？弗雷达·罗伯逊说不是，是为了女王升格为祖母。那个孩子出生时我在马莱格，现在他有了名字：威廉王子。圣安德鲁斯最大的标语之一写着：祝福威廉王子身体健康。

"是什么风把你吹到圣安德鲁斯的？"罗伯逊太太问。

我说我正以顺时针方向在英国海岸旅行。

"明白了，所以我们在你的路线上。"

"守卫桥有个人告诉我女王在这里。"

罗伯逊太太就在这时说我没见到她真是可惜。"女王陛下刚刚离开，前往安斯特拉瑟。"

那里离这里只有八英里远，而且也是在海岸上。

我说："我想我会去安斯特拉瑟看她。"

"我希望你亲眼看到她，"罗伯逊太太说，"这是件大事。你知道这是女王和菲利普亲王第一次来圣安德鲁斯吗？"

“是吗？”

“是的，”罗伯逊太太说，“现在我希望你能帮我一个忙，如果你愿意的话。”

“我很乐意。”我说。

她继续说：“你说你正在英国海岸旅行，到过许多地方，而这些地方半数我从未去过，未来我想我也不会去，所以我想让你做的，就是帮我写一本在英国海岸旅行的非小说类书籍，我想在我的店里应该可以卖得不错，不过那并不重要。我的意思是我自己想看。”

我说我会尽力，接着在前往安斯特拉瑟时心想：那是一页，这里又是一页，而到了安斯特拉瑟可能会出现另一页。

我设法搭便车，为了及时赶到安斯特拉瑟去见女王，可是没有人载我。结果我在路上碰见一个农场工人。他从圣安德鲁斯过来，是因为女王伉俪来访才去的。

“我看到女王了。”他说，回想起来不禁缩了一下身子。

“她看起来怎么样？”

他又缩了一下。这人名叫道奇，穿着一双橡胶靴。他说：“她在沉思。”

道奇显然看到了别人没有看到的部分。

“她有心事，脸色不好。她并不快乐。”

我说：“我以为刚出生的孙子让她很高兴呢。”

道奇不同意我的看法：“我认为她在担心某件事。他们是会担心的，你知道吧。没错，那是一份差劲的工作。”

他放慢脚步，好像在同情压力繁重的女王。

我说："身为英国女王有其补偿。"

"有利有弊，"道奇说，"我说它是一半美梦，一半噩梦。那就像是个金鱼缸。没有隐私！她挖鼻屎都会被人看见。"

道奇用极度痛苦的方式说出这句话，我心想他竟然因为女王挖鼻屎会被人看见而觉得痛苦，真是难以理解，不过我并没有说出口。

后来他开始聊起电视节目，说他最喜欢的节目是《正义前锋》[①]，讲的是美国南方一个小镇里胡闹嬉笑的故事。这位法夫的苏格兰农场工人说，他是因为里头一个叫罗斯科的角色跟他老板讲话的方式而喜欢这部电视剧的，很有意思。他说，有时候美国式的幽默很难理解，但苏格兰每一位农场工人都会觉得罗斯科的态度很有意思。

最后来了一班巴士，我挥手拦下，上头空无一人。我说我想去安斯特拉瑟看女王。

"嗯，她在那里吃午餐。"那位司机说。

我想知道是在哪里吃。

那位司机知道："在'守望台'。皮滕威姆路上一家小旅馆。"

他开到那条路上让我下车，我就顺着彩旗进入安斯特拉瑟，感受到我在圣安德鲁斯时感受到的颤动热情——王室的嗡嗡声。那是一种假日氛围，学校放学，商店打烊，酒吧营业。有些男人穿了苏格兰短裙。大家三五成群地聊天，似乎在提醒彼此刚刚发生的事——女王已经经过，到克罗斯内斯特去了。

我抄捷径横越港口沙滩，上行到一家似乎很平常的旅馆，旅馆

① 美国二十世纪七十年代热门电视连续剧。

才重新油漆过，还挂了许多塑料英国国旗。这里有更多穿着苏格兰短裙的男人，他们都站得笔直：绝对不会低头垂肩，而且几乎从来不曾坐下来过。

“她刚刚离开。”有个人说。他名叫赫克托·海·麦凯。

可是她的某种感觉还在，就像在一个女人突然离开时，香水味往往是最浓的。以女王的例子来说，就像空中的某种东西——还在那儿，一种回响。

麦凯先生转身对他的朋友说：“他们在厨房里有两名侦探……”

“你想不想看花？”汉密尔顿太太说。

大家都兴奋得低声私语。

我心想，如果女王和菲利普亲王在这里用餐，那么这里的食物应该很好。我少有在旅途中饱餐一顿的体验，吃饭并不是那么重要：食物是最乏味的主题之一。我决定晚上就住在“守望台”。这间刚刚获得王室来访之荣幸的旅馆，也比阿伯丁任何一家旅馆都便宜许多。

“她完全不吃开胃菜，”女侍艾勒说，“她点了一道鱼，黑线鳕白奶酪酱。然后是烤牛肉、绿花椰菜和胡萝卜。点心是新鲜草莓和奶油，我们的厨师自己做的。餐点简单——很不错。菜单是早就印好的，旁边还撒了一些金箔。”

大半都是一些不错的寻常菜，英式食物——一道鱼、一道烤肉、两道水煮蔬菜；甜点是水果。安斯特拉瑟（还有其他所有地方）的中产阶层家庭，每个周日都会吃那样的午餐。她就和我们一样，大家如此说女王；当然，她的工作辛苦得多！

一个外国人很难看出这里其实是个中产阶层的君主国。女王伉俪平易近人，喜欢动物、乡村运动以及综艺节目。他们从未提及书，但他们喜欢哪些特定的电视节目却举世皆知。报纸刊载过王家电视机的照片：有一个大屏幕，上面盖着某种围巾，但就像你在街上可以用一个星期两镑租来的电视机一样。这些年来，女王变机伶了，成为一个性情平和的婆婆和亲切的祖母。菲利普亲王因为脾气暴躁而受人爱戴。他以爱抱怨出名，曾在公开场合使用“该死的”这个形容词，事后，大家都很难责备他。女王则正好和他相反，变得越来越谨慎和沉默，而他似乎越来越不好应付——呈现出爱逞口舌之快的景象。女王和亲王是天生绝配，但女王及夫婿的搭档演出可能都还比不上所有美满中产阶层的婚姻。

大厅里正在贩卖王室来访的纪念品。他们怎么有时间准备这些上面印有“守望台旅馆——皇室来访纪念”的镇纸、大奖章、拆信刀和明信片？

“我们元月就得到消息了，只是必须保密到五月才能公布，”艾勒说，“大家一直祈祷一切能够顺利。原本以为福克兰群岛的事会毁了这次来访。”

所以他们已经整理这个地方、准备纪念品差不多七个月了，王室午餐却只进行了一个小时。

那天晚上，他们在旅馆停车场举办了一场庆祝宴会，算是一种感恩。旅馆邀来全镇的人，或者可以说两个镇的人——东安斯特拉瑟和西安斯特拉瑟。有一个摇滚乐团、八位风笛手和几名鼓手，喧闹声震耳欲聋，持续到清晨一点钟，好几百人一起喝酒、跳舞。他们贩卖香肠和炸鱼薯条，还有一捆捆的干草供大家坐。乐团并不好，不过似乎没人在意。前来共襄盛举的有老人、一家人、喝醉酒的人和小狗。小男孩们高兴地抽着烟，还从旅馆里偷拿啤酒。女孩们自己跳舞，只因为村子里的男孩三五成群，形成几个小圈子装酷，不好意思让别人看见自己跳舞。空气中弥漫着一股美好的氛围，欢乐和喜悦，有喜庆，也有感谢和疲惫。那不是装出来的；就像是一个非洲村落自得其乐的氛围。

十一点，我散步到海滩，经过一个脚踏橡胶防水长靴的人身旁。他独自站在马路上，看起来一脸茫然。一个女孩和她的祖母在半昏暗的夜色之中吃冰淇淋甜筒。我路过一间小木屋，里面的一家五口在大声唱歌。我看到更多的孩子在一道墙后抽烟。另一间屋子里有一男一女似乎在干杯。月光倒映在水面上，仿佛定格，让浪花就像洗衣板上一条条的凹槽。我朝这光前进，发现在多石的海滩上，就在我所站的这面堤防下，有个男孩正笨拙地和一个女孩在做爱。在明亮的月光照射下，他的屁股呈青紫色，她上扬的双腿几乎闪闪发光，好像固定住他似的。天气很冷，他碰上了点小问题，可是他正猴急，没有看见我。他们让我觉得自己像是个隐形人，但我撇下他们走开了。我想起了乐团、跳舞、啤酒、干草堆、月光、海藻的味道和那对年轻人在女王刚刚经过的地方做爱——就像是一幅壁画，一幅别有寓意的画作，不过是滑稽可笑的那种，像是格利·吉姆森或斯坦利·斯宾塞[①]的画。

第二天一大早，清洁女工就忙着打扫。

“我简直不敢相信，”罗斯太太说，“那好像不是真的。好像一场梦。”

---

① 斯坦利·斯宾塞（1891—1959），第二次世界大战期间英国主要画家之一，绘画以宗教题材为主，作品具有超现实主义风格，造型扭曲，讽刺性强。

我说："威利·汉密尔顿会怎么想？"

威利·汉密尔顿是他们的下院议员，以主张废除君主政体而出名。

"威利·汉密尔顿会觉得受够了。"

早餐过后，我出发前往利文。那天早晨天空灰蒙蒙的，相当寒冷。我才走了几英里就开始下雨。不过我还是继续走，听见一只画眉鸟的声音，总之他们这里是这么称呼这种鸟的。后来我觉得雨实在下得太大了，于是加快速度走到一个村落，等候前往利文的巴士。法夫海岸上的村落有一种平静的美感，农舍和谷仓都盖得像平坦岩石上的堡垒。

前往利文途中，我们在拉戈停车。"亚历山大·塞尔柯克，也就是鲁宾逊·克鲁索的原型，一六七六年出生于此。"在塞尔柯克的出生地，下拉戈一间小木屋前，还竖立着一尊他的雕像。

"它正确的名字是拉戈的汐塘。"我旁边一个男人说。他刚上巴士，我们开始聊起了拉戈和塞尔柯克。那个人说："亚历山大·塞尔柯克是个流氓！一无是处！"

我说我在某个地方曾经读到过塞尔柯克有一次把他父母亲踢下楼。

"没错，流氓一个，"那个人说，"而我就是他的嫡系后裔，是我母亲那边的。"

那个人叫戴维·吉利斯，已经九十岁了。我似乎注定要常常碰见年事已高的人，不过也是因为这些巴士和火车——老年人不开车，也没有车，所以我会在旅程中遇见他们，这让我很高兴。戴维·吉利斯眼神明亮而且听力良好，仿佛只有七十岁。他要去利文买点东西。

我对这些人曾经做过什么工作一向很感兴趣。吉利斯七十五年前，也就是十五岁时，做了什么事？

“我给一个拉戈的水管工人当学徒，每个星期赚一克朗[①]。不过我可不只是学当水管工人——所有的水管工人都是锡匠，还得学做装铃匠。我在一九〇六年拿到了第一份工作。拉戈有个人说要付我一星期一镑，可是我回绝了。后来我到格拉斯哥，拿到了两镑。你看，乡下雇主就是习惯占我们的便宜。”

他在格拉斯哥住了几年，最后去了伦敦，那里需要他的技术。

“现在，配管工程很容易。只要把管子放进去剩下的就交给水泵好了。可是那时候我们没有水泵，使得配管工程变得异常困难，因为水流必须恰到好处。钟铃安装也是一项需要小心处理的工作。大房子里每个房间都有一个铃，靠金属线来运转——完全不靠电。铃一响，就会显示在楼下用人房里。钟铃安装是门艺术，现在没有人做了。”

一九四一年，吉利斯先生在伦敦的医生说：“如果想让你的妻子活下去，你就得带她离开这里。”她的神经极为敏感，当时德国炸弹正在轰炸伦敦。大家都问他为什么要回到拉戈，他总是说，如果他们在伦敦和那些炸弹共度两个晚上，就不会问了。

二十世纪六十年代中期，通往拉戈的火车停开了。那是法夫发生过的最惨的事，火车的结束就是这村落的结束。

“实在可怕，”吉利斯先生说，“现在我们离火车站有十二英里，

---

① 英国旧制货币，等同于五先令。

巴士又糟糕透顶。某些日子连巴士都没得搭，而且情况越来越糟。如果我错过了巴士，就得在利文等上好几个小时，偏偏那里没事可做——在利文真是生不如死。”

吉利斯先生说，曾经有条铁路穿过拉戈，一直通到克雷尔和圣安德鲁斯。巴士并没有取代那条铁路，而且谁有钱开车啊？

九十岁的吉利斯先生觉得讶异的是，最近要从一个地方到另一个地方是那么慢、那么困难。几年前，这很容易。

他证实了我的感受，英国许多地方如今都回到它们铁路年代之前的样子。村落崩解缩减，生意做不下去了，住在农村的人变得更离不开他们的房子。城市的人口增长但变得更加贫穷，如最后一站的利文。像这样的高失业人口地区有一种乌黑的色调和悲伤的气氛——没有车流，但人行道上有许多人。在这些贫穷的城镇里，人们总是走得很慢。

一份关于海岸上八英里远的柯科迪的报告显示，半数抽样的失业人口形容“逛大街”是项固定的活动。他们没有离开柯科迪（《国富论》作者亚当·斯密的出生地），因为巴士费用太高了。他们负担不起去外地找工作。我买了这份名为《苦等的时间》的报告，副标题是“一九八二年柯科迪失业年轻人的省思”。“省思”这个名词好像用错了，他们并不会因为没有工作而特别感到惶恐不安。失业情况如此普遍，根本就不是什么羞耻的事，反而被视为常态。报告注明有少数年轻人表达了一种“渴望做‘任何事’的意愿”。反正总是会有失业救济金，还有大街可以逛逛，玩一玩。虽然有些人会气自己没有能力找到工作，但其他人还是有自己的解决方法：“有人正在考虑移民，有人期待很快就被关进牢里……”

我经过东西威姆斯（之所以有这个名称，是因为沿着海岸有许多大型山洞……）和一些废弃的煤田。如果柯科迪是个绝望的地方，我会留下来，不过，与其说它绝望，还不如说它乏味。我在镇上逛了一圈，接着继续走过本泰兰狂风大作的小度假地，沿着因弗基辛悬崖附近堆满垃圾和废车的峡谷前进。不过这峡谷仍是福斯湾堤岸的一部分，如果你转身背对着这片摇摇晃晃、像苏格兰腰边一处致命伤口的海岸，就可以看到船只、海水和福斯桥壮丽的景色。

下一站是爱丁堡，但它并不在我的海岸路线上。就气氛上来说，它是个内陆城市，而现在利斯港已经濒临垂死状态，在运输业上根本不算重要。但它仍是个漂亮的地方，有黑色的峭壁和古老庄严的石板屋，一路延伸到顶端的城堡，看起来像悬崖上一面深色的鼓，陡峭的小径上吹着强劲的风。如今王子街旁的深谷草地和火车轨道，过去是一座湖。这里过去是英国最漂亮的城市，也是欧洲最美的城市之一，如今看起来却像是大阴谋和激烈罪行的场景。但我知道它是个安静的内陆城市，喜欢独处的人隐居在此。

在爱丁堡，我听说一场铁路罢工正在酝酿，三四天之后，英国所有的火车都会停驶。一般大众对这件事的反应并不热烈。这种在别的国家会制造痛苦的惩罚性罢工，在英国不是引发兴奋（一种对其戏剧性产生的共同激动），就是漠不关心。英国人有宿命论，那是他们嘲讽语言的起源，但那也让他们能好好地面对不幸。“噢，这个嘛，不应该发牢骚。”

我加快速度到北贝里克，它位于福斯湾和北海之间陆地的一个角落。从这个地方走路到邓巴，花了一整天的时间绕路。火车快速经过邓巴时，我曾看到它，现在就利用这个机会在此停留。这个港口位于一个无遮蔽的岩湾上，面对破损的堡垒和倒塌的红石墙。邓巴的旧建筑都是用这种红石盖的，大街有五十码宽。不过这里没有生气，在这寒冷的七月天里，还带点悲伤的气氛。我思索着晚上是要住下来，还是直接前往边界。在这种漫长的夏日夜晚，总有许多时间可以决定。

我很不愿意离开苏格兰，因为我喜欢在这里遇见的几乎每一个人。可是在邓巴，我遇见一个讲话很大声的人，他名叫比利·克龙比。他要去南方，停车下来喝三杯啤酒。他是格拉斯哥人，八字胡让他像只大雪貂，还有一个畏畏缩缩的妻子。他的脸是紫色的，他开了一辆“捷豹”。

“我要去外国！”他宣称，“对，英格兰——那是外国土地！苏格兰被该死的英国人统治。他们停止汇率管制，这样他们就可以在国外花我们的钱——尽管一开始他们就借我们的石油储量来从我们身上偷钱，但他们不会在苏格兰花钱。而你们这些该死的美国人还在离格拉斯哥数英里的地方安置原子弹，在霍利湾摆放核潜艇！我想知道的是，你们怎么不把它们放在伦敦？别提政客了，用笑话还不足以形容他们。戴维·斯蒂尔是联邦主义者！塔姆·戴利埃尔是骗子！詹金斯是保守党员——那是个奥兰治席位，他们却操纵一个天主教徒来反对他，他怎么会输呢？我是个自由斗士，别让这些粗花呢耍了你。如果你不相信我是个自由斗士，可以问我太太。好了，你听着，回家去，告诉他们，我们不想要你们的炸弹！”

我搭火车往南走，他的那番话言犹在耳。苏格兰之旅的终点站是海边的小村落兰伯顿，位于拉默缪尔丘陵和放牧着黑面羊的山丘下的诺森伯兰边界。

## 第二十二章

# 搭最后一班车去惠特比

“等一会儿不会下雨，”木匠伊弗尔先生在特威德河畔贝里克跟我说，“云太高，燕子也飞得太高了。”

我决定在退潮时步行前往林迪斯法恩岛（霍利岛）。一千两百年前，比德[1]称它为“半岛”。其实它依旧是个半岛。“退潮时可以接近，但必须清楚流沙的危险。”

伊弗尔先生说：“我以前在那里做细木工，不过我住在斯皮特尔。”

那个地方就在特威德对面。“斯皮特尔”是医院的旧称，在英国总共有七个斯皮特尔。

“你怎么离开那座岛？”

“小马和二轮轻型马车。”听起来就像“斯皮特尔”一样有中世纪的味道，可是伊弗尔先生的岁数和我差不多。

他说我可以搭巴士到某个小酒吧，接着走一段七英里的路程。当我要离开时，他又开口了。

“那里的人很奇怪，”伊弗尔先生说，“他们讲自己的语言，和

---

① 比德，八世纪英国神学家、历史学家，在小狄奥西尼的基础上完善了公元纪年法。

别人不一样。而且他们讨厌外地人。”

我谢谢他告诉我这些信息，然后就搭巴士到那家小酒吧，再从一条乡村小路步行到海边。我面对的是一大片冒泡的淤泥滩，其中有些用杆子标明了“朝圣之路”；左边有一条小小的堤道，远处还有座桥挂了一个标示，上面写着“涨潮时桥会完全被淹没”。天气晴朗，北海吹来一阵柔柔的微风。（七十年前，它被称为日耳曼海。）我开始踏上朝圣之路，偶尔回头去看看我那些装满了水的脚印。那些脚印往下沉，好像在流沙里似的，所以我改走堤道。前面的林迪斯法恩是个低矮游离的沙丘岛屿，最远的那一端有白色的屋子和红石的废墟。这座岛是由沙堆起来的，位于一处泥潮里，每日有半天的时间是大海中的村落。

步行前往这座岛的近海路程是我在海岸散步最愉快的经历之一——难忘的一英里路。透纳[①]和威廉·丹尼尔[②]画中的废墟还在，沙子闪闪发亮，暗处的小修道院废墟仿若木炭般呈现银黑色，像被烧过的木头一样脆弱，可是打在上面的阳光让它们此刻如蛋糕一样红，还布满孔洞。这座岛表面的颜色是人类皮肤的黄灰色，更远处有一座城堡，周围盘绕着一块独立高耸的岩石。走过这片塞满淤泥的海床，眼前只见开阔天空下的岛，实在让人感到兴奋。

大部分的近海岛屿都有一种如船般孤立、四周尽是大海的氛围。不过在霍利岛上，我感觉像是登上一艘系了长长绳索的船，偶尔漂到大海上，偶尔又撞到岸边。村子虽小，但有一些舒适的旅馆。我要找一张床或是吃顿好吃的都不成问题，我还画了一下奇怪

① 威廉·透纳（1775—1851），英国浪漫派画家。

② 威廉·丹尼尔（1769—1837），英国浪漫派画家。

的林迪斯法恩船屋——船身被斜切之后翻过来。它们是仓库，看起来却像是被拖上岸的鲸鱼或海怪。有一条小径正好位于会淹没整座岛的高水位记号上方，经过满是狂奔兔子的高尔夫球场，继续延伸至一座叫斯努克的沙质海角。这是一座悠闲的岛屿，甚至像是有种神圣的气氛——某种与其单调以及风轻轻吹过沙丘有关的东西。

岛上的居民态度警觉，但不至于不友善。不过有一点伊弗尔倒是说对了。我听不懂他们的口音，那是一种苏格兰英语和泰恩赛德语[①]的混合，还带有一点盖尔语类似漱口时咕噜噜的声音。他们会捕一些鱼，不过主要收入还是来自到岛上来玩的游客，贩卖明信片和冰淇淋甜筒，以及带人参观废墟。大部分人会在退潮时开车到岛上，在堤道被淹没之前开车返回本土，尽管这里是个适合睡觉的安静地方，却很少人留下来过夜。

从东海岸线的火车上看霍利岛，景色很漂亮。它大约在贝里克南方十英里处出现，而且因为岛很长，所以持续好几分钟都可以看到它。曾是牧草地的低海岸上出现了更多城堡和废墟。诺森伯兰的地势平坦，今天的云就像一个大圆屋顶——一座圆形露天剧场，天花板是分散的卷云细丝装饰成的波状绒毛白帷幕，下面则是已经分解的松散积云层。这国家真是个云的乐园。

因为罢工在即，所以我赶着搭火车。大家都说很快就会没有火车了，他们好像很喜欢这种世界末日的戏码。在威德灵顿和莫珀斯（“小小的废墟……还有一座稀奇古怪的钟塔”），人们都在低声

① 泰恩赛德语，纽卡斯尔地区的英语，有着浓浓的当地口音。

谈论这件事。我错过了滨海安布尔（听起来像是一本书名）和斯卡斯；可是我今天没有时间散步。无论如何，火车速度还是强调出景色上的瑕疵，让人看到青翠的放牧场消失得多快，变成了奇怪的工业立体派——高耸的烟囱和塔楼，加上钢条状的塔门把它弄得像动物园似的，因为空中电线交织，看起来活像个大笼子。这个乱七八糟的几何状物体暗示我们正快速朝着一个人口稠密的地方前进，果不其然。这是杂乱扩张的英国东北部的起点，这个可怜的郡连河岸的名字（如泰恩和威尔）都像是在费力叹息，泄了气似的。纽卡斯尔位于内陆，我往海岸走去。

英国这地区的失业率最高，今天贾罗（“这名字令人想起二十世纪二十年代的失业情况和饥饿游行”）突如其来的一场雨让它看起来更像是刚刚打了败仗，呈现出遭受毒害和死气沉沉的模样。这是个集各种丑陋于一身的地方——不仅有布满海鸥和乌鸦的垃圾场，以及我在博尔登科利里的青少年脸上看到的反抗神情，还有注定为生存所作的尝试：农人在一间废弃工厂后面犁一小块田；菜园小屋和过大的围栏；包心菜和豆子；鹅和猪；同样蒙上细小煤灰的蔬菜和动物，看起来像患了癌症。黑黑的工厂和必要的窄小菜园有种明显的绝望，是我见过最令人沮丧的景象之一。

它既可怕又迷人。我们过了威尔河，我没有继续火车行程，在森德兰下车，以确认它的孤寂凄凉。这里的人说，生意很差，彻头彻尾地没救了。因为如此萧条，森德兰看起来很危险：未经整修的建筑物和破烂的街道，发型尖尖、穿着破旧长外套或印有拳头与纳粹党徽的皮外套的男孩帮派。

宾斯百货公司一个名叫贝格比的职员说：“这些孩子当中，有些已经离开学校六七年了，却从来没有工作过。报纸上有招工启事，可是这些孩子都靠救济金过活。他们十六岁离开学校，培养出一种我称之为失业救济队伍的心态，认为自己是不就业的！他们不想工作，发现自己真的不需要工作，甚至已经学会如何不工作。这是现今和英国工业时代主要的差异，我们竟然制造了一代不就业的孩子！”

贝格比有一股怨气，可是不论他说的话是否属实，这里真的没有工作。我看了当地报纸的招聘广告，工作机会很少，而且大部分工作都要求有经验。

不过森德兰并非一个鲜明的贫穷梦魇。它是深褐色的，萧条、衰弱。虽然破破烂烂，却以最低限度的方式存活着。它真正的恐怖之处需要一点时间来渗入。它已经不再相信这种空虚会有止境。这城市的险恶最难看到，也最难描写，因为它有一种被监禁的病态气氛：无事可做。

天气让它变得更糟糕。分明是个夏日午后，风雨却很猛烈，天很黑，街灯还开着，火车上的灯也一样。我在往哈特尔浦的海岸线上继续往南走，这里连海都可怕——不是狂暴，而是静止不动，而且多油，是一道由污水和毒物组合而成的近海汤品。我们经过锡厄姆这个煤矿小镇，矿坑就位于大海边，矿井则在海底。屋顶就像是倾斜海岸上的阶梯，毛毛雨在矿渣堆上形成小河。那是一幅完全人工的景象，一种蓄意留下来的恐怖东西。作为一个海岸城镇，凭其乌黑的煤矿融入海岸的景象，它已经极尽不寻常及古怪之能事。我这辈子还没有见过这样的地方。最奇怪的是人——幼童在一个贫瘠的操场上开怀大笑，一家人在看起来肮脏的海岸上野餐，时不时还有穿着洁白无瑕的白色法兰绒裤的男人在老旧的屋顶之间打板球。

我在哈特尔浦时心想，怎么有人受得了住在这样的地方。我并不是以旅行人士轻松施惠的角度来衡量这一点，而是对这种衰退的情况感到难以理解。那里大部分人都没有选择的余地，但我也认为，这种情况之所以能够让人容忍，主要是因为英国人习惯大部分时间都在室内活动。他们喜欢柔软的沙发、温暖的房间、喝茶的画面。小镇的墓园就挤在水泥堡垒和金属盒般的工厂之间有什么关系？毁了一半小镇的炼钢厂如今已经关闭，其余的地方只见起重机、管道和配给的中式餐，又有什么关系？大家都认为那看起来像大杂烩。

“你们在美国有慈善施汤厨房。”一位名叫威顿的人跟我说。他是个自营装潢师，打复活节以后就没有工作可做。“美国的情况更糟，我在电视上看过一个相关的节目。”

不过，摩根坩埚的一位旅行推销员理查德·杰利曼告诉我，他上北部来时都会先列好一张要拜访的客户名单，他说名单上半数人必定都在拜访行程途中停业。他最近才列了一张去利兹预定拜访的九个人的名单——未来的客户或是过去和他有过生意往来的人，结果在到达利兹的那个星期，他便发现九个人当中已经有八个人破产了。

我来到斯托克顿，火车站十分豪华。这可以理解：一八二五年，世界第一条大众铁路就在这条路线上行驶。可是斯托克顿就像我在这地区看到的每一座小镇一样糟糕。在米德尔斯伯勒，有人告诉我，如果我聪明，就会去看报纸上的拍卖会。每次有公司破产，就会拍卖所有的东西——机器、椅子、灯、桌子，一样都不留。我可以用非常理想的价钱买下这些东西，然后拿到伦敦去转卖。出于好奇，我真的去看了报纸，也发现报纸上全都是破产拍卖的消息。

“看吧，问题都出在黑人身上。”一位名叫斯特罗比的男人跟我说。他看起来颇为体面。“我们白人明明是这国家的原始居民，可是他们立的所有法律都对黑人有利，所以整个情况才会变坏。”

斯特罗比先生看见我在做笔记，并没有被惊吓到，反而对我发表了一小段有关种族特性的演讲，接着请我喝茶。

“你在这里可以喝到很实在的茶。”斯特罗比先生在米德尔斯伯勒一家咖啡馆里说，把一份破烂的菜单交给我。

薯条三明治：夹着炸马铃薯的三明治。豌豆布丁：绿色燕麦粥。黑布丁：深色的猪肠油、猪血做成的黑香肠。烤肝片：看起来像干缩蛞蝓的硬干香肠。

我说我不饿。

斯特罗比先生听我这么说就露出了微笑：“有些人就是不知道什么东西对他们有好处。”

“但有些人知道。”我说。

“是啊，没错，千真万确。”斯特罗比先生说，接着就为自己点了一份薯条三明治。

“罢工之夜”，米德尔斯伯勒的报纸写着；另一则报道是“疯狂杀手在约克郡行踪成谜”。

疯狂杀手抢走了火车罢工的风头。疯狂的他带了一把枪，已经杀了三个人，其中两个是警察。英国人很恼火携带武器的犯人，尤其憎恨杀警凶手，因为警察很少配备武器。有人说：“很快就会像美国一样糟糕，到时我们所有的警察都会配枪。”在约克郡，乡下警察只配带警棍，骑自行车，戴那种看起来像旧式救火水桶的安全帽，一旦怀疑有犯罪行为时，就会拿出一个小哨子猛吹。

杀人凶手巴里·普鲁顿是名精神病患者，痛恨警察。据说他计划歼灭约克郡的警力。他过去是名突击队员，知道如何脱离常轨生活。“不要接触陌生人。”警方发布公告说。他们公布了普鲁顿的照片——他胡子没刮，长了一对招风耳，像狼一样，而且很黑。海报上写着：“你见过这个人吗？”有四百个人说他们见过。每天都有人看见，却没有人会说出他的名字。他们都是说：“他们还没逮到那个家伙吗？”人们举止反常，爱嚼舌根，危险让他们感到兴奋。疯狂杀手在逃的经典范例——一种公共剧场的形式。

拜那件事所赐，这里没有人谈论罢工。这实在很奇怪，因为今晚英国的铁路网就要全部停运了。我想问：那我的旅程怎么办？

下午五点五十三分，由米德尔斯伯勒开往惠特比这班火车的驾驶员斯韦尔斯先生说：“他们想关闭这条支线，已经想了好几年了。”

我心想：你早该猜到了！这是条美丽的路线。可是这些支线的反对者说那么少的人在使用，付出租车费送乘客到目的地还便宜一点。

“这是开往惠特比的最后一班火车，”斯韦尔斯先生说，“也可能是最后一班开往任何地方的火车。”

那很英国式。罢工其实明天才会真正开始，可是急于结束一件事的英国特性（他们习惯早离开工作岗位，总是在打烊时间之前就把顾客赶出商店）表示罢工今天晚上就会开始。

一位名叫琼·巴格肖的胖女士跟斯韦尔斯先生说：“真不知道少了你我要怎么办！”她也对着守卫车厢里的人说了这句话，然后对着窗外她看到的每一位火车员工说了这句话。“真不知道少了你们我要怎么办！”她每天都搭这班火车到位于阿克勒姆的一家针织厂上班。

可是当巴格肖太太看到我，竟然很快就拖着腿跑掉了。后来我终于搞清楚，原来胡子未刮、方脸加上皮肤黑，我和巴里·普鲁顿还真有几分神似。连背的包都像以前突击队员用的，并且穿着突击队员型的油腻鞋子。她显然是把我当成了那个疯狂杀手。

我独自坐着。这列火车花十分钟就离开了米德尔斯伯勒这座灰色低谷，经过北约克郡克利夫兰丘陵的绿色山谷。那是一个明亮的傍晚，我们一离开市区，太阳就露脸了，就好像踏出一座帐篷似的。火车四周尽是树林、田地和疤痕累累的山丘，风吹林木，还有乳脂软糖色的土地。在巴特斯比的这个乡下车站（火车在这里做什么？你会这么想——可是它曾经是火车联轨站呢！），风吹得犬蔷薇不停地摆动。

在支线火车上有个关于温暖夏夜的英国梦。光那一句就可以让一个四十几岁的英国人陷入对理想化英国的回忆，它如今已成金色幻想：积灰的舒适车厢行驶在低矮的树林间，太阳将绿色的树叶抹成金黄，照在客车厢的窗子上；微风唤起田里热情的花朵，鸟鸣，强有力的火车头砰砰作响；车厢木头镶板发出令人愉快的咯吱声；新鲜草地和煤烟混合的味道；期待与亲爱的人在乡村月台上相会。

就像在基尔代尔和康芒代尔的这种晚上，火车在乡间深处暂停，月台四周尽是雏菊和毛茛属植物，小鸟在唱歌，树叶在阳光里飘动着。有几个人下了车，没有人上车。当火车驶离卡斯尔顿时，月台上一个身穿白裙子的小女孩用手指头塞住耳朵，瞪大圆圆的眼睛，目送这发出巨响的东西离开。

这些车站颇具尊严。在格莱斯代尔，被精心照料的玫瑰丛在月台四周蔓生，埃格顿更多，斯莱茨也有，在米德尔斯伯勒车站时看起来好像很悲惨的火车有了转变，沿线逐渐改变，变得更空、更亮、更平静也更有力，到了惠特比上方埃斯克河宽敞之处，穿过山谷，气势雄伟的它像登上了文明世界的最高舞台。

惠特比一对峭壁上有个告示牌显示每间旅馆都有空房。然而罗斯和锡德·霍斯威尔夫妇不愿意给我空房。

“我女儿说：‘妈，如果单身男子来要房间，别让他进来。’”霍斯威尔太太紧张地说，把着门不让我进去。

霍斯威尔先生说：“有杀人凶手。”然后瞪着我的突击队员帆布背包。

“在惠特比想找个房间应该不成问题，”霍斯威尔太太说，“通常我们会很乐意让你住下来。只是……”

“我是美国人。”我说。

“那进来吧。”霍斯威尔先生说，硬要他太太把门放开，“战时有美国人驻扎在我们这里。他们会给我们口香糖、牛肉块、排骨——把那些东西从兵营的窗子递出来，我们就过去拿。香烟——好彩牌之类的。”

我问他美国人在惠特比做什么。

“把靶子拖到海上，”霍斯威尔先生说，“从峭壁上练习射靶。”

不久，我们就喝起茶来，回忆战时的种种，观看新闻。疯狂杀手还在追捕中。“警察希望和巴里·普鲁顿进行面谈。他们认为他或许能协助他们调查。”

“希望面谈！”我说。

“想踢他的胯下。”霍斯威尔先生说，还眨眨眼。

霍斯威尔太太说：“我希望他，不会过来找我们。”

那是她说话的方式，慢条斯理，喜欢断句。“如果你——有什么需要——尽管开口，”她说，还有，“太妃糖——你要吗？”她说“那张菜单上所有的——菜色”都是她做的，锡德帮忙“洗——碗”。她说我可以“明天早上——要离开时”再付钱，如果我要“外——出”，尽管带着房间钥匙。

他们的旅馆有二十个房间，我却是唯一的客人。“很多人昨天走了。”霍斯威尔先生说，“如果不是罢工，就是杀人凶手，让他们变得紧张。”可是我偷看了登记簿，发现过去五天只有一对夫妻下榻此处，是来自达灵顿的霍尔沃克夫妇。所以锡德只是想装出体面的模样。下个月就会恢复场面，这些开设旅馆的人总是这么说，但看来似乎不可能，而且独自在餐厅里和十九张空桌子一起吃饭会是很恐怖的事，就像是斋月时期巴基斯坦的拉合尔。

霍斯威尔夫妇给我的是旅馆里最小的房间，因为我要了一个单人房。这是一个缺乏想象力的国家，没有夸张的表示方式。我的房间在三楼的后方，是少数几个五镑房间中的一个，而其他房间全是空的。

第二天天气转坏。惠特比人宣称北边（纽卡斯尔和贝里克）的天气一定更糟。霍斯威尔太太跟我说，一个月以前，有个女人走在港边防波堤增设的部分，一阵强风吹过来，就把那女人给扫进大海里了。

“他们花了很多时间搜救她，当他们找到她时，她全身一丝不挂。大海是如此狂暴，竟把她的衣服全都剥光了。”

霍斯威尔太太对这个话题的关注已经到了近乎病态的地步。她不断地关注惠特比的救生艇，关注救生艇的进出动态，救生艇的救援和灾难，有多少人获救，多少人溺毙，他们是不是英国人。她坐在她位于峭壁的旅馆窗前，总是认真观看，时而编织。

“救生艇出去了。”她说。

它回来时是空的，她报告道。

“救生船又出去了，”一个小时之后她说，紧接着，“献给法兰克·辛纳屈。”对着银屏微笑。

他在英国很受老年人喜爱。在乌格巴恩比这样的地方，他们竟然清楚《芝加哥》里的每一句台词。他们也很喜欢美国抒情歌手：平·克劳斯贝、佩里·科莫以及一些我从未听过的歌手。最令人难以理解的是，他们会说：“那还用说，他祖母是英国人。”舞者——弗雷德·阿斯泰尔和金格尔·罗杰斯；花滑选手——他们知道美国选手的名字（伯特和贝蒂·伍夫特，非常优雅，曾经在胡斯华纳赢得金牌）。还有过时的美国歌舞片、《朱门恩怨》、美国南方爵士乐。深入英国乡间，你会发现乡村和西部音乐广受欢迎，农场工人蓄着连鬓胡子，有时候还会看到（我在惠特比就看到过）一个四十来岁的人手臂上刺着“Elvis the King——R.I.P.”（愿猫王安息）的字样。

离开惠特比的前一天，我坐在一张凳子上看着那座已成废墟的漂亮大修道院，一位年约五十的妇人，带着一只弓形腿的小狗坐了下来，于是我们开始聊天。她是莱特逊太太，在惠特比有间旅馆，可是她真正想要的，是搬到一英里外海边的桑森德。

“那里的房子很棒，”莱特逊太太说，“他们说那儿的人很奢侈，”她难过地补上一句，“可是我不介意。”

在惠特比，一套三居室的房子约两万两千镑，在桑森德则约三万四千镑。

“不过，那是个梦想，”莱特逊太太说，“我永远不会有那种钱。”她往桑森德的方向看，接着转身对我说，“你对这到处杀人的家伙有什么看法？”

我决定步行到斯卡伯勒，沿着海岸一条名为克利夫兰小径的路走了约二十英里。我不知不觉就走出霍斯威尔高地，越过港口，爬上通往东崖的阶梯。东崖是《德库拉》中露西·韦斯滕拉梦游醒来之后吓一跳的地点（“窗户上的拍打声吵醒了我”）。现在索尔特威克角没有吸血鬼，反而是个帐篷和拖车的营地。它不乱，但很丑，而且那样的地方总让我感觉像是居民离开后，改由帐篷与罐头累积出来的版本，小斯梅西克帐篷和帕德西罐头塞成一团，加进一家酒馆、一间商店和一个录像带仓库。

海岸上都是丢弃的黑色残骸和废船，这条小径上有裂缝——一部分已经没进大海里，足有一百英尺。

前面有位年轻妇女独自步行，不过步伐奇快，当我与她并肩而行时，她向我询问时间，让我觉得她并不介意和我聊聊。她叫黑兹尔，今年三十岁，正要走路到罗宾汉湾，纯粹为了好玩。她有红通通的脸颊和雀斑，是个慢跑锻炼者，丈夫正在惠特比参加钓鱼比赛，但是她对钓鱼毫无兴趣（我在英国从来没有见过拿钓竿或板球拍的女人）。她刚结婚两个月。

“我过着奇怪的生活。”她说。

我很高兴听到她这么说，可是等她进一步解释时，似乎又觉得没有她讲的那么奇怪。她和丈夫都上夜班，每天从晚上八点半上到早上六点半，连着四天上班十个小时，接着就休从周五到周日的长周末。亨利在维护部门工作，她则是员工餐厅的厨师（事实上是主厨），这份工作已经做了六年。

在这家餐厅用餐的员工有个强硬的工会，有一次还曾威胁要针对食物举行罢工。

“我认为我们浪费太多食物了，”黑兹尔说，“所以就改了菜单——改成两道主菜和两种甜点。那些人很不满，说些‘我们要到外面罢工’之类的话。后来工会管事来找我，坚持夜班工人也要有四道主菜和四份甜点——冷热甜点各两种，和日班工人一样。所以现在我们就是这样，四道主菜，只因为工会说要这样，我们又开始浪费起食物来。若是其中有一种供应完了，他们就会骂我。他们还有正式的早餐，得到妥善的照顾，是一家美国公司。”

她喜欢帮美国公司工作吗？

“在某些方面，他们就像英国人，”她说，“管理阶层配给自己大型豪华汽车作为津贴，其实工作上他们并不需要那些车，不过他们还是开车来工作，就和我们一样，真是让人抓狂。”

她惯常做饭给七十个男人吃，所以做饭给两个人吃很容易。她搞不懂那些抱怨菜单的人。可是她希望能多多外出，想要多一点机会跑步，或许去跑个快速马拉松——她可以在四小时十分钟内跑完，不过那样还不够好。亨利老是想玩拼字游戏，但是他们一起玩就会发生口角。

“我喜欢是这个，”她说，这时我们正绕着名为北颊的悬崖走，“这才有意思。”

可是悬崖直落海里，小径也有多处残破，还有一条绕过麦田或是栅栏下的路。我心想：明年就没有这条小径了。

黑兹尔沉默了一会儿，然后她说：“我在想会发生什么事。”

她在讲什么?

她说：“我曾在某个地方读到，加拿大的城镇整座整座地关闭。”

我在罗宾汉湾（“一个位于陡峭坡地上的非常态的奇妙渔村”）请黑兹尔喝了一杯饮料，接着就独自沿着灌木丛生的悬崖和凹凸不平的绿色陆岬继续往前走。到了雷文斯卡，我听到学童大声尖叫。其中一个说：“他们刚刚打死那个家伙了！”我知道死掉的是什么人。有时候这里根本就不像一个国家，反而像是个小地方行政区。

# 第二十三章
# 废弃的铁路

我沿着蜿蜒的海岸小径徒步往南，却在去斯卡伯勒的途中转错了弯，于是在一条沙砾小路上蹒跚行走，穿过树林，通向一条宽广笔直的路。这是一条无用得令人印象深刻的大道，引得我在地图上寻找它。这种景观特征有时会被标为“罗马路”(途径)，以虚线标示。但正如经常被用来指废弃不用的铁路，似乎也和罗马路一样古老并被弃之不顾。

这是东北线的一部分，在惠特比与斯卡伯勒之间。“此线围绕海岸线，提供右面的海景。”旧的旅行指南上写着。但现在只有两种选择：斜入海中的小径，以及 A171 公路，小汽车与呼啸而过的摩托车的危险竞赛场。铁路反而转为马道——倒退的一步，因为铁路当初是用来取代骑马的旅客、四匹马拉的大马车和公共马车的。

铁路光是有用，但一直没有盈余。如今，经过一个世纪的技术中断，马重新占领了这条路。我在英国各地都看到此景：不再使用的高架桥、废弃的路堑、以前的火车站、毁坏的铁桥，让我想起所有失去的希望，所有白费的努力。然后，被拆散的小小的英格兰似乎因而变得简朴和尚未开发（太过刻薄而无法解救自己），为自己的俭省所欺。

我沿着废弃不用的铁路继续往下走，为这条铁路的愚蠢感到惊讶。他们先从关闭火车站开始，接着缩减车厢数量，然后便能以很少的车厢和缩减的班次，来证明此线无利可图，不值得继续营运。这条线路从此永远关闭，铁轨当成废铁卖掉，路就让给了漫游者和出租车司机，成为让人遛狗、给它们解大便的地方。

就像是艰困时期的大嘲讽。在铁路系统曾是举世最大的国家，想要横越国境最容易也最便宜，如今旅行者却被迫面对十足认真的忠告："你没法从这里到那里去。"

这对我的环状旅程来说还真是美妙，因为过去几百年来，旅行者不断拜访英国的部分地区，如今却变得难以进入，原先由铁路供养的蓬勃小镇也变成古怪的厌食症模样，残破不堪，从某种角度应该由奥兹曼迪斯[①]给一篇墓志铭。我以为周游英国易如反掌，不料没车却经常窒碍难行。它呈现给我的是意外陈旧的长海岸，有时恰恰相反，不过同样陈旧。在这样的一个夜晚（我在英国最悲伤而又最难耐的一晚），火车站被拍卖，出售给某位前途似锦的人，他计划将火车站变为小巧玲珑的平房。我对这种事感觉相当恼怒；坚实的维多利亚式铁路建筑，如今顶多变成了天竺葵和猫的温室——奈杰尔和珍妮·班克勒（"我们正计划生小孩"）目前在阿普尔克罗斯占据了前身是火车站的建筑。"珍妮吃早餐的角落是候车室，你

---

① 奥兹曼迪斯，埃及法老拉美西斯二世的希腊名。在位期间兴建了不少大型建筑，其墓为一巨大人面狮身像。英国诗人雪莱曾以其名为名作诗，诗中奥兹曼迪斯大言不惭地称自己为王中之王，其丰功伟业令人叹为观止，然今亦仅余巨大废墟。

看到那个有一大罐水果谷物的好玩的小窗了吗？嗯，很多年前，那是……”奈杰尔想叫它“火车钩”，因为他们周末使用这里时（他们真正的家是位于奇德尔的一栋半独立建筑），珍妮总是不知足，最后他们同意称它为“壁板”。其他车站大部分都已成为人们的第二个家：“驾驶室地板小屋”“平交道口”“唐铁路公司”全在同一条线上，其中一处还保有原来的售票窗口和铁栅（诺德里夫妇在上面种了一些杂色常春藤，看起来还不赖）。“我们弄到这房子时，里头什么也没有，”他们总是说，“说真的，我们可花了不少钱。”接着是皮松肉垮的微笑，“我们一直都喜欢火车，不是吗？”

面对这些火车站平房及其屋主兼居住者，我无法不想到《人猿星球》①。此时铁路罢工已经开始，我可以预见所有的铁路都会为狗主人和爱马人化为煤渣跑道；所有的火车站都会变为平房。数以千英里计的铁路已经变成如此——其余的如何幸免？这些路线很多都因一九六三年的比钦报告而关闭。一九八二年春夏我沿着海边旅行时，一份关于英国铁路的新的报告正在起草。那就是瑟普尔报告，提供了数个方案。大受势力庞大的道路游说团体欢迎的方案A，将铁路网一口气从一万一千英里锐减到一千六百英里，只留下最基本的路线，然后制造了从约翰奥格罗茨绵延到兰兹角的塞车。②

这条杳无人迹的铁路领我前往斯卡伯勒。

斯卡伯勒是我至今在英国所见的最完整的海边度假胜地。它腹

① 一九六八年美国导演法兰克林·沙夫纳执导的科幻片。

② 约翰奥格罗茨位于英格兰最北端，兰兹角则位于最南端。

地广大，活力充沛，堪称盘踞在海边三百英尺高的地质怪物，侏罗纪时代的一次地壳隆起让斯卡伯勒有了状似人脸的外缘——两个海湾像眼窝，之间的悬崖则像鱼卵状石灰岩的大鼻。（事实上，人们倾向于挑海岸那些巨大、可认出人类特征的地区定居——定居者甚至替这些特征取了解剖学的名称。）斯卡伯勒有剧场、音乐厅、百货公司，其岩架和陡坡与民宿连成一线。小镇有着和其主妇一样丰满的轮廓，以及连平庸都能精力充沛地呈现的生活感。"这年头对一个工作的男人来说，最蠢的人就是他自己！"屠夫戴着平顶硬草帽，身穿沾了血迹的工作服，两对还有羽毛的鸽子挤在腊肠和黑香肠之中。在一条一地成为假日旅地、一地宣告破产、一地陷入海中的海岸上，斯卡伯勒起码显得忙碌、繁荣、有朝气。

当英国海边某地现代化后，好像就会被自己的新颖掐得喘不过气来。斯卡伯勒显然保持不变，甚至连娱乐都很老式。此地以优秀剧场著称，著名的有艾伦·艾克伯恩剧院——艾克伯恩先生是本地人。但现场演出的戏剧在海边度假胜地并不是什么新鲜事，就像音乐厅、户外音乐台、码头底表演，皆是历史悠久的优良产品。

我到位于北湾上方悬崖顶端的"花厅"，看由斯卡伯勒轻歌剧协会演出的"维也纳轻歌剧之夜"。英国人是如此勇敢从容的业余爱好者！他们喜爱优雅的华尔兹舞者，女士穿起长礼服，男士身着燕尾服，还有喷香水的乳房、小提琴、滑行的脚步。

"时间是一八五〇年——维也纳是梦想之城。"约翰·比格尔斯在启幕时说，小提琴在戈登·特鲁菲特的指挥下乐声渐强。

是《蓝色多瑙河》！两对舞者，莫琳·博索姆沃思和艾伯特·马斯顿，以及波布吉夫妇（伊丽莎白和马尔科姆）横扫过地板。下一首是《蝙蝠》[①]，尤妮斯·科伯恩唱《欢笑之歌》，还有吉卜赛歌曲、波卡舞曲和更多小提琴演奏曲。《我的英雄》、《金银华尔兹》、《生来要爱要亲吻的女孩》（我何德何能阻碍这一切？），莫琳·博索姆沃思每跳一曲便换一件礼服。他们演奏过弗朗兹·莱哈尔[②]，然后是西格蒙德·龙伯格[③]的《黄金岁月》，以及由艾弗·诺韦洛演唱《舞蹈岁月》[④]中的选曲。音乐厅全满。《你是我心之喜悦》博得满堂彩，《血流相思》[⑤]的选曲，尤其是《我会再见到你》（每当春天再来时）让观众频频拭泪。

都是些老套过时的东西，但做得用心且有活力，效果不错。这就是此地的精神：斯卡伯勒之所以成功，就是因为一直维持老式风格。

没有人在这种地方游泳。"我们逛逛街吧。"人们说。他们逛到四点，然后用有肉食的丰盛下午茶犒劳自己。不然就在温泉浴场的花园里闲逛，在沙滩上追逐孩子，怂恿对方去买他们念作"甜筒儿"的甜筒。他们去看午场表演，看他们最喜爱的电视明星本尊，那个胖胖的喜剧演员，那个伦敦佬魔术师，那个将《英格兰永存》唱得如此美的男人，以及"鹅妈妈"里那个男扮女装的演员。

但是，海边度假胜地主要是为坐在太阳底下读骇人听闻的八卦小报而存在的。今天的新闻是疯狂杀手遭到枪击。他被一路追查到

---

① 德国作曲家小约翰·施特劳斯的作品，于一八七四年在维也纳首演。

② 弗朗兹·莱哈尔（1870—1948），奥匈帝国轻歌剧作曲家，以《风流寡妇》而闻名。

③ 西格蒙德·龙伯格（1887—1951），匈牙利裔美国百老汇作曲家。

④ 一九四八年由哈罗德·弗伦奇执导的英国歌舞片。

⑤ 一九四〇年由 W. S. 范戴克执导的美国歌舞片。

莫尔顿，离此地只有二十英里；被人发现蜷伏在网球俱乐部旁的棚子里；正要前往莫尔顿警察局——过程即是报上所谓“杀人狂”的一部分。警察要他投降，他拒绝，于是躺在棚子里的他便遭到了枪杀。

一位上了年纪的飞靶射击冠军，目睹了警察包围的场景。他叫约翰·布莱兹。“当时我只希望他会继续前进到网球场上，”布莱兹先生说，“我可以从两百码外射中他的人中，我就是想那样做。”克里斯·伯尔听到枪声时，正要把牛奶瓶拿到外面。他说：“外头就像是阿拉莫战役似的，真的很吓人。等一切都结束后，有个警察告诉我‘他体内约有一吨的铅’。”

这些都是我从菲莉丝·巴姆比给我的《每日邮报》里得知的。我们坐在同一张长凳上，俯瞰克拉伦斯花园。她很高兴疯狂杀手已经遭到枪杀，因为如果是被活逮，他大概只会被判该死的缓刑。平常她是不赞同死刑的，但这个人是个凶恶的家伙，罪有应得，所以她不生气。你看得出来她很满意。疯狂杀手这整件事，以及令人满意的结果，只是斯卡伯勒海边人行道上微风轻拂的一日新闻。巴里·普鲁顿其实在警察射杀他时举枪自尽了。

虽然约克郡总是和工厂、矿坑脱不了关系，但有五分之四的地方是空旷之地，整个海岸呈现出乡村风味。我步行到奥斯戈德比，然后去法利。路上我穿过树林，看到一个男人正对着一只小猫头鹰喊叫。他叫埃德加·奥弗伦，是本地的自然专家。他解释说这是一只幼鹰。“有个笨女人把它交给我养，为了要捉老鼠喂它，我都快疯掉了。她要是不去动它，它妈妈就会照顾它，但她偏不要，就爱管闲事！结果，看吧，现在这小家伙不想飞走了。”

小猫头鹰坐在地上，悲伤地盯着埃德加·奥弗伦。

“你走啊。”奥弗伦先生说。

小猫头鹰听不懂。然后它转头往上看，刚好看到一只鸟飞过。

“就是这样——你飞，”奥弗伦先生说，“咻！”

小猫头鹰还是动也没动一下。

奥弗伦先生突然鼓起掌来。

小猫头鹰跳到空中，停在树顶上。

“终于！”奥弗伦先生说，“它会没事的。”

在法利，我看到前面有假期营队，赶紧走回到大路上。我赶上巴士，爬到上层，想不到坐起来就像是在起大浪的海上乘船。于是我晕船了（反正就是觉得恶心），赶紧回到下层。若非铁路罢工，我可以从斯卡伯勒搭火车过来。到了布里德灵顿，我搭另一路巴士到弗兰伯勒角，这里的陆岬和白垩岩柱非常巨大，在步行前往斯卡伯勒时，从二十英里外就看得见。遗憾的是，这是约克郡景点之一（很受欢迎的郊游地点），所以我并未停留，直接转搭巴士往南到贝弗利，一路诅咒巴士。

这是另一区废弃不用的铁路。有一条线从霍恩西到赫尔，另一条则回到海岸，再从赫尔到威瑟恩西。往南曾有火车从劳斯到索尔特弗利特比，接着到萨顿、威洛比、斯凯格内斯，然后到斯波尔丁和金斯林。如今却只剩树林中笔直的小径和地图上的点点点，有时甚至连点都没有。若你想去卡特威克、纽博尔德、斯温、沃特、锡格尔斯索恩、大林伯、莱斯、桑贡伯德或伯斯特威克，你都会想努力找辆巴士，不过最后你大概还是会走路。

各国火车皆不同，但全世界的巴士差不多都一样。我排在巴士候车亭长长的队伍里——没人知道巴士什么时候会来，在这条风大的路上已经等了一个多小时，接着才看见五个山丘外，巴士正慢慢地在路上移动。我挤上车，颠簸了一个小时，走了十五英里，心里想着阿富汗。这根本就像是在第三世界国家旅行——它们总是承诺，一等到达成一定程度的繁荣，就会为自己修铁路。巴士缓慢、让人作呕、难以预测，在英国必须仰赖巴士实在可怕。当然，有长途巴士——但我并不是在走长途；也有市内巴士——但对我没什么用。然后又下起了雨，铁路罢工进行得如火如荼，我需要移动到海边的方法，却没有足以信赖的途径。我花了几乎一整天的时间从布里德灵顿到赫尔，在赫尔等下一班巴士又等了两个小时。我是可以在此过夜，但赫尔不在海边。一切都缓慢地进行，因此，“搭巴士”在我听来就像“放风筝”一样嘲讽。

最后，巴士还是没有载我到我要去的地方。我想直接穿过亨伯河到巴罗，但巴士只到巴顿，所以下午我花了些时间走去巴罗。但找到此地的愿景让我兴奋，因为我有认识的人住在那里。就在那天早上，我发现自己有多么接近那儿时，便灵机一动：何不去拜访一下这个老人？

十年前，我在从巴黎开往伊斯坦布尔的东方快车上遇见了达菲尔先生。他模样虚弱，衣服破旧，让他看起来似乎有点神秘。他的身上散发出面包硬边的味道，带着用绳子捆绑的纸包裹，回避问题，因此我把他看成盗用公款或正处于古怪失忆中的人，穿着鼠灰色华达呢外套，正要前往土耳其。

我们坐同一节包厢。一天早上，在意大利边境的多莫多索拉，达菲尔先生下车去买点食物（这列火车没有餐车），结果他还在月台上时，东方快车就开始动了。只见达菲尔先生咬着他的烟斗，整个人僵住了。然后我们就这样丢下他，加速前往米兰。从此他的名字对我而言变成了动词：被“达菲尔”就是被自己搭乘的火车遗弃的意思。你在一个冷清的地方下车去买口香糖或报纸，在你回来之前，火车就开了，带走你的皮箱、你的衣服、你的钱和你的护照跑了。重点不只是你被落在后面，而且是被落在一个奇怪的国家，象征性地一丝不挂。

我没再见到达菲尔先生。我把他的皮箱和纸包留在威尼斯，附上了一张字条，我一直想知道他有没有追回那些东西，继续前往伊斯坦布尔。有一次我曾想打电话给他，但他没有电话。在他告诉我的极为有限的事情里，有一件就是他住在林肯郡亨伯河畔巴罗——也就是此地。

这是个小地方——一座教堂、一条窄主街、一座庄园，外加一些商店。这里有种千篇一律的乡村气息，如蜜蜂嗡嗡，慢慢地从一朵花跳到另一朵上。没人到这儿来。人们只是离开，而且永远不再回来。

我走在街上，看见一个男人。

“请问，你认识一位达菲尔先生吗？”

他点点头：“转角那家店。”

转角的店有个上面写着“达菲尔五金行”的小招牌，但店门锁着，窗户里的方形纸板上写着“度假中”。我大声说：“该死！”

一位女士刚好经过，她是马登太太。她见我气急败坏，心想我是不是迷路了。我说我要找达菲尔先生。

“他要到下礼拜才会回来。”她说。

“这次他去哪里？”我问道，“希望不是伊斯坦布尔。”

她说：“你是要找理查德·达菲尔吗？”

“是的。”我说。

她双手遮住了脸，在她开口之前我就知道他已经死了。

“他的全名是理查德·卡斯伯特·达菲尔，是个极为独特的人。”他的弟媳杰克·达菲尔太太说。她住在格林德伯恩，教堂墓地外的小平房里。她没问我是谁，一切似乎都很自然，好像本来就该有人会问起这奇怪男人的一生似的。他于两年前过世，得年七十九。他和这个世纪一样老——他在多莫多索拉下东方快车那一年是七三岁。杰克太太说：“你知道他冒险的一生吗？”

我说：“我对他一无所知。”我所知道的只有他的名字和他所住的村子。

“他就在巴罗出生，在庄园里。庄园是那些大房子中的一栋。理查德的父亲是园丁，母亲是女仆。那是还有仆人的年代。庄园是座大宅邸——庄园的主人是奥波比先生，达菲尔一家当然是仆人，很穷……”

但理查德·达菲尔很聪明，十一岁时受校长鼓励，去赫尔念技术学院。他数学很棒，语言方面也很有天分。在赫尔时才十几岁，已经学会了法文、拉丁文、德文、俄文和西班牙文。但他多少变得有点内向，因为十二岁那年，他父亲就过世了。奥波比先生很关心他，不过这孩子总是待在屋子里念书做功课，不然就是一个人走长长的路。

他主要的休闲活动是游泳，这项技能后来让他成为本地的英雄。一九一七年的某个夏日，他和一些朋友在一个靠近亨伯河畔、叫作“砖窑”的采石场游泳探险。其中一个名叫豪森的男孩，突然在水中挣扎起来，大呼小叫，然后消失在黑暗的水中。达菲尔不断潜入水中找他，终于和他一起浮出水面，将他拖上了岸，救了这男孩一命。几天后，赫尔的报纸报道了这个故事，标题为“勇敢的巴罗男孩”。

达菲尔（曾是童子军）因此获颁勇敢银十字奖。这是林肯郡童子军第一次获得这项荣誉。几个月后，卡内基英雄基金会又颁赠一只银质手表给达菲尔，表彰他的勇气，还给他一笔钱“助他求学与未来谋生之用”。

一九一九年，既年轻又精通六种语言的他加入了联合公民投票委员会，被派往当时还属于东普鲁士境内的阿伦施泰因（奥尔什丁），负责处理第一次世界大战后的事务——整顿囚犯，并在国际法庭里帮忙。接下来几年又在克拉根福及奥珀伦（即上西里西亚[①]奥波莱——现属波兰）做同样的事，下一站则是柏林。达菲尔在知名的普华国际会计公司找到了工作，因此在柏林一待十年，不料一九三五年突然辞职回英格兰——有人说他是逃回来的。

政治上，他算是个左派。柏林的朋友认为他可能在替英国情报单位搜集情报。（“有人认为他有能力当一个完美的间谍。”达菲尔的一位老友跟我说。）无论如何，他离开德国的方式如此突然，以至于一般人都认为当时他是受到了纳粹密探，乃至于希特勒军队鹰爪的追捕，结果他不但安全返家，还把他在德国的钱都弄了回来。

① 西里西亚，欧洲历史地域名称，今大部分属于波兰，小部分属于捷克和德国。

（“真是一项极端聪明又勇敢的事迹，”另一位朋友告诉我，“他运气很好。”）

有人猜测他当时可能精神崩溃，整整消沉了一年，直到一九三六年才又出来担任一家美国电影公司的主任会计。两年后，一封推荐信称达菲尔“对电影行业有多元且全面的了解”。一九三九年是另一个断层，一直延续到一九四五年：显然是战时——但达菲尔当时人在何处？没人能够告诉我。他的弟弟说：“理查德从来不和我们谈论他的工作或是世界旅行。”

二十世纪四十年代晚期，显然他又回到了普华公司，并游遍全欧洲，还去了埃及和土耳其，再回德国，然后远赴瑞典及苏联。“那些国家有他诚挚崇拜的领袖。”

退休后他继续旅行，终生未婚，总是独自一人，但他留下的快照显示他穿着时髦——背心、灯笼裤、开司米羊毛外套、霍姆堡毡帽、装饰别针。穿着潇洒的人，其特点是穿得太多。达菲尔的快照正显示出这一点，因为他总是戴着一顶帽子。

有人告诉我，他戴着一顶地毯般的假发——“突出脑后”。他动过脑部手术。“曾经在开罗打过网球。”曾在东欧度社会主义假期。他憎恨希特勒。他非常“重视心灵层面”，还有位老友说。后来他变得对乔治·伊万诺维奇·古尔捷耶夫[①]的哲学颇感兴趣，与一位精通古尔捷耶夫的学者约翰·戈多尔芬·本内特成为好友。“过了一阵子，理查德对托钵僧的态度变得非常激动。”本内特的遗孀告诉我。所以达菲尔要前往伊斯坦布尔，她说——要恢复他和一些旋

---

① 乔治·伊万诺维奇·古尔捷耶夫（1872—1949），亚美尼亚神秘主义者、哲学家。

转托钵僧的关系！

但我想知道的是，在东方快车驶离多莫多索拉后，他怎么样了。

杰克太太说："他在某个车站下了车。他没告诉我是哪里，说他把行李留在火车上，然后火车开走了。他去问下一班火车什么时候来，他们告诉他时间——五点。他听了心想那只有几个小时，但他弄错了，以为他们说的是下午，其实他们指的是早上，隔天早上的五点。那一夜他过得很糟，隔天他去了——哪里？威尼斯？对，他领回了行李……"

我交托给站长的纸袋。

"……最后终于到了伊斯坦布尔。"

那么他还是去了！

我告诉杰克太太我是谁，还有我是怎么认识达菲尔先生的。

她说："噢，对，我读了你的书！我邻居的儿子是个书迷。他跟我们提起这本书，说：'我觉得你们应该看看这段——我想这是我们的达菲尔先生。'然后巴罗的每个人都看了。"

我迫切地想知道达菲尔先生有没有读。

"我要他看，"杰克女士说，"我留了一份下来。但他来的时候状况不太好，所以没看。下一次他来时，我又忘了这本书的事，那其实是最后一次了，他中风了且日益恶化，然后就过世了。所以他从来没看过……"

谢天谢地，我想。

那个陌生人是个多么有趣的人！尽管在东方快车上看来似乎很虚弱，年老，又有点疯狂且可疑。我当时想，真是个典型人物。但现在我知道他一直不是个平凡人——勇敢、仁慈、神秘、善于应变、孤独、聪明。他曾睡在我包厢的上铺。我原先对他一无所知，但我知道得越多，就越想念他。直接认识他会是种荣幸，不过即使成为朋友，我想他也永远都不会证实我所强烈怀疑的——几乎算是肯定的一件事：他曾当过间谍。

## 第二十四章

# 北诺福克线

我在格里姆斯比买了一份伦敦的报纸，上面的头条是："受铁路冲击的英国继续前行！"但在格里姆斯比，没有什么在前行，连要去三英里外的克利索普斯的火车都没有。我走过的斯卡伯勒，或是让我浪费了一整天坐在采用墨西哥式绕路法的巴士上的赫尔（英国巴士有时真的会倒着走），什么都没在动，一切都一动不动：在这场漫长的铁路罢工中，我从来没有看到一列会动的火车。政府不断宣称还有许多火车正常行驶，罢工（起因是驾驶排班问题）不是玩真的。伦敦的新闻似乎总是尖酸刻薄，充满不真实的内陆观点，但这种宣称情况正常的新闻在格里姆斯比是该死的谎言，在穷苦的克利索普斯则是残酷的笑话。

在前往克利索普斯的巴士上，坐我旁边的男士吉姆·波普尔韦尔说他是铺地毯的工人。"但时机不好时，大家就都不买地毯了。"他说他的收入比两年前少了一半。

"你觉得北方怎么样？"他问。他指的是这里。

"我觉得这里不算北方。"我说。毕竟我到过还要往北四百英里的拉斯角。

"但这里就是北方，"波普尔韦尔先生说，"不错啊，看看丘陵地。”

“丘陵地到底是什么样子？”

“树林，”他说，“一些山丘。往林肯去时你就会明白了。”

我说我想沿着海岸走。

“梅布尔索普，”他说，“斯凯吉。”

“像那些地方。”我说。

“我明白了，你就是四处奔走。”

他这么说是出于好意。我确定他的意思是“走过一地又一地”，不过他那样说其实没错。

克利索普斯算是那样的地方？这里看起来很糟糕。我想走，但怎么走？离开的唯一方法就是走路，在雨中，陷入亨伯河岸的泥巴里。所以我在克利索普斯过了一夜，看着脏兮兮的孩子玩捉迷藏，把家称为“基地”。“如果我们在他之前拍到基地，就说‘到基地’。”十二岁的他们对我小心翼翼。“没关系，”其中一个对其他人喊，“他不是警察。”在他们眼中我必定有点奇怪——问那么多问题。但我很寂寞，我在消磨时间，我想离开克利索普斯——随便去哪里都好。我提到梅布尔索普。旅馆里的推销员听完笑了，说哪里都可以是梅布尔索普。

这些推销员是我最早在肯特海岸小石海滨所见濒临绝种的那一类骗子。他们谈到“骇人”的地方，谈到推销区，称其为“我的地盘”。在克利索普斯的海豚旅馆过夜的这些人，什么都卖：刷子、塑料盆、超大尺寸的衣服、双层玻璃。有个男人告诉我，他一个礼拜就开了一千英里路，打了一百八十通电话。他开遍了整个林肯郡和约克郡——为了卖汽车零件。一个卖相机的告诉我，一部一百英镑的相机，零售商的利润是五英镑——根本不值得花这力气，因为他卖四卷底片也赚这么多。这位名叫杰塞尔的男士说："我们一两年内就会失业。我的工作计算机就能做，结果当然会不一样——少了人的特质，明白吧，但对公司来说更便宜。"

第二天我走回格里姆斯比。问路时，一位女士说："你一定是要去码头。"

我看起来像能干的渔夫吗？我的沿海旅行显然已为我的外表带来沧桑，此话不禁令我感到既荣幸又惊恐。在离开马盖特数个月后的现在，我就这模样，仍然穿着我的皮夹克、我油腻的鞋子，背着我的背包，因为顺时针走的关系，我想我走路有点内八字。

克利索普斯有过赛车、摔跤、宾果；但就在隔壁的格里姆斯比，有卡克斯顿剧院、渔港和一种这里曾是个喧嚷之地的感觉，直到最近才衰落。建筑物和高耸的停车场依然屹立，但都是空的。格里姆斯比一家卖皮草的店外有个牌子写着"兔崽子"。我以前从来没在任何广告中见过用这个旧词来描述兔子——它也有骂人的意思。

火车站依然关着。今天只有一班巴士开往海边——往梅布尔索普的"罗恩阿普尔比"巴士。呃，那是我要去的大致方向。车上只有五个人，我坐下来，再次拿起伦敦报纸来读——语气更加幸灾乐祸，而且已经开始出现所谓的"福克兰群岛精神"。过去这几个月，是否已造就了一种国家情绪上的转变？"旅行的民众对罢工颇能适应……许多人已经发觉没有英国国铁他们照样可以行动自如。"保守党的报纸说。更多的谎言。我猜大多数人适应罢工的方式就是完全不出门。这便是英国之道：不行动就是一种适应。

“格里姆斯比这地方好。”巴士上一个老人对我说。他名叫萨姆·邓鲍尔，以前在渔港工作，现在已经退休。这也是好事，他说。“鱼没了，港口半空着。是鳕鱼战争终结了格里姆斯比。从那以后我们就不如从前了。没有，这里再也没有捕鱼业了。”

所谓的鳕鱼战争，是指冰岛外海英国传统捕鱼场的合法性争议。冰岛宣布两百英里的捕鱼限制，英国输了这场争议，捕鱼业因而受到重击。

邓鲍尔先生想知道我对伦敦的看法。

我告诉他，我认为伦敦更像个国家而不是城市，像某种独立共和国。

“我去过伦敦一次！”邓鲍尔先生说，“战前。住在喀里多尼亚路上附一餐一宿的辛普森旅馆，四镑六便士。门把，你知道吧，设在门中间，你推开它，然后下楼到客厅。我去那儿的霍兹迪奇技术学院读书，但课程对我一点用也没有。我一直想去那里看世界杯足球赛冠军战，却始终没去成。我就去过那么一次，永远也不会忘记。”

我们沿着丘陵地走（丘陵地看起来像是远方低伏的雾），然后行经林肯郡的菠菜田。这里土地似海，一片平坦，天空宽阔，白光虚无。这平坦的风景、方正的农舍、几何形的田蕴含玄机，暗示着道德笃实、阅读《圣经》、操行端正。围篱的视角一览无余，笔直如尺的地平线一望无际。教堂尖塔是这风景中的最高物，这孤独的笔尖十英里外就能看见，有强调神圣的意味。不过这一切都是幻觉，就像明显的杂乱总让传教士觉得丛林是蛮荒之地。住在看得见地平线的地方，确实有盖四方形房子的倾向。

在北萨默科茨，我们经过洛克斯莱故居；其实从其俯瞰大片沙地和长空海脊的位置，我就该认出来了。

> 噢，这阴郁，阴郁的高沼地！噢，这贫瘠，贫瘠的海岸！①

但实情真的如诗中所言？在梅布尔索普似乎并非如此，一个平坦而悲哀的地方，仿效假日营区的模式，挤满了发抖的度假客。天气很冷，但那并非这些人心情不好的原因。这是海岸最后的度假胜地。以前这些人都是去西班牙吃炸鱼薯条，但现在就业机会减少，失业救济金今年仅够他们来这里、曼比、霍格索普及滨海萨顿。这是失业救济金假期，是便宜货，到监狱农场待一天说不定还更有趣，强迫吸点新鲜空气，再回就业中心，埋首于分类广告。

拖车营区以英亩计的锡罐（整个拖车城其实就塞在沙丘海岸后面）更胜我在威尔士海岸所见。这也算一种矿工的避寒胜地，因为当我们快到斯凯格内斯时，经过了假日营区旅馆。外观看来如上漆的监狱，“诺丁汉郡矿工假日之家”、“德比郡矿工假日中心”，以及在英戈尔德梅尔斯风中翻飞的巨大伊斯特盖特假日中心。有十四位应征者表达参与伊斯特盖特“上空女郎竞赛”（业余者的乳房秀）的渴望，但奇怪的是并没有足够的度假客在看，因此比赛日期提前到八月下旬。

然后是斯凯吉——有这个听起来刺耳的昵称是它活该。它是个水准不高、喧闹而又暗淡的海边度假地，没什么乐趣可言，低俗

① 引自英国维多利亚时代诗人丁尼生的诗《洛克斯莱故居》。

得让人觉得乏味，丑陋得令人痛苦，让英国人显得危险。而且，这地方终于让我想离开——想迈开大步沿着宽阔的沙滩一路走到弗里斯克尼弗拉茨。但这里无处可走——太泥泞，太多运河和他们称为下水道的沟渠；没路。也没有火车，所以我搭巴士，或者该说转了好几趟巴士，沿着含有泥沙的沃什海岸，在巴特威克下车，走到波士顿。

波士顿的教堂（他们称之为"残骸"）很高，四周的土地又很平，以至于整个下午不论搭车还是走路时都看得见。远看像是一座水塔，近看则像灰色石灯，在波士顿它自身便像是柱子上的石冠。沃什这一角全是古代教堂分隔平地的风景。我直到爬上教堂顶端才看见海边，但是想干着脚走到那里根本办不到。就像荷兰——荷兰白日光、坚实的沙滩、整齐的土地和置于加尔文教派群里的老平房，其间菜田绵延数英里。景色朴实无华，但配置绝妙：菲什托夫特、布雷斯特桑德、霍普洛德、波德霍尔、夸德林尤戴克，以及一条非常平凡的街，名字叫贝尔奇米尔巷。但这里土地异常平坦，你可以一眼看到十英里外的茂密杨树。

铁路罢工超过一星期后，伦敦铁路管理阶层说他们要终止罢工了。他们说驾驶员现身，铁路已经配置了适当的人力，说全国各地都有人搭火车去上班——有百分之十的列车在营运。

当我身在如恩尼斯基林、马莱格、波洛克或格里姆斯比等地时，伦敦发出的新闻听起来总是有些奇怪。现在在金斯林读到这些营运中的火车更是让人困惑，因为金斯林根本没有火车在走，火车站空空荡荡。又是一个谎言，就像"受铁路冲击的英国继续前行"。

我所见到的人哪儿都去不了。

金斯林庄严而无趣，地方中心细心维护，看起来像是经过防腐处理，与其相连的是商业区。这个大杂卖场全是折扣店、精品店、汉堡店。要是放在美国马萨诸塞州的海恩尼斯，看起来也不会不相称。金斯林的光头族和飞车党特别喧闹——这伙人对我来说如同古老的房子和优雅的窗户，是英格兰精致老市镇的一部分，而且他们似乎特别喜欢骑着日本摩托车在老而别致的圆石街道呼啸而过，总是用轻微的乡下口音称摩托车为“猪仔”。

但金斯林是个宜居之地，有种不规则的美，还散发出希望。金斯林节很快就要开始。宣传册上说有八场音乐会、五个交响乐团、一个爵士乐团、几出戏剧、诗歌朗诵、许多场电影和木偶剧。它虽然离海岸还有好几英里远——若沃什能够称为海岸的话，却有海港的气息，以及我在林肯郡感受到的荷兰风。

过去曾有五条铁路线在金斯林交会，现在只剩一条，而且在罢工范围内。这条铁路沿着湿软的海岸到亨斯坦顿。于是我搭巴士到诺福克海岸最顶端的滨海韦尔斯，平凡无奇如温布尔登网球场的草地景观绵延四十英里。韦尔斯和隔邻的斯蒂弗基以鸟蛤闻名。我走在盐沼边，以鸟蛤当午餐。它是咸的，口感像是没煮透的意大利面。斯蒂弗基的教堂曾有一位教区牧师因为试图整顿妓女而在英国社会引发丑闻——说引发刺激也许更恰当。我去了斯蒂弗基一家酒馆，想打听一下这个恶名昭彰的牧师，但我还没提到这个话题，酒馆老板（弗雷德·沃特莫）便开始谈论火车。他说韦伯恩有一条铁路通往谢灵厄姆，而且还在营运。

“那罢工呢？”

沃特莫先生说："那是私铁。他们称为'罂粟线'，很漂亮。"

我走到韦伯恩，路程差不多十英里。但韦伯恩不过是个小村子——燧石农舍、一座有方形尖塔的教堂和一座可爱的风车。有个小路标写着"北诺福克线"，指向一条乡村小径。这段路又是一英里，中间是松树与牧场，然后就到韦伯恩车站了。

"最后一班火车——最后一班严格意义上的火车，一九六四年从此开出，从梅尔顿康斯特布尔到大雅茅斯，"温奇先生说，他是北诺福克线的志工，"现在梅尔顿康斯特布尔只是个小村庄，前不着村，后不着店。"

"如果你说你想搭火车去大林茅斯，大家大概会嘲笑你。"我说。

"其实，"温奇先生说，"你没办法从这里到那里。"

我们坐在月台上，看着罂粟花在风中摇曳。

温奇先生说："几年后就只剩下大的跨城市路线了。金斯林不会出现在地图上。克罗默、大雅茅斯或洛斯托夫特也不会。"

"那大家怎么去别的地方？"

他说："开车。如果他们不开车，就会住在大城市里。"

"不是人人都能住在城市里。"我说。

"没错，"他说，"当成军方游戏如何？"

接着他起身。

"他们会花言巧语、胡说八道，"他说，"但哪儿都去不了。"

我说："巴士不是答案。"

温奇先生看着进站的火车说："巴士甚至称不上是个好问题。你去巴士站问怎么去斯沃弗姆，他们会说：'去费克纳姆，你大概可以从那里转车。’他们连时刻表都没有。”

我想说：对，和南美洲一样。但最后决定作罢。然而，温奇先生大概会同意我的想法。处在自我批判的状态时，英国人十分冷酷。

所以我上了火车。北诺福克线是一条保留线，以驴小跑步的速度开三英里到谢灵厄姆。人们对着引擎照相，露出赞叹的微笑。我觉得是铁路迷帮着摧毁了英国铁路。他们的怀旧感很危险，因为他们憧憬过去；可以把老火车化为玩具，他们再高兴不过。一天花两小时搭市郊火车往返工作地点与家门的通勤者中便少有铁路迷。

罗萨莉和休·马顿收集保存下来的铁路。他们去过罗姆尼、海斯、迪姆彻奇；雷文格拉斯；所有威尔士铁路以及其他。他们热爱蒸汽火车，会为了搭蒸汽火车，驾驶福特雅士开上动辄百英里计的路程。他们是蒸汽铁路保存协会的会员，家住卢顿，这条线让他们想起在谢普顿马利特的那一条。

然后马顿太太想起一件事："你的休闲上衣呢？"

"我没有褐色的休闲上衣，不是吗？"马顿先生说。

"你为什么要穿褐色的？"

马顿先生说："我不能总穿蓝色，不是吗？"

罗达·冈特利特坐在窗边。她说："那片海看起来很美。还有那片草地，是高尔夫球场。"

我们看着高尔夫球场——谢灵厄姆到了，真快。

"我到了高尔夫球场会搞不清方向，"马顿太太说，"你走那么远，怎么知道要走哪条路？"

这是英国今天唯一的一列火车，从韦伯恩出发，路程十五分钟。

谢灵厄姆阳光普照——有上千人在沙滩上，但只有两个人在水里。有三位老太太沿着海边步道散步，操着浓重的乡下口音——大概是诺福克腔。我永远都没有办法发出那种小舌音和支吾声。

“我应该戴我的花帽。”

“空气很新鲜，却让我眼睛一直流泪。”

“我们喝过茶后可以去沃尔沃斯百货看看。”

这是在海边度过的一天，然后她们回到在大斯诺林的小屋。她们不像其他人，来了就坐在帆布挡风篱后面（“一天八十便士，不满一天算一天”），读着“四人丧生，卡车肇事逃逸”、“夫杀妻判刑三年”（她因钱奚落丈夫；他赚得不多；他用榔头猛击她的头；法官说“你也受够了”）、“布朗德斯顿家孩子遭击伤”（小孩有瘀伤，断了一条腿；母亲说“他从椅子上跌下来”；判刑一年，等待小儿科的报告）。她们蹲在防波堤上抽烟，穿着雨衣躺在明亮的阳光下，穿泳装站着，白如生香肠肠衣的皮肤上浮现静脉。

潮水退了，所以我沿着沙滩步行前往克罗默。易碎的黄土峭壁像是采石场的岩滩，高耸，被挖空，是侵蚀垂直冲刷后的结果。在谢灵厄姆和克罗默的半路上，不见一人，因为英国人从来不会远离他们的车；连停车场之间最拥挤的英国海岸都空无一人。这里只有一个男人，就是科利·怀利，一位石头收藏家。他正在岸边把琥珀色的管状物从白垩板上砍下来。他称其为“箭石”。“拿那个来说，”他说，“至今已有五百万到八百万年的历史。”

我在海滩上看见一个掩体。它曾在峭壁顶端，里面是骗过德国人的“老爹兵团”。“杰里一定很想当场逮住我们。”但软质峭壁不断崩落，这个掩体已经下滑一百英尺，现在没入沙中，一个战争中遗留下来的可爱的人造品，埋入了枪孔。

我到了克罗默。只见一个身穿油腻外套的老男人坐在海边的一座木头防波堤上，看一本关于外太空战争的漫画。

“一九八二年海边特别节目”在克罗默码头底的帕维永剧院演出。这是夏天的表演节目，从七月到九月，除星期日外每日演出，还有两个午场。我到目前还没有看到过任何一场这类码头底的表演节目。我的环状旅程已经接近终点，因此决定待在克罗默看表演。我找到一家旅馆。克罗默非常冷清，散发出一股衰退的魅力，具备爱德华七世时代高拱背屈肩的模样，红砖排屋和红砖旅馆，还有诺福克最吵的海鸥。

帕维永剧院当晚的观众还不到三十名，真是令人同情，因为光表演就动用了九位演员。不过看表演就像观察英国的秘密生活——是阴沉笑话里的焦虑，老歌里的哀伤。

“没在工作的请举手！”一位喜剧演员说。

一些手举了起来——八或十只，但承认得零零落落，在我数完之前就放下了。

喜剧演员已经笑了起来。“来点比彻姆药丸[①]，”他说，“会让你的工作再度顺畅！”

他还说了更多笑话，但都和这个一样糟。接着一位女歌手出场，以甜美的声音唱了《俄国夜莺》，下一首歌她鼓励观众一起唱

---

① 一八四二年由英国人托马斯·比彻姆研制出的通便剂，热销超过一世纪。

合唱的部分，他们以胆怯的音量唱着：

让他走，让他留，
让他沉，或让他游。
他不在乎我，
而我也不在乎他。

喜剧演员换装回到舞台上，开始时他们戴着软帽，现在是圆顶高帽和喷洒的花朵。

“我们以前在大黄上头放肥料。”

“我们以前在大黄上放乳蛋糕。”

没有人笑。

“有火柴吗？”

“有，而且是英国的好货。”

“你怎么知道？”

“因为他们全是罢工高手[①]！”

坐在第一排的小孩开始哭起来。

舞者进场，全是漂亮的女孩，而且跳得很好。她们在海报上的名字是“我们的迪斯科娃娃”。更多的歌者出场，宣布要“献给阿尔·乔尔森[②]”：九位滑稽说唱团成员全部化上了黑妆。美国的表演者会因为这种事被逮捕，但在克罗默观众鼓掌喝彩。阿尔·乔尔森

① 表示划火柴的动词也有罢工的意思。

② 阿尔·乔尔森（1886—1950），以涂黑脸扮黑人演出歌舞著称，二十世纪上半叶红极一时，有“美国最伟大的表演者”之誉，并曾出演电影。

令人缅怀，他在电影《妈咪》[①] 中的表演方式，在音乐时事讽刺剧里备受喜爱。在英国，没人尝试过滑稽说唱，难怪这类表演在英国电视上会一直播到二十世纪七十年代。

此时离福克兰群岛之役结束还不到一个月，但“海边特别节目”后半段已经安排了一个喜剧桥段，一位阿根廷将军——愚蠢可笑的拉美人穿着毫不合身的卡其布军服，说：“你胆敢侮辱我！”

我可以听见浪花拍打着码头铁柱的声音。

“你来了，对着我排山倒海而来。”一个男人唱着。这是一首情歌，观众听了似乎有些尴尬。他们更喜欢《加州我来了》和《当我已老得无法做梦》，由一位来自约翰内斯堡、名叫德里克的男人演唱。节目单上说他“曾在南非和罗得西亚的每个夜总会里表演”，还提到“津巴布韦的顶级夜总会”，但两者听来似乎不一样——浮上心头的是鼓声和浓密的叶子。

接着其中一位喜剧演员再次上场。我开始厌恶起这男人，我有我的理由。现在他演奏起《华沙协奏曲》，一边演奏，一边讲笑话。“明天气温会是八十华氏度，”他说，“早上四十度，下午四十度！”

他的笑话平淡无奇，但音乐让人愉快，演唱者的歌声很棒。其实，大部分艺人都很有天分，而且他们佯装是在为满场的观众表演，而不是我们这么安静地坐在充满回音的剧场中的三十个人。表演者营造出一种乐在其中的印象，但面对那些空座位，一定不怎么有趣。克罗默本身就非常无聊，我想这些演出者的薪水必定少得可怜。我真想多了解他们一些。我想象着在后台留封信给其中一位唱

① 一九三〇年由迈克尔·柯蒂兹执导的美国歌舞片。

合唱的女孩；我可以从节目单上找到名字。米莉·普雷克特，就是那个抖着大腿的女孩。“米莉，这是给你的！你可能要大交好运了！”演出之后到巴黎酒店来找我……我确实住在那间旅馆里，一栋看来令人愉悦的高大壮观的灰泥砖墙建筑。但我没有真的去看名单，以我身上刮花的皮夹克、磨光的粗蓝布工作裤、油腻的登山鞋，我想米莉·普雷克特可能会误会我的意图。

我一直待到演出结束，终于承认自己看得很开心。有一幕是我难以抗拒的一类——魔术师的魔术失败，蛋破在他的帽子里，扑克牌也拿错。总是有个繁复的准备过程，然后突然发生意外。“变。”魔术失败时他说。然后到了最后一个魔术，看起来很危险，进行时引人注目，结果令人迷惑。

他们把最悲伤的歌留到最后。是首情歌，但在目前情境下听起来很自然。是感性的希望，艾弗·诺韦洛的调子，码头底在潮水拍打中轻颤。我在其他海边也曾听过这首歌，一点也不新，却是那一年在海边最流行的一首歌——

春天时我们会再采丁香，
一起走在英国的小路上……

## 第二十五章

# 炫目的绍森德

在我从诺福克海岸进入萨福克，蜿蜒而下英国破败的最后一段漫长的旅程时，心里想着：每个英国人吹的牛都不一样，而每一英里都有其特色。我说布莱克浦，人们说：“浑然天成！”我说沃辛，他们说：“包含一切！”特性已经不变，只有几处海岸名副其实，不过每一处还是独一无二的，让我的环游之旅轻松愉快，每天一大早出发总觉得十分值得。前方景色或许不怎么样，但至少是不一样的；最荒凉、最萧瑟的港口或许距离一片绿油油的海湾只有五分钟远。

这就是为什么“典型”在英国会被视为不公平的字眼，不过在海岸的确有典型这回事——但对于外国人而言，所谓的典型可能就像金角湾的清真寺[①]一样蛊惑人心。

上头总是有散步大道和露天音乐台。总是有战争纪念碑、一座玫瑰花园和一张长凳，挂着一块有污渍的小饰板，上头写着“纪念阿瑟·威勒普”。码头总是有个救生艇站和灯塔；有小型高尔夫球场、草地保龄球场、板球练习场、泛舟湖和一座指南上说是歌特式

① 金角湾为世界首屈一指的优良天然港口之一，将欧洲部分的伊斯坦布尔一分为二。此处的清真寺指伊斯坦布尔的蓝色清真寺。

的巍峨教堂。报贩卖两种来自某人祝福的彩色明信片，一种有猫，另外一种有两个丰满的女孩在海浪中嬉戏，他还有一组配图文字稍显污秽的卡通明信片。纪念品摊位卖硬糖，当地的房地产商把一栋可怕的农舍宣传成“木造平房，许多特色，位于巴士路线上，超级海景，适合退休夫妻居住”。总是有游乐场，而游乐场总是不欢乐，电动玩具永远比弹球台或老虎机热闹。总是有家印度餐厅，而且它总是叫泰姬陵，老板总是从孟加拉国来的，卖炸鱼薯条的三家店里，两家归希腊人所有，第三家总是关着。中国餐馆“香港花园”总是空空的，招牌上写着“食物外带”。有四间酒吧，其中之一必叫“红狮”，最大的一家永远归一个坏脾气的伦敦人所有。“他是个道道地地的伦敦人。”人们说。而且他一定从军过。

“往城中心”，海军阅兵场上的一个标示说，旁边有盆天竺葵。“高尔夫球场”，另一个说。第三个说“公共厕所”。有个人就站在“男用”门内，在你走进去时企图捕捉你的眼神，但永不开口。还有个男人握着拖把站在“女用”门边。城外有一处叫“欢乐谷”的房地产，美国佬战时在此扎营。再过去是称为“金沙”的旅行拖车停车场。最棒的旅馆是“堂皇”，最糟的是“海军”，还有个叫“美景”的民宿。过夜的最佳选择是提供一餐一宿的“布洛杰特家”。查尔斯·狄更斯在“堂皇”住过一晚，华兹华斯爬过附近的小丘，丁尼生在名叫“海滨”的沙滩延伸地附近的一栋高屋子里待过一个夏天，还有一位默默无名的政治人物死在“乌鸦群栖地”。有名的杀人凶手（他让妻子慢性中毒）跟年轻的情妇在海边溜达时被捕。

海边泥泞的部分称为“平地”，沼泽部分叫“平原”，石头部分是“沙地”，多卵石部分称为“水区”，一英里外的地方总是叫“碎屑”。一度堂皇的“庄园”现在成为儿童之家。每年复活节会有两个帮派从伦敦来到海军阅兵场上打架。这城镇的走私历史悠久，有个海湾叫“走私者海湾”，还有间酒吧叫“走私者酒馆”。

附近的四个海岬中，第一个是一处私人高尔夫球场的一部分；第二个归国家信托所有，而且在陡峭的碎壁上有泥泞通道和木头阶梯；第三个（非常壮观的一个）属国防部所有，充作射击靶场，在陆地测量部的地图上标明为危险区域；第四个海岬则全部都是石头，名为“补鞋匠和他的矮人”。

码头注定废弃，备受毁坏的威胁。有个社团结集起来想救它，但明年还是要爆破。以前罗马人登陆的地方现在成了停车场。夜总会叫“亮片”。美术馆那天没开，游泳池则关闭以待整修，浸信会的教堂开着，有九辆客车停在名为“城堡”的破圆石和围墙废墟前。“城堡”入口附近的咖啡馆里，有个十四岁的女孩用龟裂的马克杯装茶，另外备有玻璃纸包的饼干、走味的水果蛋糕和冷猪肉馅饼。她说：“我们不卖三明治。”还有：“我们没汤匙了。”当你要薯片时，她会说：“要什么口味的酱料？”然后列出五种，包括明虾、保卫尔牛肉、奶酪、洋葱和培根。咖啡馆的桌上有一层黏答答的果酱，所以你离开那里时，手肘上一定会粘上一片。

火车在一九六四年关闭，鱼工厂也在五年前歇业了。装饰艺术剧院现在成了宾果场，船具店现在是电影俱乐部，整天播放瑞典的春宫片（“只限会员”）。有个美国雷达站（或是飞弹基地？没有人知道）设在几英里外；但是自从一个美国士兵在他停于河口的车里强暴当地一个女孩之后（那年夏天天黑后，她穿着泳衣搭便车），美国人就一直保持低调。不久的将来，在“补鞋匠”南方一英里处，计划建一座叫索恩克利夫这古怪名字的核电站。比尔哈雷与彗星合唱团在丽都唱过。新商店街失败。那条狗是杰克罗素犬，名叫安迪。新的巴士候车亭遭到蓄意破坏。这里以蛾螺闻名，天空下着雨。

所以我已经准备好要面对克罗默和滨海克拉克顿之间特定出现的东西，我可以忽略典型和熟悉的，也可以专注在新的东西上。我继续朝大雅茅斯和洛斯托夫特前进，有时走路，有时搭当地巴士。那些巴士的宽度和乡道一样窄，经过山楂树篱时，我都得把整个人埋进去。平静的田野上开着罂粟花。斯克拉比有旅栈，名为加州的村落有旅行拖车停车场。

东安格利亚有形形色色的小村落——贫穷的小地方、破落的屯垦区、年代久远的小村落、荒地上崩塌的教堂、步调缓慢的城市和沿海腐烂码头上令人厌恶的地方。滨海凯斯特过去是罗马人的营地，现在是个旅行拖车停车场，就是些非法占用的破房子、三角形小帐篷和“住在拖车里的人”。有个男人穿着内衣躺在马路边的草地上，车子呼啸而过时，他正让他斑斑点点的背做日光浴。所谓恺撒的凯斯特传奇不过如此。地名常常会令人产生错误的想法，弗雷什菲尔德常是处于半贫穷状态的地方，而梅辛、托德利和斯温斯[①]常常是漂亮的村落。

“大雅茅斯拥有一英里伦敦化海岸，而且黑鬼吟游诗人泛滥，

① 弗雷什菲尔德意为“清新之地”；梅辛意为“混乱”；托德利与“粪便”一词相近；斯温斯意为“猪群”。

现在持续搞错方向，所以就我而言，我是察觉到了这地区，研究的兴趣却冷淡下来。”——因此亨利·詹姆斯拍拍手，挥汗搭上下一班往南的火车。他原本希望坐在海滨步道上，沉浸在《大卫·科波菲尔》和佩格蒂一家[①]的想象里，但在英国想重游小说中的景点通常是个错误。当地人把大雅茅斯至今仍旧破损不堪的碎裂样子怪罪于德国人的轰炸，但是詹姆斯的沮丧证明了一百年前，这座小镇业已粗糙污秽。然而，那正是它本身耐人寻味之处；外国人通常会略过英国以其对伟大文学的热情投资景点的这一特性，而一旦没了文学作为脚注，游客反而会仔细欣赏一个地方。就像英国，大雅茅斯最吸引人的是它已经不再是虔诚的朝圣地，换句话说，它很久以前就不再是狄更斯式的了。

镇上有个马戏团，有自由式摔跤——干草堆巨人对超级爸爸。海滨步道上的剧院正在上映《我睡衣里的空间》：“菲奥娜·里奇蒙小姐，舞台现场演出！裸体欢笑女孩——绝佳性幻想！”现在滨海区长两英里：云霄飞车、电子游乐场、射击场。这座小镇很久以前壮大过、爆发过，可是它有任意自我毁灭的英国海滨特性。表演很受欢迎，前往观赏的人很多，或许因为他们没有克罗默那些表演的粗俗。

“我在该死的收音机上听到过海报上那个笨蛋。”

大雅茅斯游客的口音是伦敦的口音——某种特定的阶层，忠于旧式的表达方式和固执的语调。

“我们快去其中一家餐厅。”

---

① 《大卫·科波菲尔》中的一户渔民家庭。

两个男孩冲到车阵里，快速跑到供应正餐、茶点、晚餐的招牌下。

在这里和洛斯托夫特之间的海岸，步行有困难：到处是平房，很拥挤，唯一能走的地方就是大马路。我搭便车到戈尔斯顿，大约一英里，然后宣告放弃。戈尔斯顿建了一间新医院，很脆弱，而且很丑，看起来像是临时搭建的，一点也不安全。全国性的贫穷现在也明显反映在公共建筑物上，其中部分难看到令人难以置信的地步。形容一个因为变胖而连头发都不再梳的女人时，大家会说：她就这样放任自己。在我看来，有时候英国人似乎也是如此。一间医院看起来这样设备不足实在可惜，因为英国人拥有世界上最好的公共卫生服务，当然也有最好的医生。

在洛斯托夫特，我开始了解东安格利亚有种节制的繁荣。洛斯托夫特有大型的农产品市场，滨海区还有个像发电站一样大的冷冻食品工厂。东安格利亚的农场十分密集，我看到的所有蔬菜最后都在此地变成了冰块。在汽车工业、钢铁厂和电子工厂相继失败后，英国人最著名的战后成就之一就是种植“鸟眼”菠菜。

洛斯托夫特的火车站是开放的，可是当我问聚在那里的一群人有没有火车时，他们却放声大笑。

“九月一日再来吧。”弗里克先生说。

他们全都是铁路公司的人员，并不是在这里担任罢工期间的纠察队，只是习惯性地来车站，反正没其他事情可做。

“根本没有火车，”比米什先生说，“这个火车站百分之百肯定没有火车。”

霍姆森先生是一位司机，他说：“想知道事实吗？这里的司机并不想出来罢工，我们这么做只是出于对工会的忠诚。这个车站人不多，只是个普通车站。如果罢工持续进行下去，这将会是第一个被撤掉的车站，那时我们全都会丢掉饭碗，会和其他人一样惨。”

从洛斯托夫特到伊普斯威奇要一个小时二十分钟，搭巴士则将近三个小时——四十英里多一点的路程得耗掉一整个早上。

可是我要沿着海岸往绍斯沃尔德的方向前进。我去巴士站问：有巴士吗？“一个小时前开走了，大地主。”称呼我为“大地主”，是因为要说的不是好消息，那是施压、挖苦更深一层的意思，与礼貌无关，今天没有到绍斯沃尔德的巴士了。

“我一定要去绍斯沃尔德。”我说。

“如果我是你，就会搭便车，”他说，“那是唯一保险的方式。”

这是一九八二年夏天在英国海岸一座小镇（人口五万两千）上别人告诉我的话。搭便车……那是唯一保险的方式，天啊。

我步行几英里路到凯辛兰，然后伸出我的大拇指。

“我的错误就是在工作上停步太久，而这个犹太人，”在我们开往绍斯沃尔德时，马伍德先生不耐烦地说，“——不过我对他的宗教没什么异议，占了我的便宜。我在一九四八年赚五镑十先令，那是份不错的薪水——我当时十六岁，是抽成的。我开始卖奶酪卷——那是个杂货店，我们卖一点蔬菜水果。奶酪卷的利润是百分之五百，而我的佣金是一磅六便士。我很卖力，可是当我的薪水加到七镑时，这犹太人说他付不起薪水了。‘我没有那种钱。’他说。你想象一下。所以我就离开了。我只告诉他要怎么做他的工作，然后我找了另一份工作。人只要想工作，一定找得到。”

绍斯沃尔德是那种铁路关闭后变得遥远的海岸村落之一。现在人口比二十年前还要少，乡村味更重。大街上有间小屋挂了一块牌子，写着："作家乔治·奥威尔（E. A. 布莱尔[①]）曾居住于此地。"那是在他穷途潦倒、离开巴黎和伦敦之后的事了。当时他没钱，和双亲住在一起——这里是他父母的老家。他的笔名取自离这里有段距离的南边，位于埃塞克斯海岸上的一条河——奥威尔河。

"我总是会让想搭便车的人上车。"格兰纳先生说。去邓尼奇没有海岸小路可走，只有沼泽和一个侵入的河口湾。格兰纳先生最先载了一个安静的男人，然后是一个背帆布背包的女孩，他们全都是在几英里路之内上车的。只要车有空位，他从来不会拒载搭便车的人。

"对车来说，那是很大的磨损。"我说。

格兰纳先生听了大笑："反正不是我的车！"他要把车开去给一个车商。这是他的工作，送车。因为薪水很差，所以他要报复，看到每一个想搭便车的人，他都会停下来载他们一程。说到这里他又大笑起来："如果我的老板现在看到我，一定会疯掉。"

那个女孩说叫她"杰里"就好了。她正在度假，平日在非洲的学校教书——苏丹。

"我们从南非进口了很多零件。"格兰纳先生说。

杰里说苏丹离南非有一段距离。

"对我来说全都一样，"格兰纳先生开心地说，"都是些自相残杀的人！"

邓尼奇（"它在被大海冲走之前，曾经是个重要的海港"）是

---

① 乔治·奥威尔的真名。

个支离破碎的村落，稀稀疏疏地散布在一块凹凸不平的绿色海岸上。大家都说它有多悲哀，荣景不再，可是它的繁荣远在中世纪，到了一八〇〇年，就已经是个穷困的渔村了。其荒芜、人口减少的气氛使人想起鬼故事，邓尼奇家家户户流传着下沉咒语的流言，还有黑狗传奇，就是那只会夜里在村中出没的幽灵猎犬，造成了严重的不景气。邓尼奇是海岸上最奇怪的地方之一——以不再存在而出名。

这座海岸的许多村落都会让人联想起鬼魂，因为低沼泽地、湿地、雾气、流沙、长时间的涨潮和破裂石头的中世纪教堂。这里有一些英国最古老的基督徒墓园，位于一处会往外投射幽灵海市蜃楼的地点。部分气氛是 M. R. 詹姆斯[①] 在他造成影响力的超自然故事里创造的。不过他在地形学上的描写可以说十分精准，尤其当他（在《给好奇者的警告》里）谈到接近一座小镇，看到“老冷杉木区一带，风阵阵吹袭，树木顶部浓密，以及原有的海滨树木所有的坡地；从火车上的天际线就看得到，就算你不知道，那也会立刻告诉你，你正在接近一座风大的海岸”。也就是奥尔德堡。

所以有些小说中的景点仍然值得重游。奥尔德堡也没了火车，从当时的一天十八班（九班进，九班出），到现在仅是座排列精美建筑物的停车场，多卵石的海滩一路延伸到街上。市政厅展示了白金汉宫刚刚登的信息：“各位对犬子的出生表达的体贴祝福，让我俩十分感动。这一喜讯引起的反响热烈，我们心中的感激亦无法以言语表达。谨献上最诚挚的祝福。”

---

① M. R. 詹姆斯（1862—1936），研究中世纪史的学者，著有许多知名的鬼故事。

在萨福克底边，海岸陷了下去，成为一片沼泽和河口湾。不见海岸步道，严格来说，是根本没有海岸，只有四十英里浸泡在水里的土地，而孤立的城镇就位于平坦长路的底端。它复杂的程度和这国家另一端的苏格兰海岸一致，只不过这个是沙，不是岩石，取代浪花拍打峭壁的是泡在浅水里的土地。它是费利克斯托、哈里奇和内兹的出入口；我正在和罢工抗争，可是也发现这种情况很有趣，像是在内兹岬附近沃尔顿醒来，收拾好我的背包，给我的鞋子上油，放一颗苹果在口袋里，跟“榆树”的邓波太太道别，像个负有使命的人一样动身出发。我看起来或许有点像是前往阿姆河之乡的罗勃特·拜伦[①]，可是事实上我正要前往滨海弗林顿。

弗林顿有令人惊喜之处，非常漂亮。从它的名字看，谁会想得到呢？在一道写着“弗林顿大门”的栅栏后有许多房子；没有树——这通常代表一个偏爱玫瑰花园和草本边界的英国近郊住宅区；体面的大别墅加上长满草的海滨散步空地，放眼望去，看不见一间炸鱼薯条店。这里显然是个保守党党员的堡垒：你可以从高尔夫尔俱乐部的气氛，从它禁止进入的大门看出这一点，弗林顿甚至连其他英国人都不准进入。想进入这个小镇，必须通过一种阀门，等同于铁路上的平交道。这是个令人抓狂的障碍，但也让弗林顿未遭受到破坏，因为那是进出这地方唯一的一条路。

我步行到克拉克顿，这里是个步调仓促又嘈杂的地方——有度假的人潮、一处度假营地、旅行和野餐的人。我碰到一个名叫阿瑟

① 罗勃特·拜伦（1905—1941），英国旅行作家，著有《前往阿姆河之乡》。

的人。他说如果他过去是以正确的方式生活，把钱存起来而不是花在狗身上，用他的脑袋，而不是相信那些说他没有问题的人，就会终老在弗林顿的一间独栋房子里，而不是住在克拉克顿这里墙壁与隔壁相连的房子里。这是英国人的特性：他们在做比较时不会拐弯抹角地去提海岸上遥远的地方，而是会在一两英里内玩这种比较，比较他们在伯恩茅斯和在普尔港的土地；他们拿布赖顿和霍夫来比较，拿惠特比和桑森德比较，拿埃克斯茅斯和巴德利索尔特顿比较。在想象自己的生活可能会有所不同时，从来不会想得太远。还有，阿瑟说，坦白讲，当你把克拉克顿和杰威克沙洲拿来比较时，会发现它也还不差。

“杰威克沙洲是个贫民窟。”阿瑟说。

确实如此。街上有沙，人们睡在旅栈里。大部分房子都是简陋的木屋，大小如仅可容纳一辆汽车的车库。杰威克拥挤而又低俗，像曾遭受过战争或气候的严重打击，毁损惨烈，就像阿根廷或墨西哥的海边贫民区，同样的肮脏，同样破损的栅栏。海滩上一片空荡，这可是七月底的一个周日。两个女人手牵着手，面对阴郁的大海站立，她们之间的感情尤其吸引我，因为个子较小的那个怀有身孕。她们是罗伯塔和曼迪，已经在杰威克一间借来的小屋里像夫妻般生活了五个月。罗伯塔在遇见曼迪并知道她是同性恋后，就离开了她在达格纳姆的丈夫，当时她已经怀有两个月的身孕，曼迪是她的靠山。今晚她们要去克拉克顿的“国家儿童出生基金会”上产前教育课程，就是呼吸练习和一般常识等。曼迪说：“我是她的工作支柱。”她们计划自己扶养那个孩子。

最后我搭乘巴士到绍森德，绕到内陆，因为没有直接横越埃塞克斯海岸沼地和沙洲的路。火车不通，巴士以自然弹跳的方式翻越山岭，眺望东边，根本分不清褐色的土地和褐色的大海，两者已经交融在一起。此地的大海是泰晤士河最宽的部分。我在巴士上认识了布伦达·普里斯特利。她曾在伦敦的哈维尼可百货公司上班，有天还为圣雄甘地服务过。手帕——一盒三条，爱尔兰亚麻布制，非常漂亮。可是他似乎是个古怪的人，醉醺醺的。我看着窗外，试着想象，看到了滑行的海鸥，后面有个男孩喃喃道："海鸥"。

就连绍森德也有个体面的区域——位置高一点、树叶较为茂盛的岩架，叫韦斯特克利夫。绍森德阴暗的一面则在山下，在皇宫酒店如白色结婚蛋糕的碎岩下，还有"库萨尔"游乐园。这是复活节时打群架的地点——不是只在那个时候打，而是每逢银行结算日和公休日都会上演打群架的戏码。就在几个月前，两千名光头族和两千名飞车党打了起来。可是他们并没有毁坏建筑物，也没有打破窗子或放火。人们说，他们甚至没有弄出太大的声响，只在滨海区的海滨步道上打破彼此的头。为了减慢他们的速度，警察会在这些男孩下绍森德中央车站时没收他们靴子的鞋带。

时届盛夏，绍森德和三月时一样荒凉。这是罢工在这个铁路度假胜地产生的效应。少了火车很难进出。习惯上，它是当天往返的旅客，也就是伦敦人前来游玩的地点。它没有海水和海岸的气氛，是河岸下弯处，沾了油污的泰晤士河，显示出伦敦的特性。就许多意义上来说，绍森德都算是伦敦的一部分。那条河成了精神上的连结，却没有任何实际用途。物质上的连结，也就是铁路，已经遭罢工侍候，于是现在绍森德暴露在荒芜的情况下，像是混合了河流未开化的部分和低级庸俗的雅致。来这里的少数人并非为了度假，而是在等待工作，等待人生，等待某些东西开放。其他地方没有铁路还办得到，可是绍森德即将停止呼吸，因为这个海边地区除了富尔尼斯之外，什么地方也去不了，而富尔尼斯[①]是这个国家少数名字取得最贴切的地方之一。

“那个眼神贪婪的小怪人。”一个没有牙齿、名叫罗恩·伍德巴格的年轻人说。孤立让人烦躁。他身上的刺青简直令人叹为观止——布满脖子、脸和手背。和他讲话的那个人也是一样，前臂上有蜘蛛网，胸前有“大不列颠”的字样，手指关节上有骷髅。“我要宰了那个怪人。”

可是罗恩·伍德巴格什么也没做。这是在“林务官的手臂”酒吧里。自动点唱机的声音震耳欲聋，播放的是英国目前最受欢迎的音乐团体的热门歌曲：“污水”（《踢到死》）、“纳帕巾”（《黄色疼痛》）、“矿渣”（《你想吃什么》）、“性别扭曲”（《在你身后》），之后还有个现场团体“死棒”，登上小舞台大声怒吼。有着钉子般头发和爪子的他们看起来活像雪貂。不过他们无害——皮包骨的苍白英国脸孔和坏牙齿。酒吧里的摩托车骑士和庞克族都规规矩矩的，就像我在英国见过的许多地方，看起来要比实际上糟。那不是坏，只是有那种我想是英国人肮脏亵渎的模样。就我所见并无不道德的行为，没有红灯区，没有邪恶，午夜之后的整个英国海岸十分平静。

世上最长的绍森德码头延展一点五英里，像个明确的特色般出

① 富尔尼斯意为“肮脏”。

现在路线图上，像是波特兰的岬端，码头末端是我在英国希望抵达的最远之处。

第二天早上，我漫步绍森德，经过一个遛狗人的身旁（“过来，公主！不要去烦那个人，公主！停下来，女孩！不要——噢，真是对不起——”），走下沙滩到码头上去，底下的泥泞持续了一英里多，海鸥在骚动中嘈杂不休——喵喵、汪汪、喋喋不休、尖叫不停。我继续走，码头那么长，空气那么差，以至于整个绍森德都隐没进那边的热雾中。这是我这段旅程的合适终点。我往海边走，但是潮水已退，出现在眼前的是最肮脏的泥泞之海。

英国海岸一度仅限于传说，部分还隐藏在石堆中，不曾被人烟碰触。这份神奇持续了许久，海边的一切恒久漂浮摇摆着——“自从开天辟地以来”，埃德蒙·戈斯在《父与子》中写道，他在十九世纪五十年代曾经看个够，并拿那海岸和济慈的《希腊古瓮颂》相比，“一个尚未揭开面纱的安静新娘”。

“这些俱往矣，”他继续说下去，“描画在我们海岸上活生生的美丽既稀薄又脆弱，仅仅因为冷漠和人们可幸的无知，才得以存活过这几个世纪……在英国海岸上，再也没有人会看到我在小时候所看到的景象。”

每个认识海岸的英国人都那样说，而每一个都是对的。德文和康沃尔的石堆受侵，邓尼奇已经沉入海中，普雷斯塔廷凌乱，森德兰闲置，最奇特的是一度塞满船只的海岸，如今几乎看不到一艘船。“一度是个伟大的港口。”总是写在海边城镇的指南上。造船业也消失了——像是为世界打造船只的玛丽波特和内芬现在什么都不是了，说不定克莱德赛和贝尔法斯特也会跟着它们沦为无名。那么多都已经凋萎不见，鲁莽的人又凭借自己的计划做出伤害，而饥饿的海洋不也一直占这滨海帝国的便宜吗？

英国人会冒险自夸的少数事情之一是，他们的国家毫无变化。在一些微不足道的事情上确实如此，但对一个外国人而言，这国家像是完全不规则，无法预测，天天都在改变。不是地表大震撼的那种，而是更稳定的腐蚀——像那好似毫无变化、蕴含安慰的海浪在推拉之间，其实是消耗多过于收获的。英国海岸毫无止境的改变，正是这国家的状态的完美象征。英国以一种安静的方式呈现出希望，因为在毁败与重生的循环中有那么多毁败，他们很高兴还可以支撑下去（那是国家的情绪），却难以用来解释他们的存活。在我看来，英国人好像永远都站在崩溃的海岸上扫视整个海平线，所以我漫游这些海岸是对的，而且没有往海面看，反而都是往内陆看。

自相矛盾的是，英国人以一种毫无变化的方式持续改变，或许那是老去的另一种说法——“一样，只是老了些”，如同滨海贝克斯希尔的人对自己的描述，在那里（非英国式地）提到死亡是不好的。我知道我所见到的一切都会改变，就像戈斯漂亮的珊瑚泊和丝缎般的金莲花。举个例子来说，一个像是三英里岛[①]裂缝外泄的调压水槽反应炉计划放在萨福克海岸的赛兹韦尔。然而以后再也不会有人看到他所见的景色，是每个旅人的自满：他这趟旅行置换了景色，重要的是这是专属于他的版本。这么说当然是在开自己玩笑，可是如果他不开自己一点儿玩笑，就哪儿都不会去了。

今日事已毕；我没有任何计划。在那里，泰晤士河对面的马

① 三英里岛，位于美国宾州，当地的核反应炉在一九七九年三月二十八日发生了核能外泄危机。

盖特，就是我近三个月前出发的地方，距离河口对岸不远，还不到三十英里路。所以我已经衔接起来，找到了一个把英国一端连到另一端的方式，赋予它一个起点和终点。在非洲我也会做同样的事。我觉得在看过英国之后，我对这世界了解得多——而我对英国了解之深和浸淫之久，使得我迫不及待地想要离开；我心中又涌现那种会被迫留久一点的寻常噩梦。

潮水涌涨，我仍在码头的末端。我从来没见过从那么远的地方涨得如此之快的潮水。我可以看到它仿佛倾盆而下地流过海滩，成了潺潺流水，几分钟后就有一英尺深了，移动着船，支撑、摇晃着船的龙骨。我看到一艘浅舟，就像我从贝拉纳莱克划过尔恩湖到卡瑞桥的那种，经过站在湿地上，住在那边的人身边，我划过去又划回来，然后离开。我每天都在离开海岸，留下人们眺望着拥挤的海口："我们的末端是生命——往海铺陈而去。"

涨潮带走了气味。然后海鸥飞走——那是关于旅行的另一件事：这些鸟群，这些消逝，在英国和在其他外国地方没什么不一样，除了如果你会说他们的语言，听起来会格外悲伤。

鱼在陷于泥土和泡泡洞里的绳索处跳动。拔直船身的船嘎吱作响，海水拍打着码头。我坐在那里，直到所有的船都呈笔直状态——连那些脱皮的汽船都下了水。一艘破了洞的废船没有浮起来——水打在它操舵室的屋顶上。我不想帮它取名。潮水高涨，我从长长的码头往海边走，试图弄清楚回家的路。